魔法使いの塔 上

マーセデス・ラッキー

JN243228

かつて偉大なる〈沈黙の魔法使い〉アーゾウと，その宿敵だった邪悪な魔法使いマ＝アルが同時に滅び，それが原因で恐ろしい崩壊が世界を襲ったという。だが，それは単なる伝説ではなかったのだ。度重なる魔法嵐に危機感を覚え，必死で対策を模索するヴァルデマールと同盟国の面々。〈炎の歌〉らはついに遙か昔の大魔法使いアーゾウの塔を見つけた。喜び勇んで中に入った一同が見たものは……。著者が長年書き続けてきた〈ヴァルデマール年代記〉の正史の集大成。世界を破壊せんとする恐るべき魔法嵐に立ち向かう人々の姿を描く三部作感動の大団円。

登場人物

カラル……………カース国の司祭の書記官
アルトラ…………カラルの〈火猫〉
ソラリス…………カース国の大司祭。〈太陽神の息子〉
ハンザ……………ソラリスの〈火猫〉
フロリアン………〈共に歩むもの〉。カラルの助言者
アン＝デシャ……かつてモーンライズにからだを乗っ取られていたシン＝エイ＝インの若者
〈炎の歌〉…………テイレドゥラス、ク＝トレヴァ族の癒しの〈達人〉
エルスペス………ヴァルデマール国の王女。〈使者〉
〈暗き風〉…………テイレドゥラス。ク＝シェイイナ族の〈達人〉。エルスペスの恋人
セレネイ…………ヴァルデマール国の女王
ケロウィン………もと傭兵隊長。ヴァルデマール国の〈使者〉
ナトリ……………ヴァルデマール国の〈使者〉の娘。技術者
レヴィ……………技術者。〈師範〉
トレイヴァン……鷲獅子《グリフォン》

ハイドナ……トレイヴァンの連れ合い
ロ＝イシャ……シン＝エイ＝インの祈禱師
トレ＝ヴァレン……〈女神の使い〉。もとシン＝エイ＝イン
〈暁の炎〉……〈女神の使い〉。もとテイレドゥラス
〈銀の狐〉……カレド＝エイ＝インのケストゥラ＝チェルン。〈炎の歌〉の友人
ターン……キリーの歴史家
ライアム……ターンの書記。ヘルタシ
ジャナス……ハードーンの司祭
タシケス……イフテルの使節。鷲獅子
チャーリス……〈東の帝国〉の皇帝
トレメイン……〈東の帝国〉の大公
セジェンズ……トレメイン大公配下の魔法使い
メレス……〈東の帝国〉の宮廷男爵。もと暗殺者
セイヤー……〈東の帝国〉の将軍
ヴァニエル……故人。〈炎の歌〉やエルスペスの先祖。悲しみの森の精霊
アーゾウ……故人。伝説の〈沈黙の魔法使い〉
マ＝アル……故人。伝説の邪悪な魔法使い。〈隼殺し〉モーンライズ

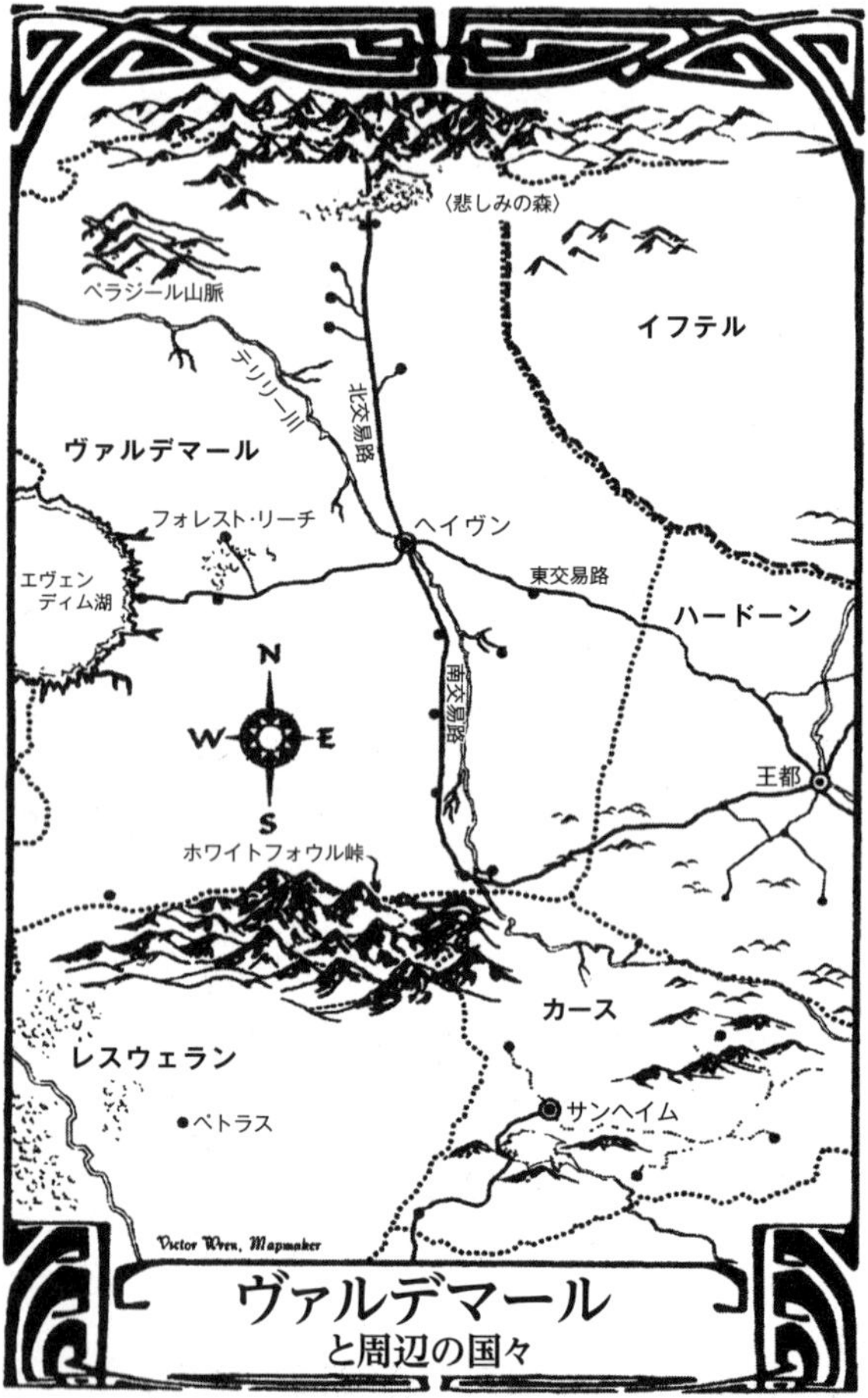
〈悲しみの森〉
ペラジール山脈
イフテル
テリリー川
北交易路
ヴァルデマール
フォレスト・リーチ
ヘイヴン
エヴェン
ディム湖
東交易路
ハードーン
N
W
E
S
南交易路
王都
ホワイトフォウル峠
カース
レスウェラン
サンヘイム
ペトラス
Victor Wren, Mapmaker
ヴァルデマール
と周辺の国々

魔法使いの塔 上

〈ヴァルデマールの嵐〉第3部

マーセデス・ラッキー

山口　緑　訳

創元推理文庫

STORM BREAKING

by

Mercedes Lackey

Copyright © 1996 by Mercedes R. Lackey
This book is published in Japan
by TOKYO SOGENSHA Co., Ltd.
Published in agreement with the author,
c/o Baror International Inc., Armonk, New York, U.S.A.
through Tuttle-Mori Agency Inc., Tokyo

日本版翻訳権所有
東京創元社

魔法使いの塔　上

1

カラルはできるだけじっと横になっていた。頭が動かないよう規則正しく呼吸する。光を避けるために両目はつぶったままだ。額の上の雪入りの氷嚢《ひょうのう》が、ずきずき痛む頭を楽にしてくれればいいのだが。左右のこめかみから眉間にかけて走る、突き刺すような痛みのなかで頭を働かせるのは難しかった。からだのほかの部分は、寒くないよう温めた石を隙間なく並べたなかで毛布にくるまれていて、あまり気にならない。看病してくれているシン＝エイ＝インは、ひんやりと湿った石の床や額に載せた雪の氷嚢のせいでカラルが寒さを感じないよう、特に心を砕いているようだった。ここがヴァルデマールなら、あるいはカースでも、こめかみを貫く火槍のような痛みを和らげるためのほかの手段に頼ることができただろう――だが残念ながら、ここはそのどちらでもない。なかば溶けたこの太古の塔の廃墟には、〈治療者〉もいなければ薬草の効能の説明書のような、快適な暮らしに役立つものもなく、とりあえずいまのところは、シン＝エイ＝インの協力者たちが用意してくれるものでしのがなければならない。つまり、柳のお茶と雪の氷嚢で我慢し、そのうちよくなると考えるしかないのだ。

（ぼくはいつだって望みを捨てずにいられるんだ。もっとひどいことになっていたかもしれないんだから）だが、いったいどれほどのことになる可能性があったのか――いまそれをじっくり考える心の準備はできていなかった。

頭がとてつもなく痛い。それも当然だった。なにしろ、自ら結合点となり、〈魔法戦争〉を終わらせた〈偉大なる魔法使い〉ですら、あえて使わなかったというほど強力で予測不能な武器が放出する全エネルギーを一身に引き受けたのだから。それだけのものを受け止めるには魔法の経路、それも生きた経路が必要だった。アーゾウの魔法使いのなかに経路になれる者がたまたまひとりもいなかったのか、あるいは〈沈黙の魔法使い〉アーゾウが、その武器を使って誰かの命を危険にさらすことを望まなかったのか――いずれにせよ、その武器は使われないままで、使用しないようにと警告する金属板が添えられていたのだ。

（もしかしたら、あの役目を志願する者がいなかったのかもしれない）志願しなかったからといって誰かを責めたりはできなかった。はじめて経路になったときの経験も実に不快なものだったが、二度目はその度合いがまったく違った。武器が作動しはじめたあと自分に何が起こったのか、実はあまり覚えていない。〈鷹の兄弟〉の〈達人〉である〈炎の歌〉と、半分シン＝エイ＝インの血を引くアン＝デシャが、そのほうがいいのだと請け合ってくれたので、カラルはその言葉を信じていた。

〈なにしろアン＝デシャと〈炎の歌〉の意見が一致しているんだから〉……何が起きたのか正確に知るなんて、考えただけでもぞっとする。知ってしまえば考えずにはいられないだろう。そう思うととても嫌な気分になった。

考えるよりは毛布にくるまって横になり、痛みと付き合うほうがずっと楽だ。

ときどき、日々の雑用に動きまわる仲間たちの立てる音が痛みのなかに響いてきた。この場所の不思議な音響効果のせいで、妙にこもったり大きくなったりする。アン＝デシャとシン＝エイ＝インの祈禱師ロ＝イシャが静かに話をしている。ふたりの声はひとつになり、意味のわからない囁《ささや》きとなって、梢《こずえ》を揺らす風の音や岩の上を流れるせせらぎのように不思議と気持ちを落ち着かせてくれた。誰かが調理道具を洗っている。たぶんカレド＝エイ＝インのケストゥラ＝チェルン、〈銀の狐〉だろう。カチカチいう鈍い金属音が、囁き声の会話の合間に聞こえてくる。もっと近くでは、〈鷹の兄弟〉の〈炎の歌〉が、誰に聞かせるわけでもなく歌を口ずさんでいる。たぶん何かを繕《つくろ》っているのだ。繕いものをするときはいつでも歌をうたうのだ。あとで後悔するようなことを口にしないため、ということだった。〈炎の歌〉は繕いものが、というより雑用全般があまり好きではない――このテイレドゥラスの〈達人〉は、生まれてこのかた人にかしずかれる生活に慣れてきた。自分で自分の面倒を見なければならないというのは、まったく楽しくない経験なのだ。こんな切迫した状態で、責任が増していくなか、全体としては〈炎の歌〉はよく頑張っている。そうカラルは考えていた。

一行のうちの人間についてはそんなところだった。人間ではない仲間はというと——まず、〈火猫〉のアルトラがどこにいるかはわかる。首から膝までをおおっている、ふんわりとした小刻みに動く毛布のようなものは、シン＝エイ＝インの不思議な掛け布団などではなく、アルトラなのだ。人間の上に寝そべるとなぜか重くなる普通の猫と違って、〈火猫〉はどういうわけか軽くなり、厚い毛布ほどの重さしか感じない。絶えず伝わってくる温もりと、深く耳に心地よい、喉を鳴らす音だけがアルトラの存在を示していた。

自分が寝ている部屋の外のどこかでは、ヴァルデマール人たちに〈共に歩むもの〉と呼ばれる馬に似た生き物の一頭、フロリアンという名の一頭が、アン＝デシャと祈禱師の会話に注意深く耳を傾けている。すこしでも心を開けば、自分の耳ではぼんやりとした音楽にしか聞こえないふたりの声を〝聞く〟ことができるだろう。だが、それはフロリアンの感覚を通して聞くことになるのだ。カラルとフロリアン、そして〈火猫〉を結ぶ絆は、いまではほんの数週間前に比べてはるかに強くなっていた。フロリアンや〈火猫〉のことを思うだけで、その思考が囁き声となって聞こえてくる。心のなかに、ふたりの存在が絶えず温もりのように感じられた。カラルが気を失っているあいだに、三者の絆をいっそう強くする出来事が起きたのだ。カラルが望めば、フロリアンと〈火猫〉が見たり、聞いたり、感じたりすることはすべて経験できた。その逆も可能なのかどうかはわからなかったが、無理だろうという気がした。変化したのはぼくのほうだ。フロリアンやアルトラではない。

そこも、あまりつきつめて考えたくない点だった。〈火猫〉は完全にこの世の生き物だというわけではない。そして〈共に歩むもの〉は、この世の生き物だけれど、〈火猫〉と同じく、魔法の力を持つ存在として生まれ変わった人間だ。だから、もしぼくをあのふたりに結びつける何かが起こったのだとしたら——それも、相手の精神に働きかける必要もないほど強く結びつける何かが——

カラルは身震いした。額の上の氷嚢とはまったく関係のない寒気だった。（いや、違う。そんなに変化したはずがない。たぶんこれは一時的なものだ。元気になれば消えてしまうだろう）

カラルは違うことを考えようとした。そして、少なくともいまは、物事を理路整然と考えられるのに気づいた。

（ともかく、その点は進歩だ）

ほかのみんなはどこにいるのだろう？　カラルは目を閉じたまま耳を澄まし、音だけを頼りに仲間の居場所を突き止めようとした。あえて目を開けて、また痛みに襲われたくはなかった。

残りの非人類の仲間、つまり二頭の鷲獅子《グリフォン》は、数少ない持ち物の荷造りで忙しかった。二頭は軽くシューシューいう声を立てたり、嘴《くちばし》をカチカチいわせたりしながら囁き合っていた。北への旅のためにシン＝エイ＝インから借りた鞍袋の皮に鉤爪《かぎづめ》がこすれる音もしていた。それ鷲獅子たちは、これ以上子どもたちから離れているわけにはいかないと決心したのだ。それを無理に引き止めるほど冷たい心の持ち主は一行のなかに誰もいなかった。伝説に名高い〈黒鷲獅子〉がかつて歩いた場所を歩む興奮も、あまりに長いあいだ愛する子どもたちから離れているという事実の前には色あせはじめたのだろう。そのうえ〈門〉が使えないとなれば、空を飛ぶ生き物といえども帰りは長い旅になるのだ。

（それにぼくたち全員と同じで、危うく大怪我をするところだったんだから、トレイヴァンとハイドナが子どもたちを孤児にしたくないと思っても当然だ。誰がそれを責められる？）

よし、確かに以前よりも筋道立てて考えることができるぞ。

（筋道立てて考えられるようになったら、首の筋肉が凝っているのに気づくというわけか。なるほど）カラルは小さくため息をつくと、こわばった両肩の力を抜き、枕代わりの羊革の背嚢《はいのう》にもたれかかった。（本の代わりに衣類を入れておいてよかった）氷嚢がようやく効いてきていた。肩が痛いのに気づいたのは、頭痛がほかのすべてを圧倒してしまうほどではなくなったということだ。

（すばらしい。さあ、頭以外の場所がどれだけ痛むか楽しむぞ！）

ところが、目の奥に感じていた痛みが和らぐにつれて、筋肉の緊張も和らいでいった。そもそも、筋肉の緊張が頭痛の原因だったのかもしれない。こういうことが全部影響し合っているというのはなんて厄介なんだろう！

〈まあ、自分の緊張もほぐせないようでは〈太陽神の司祭〉としては失格かな？〉緊張をほぐす技術は修練者が身につけなければならない技《わざ》のひとつだった。からだが緊張していては祈ることなどできないからだ。こむら返りに悩みながら太陽神ヴカンディスの栄光に心を集中させることなどできない。カラルはなかなかいうことを聞かない自分のからだを根気よくなだめ、凝り固まっているのに気づきもしなかった筋肉をほぐしていった。そうこうするうちに頭の痛みはさらに和らぎ、筋肉の緊張が頭痛の一因だという推測が裏付けられた。

〈楽になってきた。ずっとましだ〉頭痛から解放されれば、寝こんでいるいまの状態を楽しめるようになるかもしれない。今回だけは床に伏せって人の世話になってもまったく後ろめたくなかった。全身が消耗してしまい、休養に値するだけのことをしたという確信があった。

なにしろテイレドゥラスの癒しの〈達人〉に何でもいうことを聞いてもらえるなんて、めったにないことだ。そんな機会に恵まれる人間がどれだけいるだろう？　ため息をついただけでも〈炎の歌〉が何か欲しいかと訊いてくれる。〈炎の歌〉が普段は人にかしずかれていることを考えると、かなり妙な成り行きだった。

なぜ〈炎の歌〉がこんなに気を使ってくれるのか、まったく見当がつかなかった――〈炎の歌〉がこの役目を引き受けると主張しなくても、看病をしてくれる者はほかにもいたはずだ――ところが〈炎の歌〉はとても優れた思いやりのある看護人になってくれたのだ。

〈こんなこと、夢にも思わなかった。だって〈炎の歌〉らしくないから〉

確かにぼくが知っている〈炎の歌〉には似つかわしくないかもしれない。だが、そんな考えは、〈鷹の兄弟〉が皆見せがちな、うわべだけの軽薄さと同じくらい薄っぺらいものだ。カラルはそんなことを考えた自分をすぐに戒めた。

〈そんなのは思いやりがないだけでなく、恥ずべき考えだ。〈炎の歌〉には、ぼくなんかにはわからないところがまだまだあるんだ。ぼくたちはみんな、普通ではない事態に対処しようとしている。だから、〈炎の歌〉が選んだのなら、そうする権利があるんだ〉

たとえ頭が割れるような痛みはなくなっても、いまは〈炎の歌〉の心遣いを不思議に思いながら楽しむ以外どうしようもなかった。手を動かしただけでも疲れた。厠《かわや》へ行こうと立ち上がるだけで疲労困憊《ひろうこんぱい》してしまい、そのあとは何刻か寝床にはいってうとうとするしかないありさまだった。そのことがカラルを悩ませていた。すぐに体力を回復しなければ旅はできない。旅ができなければ、一行がヴァルデマールに戻るときに一緒に出発できない。急いでいる鷲獅子たちはほかの仲間を待たずに発つつもりでいるが、人間もそんなに長くは待てないだろう。いま出発しなければ、この地で冬の嵐に捕まって動けなくなるかもしれないからだ。

〈といっても……もう手遅れかもしれない。ここに来るのに使った〈門〉はもう閉まってしまったし、ぼくが魔法使いなら、もう一度それを開くような危険な真似はしない。春までここに足止めされるのかもしれない。一番いい条件のときでも、歩いて戻るには恐ろしく長い時間がかかるんだから〉

それどころか、あまりにも時間がかかるので、帰国するというのはいまの時点で最悪の選択肢かもしれなかった。カラルが持てる力を尽くしてやり遂げた魔法嵐への解決策は、またしても一時的なものでしかない。根本的な解決策に取り組むにはこの場所が最適なのかもしれなかった。ほかの場所では見つからない手段をここでは間違いなく自由に使えるのだから。

ひとつには、〈嵐〉の波を打ち消すのに使った古代の武器はいくつもあるうちのひとつにすぎなかったということがある。誰かが第一候補に選んだわけでもない。ただ、一番理解しやすかったものというだけだ。ひょっとすると、ほかの武器のどれかがもっといい結果をもたらすかもしれない。カレド＝エイ＝インは歴史学者を送ると約束してくれていた。〈大変動〉以降カレド＝エイ＝インだけが守り続けてきた、自らの言語と古文書とに通じた専門家だということだ。その学者が到着すれば、鷲獅子たちよりはましな翻訳をしてくれるだろう。

〈まだあちこち調べはじめてもいなかったけれど、ここは〈沈黙の魔法使い〉の要塞の中心だったところだ。〈沈黙の魔法使い〉はとてつもない能力を持つ、史上最強の魔法使いだったという話だけど、ぼくたちは本当に、ここにあるものをすべて見たと考えていいのだろうか？）ここにはほかにも部屋があるかもしれない。まだ見つけていない部屋が。そして、そこに問題の答えがもっとあるかもしれないのだ。もしかすると、このままここにとどまって、残りの武器を調べるほうがはるかに得策かもしれない。この選択肢をまだ誰も提案していないが、みんな故郷に帰りたいと思っているとはいえ、誰もそのことを考えていないのだろうか。そうカラルは思った。

（ぼくの見るところでは、数学者や技術者が仲間のなかにひとりもいないのが一番の問題だ）それだけがカラルの不安の種だった。最後の一時しのぎの方策ふたつは、少なくとも一部はレヴィ師範率いる、頭の切れる論理学者の集団が考案したものだった。この学者たちの協力があったおかげで、カラルたちは独創的な観点からこの問題を検討できたのだ。（彼らが必要だ。〈炎の歌〉は気に入らないかもしれないけど、必要な人材なんだ）

カラルはそう確信していた。まるでヴカンディス神ご自身によってその確信が心に植えつけられたかのように、自分の人生のどんなことにも劣らず確信があった。これは、活用できるすべての頭脳を解決に向けて結集させなければ乗り越えられない問題なのだ。

カラルはため息をついた。そして目の上の氷嚢をはずすために片手を上げると、〈炎の歌〉が代わりに氷嚢を動かそうと近づいてくる足音が聞こえた。冷たく湿った重りが持ち上げられた。「新しいのに取り替えようか？」永遠に若いままかと思える魔法使いは尋ねた。

カラルは目を開け、首を振った――せっかくの厚意を無にしないように、ほんのすこしだけ。〈炎の歌〉はあまり看護人らしく見えなかった。この信じがたいほど美しい若き魔法使いは、複雑な仕立ての鮮やかな装飾を施した大量の絹の衣装を、たったひとつの包みになんとか詰めこんだのだ。どうしたらそんなことができたのか、カラルには想像もつかなかった。いまの〈炎の歌〉は、上から下まで柔らかな銀青色に身を包んでいた。おかげでカラルは、少なくとも目に痛みを感じずにその姿を見ることができた。きちんと整えられた銀白色の髪の毛から、染みひとつない脚絆《きゃはん》にいたるまで、〈炎の歌〉はどこをどう見ても異国風の魔法使いで、召使いらしいところはまったくない。その楽しげな笑顔を見てカラルは安心した。自分に本当に具合の悪いところがあれば、〈炎の歌〉が笑顔でいるはずはない、と確信できたからだ。

「いまはいらない。ありがとう」カラルは、自分の声が、まるで声帯を痛めるまで叫び続けたかのようにかすれているのに驚いた。「本当はぼくの看病なんか――」

〈炎の歌〉がくすくす笑ったのでカラルは驚いた。「いや、これにはわけがあるんだ」〈炎の歌〉は微笑みながら答えた。「きみは病人としてはとんでもなく扱いやすい。そしてきみの面倒を見ていれば、わたしはそれより退屈な雑用をしなくてすむ」その声にはほんのわずか傲慢《ごうまん》な響きがあった。「わたしは皿洗いをするより、きみの頭に氷嚢を載せているほうがいいんだ。嘘じゃない」

カラルは弱々しく笑わずにいられなかった。そのほうがぼくが知っている〈炎の歌〉らしい！「ああ、よかった」カラルはいった。「あなたが突然、あふれんばかりの自己犠牲の精神の持ち主になったんじゃないかと心配したんです。そんなあなたに、長くは我慢できないんじゃないかと思いました」

今度は〈炎の歌〉が声をあげて笑い、長い銀髪を肩の後ろに払った。「やさしい気持ちは自分のためにとっておくんだな、カース人よ」〈炎の歌〉はからかうようにいった。「わたしは自分本位の考えから、きみにできるだけ長く病人のままでいてもらいたいと思っているんだ。だからそんなことをいわれると、きみを病人のままにしておくために何かしたくなるかもしれない」

「あなたならやりかねない。でも実際にやりとおすのは無理だ」カラルはいい返した。やりとりを楽しんでいる自分に驚いていた。「ぼくの柔肌《やわはだ》を傷つけたりできませんよ」

「信じないのか？」〈炎の歌〉は眉を上げると、視線を上にし、カラルの後ろのどこかを見つめた。たぶん、〈共に歩むもの〉フロリアンの声に耳を傾けているのだろう。次に〈炎の歌〉の口から出た言葉がその推測を裏付けた。「やれやれ、きみが正しいようだ。顔の真ん中に蹄《ひづめ》の跡があっても美貌が引き立つことはなさそうだし——」〈炎の歌〉は視線を落としてアルトラのきらきら光る青い目を見た。「——それにきみの猫が爪を出している様子も気に入らない」

〈わたしは目に見えるところを傷つけたりしない〉アルトラが、カラルと〈炎の歌〉の両方の心のなかでさらりといった。〈銀の狐〉はわたしが加える変化を嫌がるかもしれないけれどね。それでも、きみは魅力的な女性になるだろう〉

〈炎の歌〉は怖がるふりをして銀色の目を見開いたが、その表情にはどことなく敬意も感じられた。「あなたを怒らせそうになったら教えてほしいな、アルトラ。冗談にしてもちょっと深刻な話だから」

〈もしきみが本気だと一瞬でもわたしが思ったら、冗談ではすまなくなるぞ〉〈火猫〉は片方の前足をゆっくり上げると、出していた爪を舐めた。アルトラは大型犬並みの大きさで、足もそれ相応に大きかったので、その鉤爪は実に物騒に見えた。

〈ちょっと穏やかじゃないんじゃないか、アルトラ〉カラルは警告のつもりで考えた。アルトラに心の声が聞こえるのはわかっていた。

〈穏やかにするつもりはない〉〈火猫〉はカラルの心にだけ聞こえるように答えた。〈〈炎の歌〉はかつておまえを傷つけようと考えたことがあった。だからまたそういう方向に迷いこみそうになったときに、考え直す材料を与えておきたいのだ〉

アルトラがその重要な情報を伝えているあいだ、カラルは表情ひとつ変えなかったので、反応を見せてしまうことはなかった。その情報はまったくの初耳だった。

〈それなのにいまは、誰もがぼくを守ろうと心に決めたみたいだ！〉だが、カラルが何かいうのを〈炎の歌〉が待っている。そこでカラルは、変な顔をしているわけを訊かれないうちに、震える片手を持ち上げて眉をこすった。「まったく猫ときたら。一緒にやっていくのは大変だよ。毛皮は薄すぎて敷物にもならないし」

〈炎の歌〉が声をあげて笑うと、アルトラは不愉快そうにわざとらしく鼻を鳴らした。「気分がよくなっているんだな」〈炎の歌〉が今度は真面目にいった。「よかった。たぶん今夜は、祈禱師に食べさせられている味気ない流動食のほかにも何か口にできるだろう。ただ、あんまりさっさとよくならないでくれよ。またすぐに自分の皿を洗わされるからね」

カラルが答えないうちに、〈炎の歌〉は立ち上がって滴《しずく》の垂れる氷嚢を持っていった。カラルはゆっくりと頭を動かし、フロリアンやほかのものたちのほうを見た。

予想どおり、戸口をすこしはいったところにフロリアンが立っていて、祈禱師が床に描いているものをアン＝デシャの肩越しにのぞきこんでいた。

すこし緊張を解きさえすれば、フロリアンの視点からすべてを見ることができる。だが正直なところ、そこまで緊張を緩めたくはなかった。

〈頭痛がおさまってくれさえすればいい。起き上がって皆と同じように用事ができるようになりたい。これ以上お荷物でいたくないんだ。人に慰められるなんて、太陽神ヴカンディスの司祭たる者の役回りじゃない。慰めを与えるのが司祭の仕事なんだから……〉

カラルは目を閉じて、痛みがあってもなんとか眠れるような瞑想法を見つけようとした。眠ってしまえば、自分がどれだけ周囲に迷惑をかけているかをそれほど意識せずにすむ。

前触れとなる足音もなく、誰かが腕に触れてきた。カラルはぱっと目を見開いた。なんとか驚きを表すにはそうするしかなかった。

目を上げると、黄金の肌をした三角形の顔のなかの、真っ青なふたつの瞳がこちらを見つめていた。楽しげな瞳だった。その瞳と三角形の顔の下には、飾り気のない焦げ茶色のシン＝エイ＝インの衣装をまとったからだが見えた。焦げ茶色は確か、〈剣に誓いを立てし者〉が普段身につけている色だ。ごくまれに、過酷な血の復讐を誓っているときを除いて。〈剣に誓いを立てし者〉には別の呼び名がある。カル＝エネイドゥラル。カル＝エネル、すなわち〈猛きもの〉に仕えることを誓った者、だ。いまのカラルは、どんなカース人より彼らのことを知っていた。カラルのすぐ後ろにそっと座っているのは、ここまで案内し、道中の護衛もしてくれた〈誓いを立てし者〉のひとりらしかった。ク＝レイシーア族の助けを借りて〈塔〉に通じる通路を掘ってくれたのも彼らだ。その人物が男性なのか女性なのかはわからなかった。〈誓いを立てし者〉に関しては、それはほとんど問題ではない。なぜなら、彼らは純潔と禁欲の誓いを立てるだけでなく、〈女神〉との絆によって性的欲求を持たなくなるからだ。太陽神の階級制度にはそのような状態はない。〈太陽神の司祭〉は結婚を奨励されてはいないが、禁じられてもいなかった。

「あなたたちに秘密を打ち明けたとき、こんなことになるとは思ってもいなかった、〈一族《よそも》外《の》〉のお若い方《かた》」そのシン＝エイ＝インは、男性、女性どちらのものとも聞こえる、すこしかすれた高めの声ではっきりといった。その〈誓いを立てし者〉が話したのはほとんど訛りのない、驚くほど上手なヴァルデマール語だった。カラルはほっとした。初歩的なシン＝エイ＝イン語しか話せなかったからだ。「あなたたちはここに来て、また去るのだろうと思っていた……」

シン＝エイ＝インはそこで口をつぐんだ。〝去る〟が〝永遠に去る〟ことになったかもしれないと、急に気づいたかのように。

カラルは肩をすくめた。「ぼくたちにとっても予定外です、〈誓いを立てし者〉よ」カラルは礼儀正しく答えた。

シン＝エイ＝インは笑った。「確かに。あなたたちの神ですら、こんな結果は予測できなかったと思う。もちろん、われらの女神もだ！　仮に予測なさったとしても、女神はわれわれに知らせないほうがよいと判断されたのだ。しかしこうなった以上――そう、あなたたちをここに運んだ〈門〉はなくなり、冬の嵐が近づいていることを考え、われわれはあなたがたを客として迎えることにした」

以前なら、太陽神ヴカンディス以外の神が話に出ることにひどく驚いただろう――シン＝エイ＝インの〈星の瞳〉のような神が太陽神と同列に語られるとなればなおさらだ。もっと最近なら、一応受け入れることはできただろう。それでも、まるで自分と個人的な関係があるかのように女神について気軽に話すのを聞けば、言葉を失ったかもしれない。

いまではもっとよくわかっている。〈誓いを立てし者〉たちは実際に女神とそういう関係を持っているのだ。〈星の瞳〉は特別な信者と定期的に対話を行い、ときには彼らの人生に干渉することさえあるといわれている。考えてみれば、それはヴカンディス神と〈太陽神の息子〉の関係と似ていなくもない。

「ぼくは、事態が変わり目を迎えているので、あらゆる結果が同じぐらいの可能性で起こりうると告げられていました」カラルは目を細めて頭痛が起こらないように気をつけながらいった。「ひょっとすると、だから女神さまは、ぼくたちが客というよりむしろ、思いがけない間借り人になるはずだとお知らせにならなかったのかもしれませんね」

「おっしゃるとおりだ！」シン＝エイ＝インはやさしくいった。「では、あなたたちは間借り人、われらの天幕《テント》の同居人だ。となると、以前の急ごしらえの準備よりもましなものを用意しなければならない。まず、わたしはチャグレン・シェイナ・リハ＝イルデンと申します。あなたの〈治療者〉となる者です。ロ＝イシャはよい男で立派な祈禱師ですが、〈癒し〉の技術はせいぜい初歩的な段階です。あなたを助けるにはわたしのほうが適任です。その点は信用してください」

カラルは驚きを隠せなかった。〈誓いを立てし者〉で〈治療者〉？　チャグレンはカラルの表情を見てくすくす笑った。

「われわれが〈平原〉の守護者だということを考えれば、ときには〈治療者〉を必要とするのは当然だと思いませんか？　わたしは誓いを立てる前は〈治療者〉でした。誓いを立てたのは、ひとつにはアンカーとの戦いに加わったからです。癒そうとした相手を守れないことがあり、そんなことが二度とないようにと誓ったのです。わたしは女神に祈りました。女神は受け入れてくださいました。女神のそば近くお仕えする者すべてが、大きな個人的喪失という悲劇的な過去を持っているわけではないのです」そういうとチャグレンの表情が変わり、一瞬真顔になった。「けれどもそういう者もたくさんいます。耐えがたいほど多くのつらい経験をして、それでもなお正気を保ってきた者が、女神に祈願して直属の戦士にしてもらうことがよくあります」

〈耐えがたいほど多くのつらい経験をした者たち〉――カラルは思わずアン＝デシャをちらりと見た。チャグレンはカラルの視線を追い、またカラルのほうを見た。「興味深い。あの人のことを考えているのですか？」

カラルはチャグレンの率直さに目をぱちくりさせた。「どこかにアン＝デシャの居場所がないかと、ときどき思うんです。これまでずいぶん多くを耐えてきたので」

チャグレンの楽しげな笑みがすっかり消えた。目蓋《まぶた》が一瞬閉じ、瞳を隠した。「あります」しばらく間《ま》を置いて、彼はいった。「本人が受け入れればの話ですが。われわれには不思議すぎて受け入れられない話などありません。〈剣に誓いを立てし者〉のなかではなく〈賢者〉のなかなら。夜の空や一日の終わりと同じ青い服をまとった者のことです。〈剣〉ではなく〈叡智〉に誓いを立てている。〈賢者〉のなかなら、アン＝デシャはほっとできると思う。しかし、それは本人が決めることです」

チャグレンに笑みが戻った。「でも、あなたの苦痛を和らげるのはわたしの役目です。ここをできるだけ長く住まいとして使えるように必要なものは、わたしの仲間が用意します。さてと。これまでに〈癒し〉を受けたことはありますか？」

「実ははじめてなんです」カラルは打ち明けた。「ヴァルデマールで診てもらった〈治療者〉には、必要なのは薬草と薬だけで、〈癒し〉は必要ないといわれました」

「賢明な〈治療者〉は、〈癒し〉が必要なときと、〈癒し〉の代わりに時が必要なときとがわかるのです」チャグレンはうなずきながら答えた。「では、今回は本物の〈癒し〉を受けていただきます。似たことをお国の〈太陽神の司祭〉のなかにもなさる方がいると聞いています。あなたにしていただきたいのは、目を閉じて緊張を緩める、そしてわたしの魂を感じたら、それがあなたの魂に接触するのを許す、それだけです。簡単でしょう？」

「そのようですね」答えると同時に、猛烈な頭痛が戻ってきた。さらなる痛みが押し寄せてきたので、多少は感じていたかもしれないためらいは吹き飛んでしまった。カラルは教えられたとおりに目を閉じ、張りつめたひとつひとつの筋肉の緊張をゆっくりとほぐそうとしながら待った。

〝チャグレンの魂を感じた〟瞬間、カラルは彼の言葉の意味を正確に理解した。その感覚は、フロリアンの心とはじめて接触したときにとてもよく似ていた。そしてフロリアンから〝心のなかにはいらせる〟よう求められたときと同様、カース国のただのカラルだったころにはその存在さえ知らなかった心の障壁を開いた。

だが今回は、思考や感覚が心のなかにどっと流れこんでくるのではなく、温かく、心をなごませてくれる波にからだが洗われていった。その波が通り過ぎると、痛みは消え、心地よさと安心感だけが残った。

カラルは目を開いた。一瞬の出来事のように思えたが、チャグレンはいなくなっていた。チャグレンのいた場所には金属製の水差しと茶碗が置いてあり、カラルがいる部屋とその向こうの部屋には、まるで呪文で呼び出されたかのように、新たに快適さをもたらす物と数人の人物が姿をあらわしていた。

足元には鋳物《いもの》の暖房用焜炉《こんろ》が置かれており、からだにはさらに多くの織毛布が重ねてかけてある。いま横たわっている寝床の脇には、もっと快適な寝床のつもりなのか、長くて平たいクッションがいくつか並べてあった。焜炉の上では鍋が湯気を立てている。

向こうの部屋には少なくとももう一台焜炉が見えた。たぶんもっとあるのだろう。寝具は前よりもよくなっているし、快適な生活に必要な物も増えている。〈炎の歌〉が姿を見せ、カラルの部屋の入り口をちらっとのぞいた。そしてカラルが目覚めているのを見ると、ゆったりとした優雅な足取りでそばにやってきた。

「大騒ぎのあいだ、きみはずっと眠っていたんだ」〈炎の歌〉はいった。「カル＝エネイドゥラルがもう何人か、まるでいろいろな品物の隊商みたいなものとともにやってきた。そのおかげでここは、まあまあ快適な暮らしができる場所になったよ」〈炎の歌〉はにっこりした。彼が喜んでいるのは間違いなかった。「わたしたちが料理をする必要もなくなるとカル＝エネイドゥラルたちは請け合ってくれた。ヘルタシの仕事はまだしなければならないだろうが。よかったよ。たとえ飢え死にしたってもうこれ以上、自分で作った食事を食べるなんてできなかっただろうから」

カラルはしわがれ声でくっくっと笑った。そして、うれしいことに、笑っても頭が痛くないのに気づいた。「頭痛がなくなった！」カラルは大喜びで叫んだ。

〈炎の歌〉はうなずいた。「チャグレンというやつがそういっていた。チャグレンが次に〈癒し〉をするときにはたぶん手伝うことになるだろう。彼がきみの頭痛の原因を教えてくれたんだ。説明を聞くと、明らかに――」〈炎の歌〉は片手を上げて、質問しようとするカラルをさえぎった。「――そのうち、すべて詳しく説明しよう。魔法使いや〈治療者〉がどのように、なぜ自分の力を発揮できるのかを説明する時間ができたらね。とりあえずは、きみは自分が魔法の経路となるのに必要な部分をうまく使えなかったんだといえば十分だろう。ごつごつした石が頭蓋骨の内側のあちこちにぶつかって傷ついたようなものだ。だから頭が痛むんだよ。チャグレンはその傷の手当てができたというわけだ」

　カラルはからだを起こそうとしたが、まだ生まれたての子馬のように力がはいらないとわかってがっかりした。「からだがすっかり普通に戻ったわけじゃなくて悲しいよ。だけどチャグレンは一度に何もかも癒せるわけじゃないんだね」カラルはため息をつきながらいった。

〈炎の歌〉は手助けをしようとカラルの肘をつかんだ。

「もちろんそれは無理だ」魔法使いは思慮深く答えた。「体力や耐久力のように、時間が経てばチャグレンの〈癒し〉を受けるのと同じぐらい回復するものもある。さあ、こんなふうにからだを動かしてくれたら、こっちのもっと快適な寝床に寝かせてあげられる。そうしたらチャグレンが置いていったものを飲み、食事をして、それからまた眠るんだ。このあと二、三日は、厠への行き帰り以外の運動は禁止だ」

　カラルは〈炎の歌〉の助けを借りて、平たいクッションを重ねた寝床へ移動した。見かけよりはるかに寝心地がよかった。〈炎の歌〉はありったけの毛布や敷物や毛皮をカラルのからだに掛け直し、金属製の茶碗を手渡した。茶碗にはさっきとは別の薬草入りの飲み物がはいっていたが、今度の飲み物は心地よい果実の風味がしてかすかに甘く、飲んだあとには、どれだけ水を飲んでもおさまらなかった喉の渇きを癒してくれる、さわやかな渋味が残った。〈炎の歌〉に勧められるままにカラルは二杯目を飲んだ。それを飲み干しているあいだに、アン＝デシャが椀と匙《さじ》を手にあらわれた。

「少なくとも食事はできるようになるとチャグレンはいっていた。だからそれが今日のきみの仕事だよ」アン＝デシャはそういって、椀と匙をカラルに手渡した。椀には、ロ＝イシャが食べさせてくれていた味のしない粥《かゆ》ではなく、ちゃんとした汁物がはいっていた。すこし手が震えたが、カラルはなんとか自分で口に運んだだけでなく、一滴も残さず飲み干した。食事中、アン＝デシャと〈炎の歌〉は、ふたりの心配そうな世話係といった様子でずっと座ってカラルを見守っていた。そして空になった椀を、アン＝デシャが勝ち誇った笑顔を浮かべて受け取った。

「じきにきみもぼくたちと一緒に掃除や洗濯をするようになるよ」アン＝デシャは立ち上がりながらいった。若きシン＝エイ＝インが部屋を出ていくと、カラルは真剣なまなざしを〈炎の歌〉のほうに向けた。

「ぼくはあなたたちのために掃除や洗濯をしなければいけないような気がします。あなたと〈銀の狐〉のために」カラルは後ろめたさを隠せなかった。「あなたにはたくさんの時間を割いてもらっているのに、ぼくは何の役にも立っていない」

「いまはね」〈炎の歌〉はきっぱりとした口調で答えた。「その言い方は、きみがいままでにしたことやこれからすることを考えに入れていない。それに、わたしの時間はほとんど取られていないよ。きみは眠っていることが多いからね。ついでにいうと、眠ることこそ、いまのきみの仕事だ。このすばらしい飲み物をもう一杯飲んだら眠りたまえ」

カラルはいわれたとおりに三杯目を飲むと、また目を閉じた。本当は眠くなかったのだが。

しかし、飲み物に何かがはいっていたのか、さもなければ、機会さえあればすぐに眠ってしまうほどからだが睡眠を必要としていたのだろう。目を閉じて緊張をほぐす儀式に取りかかったかと思うと、ぐっすりと眠ってしまった。

〈炎の歌〉はカラルがすっかり夢の世界にはいりこんだのを見届けると、空になった水差しや椀や茶碗を集めて洗い場へ運んだ。洗い場になっているのは、一行がはじめて〈塔〉にはいったときに、外壁の穴からまず足を踏み入れた部屋だった——鍋から人のからだまで、あらゆるものをここで洗っていた。〈炎の歌〉は魔法をうまく使って、部屋の外まで導管《パイプ》を延ばした。外ではその導管に黒い琺瑯《ほうろう》引きの水桶がつながれ、シン＝エイ＝インたちが絶えず雪で一杯にしていた。水桶に放りこまれた雪を溶かすのに魔法は必要ない。日光とそれを補う馬糞を燃やした火がひとつあれば十分だった。導管は下に傾きながら部屋のなかへと通じ、そこで葡萄酒樽から取ってきた栓で塞いである。その栓をひねるだけで、どんな用途にも足りる量の水が出る仕組みだ。汚水は隧道《トンネル》の壁際に配管された、地中に延びる別の導管に流れこむ。いままでのところ、この仕組みで十分だった。

〈銀の狐〉が皿洗いと洗濯兼用の流しのところにいた。〈炎の歌〉はケストゥラ＝チェルンが汚れた皿を洗うというような雑用に時間と才能を浪費しているのを見て、罪の意識に胸を衝かれた。それは立派な彫刻家に雪かきを頼むのと同じぐらい理不尽な仕事に思えた。だが、

〈銀の狐〉はそこで、平然と細い指を動かし、野営生活の汚れ仕事をせっせとこなしている。それどころか、美貌のカレド＝エイ＝インは顔を上げ、近づいてくる〈炎の歌〉に微笑みかけると快活にいった。「困りごとが全部こんなふうに洗い流せるといいんだがなあ！　考えてみると、わたしはこのちょっとした旅を案外楽しんでいるよ。ここで休暇を過ごしているような気分だ！」

〈炎の歌〉は皿を〈銀の狐〉に渡しながら、うめくようにいった。「きみが、二週間かそれ以上、荒れ果てた土地に連れていかれるのを休暇だと思うような無知蒙昧な輩《やから》のひとりだと思うと、なぜか暗い気分になるよ」

「なんだって？」ケストゥラ＝チェルンは無邪気に問い返した。「きみはそう思わないのか？」青い目をきらきらさせながら〈銀の狐〉は続けた。「考えてみろよ。このすばらしい人里離れた場所、人の姿の見えない眺め、ほかの誰にも頼る必要がなく、すべてを自力でする喜びを！　自給自足を！　息の詰まりそうな規則や習慣に縛られない解放感を！」

「洗練された会話もない、娯楽もない、満足できる食べ物も温かい風呂も、ちゃんとした寝室もないんだ！」〈炎の歌〉はいい返した。「爪先はかじかみ、鼻はそれよりさらに冷たく、くつろぐためのクッションもない、そんな状態で小川のせせらぎを一時間聞くぐらいなら、退屈でどうでもいい田舎の廷臣のくだらないおしゃべりを一時間我慢するほうがわたしにはましだ。それに、皿洗いや繕いものがとりたてて楽しいとは思わないね、絶対に。あんなものはせいぜい退屈でうんざりする仕事、悪くいえば貴重な時間の無駄使いだ！」

ところが、〈銀の狐〉の鋭い、才気走った顔立ちは一瞬柔らかい表情になった。「きみにとってはたぶんそうだろう。けれどもこんな状況にでもならないかぎり、ケストゥラ＝チェルンが他人から必要とされないなんてありえないんだ。きみにとって、この地にいるのは追放に等しいのかもしれない。でも、わたしにとって、辺境の地で過ごす休暇は気晴らしなんだよ」

〈炎の歌〉はまたも罪の意識にさいなまれながら、流しの横に座りこんだ。「それなのに、ここでもきみはいろいろ要求されてる」〈炎の歌〉は自責の念に駆られながらいった。「だって、わたしはきみにいろいろなことを求めているし――」

しかし、〈銀の狐〉はただ笑っただけだった。そして長い黒髪を背後に振り払った。「違う、それは要求ではないよ、愛しい人《アヘラ》。お互いに対する欲望だ。わたしのきみへの要求だって同じように無遠慮なものかもしれないけれど、そうはいいたくない。でもこれだけはいえる――今回だけは、自分の感情を殺して他人の要求に注意を傾けるんじゃなくて、自分の欲するるままに行動できるってことだ」

〈炎の歌〉は、〈銀の狐〉にたいする罪の意識が消えるのを感じた。「わたしが……ありのままでいれば、きみはいっそう自由を感じられるというのか？　それなら、もっと多くを求めるべきかもしれないな！」

ケストゥラ＝チェルンは笑った。ちょうどそのとき、旅の荷物を背負った二頭の鷲獅子が、洗い場のある部屋に興味深げに嘴を突っこんできた。「なにを楽しぃぃいそぉぉにしぃぃいているのだ？」トレイヴァンが尋ねた。「そぉぉんなに鍋がおもしぃぃいろいのか？」

「友よ、それは鍋を洗っている人によるんですよ」〈銀の狐〉が答えた。「もう発つんですか？」

雌の鷲獅子のハイドナが力強くうなずいた。「助っ人が増えたから、そぉぉうすぅぅうるわ。わたしぃぃいがもっと若くてひとり身なら、残るのだけど、でも——」

「大丈夫」ハイドナの不安そうな声を聞いて、〈炎の歌〉は、きっぱりといった。とどまってほしいといわれるのを心配していると感じたのだ。「幼子のほうがわたしたちよりずっときみたちを必要としているのだからね。来てくれたことはもちろん感謝しているが」

「歴史の護り人が来れば、どちらにしぃぃいろわたしぃぃいたちは必要なくなる」トレイヴァンは〈炎の歌〉の言い分を認めた。「護り人ならわたしぃぃいたちよりもずっと正確に古文書を読めるだろう」

鷲獅子たちがここで見つかった古文書を解読できなかったのをくやしく思い、自分たちの責任だと感じているのが、〈炎の歌〉にはよくわかった。一行は、ク＝レイシーア族に関してすっかり間違った思いこみをしていたのだ。シン＝エイ＝インやテイレドゥラスではなく本当はカレド＝エイ＝インを名乗っていたかもしれない最後の一族なら、枝分かれしたほかの一族に比べて、本来の言語をより純粋な形で残しているにちがいないと。もしそうなら、鷲獅子たちは古文書を解読できたはずだった。しかも、ク＝レイシーア族はハイレイ族という変化を嫌う一族に交じって暮らすようになったわけだから、その言語は〈門〉を通じて西に逃れたときと変わらない元の形を保っているはずだという思いこみもあった。

ところが、ハイレイ族は変化を嫌うけれども、カレド＝エイ＝インはそうではなかったので、彼らの言葉が、シン＝エイ＝インやテイレドゥラスの場合と同じく、古語から次第に変化するのは避けようがなかった。おそらくシン＝エイ＝インやテイレドゥラスほど極端でも急速でもなかっただろうが、それでも変化はあった。その変化のせいで鷲獅子たちも、〈炎の歌〉やロ＝イシャと同じくらい古文書を読めなくなってしまったのだ。

だが、幸いなことに、ク＝レイシーアの先遣隊のなかには、新たな生活の場となる土地の状況を記録するために来ただけでなく、最古の文字の研究を趣味としている者がいた。その歴史家は、〈白鷲獅子〉がいた最古の時代の本物の学者ほどの専門家ではなかったが、〈塔〉に滞在する一行への協力を自ら申し出てくれていた。そして、二頭の鷲獅子よりは専門的な知識を発揮してくれるはずだった。

ともかく、理屈ではそのはずだ。いまのような普通とは違う状況では、理屈どおり事が進むことなどほとんどなかったが。

「きみたちがいなくなったら寂しくなるだろうな」〈炎の歌〉は心からいった。「きみたちは実に辛抱強かった。わたしにも、鷲獅子にとって地下が快適でないことはわかる」

ハイドナは何もいわなかったが、トレイヴァンはからだじゅうの羽根を揺すって身震いした。「たやすぅぅいことではなかったぞ」トレイヴァンは認めた。「偉大なるスカンドゥラノンがこのまさぁぁに同じ部屋を歩いたと知っていたからこそぉぉ、この場所にとどまれたと思うことがときどきあった」

〈炎の歌〉は共感しながらうなずいた。自分もそう遠くない昔には、先祖ヴァニエルがかつて働いたヘイヴンの宮殿にある〈要石《かなめいし》〉の部屋を訪れたことについて、やはりうやうやしい口調で同じ台詞を語ったことだろう。しかしそれは、そのヴァニエルにさらわれるようにしてヴァルデマール王国が抱える問題のなかに否応なく放りこまれる以前の話だ。自分にとってはほとんど霞《かすみ》のかかった昔話に等しい土地と民のために、助っ人になるよう頑固者の霊に駆り出されたせいで、〈炎の歌〉は、たいていの人より〝誉《ほま》れある先祖〟に対してややゆがんだ見方をするようになっていた。

(まあ、鷲獅子たちには幻想を抱かせておこう。ありがたいことに、スカンドゥラノンがいまわれらの問題に嘴をはさんでくることはなさそうだ。ヴァニエルのように姿をあらわすつもりなら、すでにこの場にいるはずだからな。ここの生き埋めにされたような感覚に鷲獅子たちが耐える唯一の支えがスカンドゥラノンだったのなら、幻想も役に立つというものだ)

それに、スカンドゥラノンははるか遠い昔、自分を敬うたくさんの孫やひ孫に囲まれて安らかに死んだのだ。スカンドゥラノンの伝説にまつわる不可思議な出来事が起こるという呪われた森の話もない。スカンドゥラノンの末裔《まつえい》には代々伝説があるのに。

だが〈炎の歌〉は、ヴァニエルは何を企んでいるのだろうと時折考えずにいられなかった。アンカーと〈隼殺し〉という二重の脅威が片づいても、いっこうに森から〝立ち去る〟気配を見せない。いまごろは〈網〉を取り除いて消耗した力を回復したにちがいない――完全な状態のヴァニエルときたら、自分以外の者が開いた〈門〉の支配権を奪い取り、五人の人間と四頭の鷲獅子、一頭のダイヘリ、二頭の〈共に歩むもの〉、そして二羽の〈絆の鳥〉を、ドウリシャ平原のはずれからヴァルデマールの北の国境を越えて〈悲しみの森〉の真ん中まで移動させるほどの力を持っていたのだ。これからもどんなことができるか、予想もつかなかった。

〈ヴァニエルがなぜ、直接〈隼殺し〉と対決しなかったのかはわかる気がする――でもたとえヴァニエルが――そしてイファンデスとステフェンが――自分でやつを相手にすることを許されていたとしても、〈隼殺し〉が勝つことはなかっただろう〉

「そぉおれで、あなたたちはここにとどまるつもりなのか?」トレイヴァンが尋ねた。

〈炎の歌〉と〈銀の狐〉は揃ってうなずいた。だが、答えたのは〈銀の狐〉のほうだった。

「だから〈誓いを立てし者〉の一団が新しい設備一式を持ってきてくれたんだよ。カラルにはすこし前に話したばかりだ。込み入った話を聞かせられるほど長く目を覚ましていることができなかったからね。カル＝エネイドゥラルたちからは、まだ冬の嵐に出くわさないのは幸運だったといわれた。だからといってその幸運が続くとはかぎらない。冬の嵐に捉まれば、シン＝エイ＝インと同じようにしないといけないだろう——つまり穴を掘り、凍死しないことを祈りながら冬のあいだじゅうそこにとどまるんだ。外に出る道が嵐で跡形もなくなってしまえば、元通りにする方法はない。動けなくなるなら、ここにいるほうがいい。ここならアーゾウの遺物の調査を続けられる。わたしは秘密の扉や隠し部屋を探すつもりだし、他の者はわたしたちが送り出した、嵐を打ち消す波の効果と持続期間を算出するんだ」

「そぉぉれがよいと思う」トレイヴァンは重々しい口調でいった。「わたしぃぃにはカラルが旅を乗り切れるとは思えないしぃぃ、大きな嵐ならなおさぁぁらだ」

「わたしもそう思う。だからここにとどまる案に賛成したのだ」〈炎の歌〉はそういうと、ため息をついた。「たとえそれが、春まで山賊のような暮らしになるということでもね」

トレイヴァンはその言葉を聞いて鷲獅子独特の笑みを浮かべ、鉤爪を握って〈炎の歌〉を殴るふりをした。「見栄っぱりめ！」トレイヴァンは笑いながらいった。「自分の美しさぁぁを〈銀の狐〉以外に誰もほめてくれないのが不満なだけのくせぇぇに！」

「そうじゃない。ほころびを縫ったり、鍋をごしごし洗ったりするのが好きというわけじゃないから不満なだけだ。ごく当たり前のことだろう」〈炎の歌〉は反論すると、しっしっと追い払うような手ぶりをした。「さっさと帰ればいい。家に戻って『でも父さんはしてもいいっていった！』とか、『でもアンドラのお母さんはアンドラにさせてるよ！』とか、『しないといけないの？』とかいう子どもたちのわめき声を聞くのが待ち遠しいんだろうから」

〈炎の歌〉はその気になれば意地の悪い物真似ができた。彼が本物の鷲獅子の子さながらに哀れっぽい口調で泣き言を並べ立てたので、鷲獅子たちは驚いて耳羽を寝かせた。

「ひょっとすぅぅると、ハイドナがわたしぃぃより先に行ってもいいかもしぃぃれない」トレイヴァンは思い切った提案をしたものの、ハイドナにきっとにらまれて首を引っこめた。「でも、無理かもしぃぃれない。だけど、大丈夫。わたしぃぃたちはアンカーにも立ち向かったしぃぃ、〈隼殺し〉にも、帝国軍にも魔法嵐にも立ち向かった。そぉぉれに比べれば、二頭の子どもぐらいどうだっていうんだ？」

「その敵が束になっても、子どもたちにはかなわないんじゃないか？　なにしろ、あの子たちは欲しいものを必ず手に入れてしまうのだから」〈炎の歌〉がそういうと、ハイドナが恐ろしい目つきで彼をにらんだ。「もちろん、わたしの意見などほとんど根拠がないよ！」〈炎の歌〉は慌てて意見を修正した。「なにしろわたしには子どもがいないのだから！」

ハイドナは鼻をふんと鳴らしたが、機嫌を直した様子だった。賢明にも、〈炎の歌〉は意見の続きをいわずにおくことにした。「きみたちがいなくなると皆、寂しい思いをするだろう」〈炎の歌〉は代わりにそういった。「けれど、きみたちは本分以上の働きをしたのだし、子どもには親が必要だ。友よ、気をつけて帰ってくれたまえ」

「ありがとう」トレイヴァンはひと言だけいった。

シン＝エイ＝インたちは、隧道《トンネル》へのもっと広い出入り口を用意するために、苦労して外壁に穴を開けてくれたのだが、それでもいまのように荷物を背負っていると、鷲獅子たちは窮屈《きゅうくつ》な思いをしながら通り抜けなければならなかった。礼儀として当然ながら、〈炎の歌〉は魔法の光で鷲獅子たちの前方を照らした。もちろん、トレイヴァンが自分の魔法の光を使うこともできたのだが。まっすぐの隧道で道に迷うはずはないが、明かりがあれば狭苦しさがすこしでもましに思えるかもしれないからだった。

〈銀の狐〉は鷲獅子たちを見送ったあとしばらく座っていた。「知ってるかい」ようやく〈銀の狐〉が口を開いた。「彼らは、わたしが若いころ唯一うらやましく思った生き物なんだ」

「鷲獅子という生き物を？」〈炎の歌〉は尋ねた。「それとも特にあのふたりのことを？」

「鷲獅子全部をだよ」〈銀の狐〉はそう答えると、ふたたび洗い物に取りかかった。「主な理由はもちろん、鷲獅子が空を飛べるからだ。だがそれに加えて、鷲獅子は実に驚くべき生き物だ。羽根でできたすばらしい衣装をまとっているし、鉤爪と嘴でどんな戦士より万全の武装をしている。そのうえ、特に手先の器用さが必要な細かい仕事以外はどんな仕事でもできる。ケストゥラ＝チェルンにだってなれるんだ！　だからうらやましかった」

「で、いまは？」〈炎の歌〉が尋ねた。

「歳を取っていろいろ経験したいまでは、鷲獅子たちがそうした天賦の才能と引き換えにどれだけの代償を支払っているかがわかる。鷲獅子の消化力がどれだけ弱いかを知ればきっとびっくりするよ。人間なら調子が悪いぐらいですませてしまう病気でも倒れてしまうし、年齢とともに関節のこわばりと痛みに悩まされることが多い。そういう欠点があっても鷲獅子として生きるのが幸せかどうか、いまだに答えは出ない」〈銀の狐〉はつけ加えた。「だけど、うらやましいと思う気持ちはもうなくなったよ」
「わたしは誰かをうらやましいと思ったことは一度もないな」〈炎の歌〉は静かにいった。「自分以外の存在になりたいと思ったことがなかったからね」それで話は終わりだった。

「……そして〈沈黙の魔法使い〉はここ、カ＝ヴェヌショーの要塞にすべての軍を連れ戻した」チャグレンは床に描いた地図の一点を木炭で指しながらそういった。カラルはうなずくと、チャグレンが話す〈魔法戦争〉史の続きに聞き入った。確かに一度はロ＝イシャから聞かされた話だったが、チャグレンはこの歴史の縮約版を実際に体験したのだ。それは訓練中のある特別な瞬間、つまりカタ＝シン＝エイ＝インへ行き、チャグレンが〈時の網〉と呼ぶものが収められた神聖な建物のなかにはいったときのことだった。カラルの言葉の理解力ではその〈網〉がどんなものかを具体的に思い描くことはできなかったが、チャグレンの話では、その〈網〉にはそれを創った者の記憶が残っていて、特定の状況下ではその記憶が呼び覚まされ、体験できるということだった。カラルはチャグレンの話を信じる気になった。これまで自分が見てきたことを思えば、超自然的な驚異がもうひとつ増えたからといってどうだというのだ？

鷲獅子たちからは、彼らのあいだで伝えられてきた〈魔法戦争〉の話を聞かされていた。当然のことながら、その話には〈黒鷲獅子〉の英雄的な活躍にかなりの比重が置かれていた。〈銀の狐〉でさえすこし違う話をしてくれた。〈琥珀《こはく》の竜〉や〈ウィルサ殺し〉のタドリスをはじめ、その後代々のカレド＝エイ＝インのケストゥラ＝チェルンのあいだに伝わってきた話だからだ。

「……そういうわけでここは、使用できる武器がまだあるとわかる前からわたしたちにとっては大切な場所だったのです」チャグレンの話は終わった。「いいですか。大切な場所であって、神聖な場所ではないんですよ。わたしたち〈平原の民〉はいかなる人間も〝神聖〟だとは考えません。〈女神の使い〉やカル＝エネイドゥラルでさえもです。〈沈黙の魔法使い〉は善良で立派な人物でしたが、すべての人間と同じように欠点もありました。普通の人と違っていたのは、自分の弱点を知り、そのせいで他者を傷つけないよう、その欠点を抑制するため生涯努力し続けたこと。そして、普通では考えられないほど多くの時間を他者の幸福のために捧げたことです。〈沈黙の魔法使い〉が危険な存在となったのは、自分では抑制しなくてもかまわないと思っていた点、つまり彼の好奇心と、変化そのものを求めて物事に干渉し、変えたいという欲求のせいでした」

カラルはチャグレンの話をじっくり考えた。〈大変動〉の話だけでなく、三つの文化それぞれが〈達人〉アーゾウをどう見ていたかについて様々な形で伝えられてきた話を聞くのはおもしろかった。少なくとも鷲獅子たちにとっては、アーゾウは究極の〈偉大なる父〉だった。驚くにはあたらない。自分たちの造り主だと知っていたのだから。〈銀の狐〉にとっては、なじみ深い歴史上の人物であり、神とまではいかなくても、人間をはるかに超えた、崇敬の対象といってよい存在でもあった。テイレドゥラス族にとっては霞のかかった過去の人物で、めったに思い出すこともなかった。たいていの者は名前も知らず、〈沈黙の魔法使い〉とだけ呼ぶ。ほとんどのシン＝エイ＝インはそれさえもせず――

ただ、カル＝エネイドゥラルだけは別だ。彼らにとってアーゾウはひとりの人間だった。活力にあふれ、心底善良だが、手を触れるべきでないものに手出しせずにいられない人物。間違いなく、その見方にはカル＝エネイドゥラル特有の魔法にたいする偏見が影響していた。チャグレンですら、そうした偏見と無縁ではない。もっとひどい偏見を持つ者に比べればましだったが。

シン＝エイ＝インは〈女神〉から直々に〈平原〉の守護役に任命されたのだった。もっとも、大半の者は、この地に侵入者から守るべきものが本当にあるとは知らずにいたのだが。もちろん、女神なのだから、そうしようと思えば武器や危険なものを簡単に取り除くこともできたはずだ。しかし神々のなせる業については、何世紀調べてもわからないことが多い。女神に仕えるカル＝エネイドゥラルが〈平原〉とその中心にあるこの〈塔〉を他所者に開放したということは、シン＝エイ＝インの〈女神〉直々の命令があったからにちがいない。〈塔〉を魔法使いたちに開放すると知ったとき、カル＝エネイドゥラルたちがどう反応したかを想像するのは難しかった。

（カル＝エネイドゥラルの信仰はとてもあついにちがいない）カラルは感心した。（ぼくが〈使者〉と〈共に歩むもの〉が悪魔ではないことを受け入れるのにどれだけ時間がかかったことか――カル＝エネイドゥラルはずっと短時間で恐怖心を捨てたんだから）

あるいは、恐怖心を捨てるのは無理だったとしても、それを克服して働いたのだ。カラルはカル＝エネイドゥラルから敵意を感じたことは一度もなかった。感じたのは警戒心だけで、それは未知の民の見知らぬ人物に対面したら自分でも抱くような感情だった。

とはいっても、おそらくカル＝エネイドゥラルたちは、仲間の誰に他所者の手助けを許すかについて、かなり慎重に考えたにちがいない。

「ぼくならそれほど変化を求めないけど」カラルは力なく笑いながらいった。「魔法嵐のせいで、その点については選択の余地があまりなくなっているんですね」

チャグレンは顔をしかめた。鷲のような顔立ちのせいで、その表情がひときわ目立った。

「その災難もアーゾウのせいにされることがありますね。アーゾウが違う選択をしていたら、いまこんなことにはなっていないという者もいます」

（おもしろい言い方だ。自分はもっと広い視野で物事を見ているということだろうか？）

「でも、あなたはそうは思わない？」カラルはそっと尋ねた。

チャグレンは一瞬、答えるつもりがないような顔をしたが、すぐに肩をすくめた。「わたしはそうは思いません。アーゾウの大敵であるマ＝アルが世界をもっとひどい状態にしなかったともかぎりません。なにしろ、〈隼殺し〉やアンカーがどんな大混乱を引き起こしたか、考えてごらんなさい。あのふたりはマ＝アルより下級の魔法使いだったんです。一方で、わたしのレイシー＝アの師たちには……魔法使いと関わった経験がありました」

それは知らない単語だったが、カラルはなんとなくその語源がわかるような気がした。魂に関係する何かだ。「どういう先生なんですか？」カラルは自分の推測が正しいかどうか試そうと尋ねた。

「あなたがたは〝精霊〟と呼んでいると思います。もっとも、〈女神〉がお望みになれば、ちゃんと実体のある存在にもなれるのですが」チャグレンはまるで毎日幽霊と会話しているとでもいうように平然と答えた。ひょっとすると本当にそうなのかもしれない。

「〈剣の誓いを立てし者〉のほとんどは人生のどこかで、ひとりか、それ以上のレイシー＝アのカル＝エネイドゥラルに出会います。なかには――」チャグレンはそういいかけ、カラルのすぐ後ろのあたりを一瞬じっと見て言葉に詰まった。そして目を大きく見開くと、軽く頭を下げた。「他所《よそ》のお方」チャグレンがうって変わった、とてもうやうやしい口調でいった。「あなたは自分の目で見ることになるでしょう」

カラルが振り返ると、別の〈剣に誓いを立てし者〉が入り口に立っていた。今度は明らかに女性だが、どこから見ても戦士にしか見えない。頭から爪先まで黒ずくめの衣装をまとい、顔の下半分を面紗《ヴェール》か肩掛けのようなものでおおっている。革帯には剣と長めの短剣を下げているが、重さは気にならない様子だ。その女性は二歩で部屋を横切ると寝床の横に立ち、カラルを見下ろした。

身なりだけ見れば人を怯えさせる怖い印象を与えるかもしれないが、彼女自身に恐ろしいところはまったくなかった。力があるのは間違いない。そして、もちろん堂々としている――だがカラルは何のためらいもなく信頼しただろう。黒い面紗の上に見えている青い目は楽しげでやさしく、笑っている感じがしたのだ。

「起き上がってちゃんとご挨拶ができないのをお許しください、ご婦人」カラルはありったけの敬意を込めていった。

「いや、気にすることはない」女性は答えたが、その声にはまるでとても深い井戸の底から話しているような、妙にうつろな響きがあった。「いまはまだ何もできないと聞いている」

カラルはこの女性に想像もつかない何かがあるのを見てとり――というより感じ取り――目を細めた。この女性はよく知っている何かを思い出させる。実際、この女性には言葉ではいい表せない霊気があり、それはまるで――まるで――

（太陽神よ！　この女性《ひと》は――）

「きっと」カラルは深呼吸をしてから慎重に話しはじめた。「あなたのようにあとの世代を教えることを選んだ〈誓いを立てし者〉は、〈火猫〉や〈共に歩むもの〉のような肉体的な手段をわざわざ使ったりなさらないのですね」（この女性は精霊だ。そうにちがいない！　アン＝デシャの〈女神の使い〉に似ているけど、ただもっとこの世に近い。もっと現実なんだ）カラルは自分の勇気に頭がくらくらした。こんなふうに精霊の目をまともに見て、対等の立場で話をするなんて！

「選んだというより選ばれたというべきだね。でもあんたのいうとおりだよ、お若いの」精霊は答えた。そのくぐもった声はかすかな笑いを含んでいた。「一度か二度、女神さまが〈黒き共に歩むもの〉はどうだろうと思いつかれたのも確かだけど。それとも〈黒き乗り手〉だったかな」

　そんな思いつきはきっとフロリアンを憤慨させただろう。カラルは笑顔になるのをこらえなければならなかった。（〈黒き共に歩むもの〉だって？〈使者〉たちは絶対に気に入らないだろうな！）

「わたしの同族の者に会ったんだね」精霊は話を続けた。「あんたには彼女の痕跡がある。ということはあんたに好意を持ったんだね。あの子が誰かを気に入るなんてめったにないことなのに」

このカル＝エネイドゥラルが誰のことを話しているのか、カラルはしばらく必死に考えてみた。「あの――おっしゃっているのは――クウェルナのことですか？」思い切ってそういいながら、あのどちらかというとよそよそしい女性が、どうしたら自分に痕跡を残したりできたのか想像しようとした。

その言葉に精霊は声をあげて笑った。「違うね、若き〈一族〉の友よ。ケ、ケ、ケ、ケロウィンだよ。あんたは投げたりして武器として使えそうなものを全部並べただろう。必要になりそうな順に手が届くようにね。それがわたしのいう〝痕跡〟だよ。ケロウィンは、習慣になってしまうほど徹底してあんたを鍛えたんだね」

驚いてカラルが思わず目を下にやると、まさに指摘されたとおり、投げて使うものは一番遠い場所に、そして短剣はすぐ手元に置いてあった。カラルは顔が真っ赤になった。ぼくがシン＝エイ＝インを信用していないのを、チャグレンはどう思っているだろう？　暗殺者かもしれない者が紛れこんでいるのではないかと考えているのを知って？

「心配しなくていい、お若いの」精霊はしゃがれた声でたしなめるようにいった。「それはもっとも望ましい習慣のひとつなんだから。好意的でない人物がここにはいりこんでいたらどうする？　もっと狂信的な仲間の誰かが、女神があんたたちに裏切られたと思いこみ、全員が死ななければならなかったらどうする？　わたしたちがこういうのをご存じないかな？

『すべての出口を知っておけ』『扉に背を向けて座るな』『鏡に映る姿を見よ』『影に注意せよ』『両手は空けておき、武器はいつでも使えるようにしておけ』」

（太陽神よ！）カラルはやけくそな気分で考えた。（シン＝エイ＝インの格言で集中攻撃を受けています！　なんと恐しい死に方でしょう！）

カラルは軽い気持ちでそう思ったのだが、そのカル＝エネイドゥラルはシン＝エイ＝インがこれまで編み出してきた、自己防衛に関する格言を残らず並べ立てるまで続けるつもりのようだった。「『食事の席に着くときには剣をかたわらに置くことなかれ――背に負うべし。そのほうがすばやく抜ける』『偽りの友より偽りのない敵』もし――」

「『賢者は多くを語らず』」カラルは話をさえぎった。延々と果てしなく続きそうな格言を打ち切ろうと必死だった。シン＝エイ＝インはみんなこんな調子なのだろうか？　ケロウィンでさえ、ちょっとしたきっかけでシン＝エイ＝インの格言を並べ立てることがよくあった。カル＝エネイドゥラルの精霊ともなれば、たぶんいままでに作られたあらゆる格言を知っているのだろう！

精霊はふたたび大声で笑った。「そのとおり！」その言葉には称賛が込められていた。「その感覚を忘れずに。そうすればこの状況を乗り切れるかもしれない。チャグレン、この者を手厚く世話するように。見かけ以上に奥が深い人間だよ」

チャグレンは深く頭を下げ「師よ、おっしゃるとおりに」と答えた。

カラルが心の準備をする間もなく、精霊は姿を消した。まばたきするかしないかのあいだに、いなくなっていたのだ。背筋がぞっとしたが、それを絶対に表に出すまいと思った。

「面紗をつけた黒衣の〈誓いを立てし者〉を見かけたら」チャグレンがゆっくりといった。「それはレイシー＝アです。ここにはわたしたちと一緒に何人かレイシー＝アが来ています。あなたがたの安全を確保するために来たのだと思います……あるいは、わたしたちの安全の確保のためかも。どちらなのか議論になっています」

「両方のためという可能性が高そうですね」カラルは軽いめまいを感じながらいった。「ケロウィンはあの人の親戚なんですか？」

チャグレンは肩をすくめた。「そういっていましたね。わたしには初耳です。レイシー＝アたちは過去のことは語りたがらないのです。名前を知らないことさえしょっちゅうあります。あの人はわたしのはじめての剣の師で、わたしが〈誓い〉を立てた晩に来てくれました――」チャグレンは話を急にやめると頭を振った。「無駄話をしてしまいました。それで、他所者《よそもの》の若き司祭殿、あなたはある種の試験に合格されたと考えてかまいません。この先、あなたがここにいる権利についてとやかくいう者は、〈誓いを立てし者〉のなかにはいませんから」

その、かなり驚くべき言葉を残すと、チャグレンは背を向けて部屋を出ていった。ひとり残されたカラルの頭のなかでは、ごく控えめにいってもとても複雑な思いがめぐっていた。

もっとも、ひとつだけまったく複雑でない思いがあった。

（ということは、ぼくがここにいる権利についてはもうとやかくいわれないんだ。ぼくにとってはいいことだけど、ほかの仲間はどうなんだろう？）

すっかり傷んだ襯衣《シャツ》をしかめっ面で眺めながら、〈炎の歌〉はため息をついた。〈炎の歌〉お気に入りの衣装は、過酷な暮らしや野営生活には適していなかったのだ。

「にらんでいても縁《ふち》は元通りにならないよ」〈銀の狐〉が口にたくさんの待ち針をくわえたままいった。「あきらめて地道に繕ったほうがいい」

〈炎の歌〉は小さなうなり声をあげ、渋々針と糸を取り上げた。「きみはそういえるからいいよ」〈炎の歌〉は不平をいった。「きみは皿洗いをする代わりに寝室の掃除をアン＝デシャに頼んだし、ロ＝イシャには按摩《あんま》をするのと引き替えに寝具の洗濯と布団干しを頼んだ。わたしには人が交換したいといってくれるような特技がないんだ！　ヴァルデマールは野蛮なところだったけど、ここよりはましな気がするよ！」

〈銀の狐〉はくすくす笑った。「もっとひどいことになっていたかもしれないんだよ。きみが作った料理をまだ食べていたかもしれないんだから。親族の者が料理をほとんど引き受けてくれて、本当にありがたいよ」

〈炎の歌〉はふたたびうなり声をあげた。「きみがそんなことをいえるのは、カル＝エネイドゥラルでも興味を持つようなことができるからだよ。わたしは魔法使いだ。できるのはそれだけだ。そしてカル＝エネイドゥラルたちは、わたしができることは何ひとつ欲しがらないんだ！」

〈銀の狐〉は針を置き、〈炎の歌〉を思いやるように見上げた。「きみはただの魔法使いじゃない。恋する人でもある。ただ、カル＝エネイドゥラルたちにとってはあまりにも別世界の存在なので、雲の寝床で眠るのを空想するほうが楽なんだよ。本当にしたくないことがあるなら、そういってくれ。代わりにわたしにさせてほしい。あるいは按摩か何かと交換に〈誓いを立てし者〉の誰かにしてもらってはどうかな？　愛しい人《アシャカ》、きみは魔法使いなんだから、じきに服の縁やほころびなんかよりもっと大事なことを心配しなければならなくなると思うよ」

〈炎の歌〉は返事をしそうになったが、頭を振ってひとり笑いをした。「どうしてなんだろう？　きみがそんなふうにいうと、わたしの自尊心はくすぐられるどころか見事に叩きつぶされて、不安でいっぱいになるんだ」

〈銀の狐〉はただ小首をかしげ、こう答えただけだった。「わたしが？」

〈話題を変えよう〉〈炎の歌〉は考えた。〈あまり自分の心のなかばかりのぞかないほうがいい〉「いまなら対抗する力が〈嵐〉の波を小さくしているから、いつもより魔法が当てにできる。まだ厄介な状態だが、〈平原〉の端のほうならすぐに〈門〉を開けると思う。それができれば、とりあえずここでの生活をましにしてくれるものをいくつかは取り寄せられる。クラ＝レイシーアは生活を快適にするものをどれだけこちらに分けてくれると思う？　わたしは何週間もちゃんとした風呂にはいっていないし、ほかの者だってそうだ。大きな桶なら、たとえ馬の飲み水用のものだって大歓迎だ。湯沸かし用の銅の釜ならなおさら結構」

〈銀の狐〉は考えこんでいるようだった。「送ってもらえるものはかなりあるかもしれない。あちらに残してきたテイレドゥラスたちの荷物とか、わたしたちのとかね。それに――もし〈門〉を開くことができれば、こちらに来てもいいというヘルタシを何匹か呼び寄せることができる。冬に〈平原〉を渡ってくるのはヘルタシには大変なことだから、そんなことは頼めない。でも、こちらに来れば寒くないと確信できれば、〈門〉を使ってやってくるかもしれない」

〈炎の歌〉は一瞬、あこがれの思いで目を閉じた。ああ、いつも世話をしてくれたヘルタシたちがいてくれたら！　ほんの一匹か二匹いれば、二度と退屈な雑用をせずにすむのだが。まさに自分が御免こうむりたいと思っているような仕事をこなすのがヘルタシたちの望みなのだし、きっとここの人たちにも、てきぱきした仕事の段取りの手本を示せるだろう。

「試す前に、ヘイヴンにいるセジェンズやほかの者が〈門〉を開くにあたって調べた情報を知ることができるかどうか、確かめたほうがいい」〈炎の歌〉はしばらく考えこんでから答えた。「二匹のヘルタシに来てもらうために多くをあきらめるのが嫌なのではなくて、ヘルタシたちを危険にさらしたくないんだ。桶や穀物の袋を送ってもらうのとはわけが違う。命にかかわることだからね」

〈銀の狐〉はうなずくと、縫物の糸を嚙み切った。「生き物が通っても大丈夫な〈門〉が開けたら、カラルを送り返すべきだろうか？　カラルはク＝レイシーアと一緒にいるほうがいいんじゃないかな」

またしても〈炎の歌〉は迷った。（さて、どうしたものか。きちんと面倒を見てもらえるところのほうがカラルのためにはいいだろう。だが——ここにある装置のうち、あとどれだけが〈経路〉を必要とするのだろうか？　最初の〈大変動〉がそっくり反転した形で起こる、問題の最後の〈嵐〉を迎え撃つために、われわれは何をしなければならないのだろう？）

「そうしたいのなら、アン＝デシャとロ＝イシャに頼めばいい。ただ困ったことに、われわれにはまだカラルが必要な気がする。カラル自身がここにとどまると決めたら、そうさせるべきだ」〈炎の歌〉はさらに二、三針縫うと糸を玉留めにした。「カラルはとどまるといい張るんじゃないかな。あの若者を見ていると、ときどき自分が恥ずかしくなる。わたしは自分の面倒を見ないといけないといって、ここに座って嘆き悲しんでいるのに、カラルはからだが弱って手伝えないといって気を揉んでいるのだから」〈炎の歌〉は頭を振った。

「たぶん、だからカラルは聖職者で、きみはそうじゃないんだよ」〈銀の狐〉はやさしい口調でいった。「カラルは与えるものが何もないときでも、自分の身を捧げようとする。そのせいで彼は傷つく。でも、自分が役立っているという実感も得られるんだ。あれほどの自己犠牲は誰もができることではない。女神さまはご存じだが、わたしにはとうてい——」

誰かが走ってくる足音で〈銀の狐〉の言葉はさえぎられた。「ねえ、ふたりとも！」アン＝デシャが部屋をのぞきこんだ。「カラルの部屋に来てくれないか。アルトラがヘイヴンに〈跳躍〉して、セジェンズからの伝言を持って帰ってきたんだ！」

〈炎の歌〉と〈銀の狐〉はふたりとも繕いものを取り落として立ち上がり、カラルの部屋へと急いだ——それは、カラルを通じてすさまじい力のすべてを放出した例の〝武器〟が収められていた部屋だった。〈炎の歌〉はそのことをまだカラルに話していなかった。カラルを動かさないでおこうと決めたとき、どの部屋も同じに見えるので、自分がどの部屋にいるのか、たぶんカラルにはわからないだろうと踏んだのだ。（カラルがどんな反応を示すかはわからない。気にしないかもしれないし——自分が死にかけた部屋にいるとわかれば、不安に駆られ、神経質になるかもしれない）

カラルの部屋に行くと、ロ＝イシャと数人のカル＝エネイドゥラル、それにフロリアンとアン＝デシャがすでに待っていた。カラルの膝の上にはアルトラが座り、そのかたわらには未開封の伝言用の筒があった。

〈炎の歌〉はその光景に当惑した。そして、ヘイヴンで魔法使いや〈技術者〉たちとずっと仕事をしていたせいで、無意識のうちにもっと大勢の人間がいると思いこんでいた自分に気づいた。〈では、いまはこれで全員なんだ。いいことなのかどうかわからない。認めたくはないが、あの〈技術者〉連中は優れた思いつきも持っていたから〉

「この伝言がヴァルデマール語で書かれているといいんだけど、たぶん違うでしょうね」カラルがいった。「でも帝国の言葉だったら、必要なら訳すぐらいはできます」

「頼むよ」〈炎の歌〉はカラルに筒を手に取るよう身振りで示しながらいった。「わたしはヴァルデマール語でさえそれほど読めない。フロリアンを除けば、一番読めるのはきみだよ」

「フロリアンが巻紙を広げようとしている様子が目に浮かびます！」カラルはくすくす笑った。でも〈炎の歌〉は、フロリアンがカラルの肩越しにのぞきこみにきたのに気づいた。たぶん、翻訳を助けるためだろう。

〈アイヤに外国の言葉が読めたらな〉〈炎の歌〉はうらやましく思った。〈そうすれば、それぞれが得意な言語をひとつずつ持てる。さぞかし便利だろう！〉

カラルは筒を開けて巻紙を取り出し、がさがさと音を立てながら広げた。

書簡は明らかにヴァルデマール語で書かれていた。カラルの渋面は消え、すぐに読み上げはじめた。フロリアンに促されたようだった。

手紙の文面は唐突にはじまっていた。「『前略、〈門〉を開こうとか、使おうとかしないように。こちらですでに試みたが、残念な結果に終わった』つけ加えると、〝残念な〟というところに下線が引いてあります」

〈炎の歌〉は顔をしかめた。（心配していたとおりだ）

「予想以上に不安定な状況なのにちがいない」アン＝デシャが驚いたようにいった。「ちょっとした魔法はうまくいったから、もっと大きな魔法はきっと大丈夫だと思っていたんだけど」

「それはいまいる場所のおかげかもしれない」〈炎の歌〉はそういってアン＝デシャに思い出させた。「われわれの知るところでは、〈塔〉の遺跡の上には遮蔽があるんだ。その遮蔽が強いので、ここではほとんど何でもできるし、外で起こっていることの影響も受けない」

カラルがふたたび咳払いし、皆の注目を集めた。〈炎の歌〉が振り返ってうなずくと、カラルは手紙の続きを読んだ。「『つまり、皆さん、あなたがたの異郷での暮らしは当分続くのではないかと思われます。皆さんがそちらの〈装置〉の力を解き放った直後に、こちらでは局地的な〈門〉を開き、二、三の小さな物を移動させようとしました。念のために無生物を選んでおいて幸いでした。反対側に着いたときの状態がかなりひどかったからです。よくて、部分的にしか原形をとどめていないありさまでした。かなりの部分が乾燥したり、劣化したり、物理的に押しつぶされたりしていました。さしあたってアルトラの〈跳躍〉は、人間を〝運ぶ〟場合でもそのような問題を起こす心配はないようです。ただアルトラによると、時間が経つにつれ〈跳躍〉が難しくなっているということです』」

カラルがそのくだりを読むと、当のアルトラが顔を上げ、意見をいった。〈〈跳躍〉できる距離がだんだん短くなっている。二、三週のうちに、ある場所まで〈跳躍〉するのに〈共に歩むもの〉がそこまで走るのと同じぐらい時間がかかるようになるかもしれない〉

息を凝らして聞いていた〈炎の歌〉はふーっと息を吐き出した。（やはりク＝レイシーアに戻るべきなのだろうか。こんな暮らしを続けていけるかどうかわからない。正気は失わなくても、平静でいられなくなるかもしれない）「うーん、それはあまりありがたくない知らせだ」〈炎の歌〉はできるだけさりげない調子でいった。「ほかには何か書いてあるか？」

カラルは急いで手紙に目を通した。「悪い知らせのあとは、もっと堅苦しく専門的な内容になっています。手短にいうと、アルトラは〈跳躍〉できなくなる前にヘイヴンからここへ誰かひとりかふたりなら連れていけるだろう、だが、ここヘイヴンとの連絡方法を考える必要がある――水晶を使えばいいかもしれない、ということです。形あるものを移動させたり動かしたりする魔法より、そういう働きのない魔法のほうがうまくいくようです。ここを保護している遮蔽があるなら、それが水晶を使った連絡まで邪魔しなければいいのですが」

カラルは手紙を〈炎の歌〉に渡した。「詳しいことはあとで読んでください。書いてあることのほとんどが、ぼくには部分的にしかわからないので」

「あとでよく読むよ」〈炎の歌〉は約束した。「いま問題なのは、われわれはどうするか、だ。アルトラに誰かを連れてきてもらうなら、早いほうがいい」

「できることなら」アン＝デシャがゆっくりといった。「セジェンズとレヴィ師範の両方に来てもらいたいな」

〈炎の歌〉はそれを聞いて天を仰いだが、渋々同意せざるをえなかった。「もしふたりが〈跳躍〉の不快さを我慢してくれるなら、それ以上の人選はないだろうな」〈炎の歌〉はため息をついた。「セジェンズはわれわれの知らない魔法をよく知っているし、レヴィ師範は――」〈炎の歌〉はすこし間を取り、寛大な気持ちになるよう自分にいい聞かせると、注意深く言葉を選んだ。「レヴィ師範はわれわれの抱えている問題を独自の視点から見ることができる。レヴィ師範が無理だとしても、師範級の〈技術者〉をひとりは呼ぶべきだ。このわたしでさえ、彼らの助けなしにはここで何もやり遂げられなかったかもしれない」

アン＝デシャとカラルは揃って力強くうなずいた。〈炎の歌〉はすこし気分を害したが、〈技術者〉の協力がなければ〈達人〉ひとり分に匹敵する人材なしで作業をすることになると認めざるをえなかった。（われわれには、あのまったく異なるものの見方が必要だ。それに、レヴィ師範は意外にも自己評価どおり頭がいいのかもしれない）

（レヴィ師範とセジェンズはもう自ら名乗り出ている）思いがけずアルトラが割りこんできた。（ここでふたりが歓迎されるかどうか様子を見ていたんだ。よければ、いますぐふたりを迎えに戻ってもいい。あちらに行ってふたりを連れてくるのに二、三日はかかるだろうが）

これには〈炎の歌〉も驚いた。二、三日だって？　アルトラが〈跳躍〉できる距離はとても短くなったのだ！「数日かかるのなら、いますぐ戻ったほうがいい」彼は〈火猫〉にいった。「待つあいだに状況がどれくらい悪くなるだろうと心配したくはないからね」

〈火猫〉はうなずくと、カラルの膝から姿を消した。あとに残った者のなかでロ＝イシャだけが不安げな表情だった。

「何か気がかりなことでも？　祈禱師殿」ロ＝イシャの困ったような目を見て、〈炎の歌〉は丁寧な口調で尋ねた。

ロ＝イシャは肩をすくめた。「新たに人を呼び寄せる前に、わたしたちを世話してくれている人たちの許可をもらわなくてよかったのかと気になっただけです。このうえふたりも他所者が増えて、あの人たちの機嫌を損ねなければいいのですが」

不思議なことに、ロ＝イシャのそのささやかな異議申し立てが、〈炎の歌〉の決心をかえって固いものにした。「そもそも、最初からあのふたりがここにいたら、一時しのぎではなくて、永続的な解決策が得られたかもしれないんだ」〈炎の歌〉は断固とした口調でいった。

「わたしとしては、ぜひふたりに来てもらいたい。ロ＝イシャ、心配しすぎだ。そのふたりが何らかの方法でわたしたちを屈服させ、アーゾウの禁じられた魔法の秘密を持って逃げてしまうのではないかと心配しているのなら、レヴィ師範は実際の魔法については何も知らないし、セジェンズはもう歳を取っていて、きみにひと言辛辣《しんらつ》な言葉を浴びせられるだけでからだじゅうの骨が折れてしまうかもしれないほどだ！　どちらかひとりでも、ふたり一緒でも、何の脅威にもならない！」

「ああ、わかりました。でもわたしの意見など気にする必要はない」ロ＝イシャはそういいかけたが、すぐにまた肩をすくめた。「いや、あるいは気にすべきなのかな。ここではわたしにもカル＝エネイドゥラルと同等の権限があるのかもしれない」彼は顔をしかめた。「権限を持つのは好きではありませんが、そうしてもいいころなんでしょう」

〈炎の歌〉もそのとおりだと思ったので、ただうなずいただけで何もいわなかった。

カラルが疲れたように見えたので、〈炎の歌〉は突然立ち上がった。「別の隠れ部屋を探そうと思う。この場所にはまだまだわれわれの知らない秘密があるという気がするからね。誰かわたしと一緒に来てくれる人は？」

アーゾウは歴史上もっとも才能にあふれ、思いやり深い人物のひとりだったかもしれないが、そのもとで働いていた建築家たちも少なからず才能に恵まれていた。〈炎の歌〉はすでにひとつ、小さい隠れ部屋を見つけていた。〝洗い場〟で滴が垂れたあと、肉眼では見えない裂け目を通って流れていく箇所があるのに気づき、床を注意深く探ると隠し部屋が見つかったのだ。その部屋には何もなかった――実際、おそらくただの物置だったのだろう――しかし、この建物の床下にそういう場所がほかにもあるかもしれないとわかったので、よく探せばもっと重要な場所が見つかるような気がしていた。

「ぼくが手伝うよ」思いがけずアン＝デシャがいった。

〈炎の歌〉はにっこりし、「じゃ、来てくれ」と応えた。「次は髑髏部屋《どくろ》を調べてみるつもりだ」

〝髑髏部屋〟とは、〈技術者〉と祈禱師五、六人の忘れ物と、宴会二、三回分の残り物とがごちゃ混ぜになったような、奇怪な装置が見つかった部屋のことだった。真ん中にあったのは装飾を施した牛の頭蓋骨だったが、それが何のためのものなのか、誰も見当さえつかなかった。怖くて分解もできなかったところだが、もろい構造だったのですでに何ヶ所か壊れていた。そして一行が魔法を使った際の衝撃で完全に崩れてしまったが、特に悪影響はなかった。

〈炎の歌〉はその部屋自体に魔法の力を感じたので、魔法を使う代わりに普通の五感を利用した。排水に手がかりがあると考え、見えやすいように微量の墨汁を混ぜた水を入れた革袋を持ってきて、中身を床の上に垂らしたのだ。そして、水が流れるか、それとも消えてなくなるかを観察した。

アン＝デシャの協力のおかげで、ひとりでするよりずっとはかどった。とても退屈な作業だったし、アン＝デシャが何か話を切りだすのだろうと予想はしていたが、その話題までは予想していなかった。

「きみは帰国を考えているんだろう?」アン＝デシャがいった。「故郷の〈谷〉とまではいかなくても、ク＝レイシーアのところに帰りたいと」

〈炎の歌〉ははじめ返事をしなかった。そして、床に垂らした水に細心の注意を払っているふりをした。「こういう暮らしに慣れていないんだ」〈炎の歌〉はそういって、問いかけに直接答えるのを避けた。「こういう暮らしはわたしにはつらいんだ。きみよりもね」

「それについて議論するつもりはないよ」アン＝デシャは相手の言い分を認めた。「それに、帰るのをぼくが責めていると思わないでほしいんだ。鷲獅子たちはそうしたんだし」

「でも鷲獅子たちには帰りを待っている二頭の子どもがいる」〈炎の歌〉はぴしゃりといった。「わたしにはいない。わたしには、また快適な暮らしをしたいから、という以外に帰る理由がないんだ！」自分の口実をすべて口にしてしまった〈炎の歌〉は、理不尽にもアン＝デシャに腹を立てた。まるで自分の頭のなかが丸見えで、自分の望みや自己弁護が何の苦もなく見通されている気がしたからだ。

問題は、カラルを見るたびに自分が恥ずかしくなることだ。

「だからといって、これまできみが、ほかの人たち以上のことをしていないというわけじゃない」アン＝デシャは穏やかにいった。「まず、きみは〈隼殺し〉を屈伏させ――」

「〈隼殺し〉のモーンライズは手ごわい相手だったが、それ以上のものではなかった」〈炎の歌〉は硬い表情でいった。「ひとりで立ち向かったわけでもない」

「きみがやつに立ち向かわねばならない理由なんて本当はなかったのに」アン＝デシャは容赦なく指摘した。「ヴァルデマールはきみの故郷じゃない。〈隼殺し〉が〈谷〉を脅かしたわけじゃない。〈使者〉に魔法の訓練をし、ほかにもたくさんの役目を果たした。そこまでやったら帰国してもよかったんだ」

「誰に〈隼殺し〉との対決を任せてだ？」〈炎の歌〉は問い詰めた。顔に血がのぼった。「まだ訓練中のあの〈使者〉の誰かにか？　それともエルスペスに？　あるいは〈暗き風〉か？その誰にもきみを自由にすることはできなかっただろう。たとえ〈もとめ〉でも、きみを解放し、しかも〈隼殺し〉を倒すことができたかどうか」

アン＝デシャはただ黙ってうなずいた。「でもそれが終わったとき——そのときに帰ることもできた。ぼくを連れて帰ることもできたし、そうしたら状況は変わっていたかもしれない。きみは、自分の義務とされる範囲をはるかに超える仕事をしてきたんだよ、〈炎の歌〉。疲れきって続けられなくなったとしても、誰も責めたりしない」

「もしわたしがそんなことをしたら、どうしたってカラルのような人間にかなわないじゃないか」〈炎の歌〉は顔を真っ赤にして声を荒らげた。「疲れただって？　いまやめたら、この仕事に文字どおり命をかけている人物の横で、わたしはどんなふうに見えるんだ？」

「まるでカラルが殉教者になろうとしているような言い方だね」アン＝デシャはたしなめるようにいった。「カラルは、強情だし、頭が固いときもあるし、信じられないほどお人好しなところもあるけど、そういうところも含めてたいしたやつだよ。だけど殉教者じゃない。きみもそうじゃないし、ぼくたちの誰もそうじゃない」

「それで?」アイヤは主人の心の痛みを感じたにちがいない。部屋の入り口からひらりとはいってくると、針金やがらくたの誘惑を巧みにかわして〈炎の歌〉の肩に止まった。〈炎の歌〉は反射的に火鳥を撫でた。気づかぬうちに慰めを求めていたのだ。「カラルが殉教者でないというのなら——」自分の声がうわずって緊張していくのに気づき、〈炎の歌〉は口をつぐんだ。

〈炎の歌〉は二、三回深呼吸をした。「アン＝デシャ、きみがどうしてこんなふうにわたしを怒らせるのかわからない」

と、一瞬閃《ひらめ》いたものがあり、〈炎の歌〉は悟った。

（アン＝デシャはわたしが考え抜くよう仕向けているのだ。やり残した仕事や感情に縛られて振り回されるのではなく、本心から決意をさせるために）

アン＝デシャはうなずいた。まるで〈炎の歌〉の顔に書かれていることをすべて読み取ったかのように。

（決心がつかないのは、自分がカラルよりもどこか優れているのを証明しようとしているからだ。後ろめたさで決意できないというのもある。

では、何のためにここにとどまっているのだ?）

「カラルが何をするかは本人が決めることだ。でも——わたしはまだ、彼のような若者を見習えないほど歳は取っていないよ」〈炎の歌〉は弱々しく微笑んだ。「わたしはここで必要とされている。セジェンズやレヴィ師範やアルトラと同じようにね。わたしがここに残るのは、きみたちをわたしの技のないまま残していくなんて間違っているからだ。たとえ疲れきってここでの暮らしが嫌だとしてもね。寒さのなか汚れたまま死にたくはない。でも、そうしなければならないのなら、そうするまでだ。わたしたちが最後の〈嵐〉への解決策を見つけてくれると期待している人たちを見捨てるなんて許されない。助けると約束した人々への誓いを破ったりしてはいけない。こういう理由ならきみは納得できるか？」

最後の言葉にアン＝デシャは笑った。「ぼくをいじめようと思わないで、〈炎の歌〉。ぼくはきみの考えや動機を通してきみを誘導するのがうまい人から入れ知恵されたんだから」

〈炎の歌〉はそれを聞いて顔をしかめた。「結果には満足か？」〈炎の歌〉はうなるようにいった。

「問題はぼくが満足しているかどうかじゃなくて、きみが満足しているかどうか、だよ」アン＝デシャがいい返した。「きみが満足しているのなら、ぼくがとやかくいうことじゃない。きみの決心のせいでほかの問題に差し障りがあるなら、そのときはそのときで対処しないといけないけど」

アン＝デシャは立ち上がり、床の別の区域に移動した。〈炎の歌〉は自分のなかの天邪鬼《あまのじゃく》が頭をもたげるのを感じた。この議論に決着をつけなければならないのがわかっていた。

「それから、一番大事な理由をまだいっていなかった」〈炎の歌〉はなめらかにいった。アン＝デシャは驚いて振り返り、〈炎の歌〉のほうを向いた。

「どんな理由？」アン＝デシャはそう尋ねたが、その問いはまるで無理に引き出されたかのようだった。

〈炎の歌〉は微笑んだ。「〈銀の狐〉が残ってほしがっているからだよ」彼は答えた。「これ以上の理由を思いつくかい？」

2

エルスペスはため息をついた。吐息が氷の結晶になって霧のように流れ出る。彼女は首に巻いた襟巻の両端をさらにしっかりと巻きつけた。そして、背後のヴァルデマールと、いま着ている服を仕立ててくれた勤勉なク＝レイシーアのヘルタシに、改めてささやかな感謝の念を送った。ク＝レイシーア族の使節とともに舟のようなものでやってきた小柄な蜥蜴《とかげ》族は、エルスペスの冬服を一目見るなり、まるでまだ仕事をし足りないというかのように、仕立て直しを自分たちですると決めてしまったのだ。エルスペスの〈使者〉用の〈白衣〉はク＝シェイイナのヘルタシがテイレドゥラス風に仕立ててくれたものだったが、すべて夏用の素材だった。新参のヘルタシたちは、〈暗き風〉がエルスペスのために考えた型をもとに、絹地と重ね合わせた毛織物や毛皮や革で〈白衣〉を作り直してくれたのだ。これは〈暗き風〉からの冬至の贈り物で、エルスペスにとっては本当にうれしい驚きだった。そういう服が間違いなく必要だったからだ。冬の野外用の〈白衣〉は厳しい天候向きに考えられてはいたが、いまハードーンを凍りつかせている、かつてないほどの寒さは想定されていなかった。

そしてそのハードーンこそ、エルスペスと〈暗き風〉、そしてヴァルデマールの守備兵とケロウィンの傭兵混成の一団が、冬至祭のあとすぐに向かうことになった場所なのだった。

選択肢はほとんどなかった。もう〈門〉が開けないとなれば、ヴァルデマールがトレメイン大公のもとに、陸路で使節を派遣しなければならなくなるのは目に見えていた。エルスペスは最後に〈門〉を試みた場に立ち会ったが、〈門〉を通ってきた木箱はつぶれ、まるで裏返しになったようで、なかにはいっていた物は原型をとどめていなかった。箱の中身はセジエンズの持ち物数点だけで、生き物を送る前に念のため荷物だけで試したのは幸いだった。

しかし、ハードーンまでの、そしてハードーン国内にはいってからの旅は、どんな基準に照らしてみても楽なものとはいえなかった。ヴァルデマールからドウリシャ平原まで旅をしたことがあり、〈鷹の兄弟〉の〈谷〉によって浄められ、守られている不思議な土地を見回った経験のある者にとっても、今回の旅はつらかった。エルスペスはこんなに深い雪を見たことがなかった。ハードーンにはいる道は往来できるよう除雪されていたが、二頭立ての荷馬車が通るのがやっとの幅しかなかった。それでも、たまには車輪が雪壁を擦るのだった。五十粁《キロメートル》ごとに広めに除雪された場所があり、荷馬車がすれ違えるようになっていたが、それ以外のところでは、道の両脇には馬に乗った人の肩の高さまで雪が積もっていた。さらに深く雪が吹きだまりになった場所となると、馬上の人の頭を越える高さだった。加えて寒さと風——いくつもの点で、高く積もった雪の壁があるのはありがたかった。その壁がなかったら、刃《やいば》のように容赦なく突き刺さり、骨まで食いこむ風にさらされていたことだろう。ヘルタシが作ってくれた毛皮の裏付きの長上着と、羊毛を内側にした羊革の乗馬用外套《がいとう》があるからこそ、この旅はなんとかしのげていた。出発前に、これだけの外套を一行全員に用意してくれたあの謎に満ちた働き者の蜥蜴族に、エルスペスは心から感謝していた。

「なぜため息を？」〈暗き風〉が尋ねた。一語一語とともに、吐息が氷の雲になって出てくる。〈暗き風〉の〈絆の鳥〉ヴリーは詰め物をした鞍角《くらかど》にしがみついている。居心地は悪くなさそうだ――ただ、からだじゅうの羽毛を膨らませて頭を両肩のあいだに引っこめているので、まるで嘴《くちばし》のついた毛糸玉のようだった。それでも、ヴリーは森隼《もりはやぶさ》だ。いつか〈暗き風〉から聞いた話によると、森隼はもっと厳しい気候にも順応した種の血を引いているということだった。〈暗き風〉自身も風変わりな姿だった。〈鷹の兄弟〉風の服装や鞍頭に止まっている〈絆の鳥〉のせいばかりではない。彼が乗っているのは、馬でも〈共に歩むもの〉でもなく、鷲獅子《グリフォン》と同じぐらい知性があり、ヴァルデマール人にとっては鷲獅子と同じぐらいなじみのない生き物だったのだ。それはダイヘリ、しかも白いダイヘリで、ヴァルデマールへ派遣されたダイヘリの代表だった。名はブリサといい、〈炎の歌〉をク＝トレヴァからク＝シェイイナへ、さらにク＝シェイイナからヴァルデマールへと運んだのは彼だった。そして今回は〈暗き風〉を乗せることに同意したのだった。なぜなのか？　エルスペスにはわからなかったし、〈暗き風〉にもわからなかったが、ブリサは理由をあまり説明したくない様子だった。エルスペスも〈暗き風〉も、ブリサに感謝していた。ダイヘリは、持久力と速さでは〈共に歩むもの〉に及ばないものの、馬よりこの任務に適していた。足元が確かなうえ、はるかに知的だからだ。〈暗き風〉以外の同行者が乗っているのはシン＝エイ＝インが育てた頑丈な馬だった。犬のように毛むくじゃらで無骨なずんぐりした頭を持ち、特に持久力を見て選りすぐられていた。

「わたしがため息をついたのはね、二度とふたたび繰り返さないと心に決めたのが『二度とふたたび』という言葉を口にすることだったからよ」エルスペスはそう答えて苦笑いを浮かべた。「わたしは必ずといっていいほど、絶対に繰り返さないと誓ったことを繰り返すはめになるんだもの」

〈暗き風〉が悲しげに笑った。説明は必要なかった。ふたりとも、ハードーン国にふたたび馬を乗り入れることになろうとは夢にも思っていなかったのだ。前回の訪問は忘れられないものだったが、ふたりにとってもハードーン人にとってもあまり楽しいものではなかった。訪問が終わったときには、正気を失った国王アンカーとその助言者ハルダはふたりの手にかかって死に、魔法が原因の嵐が農村地帯を襲い、首都は大混乱に陥っていた。さらには帝国軍が〈機に乗じて〉東の国境からなだれこんでいた。そして、ほとんどのハードーン人は気づいていないが、エルスペスと〈暗き風〉は、あとに残されたハードーン国の被害と混乱のほとんどに対し、直接、あるいは間接的に責任があったのだ。

〈帝国軍が来たのはわたしたちのせいじゃない。でも、それ以外はほとんど関わっているといってもいい〉

そして帝国軍の侵略のあとに本物の魔法嵐が襲来し、信じがたいほどの悪天候を引き起こして無防備な田園に真の恐怖を解き放った。その魔法嵐はいま生きている誰のせいでもないが、そのおかげでハードーンでの暮らしは想像を絶するほど悲惨なものとなった。だから二月《ふたつき》か三月《みつき》前には、ハードーンへ乗りこむことなどまず考えられなかった。というより、正気の沙汰とは思えなかった。

だが、それはトレメイン大公が同盟を申し出る以前の話、魔法嵐は人間ごときが互いに仕掛け合うことなどできないほど大きな脅威だということが、世界のこの地域に住む者全員にわかりはじめる以前の話だ。いまや誰も想像さえできなかった筋書きに沿って、事態は急展開しつつあった。

「気がついたか? 天候はひどいが、大地はもう苦しんでいない」〈暗き風〉がいった。「もう疲弊《ひへい》していないし、病んでもいない。ただ眠って春を待っているだけだ。きみはどうかわからないが、大地が疲れ、病んでいることがここに二度と戻りたくない理由のひとつだったんだ」

エルスペスはうなずいた。〈共に歩むもの〉グウェナもうなずいた。馬勒《ばろく》についた鈴が、鋭く冷たい空気のなかで冴え冴えと響いた。〈ここの大地の力を消耗させてしまったアンカー王がいなくなったおかげで、元に戻りつつあるんだよ）グウェナがいった。（土地も、そしておそらくは民も、もはや病んではいない。あまり口にしたくないことだけれど——侵略で犠牲になった哀れな人々の流した血や生命力が、再生を促したのかもしれないね）

「恐ろしい話だ」〈暗き風〉が身震いしながらいった。グウェナが〈心話〉に〈暗き風〉を加わらせていたからだ。

　エルスペスはぞっとした。そのとおりなのだろうと頭では理解できても、やはり恐ろしかった。「〈隼殺し〉なら同じようなことを思いついたかもしれない」エルスペスは苦々しい思いでいった。「だけど〈隼殺し〉は、正常で善良な者を堕落させ、ゆがめただけだった。哀れな人々がみんな亡くなり、その生命力が無駄になるか、もっとひどい場合には、〈隼殺し〉のような者に利用されることを思えば、そのほうがまだましじゃないかしら」

（魔法使いや大地の感覚を持つ者は、だから戦のあと、田園地帯に花が咲くんだってことを何世紀も前から知っているんだよ）グウェナが冷静にいった。（戦のあとは物事が以前よりよく見えるとか、人々がいいことには喜んで熱狂的に反応するとかいった話じゃない。失われた命が大地に還り、戦が終わると大地がその命を利用して自らを癒すことができるからなんだよ）

「ありがたいことに、どうやらトレメイン大公は、そういう力を自分の目的のために使うより、大地を回復させることのほうに関心があるようだ」〈暗き風〉はこう答えながら、一瞬東のほうを見やり、はるか彼方を見つめた。〈暗き風〉はそれ以上何もいわなかったが、エルスペスはその理由がわかる気がした。

トレメインが本当に信頼するに足る人間だという保証は、三人の若者とトレメイン自身の部下の言葉からしか得られていない。いまの段階では、帝国軍の指揮官について、どうやらを冠した言葉以外をいえる者は誰もいないのだ。トレメインに関してわかっているわずかな事実は、あまり安心感を与えてくれるものではなかった。

トレメインは、主君であるチャーリス皇帝の命により、弱体化し無秩序状態に陥ったハードーン国を征服し、東の帝国の支配下に置くために派遣されたのだった。トレメインが皇帝の後継者にふさわしいか否かがこの任務によって証明されることになっていた。トレメイン率いる帝国軍はハードーンのほぼ半分を占領したところで、ハードーンの戦士たちに行く手を阻まれ、その場で立ち往生した。ハードーン戦士はごく小人数の集団からちょっとした軍隊ほどの一団までさまざまな規模のものがあり、大半は組織化されていなかったが、侵入者を追い出す決意という一点で結束していた。前線が延びて帝国軍の戦力が分散すると、戦況は自国で戦っているハードーン戦士たちに有利になった。それでも、もし状況に何の変化もなければ、トレメインは帝国軍の立て直しと再編を図り、ハードーンの征服を成し遂げ、ことによるとそのままヴァルデマールにまで手を伸ばしていたかもしれない。

ところが状況は変わった。しかも誰ひとり予想できなかったような形で。その変化は思いもよらないところからやってきた。遠い過去からやってきたのだ。

〈過去のことなんて誰も考えないわよね？　でも考えるべきだった。〈隼殺し〉はその過去からよみがえったんじゃなかった？　そのことは、過去に目と考えを向けるべきだという警告じゃなかったの？　でも、だからといって、あらゆること、あらゆる可能性を考えて計画を立てるなんてことが本当にできるだろうか。たとえある瞬間にあらゆる脅威が把握できていても、その半分に防御態勢を取ろうとしたら、残り半分への備えができなくなってしまうかもしれない。すべてを把握しているより臨機応変であるほうがうまくいくと思う〉

その昔、ヴァルデマールという国がまだ存在せず、何の記録もなく、〈使者〉たちの立派な図書館にも曖昧模糊《あいまいもこ》とした記述しか見当たらないほど遠い昔に、〈大変動〉という名でのみ知られている出来事が起こり、長いあいだ続いてきた戦争が終わった。そして、エルスペスが伝説のテイレドゥラス族や、ドウリシャ平原のシン＝エイ＝インたち、そして最後の、失われた真のカレド＝エイ＝イン――〈鷹の兄弟〉とシン＝エイ＝インの祖先にあたる一族――に出会うまで、それがヴァルデマールの人々の知るすべてだったのだ。しかしいまでは、秘められた歴史と誰もが知る歴史の両方の助けを借りて、歴史の全貌が解明されていた。

エルスペスは、暇があればいつもするように、その歴史について考えた。そして、そこからわずかでも何か情報を引き出そうとした。大昔に起こったその出来事には巨大な力が必要だったのだが、背後には人間の動機や行動がある。たとえ気がふれていても人は自分の欲求に従って行動するものだ。だから歴史上の出来事について考えれば考えるほど、その欲求が何だったのかを推定できるようになる――そして、そこに関わった人々の欲求や動機がわかれば、ほかにどんなことが起こっていたかもしれないかを説明できたり、目立たないささいなことが全体のなかで見れば重要な意味を持つとわかったりするのだ。

当時、アーゾウとマ＝アルという名の、おそらくこの世がはじまって以来最強の力を持つふたりの〈達人〉がいた。未開の遊牧民の子孫であったマ＝アルは、部族が互いを滅ぼし合うのを避けるためにひとつに束ねる、という気高い目的のもとにはじめた征服に異常なまでに熱中していた。文明と学識の権化たるアーゾウはマ＝アルに抵抗した。しかし、文明の力をもって最大限の努力をしたにもかかわらず、〈達人〉にして〈血の魔法使い〉でもあるマ＝アルが勝利した――

が、それもつかの間だった。マ＝アルが勝利したまさにそのとき、瀕死のアーゾウが、ふたりの力が及ぶ範囲内のすべての魔法を解き放つひと組の装置を使い、マ＝アルに敗北をもたらしたのだ。装置のひとつはアーゾウが自分の〈塔〉のなかで作動させ、もうひとつはマ＝アルのもとへ送られた。ふたつの装置は相次いで作動し、その結果は破壊的で予想もつかないものとなった。

この出来事のあと、アーゾウの〈塔〉とマ＝アルの宮殿があった場所にはふたつの巨大なくぼみが残った。アーゾウの〈塔〉の跡はドウリシャ平原に、マ＝アルの宮殿の跡はエヴェンディム湖となった。そして二度の衝撃波が相互に作用し合った結果、恐ろしい魔法嵐が起こり、十年、あるいはそれ以上にわたって荒れ狂った。山々は隆起し、あるいは平らになり、魔法は混乱し、生き物は見分けがつかないほど変化したりゆがんだりし、田園地帯の一部がある場所から別の場所へ移動するといったことさえ起こった。

やがて嵐はおさまった。誰もが永久に消滅したものと思いこみ、その後何世紀も忘れられていた。しかし、〈大変動〉が解き放ったのは、誰も推し量れないほど強大な、未知の力だったのだ。いまや魔法嵐はよみがえり、この世の果てから時を超えて反響し、発生のたびに勢力を増している。

それこそ、トレメインが置かれた状況を変えた原因だった。元の状況がわからなくなるほどすっかり変えてしまったのだ。ヴァルデマールの状態もひどいものだったが、大惨事というほどではなかった。ヴァルデマールは真の魔法を改めて受け入れたばかりだったので、魔法の力に頼っていなかった。予測のつかない悪天候や、生き物の変形など、魔法嵐のそのほかの影響にはなんとか対処できた。ところが、通信手段や補給線から敵の偵察や食事の用意にいたるまで、すべてを魔法に頼っていたトレメインの軍隊にとっては大惨事だった。帝国との連絡手段は完全に断たれ、戦闘部隊としては、視力を失ったうえに飢えに苦しんでいるも同然だった。帝国自体がどうなっているのか、もう誰にもわからなかった。トレメインははじめ、魔法嵐のことを、ヴァルデマールとカース、レスウェラン、そしてシン＝エイ＝インとテイレドゥラス族が結んだ同盟が仕掛けてきた新たな武器だと思いこんでいた。そして、その思いこみに基づいて行動を起こした――子どもが生まれるとすぐ、誕生祝いとして保証契約付きの護衛が贈られるほど、裏切りと暗殺が日常茶飯事である帝国ではごく当然の行動を。同盟を潰すために暗殺者を送りこんだのだ。

唯一その行動だけは、エルスペスもほかのヴァルデマール人も過ぎ去ったこととして考えられなかった。ヴァルデマールが帝国軍を攻撃したことは一度たりともなかった。ヴァルデマールも他の同盟国も、国境の警備兵を増やしたり、ハードーンの愛国者たちへの物資の供給をひそかに援助したりはしたが、それ以外、何ら攻撃の兆しを見せたことはなかった。トレメインには、この魔法嵐がセレネイ女王やその同盟国による攻撃だと考える根拠は一切なかった――ヴァルデマールが帝国軍に比べてさほど魔法嵐に苦しめられていないという明白な事実を除いては。にもかかわらずトレメインは魔法嵐を攻撃と見なし、セレネイ女王の宮廷で重要な立場にある者を殺害するため、魔法の武器で武装した間者を送りこんだのだ。

その間者はカース国とシン＝エイ＝インの使節を殺し、ほかにも数名を傷つけたが、首尾よくいったのはそこまでだった。それだけでも大変なことだったが、それ以上の犠牲者が出ず、誰も間者について誤解しなかったのはまったくもって幸いだった。もし暗殺者が人々が寝静まる夜明け前まで待っていたとしたら、セレネイ女王から鷲獅子たちにいたるまで皆殺しにされていたかもしれない。

ここに、エルスペスと〈暗き風〉が直面している問題の核心があった。攻撃をした疑いがあるというだけで相手に対して暗殺者を送りこんだ、そんな人物を信頼しなければならないのだ。

エルスペスはその事実から先になかなか考えを進められなかった。たとえトレメインが、もっとも彼を許しそうにない人物――カース国の使節であり、〈太陽神の司祭〉にして魔法使いでもあったウルリッヒ師の書記官兼弟子の若きカラル――を味方につけてしまったとしても。トレメインは、〈太陽神の息子〉でありかつ〈大司祭〉、そしてカースの支配者たるソラリスにすら、どういうわけか自分の誠意と償いを望む気持ちを納得させてしまったのだ。どのようにしたのかは神のみぞ知るだが。

〈でも、わたしはまだ納得していないし、〈暗き風〉だってそうよ〉エルスペスは断固としてそう思った。〈どんな魔法の言葉や人柄でソラリスやカラルを信じこませたか知らないけど、わたしたちに同じ〝魔法〟をかけようとしたってそう簡単にはいかない。わたしは心理魔法を知っているし、〈暗き風〉はトレメインが経験してきたこととはおよそ無縁の人間だから、まったく別種の生き物みたいなものかもしれない。そのうえ、ケロウィンがわたしたちの護衛のなかに五、六人、特別な任務を持つ兵士を紛れこませているのがわかってもちっとも驚かない。いざとなれば、双方が暗殺という手を使うかもしれない〉

エルスペスはそうならないように願っていたが、これまでの十分な経験から、期待よりは悲観に基づいて計画を立てるようになっていた。ケロウィンが自分の密偵を送りこんでいるとは表向きは聞いていない。だがエルスペスは、〈天空の稲妻《いなずま》〉がどんなところかを知っていた。あの傭兵隊は、誰も彼もが〝規格外〟なのだ。彼らの技《わざ》はありきたりの戦士の技術とは違う。もちろん、訓練を積んだ小戦闘部隊として行動し、戦うこともできるし、過去には実際にそうしたこともあったが。

（だけど……ソラリスにはもう一匹の〈火猫〉ハンザがいる。もしソラリスがトレメインを殺したいと思えば、トレメインには止めようがない。だから、たぶんその事実だけを考えても、トレメインは今後慎重にならざるをえない）

確かにそれも考えなければならない点だった。〈火猫〉は、自分自身や自分と接触している者を、ある場所から別の場所へ〈跳躍〉させる力を持っていたが、それがどのぐらいの範囲まで可能なのかエルスペスは知らなかった。アルトラとハンザが、ソラリスとセレネイ女王のあいだを、あるいはアーゾウの〈塔〉の遺跡にいる一行とヴァルデマールの首都へイヴンの魔法使いや技術者たちのあいだを行き来して伝令の役割を果たしてくれれば、確かに都合がいい。その気になれば、ソラリスが自分の判断で暗殺者を厠《かわや》の下に潜ませ、トレメインを短剣で殺させるのは十分に可能だし、さらにいうなら、ハンザ自身がそうしようと思えば、人を殺せないはずがない。〈火猫〉は、自分が望めば普通の猫のように見せることもできるが、本来は巨大な犬ほどの大きさがあり、鉤爪《かぎづめ》や歯も相応に長くて鋭いのだ。

そう考えるうちに頭に浮かんだ〈火猫〉の姿に、エルスペスは驚いて目をしばたたいた。
（確かに今日は恐ろしいことばかり考えている。この真っ白な風景を中和するために、血なまぐさいことばかり考えているのかもしれない。ああ、寒い――それにしても、道案内人と別れてから人っ子ひとり見かけない）

ヴァルデマールの国境にたどり着いたとき、エルスペスたちは幸運に恵まれた。ハードーンから逃れてきた夫婦――それが本当だということはケロウィンの密偵たちの保証付きだった――が、慎重に考えたうえで戻っても大丈夫だと判断し、小袋ふたつ分の貨幣とふた包みの食糧と引き替えに、今朝まで道案内をしてくれたのだ。しかしこれから先は案内なしで旅を続けなければならない。夫婦が目的地に着いてしまったからだ。

昨夜、一行はその夫婦が逃げ出した村にたどり着いた。その村は、それまでに通り過ぎてきた村と同様、明らかに住む人もなく、見捨てられていたが、夫婦はそこにとどまりたいといった。深い雪におおわれ、荒れ果てた村のなかでさえ、ふたりは緑豊かな街角で子どもたちが走りまわったり遊んだりする未来を夢見たのだ。

ここまでの旅では、気力が奪われていくような感じがした。馬を進めても人の姿がまったく見えなかったのだ。エルスペスは何が起こったのだろうと不思議に思うばかりだった。
（大地は癒されつつあるのかもしれないけど、民はどこにいるの？）確かにアンカーは多くの国民を殺害したが、それでも旅の途中で誰にも出会わなかったのはなぜだろう？　通過した村々が、どれもまったく人気《ひとけ》がなかったのはどうしてなんだろう？

見捨てられた村々については答えよりも疑問のほうが次々と浮かんだ。重い家具以外は何もかも持ち去られていたが、暴力の形跡はなかった。計画的な逃亡なのだろうか？　あるいは計画的な略奪の結果なのか？　雪かきは誰がしているのだろう？　ハードーン人は、武装した、敵かもしれない集団から隠れているのだろうか？　ここが戦に苦しんでいる国だということを考えれば、その可能性もあった。しかし、ヴァルデマールの〈使者〉が目立つように先頭に立って来たというのになぜ？

（遠くから見ると、わたしは本物の〈使者〉だと思えないのかもしれない。白い馬や白い服一式を手に入れるのはそんなに難しいことではないし）

「今晩はどこに泊まる予定？　そもそもそんな予定があるの？」エルスペスは後ろにいた部隊長に呼びかけた。一行は野営の準備をしてきたわけではなかったが、ハードーンが耐えている恐ろしい天候を考えれば食糧が不足するかもしれないので、自分たちの食べるものだけは持ってきていた。そうしたのは賢明だった。でなければ、餓死するか（文字どおり）烏《からす》を食べるかの、どちらかを選ばなければならなかっただろう。

「この先に、以前は毎週市《いち》が立ち、大きな宿が五軒立ち並ぶ町があるはずなんですが」隊長が答えた。顔に巻いた襟巻のせいで声がくぐもって聞こえる。「まだ住んでいる者がいるのかどうか――」そういって肩をすくめる。「商人が通れるように誰かが雪かきをしています。

それがその町に住む者であればいいのですが」

エルスペスもそうであってほしいと強く願った。打ち捨てられ、荒れ果てた建物で夜を過ごすのはもう終わりにしたかった。どの村でも寝場所として使える建物が必ずひとつは見つかったし、確かに薪が足りなくなることもない。だがエルスペスは、どんなときでも周囲にほかの人間がいるほうがうれしかった。まるで姿の見えない何者かに見つめられているかのように、肩胛骨のあたりにちくちくする痛みを感じながら眠るのは難しかった。幽霊らしきものを実際に見聞きした者はいなかったが、そういう場所には幽霊が出そうな感じがした。

案内してくれたルシとセヴァーンが村の残骸のようなところにどうしてとどまれるのか、エルスペスには想像もつかなかった。確かに、家々をしっかりと風雨に耐えられる状態に直そうと思えば十分な資材はある。そして、確かにふたりには家を直す能力もある。でも、自分なら見捨てられた村に漂う、痛いほどの空虚さに耐えかねて、一週間も経たないうちにヴァルデマールに帰りたいと叫んだことだろう。

いま、そんなことは考えるのも耐えられなかった。（人が勇敢だと思ってくれるようなことをずいぶんしてきたけれど、そこまで勇敢じゃない）

しかしそれはまた、村の周辺の土地に見かけどおり何もいないなら、の話だった。魔法嵐が恐ろしい天候と人の命を奪う怪物を生み出しているときに、農場を要塞のようにして食料のある場所にとどまるのと、村に移り住んで人の数と武器を信じ、食糧が底を尽くかどうかは運任せにするのとでは、どちらがより安全で賢明な方法だろう？　エルスペスはそのような判断に迫られた経験はなかった。そして、ヴァルデマールの人間がそんな選択を迫られないよう願った。

すべては、ドウリシャ平原の中心、つまりアーゾウの〈塔〉の遺跡にいる人々にかかっていた。答えを見つけられるとすれば彼らだろう。エルスペスも〈暗き風〉も〈達人〉級の魔法使いだが、エルスペスはどちらかといえばまだ未熟だし、〈暗き風〉の場合は、何年も魔法を使わずにいたため、かなりの技量にもかかわらず、本人はまだ練習不足だと感じていた。ふたりは、魔法使いとしては〈塔〉に向かった調査隊の力にはなれなかった。だが帝国軍に関してなら役に立てるかもしれず、特使としてなら大いに貢献できるはずだった。

セレネイ女王が時間をかけて真剣に論議を重ねた末に、同盟を代表する特使として、エルスペスと〈暗き風〉をトレメインのもとへ派遣すると決意したのをエルスペスは知っていた。女王はエルスペスを派遣したくなかったのだ。だが、理にかなった選択としては、エルスペスしかいなかった——自分で決断が下せるうえ、〈使者〉としての訓練と帝王学の両方を身につけている——しかも、ヴァルデマールのためを思うという点ではセレネイを別にすれば誰にも引けを取らない。判断力が優れているのは証明ずみだったし、王位継承権を放棄してもはや世継ぎではないので、政治目的の人質としてはほとんど価値がない。さらに、暗殺者から身を守る術《すべ》をケロウィンにたたき込まれている。不意打ちや互角の相手との戦いならひとりで対処できるし、どんなことでも簡単には信じないことにかけては、あの手ごわいケロウィンの期待をも裏切らないほどだ。

それに加えて、魔法が使える。しかも〈達人〉だ。エルスペスとはまったく違う魔法の訓練を受けているとはいえ、トレメインは〈師範〉にすぎない。ヴァルデマールの〈使者〉のうち魔法が使える者はきわめて少なく、〈達人〉はさらに少なかった。〈使者〉は、魔法については〈共に歩むもの〉にある程度助けてもらえるが、自分自身が魔法使いであるのとは比べものにならない。

これだけ条件が揃っていても、〈暗き風〉がいなければ十分ではなかったかもしれない。〈暗き風〉も〈達人〉だし、〈達人〉としての経験はエルスペスよりも長い。テイレドゥラスの〈見張り〉だったのだから、戦士としてもなかなかのものだ。エルスペス以外の人間なら、同行をきっぱりと断っていただろう。〈暗き風〉は〈使者〉ではないし、忠誠を誓っているのはエルスペスにであって、ヴァルデマールにではなかったからだ。一方エルスペスは、いうまでもなく、〈暗き風〉と一緒でなければどこにも行かなかっただろう。だから、ふたりはひと組で、並ぶ者のない組み合わせだったのだ。

本人にも〈暗き風〉にも資格がある、というわけで、エルスペスほどこの任務にふさわしい者はいなかった。もし自分の娘でなければ、セレネイ女王はエルスペスの派遣を一瞬たりとも躊躇《ちゅうちょ》しなかっただろう。

（お母さまの名誉のためにいえば、そう長くためらったわけじゃないけど）実のところエルスペスは、母が躊躇したことがすこしうれしかった。これまでは、娘としてよりも、どちらかというと――ひとりの大人として扱われていた。そのため、女王は自分を娘として考えていないのだと感じたことが一度ならずあった。女王の最近の振る舞いを考えると、その任務の件で即断をしなかったのは、ある意味、驚きだった。（お母さまをためらわせたものの幾分かは、何よりも罪の意識だったのかしら）

そんなことがあるのだろうか？　エルスペスは、いままで母と一度も打ち解けたことがなかった。（お母さまはどうしてもわたしのなかにお父さまの姿を見てしまう。いろいろな意味で、わたしはお母さまの子というよりタリアの子なんだ）いまセレネイ女王にはふたごがいた。ありったけの愛情を注ぐことができる子どもたちだ。同じような母子の絆をエルスペスとのあいだに感じないからといって、セレネイが罪悪感を抱いたりするだろうか？　だから、エルスペスが危険な目に遭うかもしれないことをすると必ず過剰に反応したのだろうか？――もっと心配し、もっと感情的にならねばならないと感じているからこそ、過剰反応を示したのだろうか？

（おもしろい仮説ね。でも本当のところは確かめようがない。お母さまには絶対そんなことを聞けないし、お母さま以外にそれがわかる唯一の人は決して話してくれないだろうから。タリアはお母さまの心の内を知っていても絶対に漏らさないし、それは当然のことだ）エルスペスは気持ちを切り替えた。そんなことが重要だろうか？　たいしたことじゃない。ただ――仮にそれが母の本心だったとしても、たいしたことではないと納得してくれればいいのだが、とエルスペスは思った。ヴァルデマール国の女王にはこれ以上罪の意識を感じてほしくなかった。二十人の人に対して、すでに十分自責の念を感じているのだから。

（それに、わたしはセレネイ女王の娘でいるより、女王の友人や〈使者〉仲間でいるほうがいい）

だが、こう考えると、セレネイの矛盾する振る舞いのいくつかに説明がついた。それは確かに心の奥にしまっておくに値する考えだった。自分自身でその証拠がないかどうか注意して見ることもできるし、その仮説に基づいて行動し、何が起こるかを見るのも興味深いだろう。

さしあたっては、この先、長く困難な仕事が待ち受けている。しかも、いますぐにハードーン人を見つけなければ、その仕事にたどり着かないうちに一行の全員が凍え死にする恐れがあった。

「その町まであとどれぐらいかかりそう？」エルスペスは肩越しに大声で尋ねた。後ろにちらりと目をやると――守備隊の隊長は何という名だっただろう？　そう、ヴァレンだ――ヴァレンが肩をすくめているのが見えた。その動きは、毛皮と羊革と羊毛を重ね着しているせいでわかりにくかった。

「もうすぐだと思いますが、あくまでも推測です」隊長は答えた。顔に襟巻を巻きつけているが、その声は、乗用馬たちの鈍い蹄《ひづめ》の音や馬たちの蹄の下で踏み固められた雪のきしむ音にかき消されずに、はっきりと聞こえてきた。ヴァレンは踵《かかと》で馬を軽く蹴ると、道を空けたエルスペスと〈暗き風〉の横を通って先頭に立った。

エルスペスは鐙《あぶみ》に両足をかけて一瞬立ち上がり、行く手をじっと見つめた。しかし、たとえ煙突から立ちのぼる煙などの人が住んでいる印があったとしても、灰白色一色の空が背景なので見えなかった。太陽も、中空あたりに浮かぶ、ぼんやりしたやや明るい点にすぎなかった。

エルスペスはふたたび鞍に腰を下ろした。道が曲がりくねっている様子からすると、はるか前方を見渡すのは無理だった。雪の土手の合間に田舎の風景が見えるだけだ。（町に来ているのに、まったく気づかずにいる、なんてこともあるかもしれない）とエルスペスは思った。

数分後、また道が曲がり、目の前に急な下り坂があらわれた。雪の土手もだんだん低くなり、腰の高さにまでなった。まるで占いの水晶のなかに浮かび上がるかのように、探し求めていた町が前方の浅い谷間に姿をあらわした。雪から頭をのぞかせている家々が、雪におおわれた森のなかのたくさんの切り株のように見えた。

目の前に町があらわれたのははじめてではなかったが、人の住む気配があるのははじめてだった。なかには雪におおわれた瘤《こぶ》にしか見えない家もあったが、雪下ろしがしてある家も何軒かある。そのうちのおよそ半分の家々の煙突からはうっすらとした煙が渦を巻きながら立ちのぼり、煙の柱となる間《ま》もなく風にかき消されていた。町に近い道では、動きまわっている数人の人の姿が見えた。何か目的があって動いているようなその人々の様子から、エルスペスたち一行を待っていたわけではなくても、すでに見つけたのは明らかだった。

その町は、これまで通過したいくつかの見捨てられた村に比べればいくらかましに見えた。たぶん、建物の半数は壊れている。屋根が崩れた家が一、二軒あったが、ほかの家がどれぐらいひどい状態なのかは雪のせいでわからなかった。実際に人が住んでいるのは、煙が立ちのぼっている建物だけだと推測するしかなかった。アンカー王と、ハードーンを襲ったそのほかの災難が、文字どおり人口を半分にしてしまったのだと思いいたり、エルスペスは息を呑んだ。（半分以下かもしれない）エルスペスは思い出した。（だって、これまでいくつ人のいない村を通り過ぎた？）

どこでもこんな状態なのだろうか？　そうだとしたら――まったく、これだけ荒廃した状態からこの国を復活させるという仕事に挑む指導者はさぞかし大変だろう。（もしトレメインがハードーン人に受け入れられたとしても、わたしならとうてい引き受けられない仕事が行く手に待ち受けているわけね）

一行の行く手にはすでに十人ほどの人が集まっていて、とりあえずエルスペスたちが町にはいるのを阻もうとしていた。その集団はエルスペスたちと同じく厚着をしていたので、性別を含めてどういう人物なのかまるでわからなかった。それでもその態度には、恐怖心と敵意の入りまじったものが見てとれるような気がした。

恐怖心？　これまで誰かがわたしを恐れたことなどあっただろうか？　ハードーンの奥地まで来ているわけではないのだから、〈使者〉というのが何者で、何を表しているかを住民たちが知らないはずはなかった。どうして〈使者〉を恐れるのだろう？　それほど強い恐怖心をアンカーが住民たちのなかに植えつけたのだろうか？

エルスペスは背後の兵士たちがさりげなく手を柄《つか》に置き、剣を鞘からそっと緩めて、警戒を強めているのを感じ取った。それでは、わたしの想像ではないのだ。皆も同じように敵意を感じているのだ。ヴァレンは手綱を引いて馬を止め、エルスペスに先頭を譲った。〈暗き風〉はダイヘリに合図して、頭がグウェナの脇腹と並ぶ位置まで下がらせた。エルスペスは〝お迎えの人々〟から一馬身ほど離れたところで片手を上げ、自分が率いる一行を止まらせた。

「わたしたちは平和のためにヴァルデマールから旅をしてきました」エルスペスは相手に顔がよく見えるように襟巻を引き下げながら、ハードーン語でいった——これだけたくさんの武器を見せながら〝平和のために〟などといっても、信じてくれるだろうかと思いながら。

「ここの責任者はどなたですか？」

集団のなかのふたりの人物が互いに顔を見合わせ、そのうちのひとりが一歩前に出た。ただし、エルスペスがしたように顔を見せたりはしなかった。近くで見ると、彼らの服がどれもぼろぼろなのが気の毒なほどはっきりとわかった。着ている外套は丁寧に繕《つくろ》ってあったが、元の素材とはまったく違う布で継ぎが当ててあった。

「わたしだ。わたしが責任者ということになると思う」一番手前の男がぶっきらぼうにそういうと、胸の前でぎこちなく腕を組んだ。男は見たところ武器を持っていないようだったが、だからといってエルスペスは、この人々が何もできないとは思わなかった。もし自分が責任者なら、建物の窓という窓に弓を構えた射手を配置するだろう。

エルスペスは、自分の推測が正しいかどうかを確かめるために上を見上げたりはしなかった。

「あんたがたは何のためにここへ？」男は続けた。腕をしっかりと組み、背筋をぴんと伸ばしている。男の声は怒りと緊張で大きくなった。「もし、あんたがたヴァルデマールの人間がここに来て、わたしらを、いや、わたしらとわたしらの土地を支配するつもりなら――」

「違います」エルスペスは男の言葉をさえぎった。思っていたより鋭い口調になってしまった。相手の緊張が移ってしまったのだ。エルスペスは深呼吸をして気持ちを落ち着かせた。

「違います」エルスペスはすこし柔らかな口調で繰り返した。「わたしたち――つまりヴァルデマール国――はハードーンの国土を占領するつもりなどこれっぽっちもありません。アンカー王の攻撃を受けるまで、ヴァルデマールは常にハードーンの忠実な友であり同盟国でした。もはやアンカー王はいないのですから、元の状態に戻るつもりです」

男は笑ったが、楽しさのかけらもない笑いだった。「ほう！」男は嘲《あざけ》るようにいった。「それはあんたがたの言い分だ。どうしてわたしらがそれを信じなきゃならん？」

「わたしは〈使者〉の名誉にかけて誓います」エルスペスはすばやくいい返した。「少なくとも、それがどういう意味かはおわかりのはず。まさかそれさえ信じられなくなったわけではないでしょう！」

このやりとりすべてが試されているような感じがした。まるで、自分のここでの発言次第で今後の扱いが変わってくるような感じだ。

（この人たちはほかの町や村と連絡を取る方法をまだ持っているのだろうか？）自分たちが進んできたよりも速く、この凍てついた荒地を横断できる者がいるとは思えなかった。だが、ヴァルデマールからやってきた自分たちはもっぱら陸路に頼ってきた。もしかすると、ハードーン人には情報を国じゅうに伝える何らかの手段があるのかもしれない。ひょっとすると昔ながらの信号塔がまだ機能しているのかもしれない。

（それが答えだということはありうる。それでわたしたちが来るとわかったのかも）「わたしは〈使者〉として誓います」エルスペスは繰り返した。「さらに女王の特使としても。ヴァルデマールはハードーンに対し何も企んでいません。同盟に加盟しているほかのどの国もそうです」

（――ただし、カースではソラリスが短気者数人を制止しなければならなかったけど。というより、ヴカンディス神がそうしなければならなかったんだけど――）

「わたしたちは旅をしているだけです」エルスペスはよどみなく言葉を続けた。「一晩泊めていただければありがたいのですが。ただし、必要な食糧は持ってきています。あなたがたがどれほど苦労されているかは承知していますし、どなたにも負担をかけたくありませんので」

長い沈黙があった。その間《かん》、男はエルスペスをじっと見つめていた。そして、まるで目にしたものに満足したかのように、ついに首を縦に振った。「服は異国風だが、あんたは例の馬に乗ってる。青い目も、そのほかの特徴もな。そればっかりはでっちあげるのは無理だ」それから男は肩をすくめ、隠れている弓の射手たちに大丈夫だと知らせるような仕草をした。

「わたしらはまだ〈使者〉を信用していると思う――なぜならアンカーが、〈使者〉は悪魔と関係のある魔法使い連中のようなものだとわたしらに思いこませようと躍起になっていたからだ。あんたの言葉を信じてあんたとお仲間たちを信用することにしよう。だが、あんた自身が仲間の保証人になっていることを忘れんように」

エルスペスは、男の言葉に不安を感じたが、それが表情に出ないようにしながらうなずいた。ヴァルデマールの国境にこれほど近いところで、〈使者〉を信頼せず、歓迎もしない者に出会ったのは文字どおりはじめての経験だった。こんなふうになるなんて、この人たちに何があったのだろう？

（アンカーが原因なんだよ。この人たちがふたたび誰かを信頼するようになるには時間がかかるだろうね）グウェナが静かにいった。（この人たちの世代は無理かもしれない）

「それで、これからどこへ行くつもりだ？」男はまだ警戒しながら尋ねた。

「本当のことをいうんだ、愛しい人《ケ＝チャラ》」〈暗き風〉がテイレドゥラス語でそっといった。「隠すのはよくない。引き返して帰国するだけの食糧がまだあるうちに、自分たちがこれから先どんな反応をされるのかを見ておいたほうがいいだろう。トレメインのところまで、戦いながら旅を続ける余裕はないのだから」

エルスペスはわずかにうなずいて、助言が聞き取れたことを知らせた。もちろん〈暗き風〉の言葉は正しかった。トレメインの指令本部まで行くのに戦闘が避けられないなら、このまま先に進んでも意味がない。「わたしたちはショーナーという町に行く途中です」エルスペスは相手がどれほど知っているのか、あるいはまったく知らないのかと思いながら、慎重に言葉を選んでいった。

男はちゃんと知っていた。一歩後ろに下がったからだ。「トレメインのところへ行くのか？」男は尋ねた。「あの不忠者の大公のところへ？」

エルスペスには相手が怒っているのかどうかわからなかったが、本当のことを話そうと決めていたのでうなずいた。

「わたしたちはトレメインのもとへ派遣されたヴァルデマールの特使です」エルスペスは答えた。「トレメインは――彼は同盟への参加を望んでいます。これまで得た情報から、わたしたちはトレメインが尊敬すべき人物だと信じる気になりました」

（そうであってほしい）

男の後ろにいる集団から囁《ささや》き合う声が聞こえてきた。その声が怒っているのではなく、考えを述べ合っているだけのように聞こえたので、エルスペスは気を取り直した。男も囁き声に一瞬注意を払ってから、後ろにいる人々に手で合図して脇に移動させた。「話し合う必要がありますな、ヴァルデマールの〈使者〉殿」男はやや改まった口調でいった。「しかしこの寒さのなかで話し合っても無駄というもの。一緒に来てください。宿屋は、主人はいなくなってもまだ手入れしてあるし、暖房もある。あんたがたが寝袋をお持ちなら、それを載せて使える寝台があります。身のまわりや食事の世話は自分でできるのなら、今晩の宿としてまずまずの場所を提供できますぞ」

それは今回の旅で聞いたなかで一番の歓迎の言葉だった。そこでエルスペスは、宿へ道案内する男にグウェナがおとなしくついていくにまかせた。

宿は男が請け合ったとおりよく手入れされており、馬屋も同様だった。一行は宿の中庭で馬などから降り、荷運びの動物と一緒に頑丈な造りの建物へと引いていった。するとなかの馬房には驚くほどたくさんの動物がいた。（町じゅうの馬や小型馬をここに集めているにちがいない）エルスペスは建物の内部を見回しながら思った。（ひとつの馬屋に一、二頭ずつ、ばらばらにしておくよりそのほうが理にかなっている）

ハードーン人たちはすぐに動きだして、空いている馬房を訪問客の動物たちが使えるように整えるため、干し草置き場から藁《わら》を投げ下ろした。干し草もあるのがわかった。余分な穀物はないようだが。それでもかまわなかった。エルスペスたちは、荷物を運ばせるためにチラを何頭か連れてきていた。チラは干し草さえあればいい。そして馬やグウェナやダイヘリのブリサのためには、荷物のなかに十分な穀物があった。

一行全員は馬屋の支度を手伝いはじめた。エルスペスがケロウィンから学んだ鉄則は、人間の欲求を満たすことより、動物たちの快適な暮らしを優先すべし、というもので、これに反論する者は誰もいなかった。

馬とチラたち、ブリサ、そしてグウェナに温かい寝床と食べ物が与えられ、太陽が灰色の雲の帳《とばり》の向こうに沈みつつあるなか、一行は荷物を抱え、疲れきった足取りで宿にはいった。なかにはいると、一行はしばらくのあいだ小さく集まって立ち、注意深くあたりを見回した。そこは談話室として使われている大きな部屋だった。一方の端に巨大な暖炉がある。丈夫な木材が使われた床と壁。そして屋根を支えている煤で黒ずんだ梁《はり》。エルスペスが心配していたような、打ち捨てられ、荒れ果てた様子はまったくなかった。

村人たちはそこを普段の集会所にしていたのではないかとエルスペスは思った。自分たちの滞在のために掃除をしてくれたにしてはきれいすぎるからだ。通りへ出るもうひとつの入り口は開けっぱなしになっていて、人がどんどんはいってきた。まるで村の大人の大半がその談話室に集まってきているかのようだった。そのうえ村人たちは皆、薪を持参していた。おかげでエルスペスが気がかりだった問題点――自分たちで薪を調達するのは難しいかもしれない――が解決した。

村の責任者を名乗った男はまだ上着は脱いでいなかったが、襟巻は顔からはずしていた。男は集まった人々の一番前まで突き進むと、手袋をしたままの手を階段のほうに振った。風雨にさらされ、心労でやつれた男の顔は、エルスペスが予想していたよりもやさしそうだった。

「部屋は二階だ。どれでも自由に選んでくれ」男はいった。「落ち着いたらここへ降りてきてください。そうしたら話をしよう」

待ちかまえていた村人の何人かが、客たちと一緒に木の階段を上り、持ってきた薪をそれぞれの部屋の炉辺に置いてから階下に降りていった。村人たちは無言のままだったが、敵意があるというより、無口で人見知りをするせいだという印象だった。やがて暖炉のある部屋では火が室内を暖め、暖炉のない部屋では煉瓦《れんが》が冷たい寝床を温めはじめると、ようやくヴアルデマール人たちは、階下にいる先ほど案内をしてくれた村人たちの前にひとり、またひとりと姿をあらわした。

先頭に立ったのはエルスペスで、そのあとにほかの者が続いた。村人たちは好奇心を秘めた目つきでエルスペスを眺めていたが、〈暗き風〉が階段を下りてきた瞬間、うわべの礼儀正しさをかなぐり捨て、驚きのあまり口をぽかんと開けてまじまじと見つめた。村人たちの表情を見たエルスペスは口角がぴくぴく引きつったが、なんとか声を出して笑わずにすんだ。

〈ここの人たちは〈暗き風〉のような人をこれまで見たことがないんじゃないかしら。きっと、吟遊詩人の物語詩のなかから抜け出てきたみたいに見えてるのね〉

長い銀色の髪をし、見たことのない異国風の衣装に身を包み、肩に巨大な〈絆の鳥〉を止まらせた〈暗き風〉は、確かにちょっとした見ものだった。彼が肩に手をやって何気なくヴリーを持ち上げ、部屋のなかを飛んで梁に止まれるようにと空中に放り上げると、その場にいたハードーン人は全員が首をすくめた。なかには森隼に襲われるのではないかと心配そうな者もいた。

ヴリーはどうかというと、できるだけ行儀よく振る舞うつもりらしく、真下や真後ろに誰も座りそうにない場所に止まった。それはとても礼儀にかなった行動だった。なぜなら、眠ってしまうと、排泄しなければならないときに本能が訓練に勝ってしまうからだ。ヴリーほどの大きさの鳥ともなると、びっくりするほどの量の落とし物をしてしまう可能性があった。

エルスペスは〈暗き風〉がそばまで来るのを待って、その手を取った。「こちらはク＝シェイイナの〈暗き風〉。同盟に参加している〈鷹の兄弟〉の一族の出身です」エルスペスはいった。まるで「こちらはトム。農夫で隣の谷の出身です」というかのような淡々とした口調で。その言葉に人々は目を丸くしたが、エルスペスはそれを責めようとは思わなかった。ヴァルデマールでも、最近まで〈鷹の兄弟〉というのは不気味な伝説にすぎなかったのだ――ここのハードーン人はどう思うだろうか？

「〈暗き風〉も特使で、わたしの相棒であり、配偶者でもあります」エルスペスは続けた。「〈鷹の兄弟〉とシン＝エイ＝イン、そしてその他の関係者を代表しています。先ほどお話ししたように、わたしたちはショーナーのトレメイン大公のもとへ向かう途中なのです。ヴァルデマールとその他の同盟国および一族の公式の特使としてです」

この話し合いを持ちかけた男がうなずいた。いまはもう外套を脱ぎ、職人の恰好になっている。服に焼け焦げた跡や、焼け跡らしきものを繕った箇所がいくつかあるところから判断すると鍛冶職人だ。ヴァルデマールで見たことのあるどの鍛冶職人よりもはるかにみすぼらしい身なりだった。ヴァルデマールで鍛冶職人といえば、どちらかというと羽振りがよいことが多かったのだ。

〈ひょっとすると、この人がここでは一番いい暮らしをしているのかもしれない。なんてこと！　この人が物乞いのようにみすぼらしい恰好をしているとしたら、ほかの人たちはどんなふうに暮らしているんだろう？）

健康体であるうえ、兵士になるのに歳を取りすぎてもいないし若すぎるわけでもないのを考えると、アンカーがこの男を〝入隊〟させなかったのは、鍛冶職人だからという理由のようだった。これぐらいの規模の町ともなれば、鍛冶職人の有無は死活問題だ。しかも見習い以上の腕前でなければならない。

「わたしはホブです」男はそういうと、手ぶりで卓のひとつに座るように合図した。ちゃんとした食事が取れていれば、男は風雨にさらされた古い球のような丸顔だったのだろう。飢えている様子はなかったが、骨が浮き出ていた。それを見て、エルスペスはこの町の人々が大変なときを過ごしてきたのだと改めて感じずにはいられなかった。「あんたがたの食糧で食事の支度をしたいという人がいるのなら、あなたとあなたの――配偶者の方とそこでお話ししたい」

「わたしたちの持っているものをお分けできればいいのですが」エルスペスは、後ろめたさを感じてすこし顔を赤らめながら口を開いたが、相手は頭を振った。

「夏至のころまで春が来ないとなれば話は別だが、そうでなければ持ちこたえられるだけの食糧はある」男は答えた。「それにあんたがたがショーナーにたどり着くには、ほんのわずかも手持ちの食糧を無駄にはできんでしょう。まあ、いい助言があったおかげで、ここからショーナーまでのあいだ、ほとんどの住民は必要な食糧を持っているが、他人に分ける余裕はない。たとえ燕麦《えんばく》ひと袋分でも、あんたがたに売ってもよいという者はおらんでしょう。たとえいたとしても、金と交換に、ではないな」

エルスペスは肩越しに後ろにいたヴァレンの顔を見た。ヴァレンはうなずくと、守備兵のうち四人を手振りで厨房《ちゅうぼう》に向かわせた。ほかの者はエルスペスと一緒に、しかもエルスペスを囲むような形で席に着いた。〈暗き風〉の席は相変わらずエルスペスの右手だった。〈暗き風〉はくつろいでいるように見えたが、エルスペスはそんな見せかけにはだまされなかった。誰かが脅迫めいた声をあげたりしようものなら、その問題の人物は短剣の切っ先を突きつけられているか、このうえなく不快な呪文に絡めとられているか、あるいはからだが麻痺《まひ》して動けないのに気づくことになるだろう。

(しかもそれは、わたし自身が脅しを感じて先に行動を起こさなかったら、の話よ)

ホブは卓をはさんでエルスペスの向かいに座り、どうはじめたものかと考えているかのように鼻をこすった。やがて心を決めた様子でつっかえつっかえ話しはじめた。「ショーナーに行くといってたな。あんたがたはトレメインという人物のことをどのぐらい知っているのかね?」

(あまり機転がきく人じゃない。でも、ここの人たちを統率する立場に慣れていないのかもしれない。たぶん、機転をきかす必要がある場面をそれほど経験してないのね)エルスペスは肩をすくめた。「わたしたちが知っているのは、トレメインが全軍を率いてショーナーにはいり、ハードーンの愛国者との戦闘をすべてやめたということです。これまでの話から判断すると、トレメインは愛国者集団との衝突を避けようと努力しています。おわかりだと思いますが、この天候ではそれほど難しくないことです」

ホブは鼻を鳴らして同意を表した。

「トレメインは同盟に加盟することに興味を示しただけでなく、何人かの魔法使いをわたしたちのところに派遣してくれました。それは――」エルスペスは躊躇した。魔法嵐の話を出したとして、どの程度理解してもらえるだろうか？「――これまで起こった不可思議なことすべての核心にある、魔法の問題の解決に力を貸すためです」

「あの怪物のことで？　天候も？　あの地面にできた円もか？」ホブは目を大きく見開き、かなり興奮していた。「あの問題を解決するのをトレメインが手伝ったのか？」

「そうです。そしていまもそうです」エルスペスは答えた。「あれは、おそらくあなたがたが考えているより大きな問題なのです。この大災害に苦しめられてきたのはハードーンだけではありません。ヴァルデマールも、ペラジール山脈も、レスウェラン、カース、ドウリシャ平原もです。そしてわたしたちの推測では、そのほかのすべての地域も、帝国にいたるまで同じなのです。トレメインの援助のおかげで同盟は、なんとか加盟国の範囲内の事態を一時的に収拾することができました」ソラリスが個人的にトレメイン大公と話し合ったことには触れないほうがいいかもしれないとエルスペスは判断した。なにしろ自分は、ふたりが話し合ったことを知っているだけで、何が話されたかは知らないのだから。「そのほかに聞いているのは、ショーナーやその周辺地域の住民たちが、トレメインは自分たちを守ってくれると考えるようになった、ということです。トレメインは住民たちのためになることをしたそうです」

「そのとおり」ホブはゆっくりいった。「わたしらも同じ話を聞いている。トレメインと戦っていた者がトレメインの側についた、トレメインはまるで――われわれハードーン国民が自分の民であるかのように振る舞っている、と。そして今度はヴァルデマールであんたがたを助けているというのかね?」

エルスペスはうなずいた。ホブは唇をすぼめて、仲間の村人数名と視線を交わした。ホブもほかの村人たちも表情を隠すのがあまりうまくなかった。エルスペスの話は村人たちが得ていた情報のいくつかに一致したのだ。だから彼らは、そうであってほしいけれど、実際にはありそうにない噂だと思っていたことが他所者によって裏付けられたのに驚いたのだ。

「全体的に見れば、ショーナーではかなりうまくいっているらしい」ようやくホブは口を開いた。「それはトレメインのおかげだという話だ。トレメインは部下たちに収穫の手伝いやら町を囲む塀の建設やら、怪物退治以外にもそういう仕事をいろいろ手伝わせたと聞いたよ」

エルスペスは相手がどうにでも解釈できるような恰好に両手を広げた。「わたしたちも同じ話を聞きました」エルスペスはいった。「これまで聞いた話のどれほどが真実なのかはまだわかりませんが、あなたがたが聞いた話とわたしたちが聞いた話の出所がまったく違うのは確かです。わたしたちの話の出所が全部トレメインの部下だというわけではありません」

「そしてふたりの人間が同じことをいっているとなると……うーむ」ホブの背後で大きなざわめきが起こった。ホブは下唇を嚙んだ。「それでも――」

「それでもやはり、トレメインが自分を受け入れさせようとして善人を装っているとも考えられます」エルスペスはホブに負けない遠慮のなさで答えた。「わたしたちには本当のところはわかりません。ショーナーに着くまでわからないでしょう」

ホブは卓の木目を指でなぞり、エルスペスと目を合わせないようにしていた。「とはいっても、ご婦人――わたしらには指導者が必要です。昔からの王家の血筋の者はひとりも残っていない。いまいましいアンカーのせいで」

「それで大公を受け入れることを話し合ってきたと？」かつての前線のこちら側でこんな話を聞くとは、予想をはるかに超える事態だった。「外国人を？　帝国人を？」

「大公をだ。血なまぐさい帝国をではない！」ホブの後ろにいる誰かがいった。「問題が起こると、皇帝は大公を放り出して見殺しにしたそうだ。大公はもうチャーリスの犬ではないと聞いている」

「そうだ、同盟にはいろうとして、将校たちとともにあんたがたのほうに歩み寄っているのなら、チャーリスの犬であるはずがないのでは？」ホブは期待に満ちた顔つきでいった。

「トレメインは、ショーナーにふさわしい力が自分にあると証明してるんだ。ショーナーにふさわしいのなら、ハードーン全体にもふさわしいのでは?」

「けれどもトレメインがあなたがたの指導者になるだけで満足しなかったらどうでしょう?」エルスペスは穏やかに尋ねた。「あなたがたの王になりたがったらどうしますか?」

ホブは一瞬ためらったのち、肩をすくめた。「それは目の前の菓子か明日の苦労かというようなものだ。そうでしょう?」ホブは達観した口ぶりでいった。「わたしらはまず冬を乗り切らなければならんのです」ホブはエルスペスにはにかんだ笑顔を見せた。「だが、これだけはいえます。わたしらがトレメインを受け入れる方法がひとつある」

「王としてでも、ですか?」〈暗き風〉が静かに尋ねた。

ホブはゆっくりとうなずいた。「王としてでも、です。その場合、トレメインは自分がチャーリスに仕える人間ではないと、わたしらが信じるものに誓わねばならない。そのうえで、ハードーンに誓いを立てないといけない。そして、アンカーも、その父も、さらにはアンカーの祖父さえ行わなかった、あることをしなければならない」ホブは効果的に間を空けた。「昔ながらのやり方で大地を引き受けるんです」

エルスペスは頭を振った。「わたしが知らないことだわ」エルスペスは答えた。

ホブはまた微笑んだ。「大地を引き受けるというのは——これは古い習わしなんですよ、ご婦人。ヴァルデマールの建国よりも古い、とそういわれています。古い、、、、ものは確かである、、、ともかく、諺《ことわざ》ではそういいます。大地を引き受ける者は大地を裏切れない、というわけですな。大地を引き受ける方法を知っている聖職者がまだひとり、ふたりはいます。あのトレメインという人が大地を引き受け、大地もトレメインを引き受けたら——そうなるともう後戻りはできない。トレメインは鎖をかけられるよりも固くしっかりとハードーンの大地に縛りつけられるんです」

エルスペスは懐疑的な態度を表に出さないようにした。いままでいろいろ見てきたあとでは、この〝大地を引き受ける〟という話に関してホブが正しいのかどうかわからなかった。

「とにかく、ヴァルデマールはハードーン国民から国の統治権を奪うことに関心はないと信じてもらってかまいません。あなたがたがそれをどうするかは、あなたがたの問題です」エルスペスは慎重に言葉を選びながらいった。「わたしたちの課題は、わたしたちが聞いている話が本当かどうかを確かめ、もし本当でなければ同盟に知らせることです」

ホブはうなずいた。そして、トレメインが何かを企んでいるとわかった場合は、どのようにして全員無事に脱出するつもりなのか、という当然の問いはつけ加えなかった。それはホブの問題ではないし、たとえ困難な事態に陥ったとしても、進んで助けを申し出てくれないからといって彼を責めるわけにはいかない。ハードーンの人々は自分たちが生き延びるのに手いっぱいで、ヴァルデマールから来た外国人のために何かをする余裕などないのだ。

厨房からほっとするような料理の匂いが漂ってきた。それをきっかけとして、ホブは話し合いを切り上げた。「部下の方々が食事の準備をなさったようですな。お邪魔にならないよう、わたしらは失礼します。朝は好きな時間に出発してください――それと――あの」ホブは顔をすこし赤らめた。「――この先は、もっとましな歓迎を受けられると思います。信号塔はまだ使えるし、昔の信号がわかる者がすこしはいるんです。あなたたちは信頼できる人たちで、トレメインのところに行くのだという伝言を送っておきます。誰も邪魔はせんでしょうし、夜は、しっかりした壁が四方にあり、屋根もある場所に不自由はなさらんでしょう」

ホブが立ち上がると、エルスペスは座ったまま、ホブに向かって片手を上げた。「トレメイン大公は信号塔がまだ使われていることを知ってるんですか?」エルスペスは尋ねた。ホブは笑った。その笑みを見れば答えは聞くまでもなかった。では、トレメインはこのすばやい情報伝達手段については知らないのだ。トレメインが予想以上に手の込んだ企みを考えているとわかった場合、その事実は役に立つかもしれなかった。

ホブとほかの町の人々は、ヴァルデマール人を残してその場から出ていった。炊事係が干し肉の煮込みを入れた椀と砂糖漬けの果物、そして遠征用の薄焼き麵麭《パン》を載せた皿を卓上に並べているあいだに、エルスペスはまずヴァレンの顔を見た。「で?」エルスペスは問いかけた。「どう思う?」

ヴァレンはホブが座っていた、エルスペスの向かい側の席に腰かけ、まず薄焼き麵麭《パン》と椀を手に取ってから答えた。「いまの話は、われわれが耳にしてはいたものの、本気にしていなかった情報に一致しています」彼はゆっくりとした口調でそういうと、麺麭《パン》を肉汁に浸して、小さく、きれいにかじりながら食べた。「トレメインについてはあまりにいい話ばかりで信じられません。要するに立派で、私心のない指導者だというのですね」その声にはかすかに馬鹿にしたような響きがあった。

「セレネイ女王だってそうだ、客観的に見ればね」〈暗き風〉が思い出させた。「ああ、わかってる。トレメインには彼に立派な振る舞いをさせる〈共に歩むもの〉がいない。だが、この場合、果たしてそういう存在が必要だろうか。少なくともいま、トレメインは危うい状況にある。いままでの成り行きを考えると、トレメインの立場や身の危険の度合いはショーナーの普通の職人とあまり変わらない。ショーナーの人々が指導者を必要としているのと同じぐらい、トレメインもショーナーの人々を必要としているんだ。町民たちが力を失えば、トレメインもたちまち力を失う。町民たちが反抗すれば、トレメインは軍勢を支えるのに必要な人口基盤をなくすことになる。この夏、ショーナーの人々はトレメインと戦っていたのだから、すこしでもひどい扱いを受けたら、トレメインに歯向かうはずだ」

エルスペスはうなずき、〈暗き風〉に同意した。だが、ヴァレンは疑わしげだった。「トレメインは武装した軍隊を持っているんですよ。自分だけに忠誠を誓った軍隊を」ヴァレンは指摘した。

「畑を耕す人がいなければ、その軍隊を養うのもひと苦労よ」エルスペスは答えた。「それに、兵士に支払う銀貨はあっても、その銀貨を使う場所がなければ、兵士たちの忠誠心は薄れていく。故郷から遠く離れた土地で包囲されて飢えに苦しめば、軍隊の忠誠心は必ず失われていくものよ」

ヴァレンはひと切れの肉を突き刺し、息を吹きかけて冷ました。「わたしにいえるのはただひとつ」護衛隊長は肉を呑みこむとこういった。「人を魅了する力のある指導者にとって、自分のまわりにいる人々を行動ではなく言葉で動かすのはそれほど難しくありません。自分の人となりが伝わらないところにいる人々に、同じことをするほうがはるかに難しい。そういう人々は自分が聞いた話の裏付けを求めようとし、裏付けがなければその指導者を忘れ去ります」

「でも、さっきのホブの話には驚いているわけね」エルスペスはいった。

ヴァレンはうなずいた。「とても。しかも二、三ヶ月前なら、ショーナーの住民はその男を追い出すためなら残った力を振り絞って戦ったはずだからなおさらです。それなのにいまは、その男を指導者として受け入れることを検討している。この数ヶ月間に、そうせざるをえないようなことを聞くか知るかしたような話じゃないですか。人々が聞いた話に、言い古された話より中身があればいいのですが」

エルスペスはため息をついてうなずいた。それと同時にエルスペスもほかの者も、全員食事に専念した。この日、温かい食事を取ったのはこれがはじめてだった。しかも昨夜の食事はちゃんとした台所ではなく、半ば廃墟と化した家で、くすぶる火で急いで用意したものだった。みぞおちに痛いほど感じていた空腹が和らぎ、夕食の温もりがからだを満たすと、エルスペスは自分がどれだけ疲れていたかに気づいた。食卓を見回すと、〈暗き風〉を除く全員が、食事をしながら肘をついて頭を支えている。エルスペスもそうしたい気分だった。寒さで消耗していて、最後のひと口を食べたらすぐさま寝床に飛びこみたかった。〈暗き風〉は本領発揮という様子だった。エルスペスは今回の遠征を最後まで〈暗き風〉に任せることになっても、まったくためらわなかっただろう。

なかには食べながら眠ってしまいそうな者もいた。「寒さのせいだよ」〈暗き風〉が静かにいった。「心配しなくていい。これで普通なんだ。夜明けから夕暮れまで一度もからだが温まらないまま寒さにさらされ、夜は暖房のない部屋の冷たい寝床で寝ているせいだ。今夜のおいしくて温かい食事と暖かい寝床で変わるよ。明日は全員、これほど疲労困憊《ひろうこんぱい》せずに一日を終えられるだろう。この先、ここと同じような場所に泊まることができれば、みんなあっという間に生き返る」

〈暗き風〉がそのような事情に通じているのは当然だったし、エルスペスもそれを覚えているはずだった。とはいえ、忘れていたとしても仕方がない。エルスペスが〈暗き風〉とともに、ク＝シェイイナの〈谷〉で国境の警備を兼ねた見張りとして仕事をしていたころ、ふたりが住んでいたのは〈谷〉のなかだった。巡回勤務を終えると、真夏のように暖かい庭園のような場所の真ん中にあるエケレに帰ったのだ。〈暗き風〉は、それ以前は〈谷〉のなかに暮らすことを拒んでいた。だから、冷たいエケレに帰ったときもあったかもしれない。あるいは、荒涼とした場所で野宿をして夜を過ごすことさえあったのかもしれない。エルスペスがそんなつらい経験をしたことがないからといって、〈暗き風〉も経験がないということにはならないのだ。

「もう寝るとしましょう」眠気に打ち勝とうとする必死の努力にもかかわらず、うとうとしていたヴァレンは、三度目に頭を急にぐいと持ち上げると突然いった。「これ以上目を開けていられません」

「わたしが後片づけをするわ。その手の仕事は得意なの」エルスペスはそう申し出ると、ヴァレンの驚いた顔を見て微笑んだ。なんてこと、わたしが自分は雑用などする立場じゃないと思っているとヴァレンは考えているの？　それとも、ここに来るまでに何ヶ所かで泊まったとき、荒れ果てた馬屋から飼葉を集めたり、馬やチラのための間に合わせの馬房を作ったり、飲み水にするためにきれいな雪をかき集めたりする当番をわたしも引き受けていたのを忘れてしまったのだろうか？　「わたしも以前は〈使者〉の訓練生だったのよ。忘れたの？　若いころには割り当てられた鍋を洗ったこともあるのよ。だから何も壊したりせずになんとか片づけられると思う」

〈暗き風〉は片目をつぶってみせただけで無言のまま、空になった椀や小刀や匙《さじ》を集めた。ふたりは、自分たちがほかの人々からどう見られているかを忘れてしまうことがあるのだ。エルスペスは、ヴァレンが〈暗き風〉の姿をじっと目で追っているのに気がついた。エルスペスが後片づけを申し出たときよりもはるかに驚いた様子だった。

〈〈鷹の兄弟〉は皿を洗うのに魔法を使うとでも思ってるのかしら？　まあ、きっとそうだろう。鍋を魔法で洗うのは手で洗うよりも大変だなんてヴァレンには思いもつかないのね〉

エルスペスは〈暗き風〉が持ちきれなかった食器を集め、一緒に厨房に移動した。

ここは、以前は特に立派な宿だったらしく、厨房に水を供給する揚水機《ポンプ》があった。炊事班は、炉端に湯を沸かしたままにしていた。ヴァルデマールの正規の守備隊もケロウィンの傭兵たちも、今回のような任務にはあらゆる面で慣れている。炊事にかけてもかなり手際がよかった。椀も金物類も、そして食べ物を温めたふたつの鍋もたちまちきれいになった。

「今度の旅のことをずっと考えているの」エルスペスは静かにいった。

〈暗き風〉はうなずいた。「きみがどうしてそういう気持ちになるのかはわかる。でも、われわれはいま、正しい道となる可能性のある、多くの選択肢のひとつを実行しているのだと思う」〈暗き風〉は念入りに拭いた鍋を片づけながらいった。それはいかにもテイレドゥラスらしい答えだった。「トレメインとは連絡を取り続けないといけない。それは確かだ。どうやって連絡を取り続けるか――まあ、今回の旅もひとつの方法だ。ほかにも方法はあっただろうが、このやり方をわれわれは選択したわけだし、その判断が間違っていたとは思わないよ」

「少なくともこの方法なら、自分たちの目と耳でショーナーの様子を知ることができるし」エルスペスはため息をついた。

〈暗き風〉は微笑んだ。「それに舌でもだ！　トレメインに聞く耳があれば、助言もできる」

鍋や椀や調理器具はどれも持参したものだったので、エルスペスは生活物資の袋に詰め直した。「これまでの状況を考えると」エルスペスがいった。「ここではまったく予期しないことが起こる可能性が高そうよ。そしてそうなった場合、同盟にとって状況を観察して安心できるかどうかを確認する者がその場にいたほうがいい……」

〈暗き風〉は片腕でエルスペスの肩をそっと抱くと、談話室に通じる扉のほうへ向かせた。「それに、事態を改善したり、変化させたり、てこ入れしたり、そうでなければ好転させたりする者がいたほうがいいがね。ケロウィンの話では、トレメインが生まれ育った世界では、裏切り行為は日常茶飯らしい」〈暗き風〉はエルスペスに思い出させた。「もし何か予期せぬことが起こったとしたら、トレメインがまず思いつく説明は裏切りだろう」

エルスペスは頭を振り、〈暗き風〉に導かれるまま扉に向かっていった。頭がちゃんと働かないほど疲れていなければ、ここから何か筋道の通った議論ができたかもしれない。でも実際は――

「ねえ、わたしはトレメインを気の毒だと思いかけてるのよ」エルスペスは自分たちの部屋に向かって階段を上っているとき、不本意ながら白状した。階級の特権で、エルスペスは本物の寝台と暖炉のある部屋を使う権利を得ていた。ここがまだ宿屋だったころ、その部屋はおそらく料金の高い客室のひとつだったのだろう。エルスペスは、足元に入れた熱い煉瓦で温まった寝台で眠るのを楽しみにしていた。

（でも、眠るのはお預けかもしれない。少なくともしばらくのあいだは。〈暗き風〉が一緒だし……）

「わたしはトレメインを気の毒だと思ってる」〈暗き風〉の答えは意外だった。「それに、若いカラルがなぜトレメインを許したのか、理解できるような気がする。日々、裏切り行為に対処しなければならなかったからといって、人を裏切る人間だということにはならない。行動を通じていくらか推測はできるかもしれないが、トレメインが本当はどんな人物なのかはわからない」

〈暗き風〉がこう話しているうちにふたりは階段を上ってしまい、部屋の扉のすぐ前まで来ていた。エルスペスは扉を開け〈暗き風〉を部屋に引き入れた。そして、〈暗き風〉の唇に自分の唇を押しつけ、話を途中で止めてしまった。

「今夜はもう、トレメインの話はいいわ」エルスペスがきっぱりそういうと、〈暗き風〉は彼女が望んでいたとおり、からだを引き寄せると同時に扉を閉めた。「わたしたち、トレメインのことを放っておいてもいいんじゃないかしら。少なくともしばらくのあいだだけ」
「ああ、少なくともしばらくはね」〈暗き風〉は同意すると、そのあとかなり長いあいだ、言葉では何も語らなかった。

ホブの言葉は嘘ではなかった。それ以降、エルスペスたちはハードーン国民――少なくとも、ハードーン国民の生き残り――と出会って交流できるようになり、この悲惨な状況の国で可能な限りのもてなしを受けた。自分たちヴァルデマール人に向けられる疑いの目には、相変わらず驚かされた。エルスペスが理解に苦しんだのは、ハードーンの人々が、エルスペスたちが新たな侵略の先触れだという考えをどうしても捨てないことだった。もし本物の侵略軍なら、少なくともちょっとした軍勢を伴っているはずだし、侵略前の偵察隊だとしたら、これほどおおっぴらにやってこないだろう。

エルスペスは次第に、その理由は理屈とは関係がないと考えるようになった。アンカーが、ハードーン国民のヴァルデマール人に関する考え方を毒してしまったのだ。そして、その毒の幾分かがまだ残っている。ヴァルデマールとの戦争がはじまったばかりで、国民がまだアンカーの本性に気づいていなかったころ、アンカーは、自分が行う戦争の正当性や、父王や上院議員の大半の殺害にヴァルデマール人が関わっていること、そしてヴァルデマール女王がハードーンを属国として併合するつもりだということを国民に語ったのだった。もちろん、のちには、どんなに世間知らずな国民にも、アンカーがまったく信頼できない人間だとわかるようになるのだが、アンカーの嘘のいくつかは人々の記憶の奥底にまだ残っていた。そもそもそれらの嘘を広めたのがアンカーだということを、ハードーンの人々が思い出すこともないのだろう。

そして、もともとはまったく戦争を好まず、現在はある意味、アンカーの支配下での暮らしよりもさらにひどい物不足に苦しんでいる人々にとって、エルスペスが率いる武装集団——どう見ても訓練が行き届き、食糧も十分、武装も整い、最高の状態にある——は、軍隊のように見えたにちがいなかった。ここの人々はまだ帝国軍を見たことがない。どれほど規模が大きいか、どれほど熟練した兵士揃いかを噂に聞いているにすぎなかった。国境での戦闘からは離れているので、アンカーが村人たちの協力の確保と徴税のために野営させた駐屯軍より大規模な軍隊は見たことがなかったのだ。たぶん、軍隊とはどれほどの規模のものか、想像できなかったのだろう。ところが、エルスペスの部隊が目の前にあらわれた。通りかかる町をことごとく掌握《しょうあく》できるほどの規模だ。すると、軍隊とはどんなものかを想像する必要などなくなってしまった。現実のものとして目の前にあったからだ。

住民たちはたいてい、エルスペスやその一行とホブが行ったような短時間の話し合いのあとに姿をあらわした。そういうとき、エルスペスたちは征服者ではなく旅行者として扱われた。村人たちはかつてのもてなしの習慣を思い出し、ほとんどの場合、宿屋か寺院、さもなければ組合の集会所をエルスペスたちに開放するのだった。すると、暖かい寝床と部屋があり、たまには持参した食糧のほかに、すこしばかりの新鮮な肉が手にはいることもあった。この冬は薪を調達するのに苦労はなかった——どの集落でも建物の半分（もしくはそれ以上）が空家になって倒壊しているからというわけではない。賢明なことに、生き残った住民が一番ましな状態の家屋を修繕して住み、使わない家屋を建材や薪として利用しているからだった。食糧は不足するかもしれないが、残りの冬を暖かく過ごすことはできそうだった。

だからこのあたりの村人たちは助かるだろうとエルスペスは気づいた（エルスペスたちも、どんなに暖かい服装をしていても身にしみ、一日の終わりにはからだが痛むほどの寒さにずっと立ち向かっていたからだ）。暖が取れるかぎりは、食糧が足りなくてもなんとか過ごせる。雪が溶けるころ、春の熊のように痩せ衰えて姿をあらわすのかもしれないが、村人たちは生き延びるだろう。寒さは食糧不足よりもすばやく命を奪ってしまうからだ。

だが、ショーナーに近くなればなるほど、トレメインに、あるいは少なくともトレメインに関する噂話に、警戒はしながらも好印象を持っている人が増えていくように思えた。魔嵐の波が通り抜けて引き起こされた猛烈な吹雪がおさまり、〝普通〟の冬の天候に戻ると、トレメインは、自分自身や軍を守るために確保した場所の外側に住む人々に、遠慮がちながら援助を申し出るようになったのだった。道の雪かきと積雪防止のために部下を送り出し、真冬でもできるちょっとした商売を奨励した。噂が本当なら、一定の制限のあるやり方で、部下たちを怪物退治に送り出したりもしたとのことだった。

どうも、ショーナーから三日以内の距離に住む者で、怪物の住処か活動範囲をつかんでいれば、その退治に力を貸してもらえるよう願い出てよいようだった。明らかに大公は、送り出した兵士が怪物を発見しようと雪のなかをさまよっているうち、自分たちが餌食になってしまう事態は避けようとしているのだ。トレメインは、魔法から生まれた異形の生き物と戦った経験のある、訓練された完全武装の兵士二十名の部隊を送り出す。地元民は、怪物の居場所か、怪物が罠にかかったり、追いつめられたりしている場所にその部隊を案内すればよかった。あとは兵士たちの仕事だった。地元民には怪物の屍骸《しがい》をどうするかを決める特権が与えられた。多くの場合、すこしでも食べられそうなら、地元民は部隊に同行している〈治療者〉に食べても大丈夫かどうか判断を仰いだ。〈治療者〉はそういう依頼には必ず応じるのだった。

さらに、怪物が片づくと、部隊はその地域にとどまり、野生化した家畜の狩りをした。野生化した家畜を見つけるのはそれほど難しくなかった。部隊は獲物の半分をショーナーに持ち帰り、残り半分は地元民の食料として置いて帰った。この取り分が、狩りがはじまるまで地元民が手に入れていた分より常に多かったので、トレメインの兵士たちが〝帝国軍の取り分〟を要求しても誰ひとり抗議しなかった。そのうえ、怪物退治や野生化した家畜の狩りが行われているあいだに、地元民のなかに病人や怪我人がいれば、遠征に同行している〈治療者〉がその手当てをしてくれるのだった。

要するに、帝国軍の部隊がショーナーに戻ったあとには、どうしても必要だった肉の備蓄ができ、アンカーが王座に就いて以来見たこともないような医療を受けた人々がおり、数世代前のように牧歌的でのどかではないにしても安心して暮らせる土地が残されるのだった。新たに怪物があらわれたときは、また助けを求めるだけでいい。すると、まったく同じ筋書きが繰り返されるはずだった。

トレメインは狼や熊、そして無法者の退治は手助けをしようとしなかった。狼と熊については地元民で対処できると判断したという話だった。無法者については——追いはぎと〝愛国者〟との区別ができないと主張して手を出そうとしなかった。同胞による略奪行為に苦しむハードーンの人々にとって、これはすこしつらいことだった。しかし、おそらくこのせいで、人々はかつての隣人を追いつめて捕らえ、この国では長いあいだ無きに等しかった法を復活させて裁くようになったのだろう。

噂に聞いたこういう話はいずれも強く印象に残った——どの話も内容が驚くほど一致していたので、その印象はなおのこと強くなった——しかし、エルスペスは、もっとショーナーの近くでの評判を確かめるまで待った。

ついにエルスペスの一行はトレメインの影響力が三日以内におよぶ範囲に足を踏み入れ、トレメインの〝博愛主義〟を伝える話が真実であることを自分たちの目で確かめた。

一行は、荷馬車一台がようやく通れる幅だけ除雪された道から、突然、地面や路面の砂利が見えるほど完全に除雪された道——しかもその状態が保たれているのは明らかだ——にはいった。そして、トレメインの部下たちが追いつめて殺した怪物どもの首級《しゅきゅう》（もしくはほかの部位）を自分の目で確かめた。さらに、トレメインのおかげで食料を得、癒された地元民たちからは、トレメインがいかに公明正大で優れた指導者であるかを聞いた。

〝王〟という言葉を口にする者はまだいなかった。だが、エルスペスは、人々の頭のなかではそれに近い存在になっているように感じた。どうしてこんなことになったのだろう？　ハードーン史上最悪の時期に直面しながら、この男は国全体にじわじわと秩序と健全さをもたらしている。しかも、それは独裁者のような勝手気ままで自己中心的な秩序ではない。その手の秩序なら、人々はアンカーのもとでさんざん経験し、見ればそうとわかるはずだ。これは、人々が共に生き、平和を保つための法と秩序だ。

エルスペスはその地域の住民たちの運命と、ショーナーから三日以内の範囲に暮らすという恩恵に浴せなかった住民の運命を比較せずにはいられなかった。そして、もし自分が同じ立場なら、同じように感じただろうと渋々ながらも認めざるをえなかった。

そのうえエルスペスは、トレメインがこの地で実行したことや命じたことのほとんどに同感できた。自分ならしなかっただろうと思うような、いかにも帝国の法律や習慣らしいものも二、三ある。しかしそれ以外は——まさにこの国の人々の幸福に関心を持ち、限られた資源から最大の利益を引き出す方法を知っている人間のやり方だった。

トレメイン大公本人との会見前日、エルスペスと〈暗き風〉が夕食を取っているとき、重重しい態度のハードーン人の一団が訪ねてきた。今回、宿の主人はまだ営業はしていたものの、実際に客を迎えるのは久しぶりだった。主人はエルスペスと〈暗き風〉に、護衛とは別にふたりだけで静かな夕食を取ってはどうかと提案してくれたのだった。その申し出は、断るにはあまりにも魅力的だった。

主人はふたりを小さな個室になった食事部屋に案内し、兵士たちはその外側の、もっと大きな部屋で席に着いた。エルスペスは、他人に聞かれるのを気にせずに〈暗き風〉と話ができる機会を自分がどれだけ欲していたか、そのときはじめて気づいた。部屋でふたりきりになって話したいことがいろいろあった――それもふたりきりになれたらの話だ。ほかの者たちと同じ部屋で眠ることもよくあったからだ。

エルスペスと〈暗き風〉はふたりきりの時間をできるだけ楽しむために最後の一杯をゆっくり味わっていた――と、そのとき、宿の主人がやってきた。

「町の評議会がお話ししたいといっております、だんなさま、奥さま」宿の主人は部屋のなかをのぞき込んで遠慮がちにいった。「もしよろしければ、ここでおふたりだけと」

エルスペスはため息をついた。よろしくはなかったが、そんなことをいってもはじまらない。「そうしなければならないというなら」エルスペスはいらだちを――すべてではないものの——いくらか表情に出して答えた。

宿の主人は姿を消した。町の代表団は部屋のすぐ外で待機していたにちがいない。すぐに戸口からぞろぞろとはいってきた。

「お時間は取らせません、特使殿」なかでも一番立派な身なりをした人物がいった。かつての繁栄を思わせる天鵞絨《ビロード》や毛皮をいまだに誇らしげに身につけている男だった。「ただ、わたしたちに代わって——トレメイン大公に伝言をお伝えいただきたいというだけのことなのです」

「苦情ではありません！」別の人物、先の者に比べてわずかに上品さにおいて劣る人物がつけ加えた。「決して苦情などではございません！　おそらく、トレメイン大公にとっても喜ばしい話ではないかと——」

「町で評判が立っておりまして」最初の人物が、もうひとりをにらみつけながらその言葉をさえぎった。「それがわたくしどもの耳にはいってまいりました。ああ、わたくしはこの地域全体の羊毛織工業組合の組合長をしておりました——」

(だから贅沢《ぜいたく》な服装なのね)エルスペスは思った。

「——そしてこちらにおりますケプランは皮革および毛皮業組合の組合長でした。そういった次第で、先に申しましたように町で評判が立ち、それを町の者がわれわれのところへ伝えにまいったのです。トレメイン大公がわれわれのために役立ってくれる人物だとわかったので、指導者になってもらいたいという者がいるというのです」組合長は大きく両手を振った。「なかにはこんなことをいう者もおります――王に、と」

もうひとりが連れの組合長の話をさえぎった。「ハードーンのかつての王室の血筋の者を探すようにと、すでにお触れが出ました。われわれには、ご想像以上に速く遠くまで命令を伝える手だてがございますので。ですが、ひとりもおりませんでした。昔の王族はひとりも生き残っていないのです」

「そう聞いても驚きません」エルスペスはそっけなくいった。「アンカーは競争相手を寛大に扱うような人間ではありませんでした。そして王位継承権を主張しそうな者がいれば、年齢や性別など一切かまわず邪魔者として消してしまったでしょう」

羊毛織工業組合長は咳払いをした。「はい、おっしゃるとおりです。当時、邪魔になった者は皆、ただではすみませんでした」組合長はそれを止めようとしなかったことへの責任逃れを受け入れてもらえたかを確かめるように、期待を込めてエルスペスを見上げた。その様子からエルスペスは、少なくとも一度は実際にそういうことがあり、組合長はそれを止めようとさえしなかったのだろうと思った。

(でも、わたしにそれを批判することができるだろうか？　わたしはその場にいなかったし、何が起こったのかを知らない。たとえ臆病者の道を選んだのだとしても、この人はもう十分に罪の意識に苦しんできたかもしれない)

「昔の王族の血筋の者はひとりも残っていないということでしたが」エルスペスは話の続きを促した。「それで?」

「ですから――その――トレメイン大公に王になっていただいてもよいのではないかという、合意のようなものがわたくしどものあいだにあるのです。ただし、条件がいくつかあります」組合長は息を詰め、エルスペスの反応を待った。

「興味深い提案だ」〈暗き風〉が静かにいった。「わざわざそういうからには、ありきたりの条件ではなさそうだな」

羊毛織工業組合長はエルスペスから〈暗き風〉に注意の対象を変えた。「そうかもしれません」組合長はいった。「それは、その――この国の王が何代もしてこなかったことです。つまり――」

「トレメイン大公には大地と絆を結んでいただかねば」毛皮業組合長が突然いいだした。「古い信仰を司る聖職者がひとりおります。儀式の詳細を知っていて、ちゃんと執り行うことができます。トレメイン大公には、大地、すなわちハードーン国と絆を結んでいただかねばなりません。そうすれば、大地が傷つくと自分も傷つくことになる!」

羊毛織工業組合長はぎょっとしたように毛皮業組合長を見つめた。が、エルスペスは肩をすくめただけだった。「賢明な予防策だと思えますね」エルスペスはいった。「機会があれば、大公にお伝えしましょう。でも、お約束は一切できません。もちろん、大公がそのようなことに同意されるという約束もできません」

「お願いしたいことは以上です。特使殿！」羊毛織工業組合長はそういうと、同伴者に向かって手を振って合図し、急いで後ろに下がった。「おいとまいたします。ありがとうございました」

そういいながら、羊毛織工業組合長は先に同伴者を退出させ、最後の挨拶の言葉とともに食事室の扉を閉めた。

〈暗き風〉がこちらを見たので、エルスペスはしかめ面をしてみせた。「さて」エルスペスは重苦しい沈黙を破った。「確かに興味深い話だったわね」

「それに問題が残っている」〈暗き風〉は悲しげな笑みを浮かべて答えた。「いったいどうやってトレメインにそんな提案をするんだ？」

「ショーナーに乗り込んで、トレメイン大公の手腕で帝国がどう受け止められるようになっているかを実際にこの目で見ましょう。それから答えを出しても遅くないと思うわ」エルスペスは答えた。「それを見れば、提案する価値があるかどうかわかるはずよ」

外套を突き通す氷のように冷たい風をものともせずに、エルスペスは鞍《くら》に深く腰かけ、雪の照り返しで目が痛くなるまで目を見張っていた。そしてつぶやいた。「これだけのものをたったひと冬で建てるなんて信じられない」

（しかも魔法を使わずにだよ）グウェナは念を押すようにいうと、からだが冷えないようにすこしずつ足踏みをした。（そうせざるをえない理由がいろいろあったのは確かだけどね――敵意に満ちたハードーンの部隊が攻撃を仕掛けてくる可能性とか、怪物がいるという確信とか――あの立派な青年は怪物のことを何と呼んでいたっけ？）

「化け物よ」エルスペスは上の空で答えた。目の前にある、二階分の高さの壁に見入っていたのだ。しかも、木の柵ではなく煉瓦の塀だ。この大がかりな建造物はショーナーの町全体だけでなく、それをはるかにしのぐ面積の帝国軍の駐屯陣営、さらには、かつて町の共同放牧場だった広い草地をも囲んでいた。とてつもない仕事だ。間違いなくそうだ。それに加えて、雪が降る前に帝国軍のための兵舎を建てるという、これまた途方もない仕事が重なったのだ。気の遠くなるような規模の仕事だ。これだけのものをどうやって大公は建てさせたのだろう？　労働者はどこで捜したのだろう？

「われわれはここでの仕事を心から誇りに思っております、シアラ」帝国軍の制服を着た〝立派な青年〟がいった。彼はエルスペスたちをショーナーから半日の場所で出迎え、ここまで案内してきたのだ。シアラとは、帝国軍内で男女を問わず、相手の階級を知らないときに用いる一般的な敬称のようだった。たぶん、〝殿《どの》〟に相当する敬称だろう。一般的に傭兵は将校に対して性別に関係なく〝殿〟をつける。きわめて賢明な呼び方だとエルスペスは思っていた。

「壁や兵舎の建設には全員がたずさわりました。ひとり残らずです」若い兵士は話を続けた。「寒さで頬が真っ赤になっている。「ただし農作物の収穫に何名かが駆り出されたときは別でした。そのときは兵士とショーナーの町民が仕事を交換したんです。兵士ひとり分の仕事をこなすのにどれだけ多くの町民が必要でも、トレメイン大公は町民を雇いました。だから壁と兵舎の建設が続けられたのです」

〈賢明なやり方だね。気がついた？　この若者の話だと、トレメインは労働者を徴用したのではなく、仕事と仕事を〝交換した〟んだよ〉グウェナは壁を自分の目でよく見ようと頭を上げた。〈確かに、自分たちを守る塀の建設に人々を徴用したとすれば、あまり頭のいいやり方ではなかっただろうね。だからといって、いままでの支配者がそれと同じぐらい愚かなやり方を選んだ例がなかったわけじゃないけど〉

エルスペスはうなずいた。声に出して答えて、グウェナの声が聞こえない若い兵士を混乱させる必要はない。帝国軍はすでに、グウェナとダイヘリのブリサのために特別な待遇と宿を用意してほしいというエルスペスの要求に相当困惑していた。それでも、まだヴァルデマール人が誰ひとりとしてショーナーへの道に足を踏み入れていないうちから、そういう条件を受け入れてくれていた。

〈暗き風〉が軽く咳払いをした。「確かにこの防壁は立派だが、旅の仲間たちもわたし同様寒いと思う。ここに立っていてもいっこうに温まらないことだし」

若い兵士はさっと直立不動の姿勢を取り、口ごもりながら謝罪の言葉を述べた。「ごもっともです、シアラ、お許しください。すぐにまいりましょう!」

若い兵士は踵で馬をぎこちなく蹴り、前方の門に向かってゆっくり歩かせた。兵士が乗馬に慣れていないのは(少なくともエルスペスの目には)明らかだったし、馬も騎馬用でないのは間違いなかった。脚が太く、水差しのように不恰好な頭をし、毛並みがぼさぼさのその馬はおそらく農夫のもので、いまの季節は農作業に必要なかったのだろう。出迎えのために長い距離を乗らずにすんで、若い兵士はありがたく思っているはずだった。年老いて落ち着いたその去勢馬が、まるでいまにも後足で立って駆けだそうとするのを恐れているかのような手綱さばきだった。馬にそんな気はまったくなく、暖かい馬屋とおいしい飼葉が待つ町に向かうのをひたすら喜んでいるだけだった。エルスペスは、笑ってしまって気の毒な若者を傷つけたくなかったので、顔に巻いた襟巻が口元を隠してくれていてよかったと思った。

一行が壁に近づくと、壁の上を巡回していた歩哨たちは興味深げに見下ろしはしたが、警戒する様子は見せなかった。一番近くにいる者が〈暗き風〉のダイヘリを見たときには、肘でつつき合ったり指さしたりしていたが、それは想定内だった。

エルスペスから見れば、警戒本能を刺激するものは一切なかった。制服を別にすれば、歩哨たちは同盟の別の国の特使が馬で入国するのを見守る同盟軍の兵士といってもおかしくなかった。敵意はまったく感じられず、エルスペスのほうでも罠の気配を感じることはなかった。一行は誰何《すいか》されることもなく門を抜け、案内役について町の大通りを進んでいった。この何週間か、動物たちの蹄が雪を踏み締める、きしむような鈍い音しか聞かなかったあとで、壁を越えたとたんにまた、丸石の上を歩くグウェナの銀の蹄の音と、合いの手のように歯切れよく響くブリサのふたつに割れた蹄の音とが奏でる独特の音楽に乗って歩を進めるのは不思議な気分だった。町の人々はエルスペスたちの到着をあらかじめ知らされていたらしく、沿道に集まって、歓声をあげ手を振って歓迎の気持ちを表しながら、〈暗き風〉をじっと見つめていた。エルスペスは、旅の一座の一員として前回ハードーンの町にはいったときのことを思い出した。あのときは、やや色あせているとはいえ、異国風で派手な衣装をまとった一座のなかにいたので、自分たちはそれほど目立たなかった。あのときの見物人たちは、たぶんダイヘリのことを変装させた普通の馬か小型馬だと思っただろう。いまは〈暗き風〉が人々の注目を一身に集めていたが、さすがは〈暗き風〉で、自分をぽかんと見つめる人々など存在しないかのように平然としていた。

かなり大きな宿を何軒か、そして一行が宿泊できそうな建物もいくつか通り過ぎて、町の反対側までやってきた。一行が向かっているのは、土塁《どるい》のように並んだ兵舎ではなく、大きな石造りの建物だった。その建物は主要部分が少なくとも四階建ての高さで、その上に五、六階分の高さの塔がいくつか聳《そび》えている。一行は、トレメインが本部として接収した、この要塞化した館に宿泊することになるようだった。エルスペスは、自分たちに場所を空けるために、いったいどれだけの事務官や士官、さらにはそのほかの下働きの者が場所を入れ替えられるのだろうかと思った。エルスペスは自分の兵士たちと離れるつもりはなかったし、トレメインが、それがわからないほど愚かだとも世間知らずだとも思えなかった。となれば、かなりの人数が移動しなければならない。

「この館の以前の所有者は、屋内にとても小さな馬屋を作っていました」館の周囲にめぐらされたふたつ目の壁に近づくと、若い兵士がいった。「馬屋の入り口は中庭に面しています。台所のすぐ横です。大公の馬屋頭によれば、仔を孕《はら》んだ大切な雌馬のために作られたものだろうということです。四つに仕切られていて、暖かいので必要な時には人が泊まりこむこともできます。乗ってこられた――その――動物たちはそこでよろしいでしょうか？」

若い兵士はいぶかしげにブリサとグウェナを見た。なぜこんな大げさなことになるのか、解せない様子だった。

エルスペスとしては、使節団の人間でない仲間のためにきちんとした場所を見つけてもらえただけでなく、それが同じ建物のなかだというので、ただただありがたかった。「申し分ありません」今度はエルスペスが口ごもる番だった。「部屋に案内していただく前に、動物たちの世話がしたいのです。つまり、トレメイン大公にはじめてお目にかかるよりも先にです。大公が理解してくださるといいのですが」

若い兵士はうなずいたが、その様子からは、トレメインが理解するとは思っていないが、ヴァルデマール人の風変わりな流儀には付き合う覚悟でいるのがわかった。

グウェナがエルスペスの心のなかでくっくっと笑った。（気にしなくていいよ。わたしに知性があるとわかってもらわないといけないのはトレメインだけなのだし、それにはそう時間はかからない。明日でもかまわないいんだしね。今日だけでもトレメインは十分な衝撃を受けることになる。正直な話、トレメインとの面会よりも、おいしくて温かい食べ物と暖かい場所で眠れることのほうが気になるよ）

確かに、最近グウェナは以前より付き合いやすくなった。（というより、わたしがやっと大人になったということかしらね！）エルスペスはひとりくすくす笑いながら、ほんのすこしだけ緊張を解いた。何か問題があれば、おそらくグウェナが気づいたはずだ。

館を囲んでいる壁は、町の周囲に建てられた壁よりもはるかに暗い色合いだった。ここの塀は館と同じく切石で造られていて、重苦しく感じる一歩手前ぐらいの暗さの灰色だった。こちらの壁の上にも先ほどの壁よりもたくさんの歩哨がいたが、やはり気軽な態度だった。こちらは本職の歩哨たちなので、何かあればすぐに行動に移る準備をしているはずだが、その態度を見るかぎり、自分たちが何かの脅威にさらされているとは考えていないようだった。

エルスペスたちは鉄製の落とし格子のある門のなかにはいったが、防壁と館とのあいだの中庭に出ると思いきや、館の防壁の下を通る地下道にはいっていった。松明《たいまつ》のおかげで真っ暗ではないが、あたりがよく見えるわけではない。だが、エルスペスも一行のほかの者も、天井に槍落としの穴が開いているのを見逃さなかった。穴の間隔はひじょうに狭かったので、地下道の両端にある扉が下ろされたら、その穴から落ちてくる煮えたぎった油か、そのほかの不快なものから逃れることはできないだろう。もしこの館がトレメインがやってくる前に建てられたのでなければ、この仕掛けに気づいてもっと不安になっていたところだ。

　トレメインがこの仕掛けを使わないというわけではなく、そもそもこれを取りつけたのがトレメインではないというだけの話だ。この仕掛けを思いついた、悪趣味な頭の持ち主はハードーンに生まれ育った人物なのだ。

　（もしかするとアンカーの祖先のひとりかもしれない……）

　中庭に出ると、使節団はきっちりふた手に別れた。ヴァレン率いる半数が宿舎となる建物に荷物を運び、残りの半分はその場に残って〈暗き風〉とエルスペスとともに、乗ってきた動物たちがくつろげるよう世話をした。エルスペスは護衛が目立ちすぎることにすこしだけいらいらしたが、長年の経験からその必要性はわかっていた。この場所の状況を完全に把握するまでは、大げさなほど警戒して格式張った態度を保ち、自分と〈暗き風〉が外交上の重要人物だという認識を帝国軍に強く植えつけておくほうがいい――もちろん、実際に重要人物なのだが。

　エルスペスのいらいらは長くは続かなかった。ヴァレンとその部下たちが、お飾りどころかちゃんと役に立ってくれて、馬屋の仕事はすぐに片づき、誰にとっても心地よく満足できる状態になったからだ。帝国軍のひとりがその場に残っていて、一行を宿舎に案内してくれた。エルスペスと〈暗き風〉は護衛を従えながら、案内人のあとについて丸石を敷き詰めた中庭を横切り、中庭に面するいくつもの入り口のひとつにはいった。

「皆さまにこの塔を用意いたしました」案内人は一行を階段に導きながら遠慮がちにいった。そのハードーン語は堅苦しく、痛々しいほど正確だった。「トレメイン公はここが皆さまのご要望を満たすことを望んでおられます」

「大丈夫だと思います」ほかの者と一緒に、宿泊場所となる二階へと階段を上がりながらエルスペスは答えた。先に上にあがっていた兵士たちは早くもくつろいでいた。寝台や箪笥を備えたかなりの広さのある部屋で、ヴァルデマールの兵舎とさほど変わらない。さらに上の階は二階と同じだったが、いまは誰もいなかった。

エルスペスたちは外壁のまわりをめぐる階段を上り続けた。「こちらがおふたりの部屋になります」四階にたどり着くと、案内役の兵士がいった。

一同は四階に設けられた公式の応接室に立っていた。会議用の卓と椅子が備えつけられ、暖炉のそばには書き物机と三脚の安楽椅子が配置されている。

「おふたりの寝室と書斎は五階になります。六階には納戸があります」案内役はいった。

「わたくしはトレメイン公の副官のひとりです。何なりとご用をお申しつけください」

エルスペスと〈暗き風〉があてがわれた部屋を見て回っているとき、案内役は最上階を納戸以外の目的には使いたくない理由を真剣な顔で説明した。暖炉がないうえに、四方八方からの風にさらされている、というのだ。エルスペスはそこに頭を突き出してみて、石造りの壁がうっすらと霜でおおわれているのを目にすると、その意見に賛成した。

トレメインは、エルスペスたちが宿舎の部屋に落ち着き、見苦しくない服装に着替えるためにかなりの時間を取ってくれていた。エルスペスはヘイヴンの宮殿の快適さをなつかしく思った。ここで熱いお風呂といえば、薬缶《やかん》で沸かした湯を召使いたちが寝室に運びこんだ桶に注ぐのだった。万事がそのように原始的で、寝室用便器を目にしたときには顔をしかめてしまった。かといって代わりのものを頼めば、もっとひどいものが出てくるかもしれない……それに、ふたりとも、寝室用便器で間に合わせるのがはじめてというわけでもなかった。

ようやくふたりが人前に出られるようになったころ、晩餐への招待のためにトレメインが別の副官をよこした。

(トレメインとはじめて会う状況としては申し分ないわね)〈暗き風〉がエルスペスに小さくうなずいたので、エルスペスはふたりを代表して招待を受け入れた。そしてふたりは若い副官のあとに続いて階段を下り、館の中心部にはいっていった。暗く、ひんやりする廊下をしばらく歩いた。明かりは壁に一定間隔で取りつけられた棚の上の角灯だけだった。ようやく別の階段にたどり着いたと思うと、副官はさっきとは別の塔に案内した。つまり、もしこの塔にトレメインの部屋があり、ふたりが滞在する塔と同じ造りだとすれば、おそらく自分たちの寝室からトレメインの寝室をのぞき込むこともできるということだ。興味深い。それに、トレメインがこちらを信頼している証しでもある。のぞき見ができるのなら、射殺も可能なのだから……

副官に、自分たちの塔の応接室に相当する部屋に案内されると、これは非公式の会合だとわかった。用意されているのは三人分の席だけで、覆いをした皿が所狭しと並ぶ配膳棚のかたわらに副官がひとり立っているだけだった。トレメインはすでにふたりを待っていた。エルスペスは相手を注意深く観察した。トレメインも同じように注意深く、ふたりの品定めをしていた。

有能な軍の統率者であるはずだが、そうは思えない。その人物はまったく職業軍人らしく見えなかった——とはいっても、ケロウィンのもっとも優れた戦士たちも半数はそうだ。鼠《ねずみ》色がかった茶色い髪は薄くなりはじめ、残った髪も白髪交じりだ。知的な顔には加齢と過労の跡が刻まれている。

トレメインは相反するものを体現していた。肩はどんな事務官よりもがっしりと幅広いが、右手には墨の染みがある。普段から身につけ慣れているかのように剣を帯びているが、灰色がかった茶色の目の横には、薄暗いところで文字を読もうとして目を細める癖のある人に見られる皺があった。一方では学者、一方では戦士。

まるでふたりが予想より早くやってきたので驚いたとでもいうように、トレメインは一瞬の間を置いて立ち上がり、手を差し出した。表情が読めない、とエルスペスは思った。表情を表に出さないのだ。だが、なぜか隠し立てをしているふうには見えない。賭けをする男の顔なのかもしれない。何もかもさらけ出したりはしない男の顔だった。

しかし、顔からは無理でも、ほかから何か読み取れるかもしれない。身につけているのは帝国軍の軍服に手を加えたものだったが、普通、高位の軍人から連想するような凝った装飾は何もなかった。宝冠が描かれた徽章《きしょう》がひとつと大公自身の紋章らしきものが描かれた徽章がついているだけだ。帝国の紋章や徽章の形跡はどこにもなかった。ただ、交差する筆と剣が描かれた徽章は、それよりも大きい徽章をはずした跡に縫いつけられたように見えた。

（考えてみたら、これまで出会った人は誰も帝国の徽章をつけていない）それは、何にも増して、トレメインが帝国への忠誠を捨ててしまった証拠だった。兵士はどの紋章のもとで戦うかを重んじるものだ。帝国の紋章がないのなら、その紋章が表すものへの忠誠心もないのだ。

だが、装飾がないというのは――軍人は威厳を感じさせる装飾を当然だと考えている。飾り気がないのはトレメインに関して何を語っているだろう？　慎み深さ？　あるいは慎み深く見せたいということか？

トレメインが差し出した手を、エルスペスは握った。力には力を。トレメインがエルスペスを試したわけではなかっただろうが、力強く手を握られたので、それに負けじと握り返した。「ようやくお目にかかることができ、光栄です、王女殿下」トレメインが口を開いた。エルスペスが首を振ったので、トレメインは途中で口をつぐみ、小首をかしげた。おそらく何か尋ねたいときにいつもする仕草なのだろう。

「王女とは呼ばないでいただけませんか」エルスペスは訂正した。「ほかの責任を負うため、その肩書はしばらく前に放棄しました。〝使節〟で十分です。あるいは〝大使〟でも。何でしたら、〝奥方さま〟でもかまいません。大公閣下と肩を並べるだけの領地と称号はいまも持っておりますが。ヴァルデマールではもはや誰も、わたくしに王位継承権があるとは考えていません」

（自分より下の地位の者が派遣されて、軽んじられたと思わせてはならない）

「わたくしの同志であり配偶者でもあるク＝シェイイナの〈暗き風〉は〈達人〉です。ク＝シェイイナ族には高貴な身分を表す称号にあたるものがありません」エルスペスは話を続けた。「けれども、魔法使いとしての地位には称号に代わる重みがあると判断いたしました」

トレメインはうなずいた。そしてエルスペスの手を放し、〈暗き風〉の手を握った。ふたりの男は握った手を放すまでのあいだ、相手を推し量るかのように互いの目をじっと見つめていた。

「ようやくおふたりにお目にかかれて非常にうれしく思います。そして、故郷でわが民がしているように、肩書は省いてただ〝トレメイン〟と呼んでいただければ光栄に存じます」かすかな笑みで堅苦しい態度を和らげながら、大公は答えた。「お座りになりませんか？　料理はやや質素だと思われるかもしれませんが、贅沢ができる時期ではありませんので」

エルスペスの椅子を引きながら答えたのは〈暗き風〉だった。「まったく同感です、トレメイン」〈暗き風〉がいった。「しかしながら、あなたが治めておられる人々は大方のハードーン人よりもよい暮らしをしているようです」

トレメインは客のふたりが席に着くのを待ってから、自分の席に座った。「とても運がよかったおかげです」トレメインが答えた。「ハードーンにはない資源に恵まれたという点で運がよかった――つまり、人手ですな。頑健な人手さえあれば、なんとか食べられる物を探すこともできるのですよ」

トレメインの副官から、乾酪《チーズ》を載せて焼いた素朴な野菜料理を勧められ、エルスペスはうなずいた。副官が皿に料理を取り分けて〈暗き風〉のほうを向くと、エルスペスは会話に戻った。「でも、あなたは影響下にあるここの住民たちに感銘をお与えになりましたね」

トレメインは葡萄酒をひと口飲んだ。「帝国の美点のひとつは、指導者の訓練が行き届いていることです」しばらくしてトレメインはいった。「欠点も多いが、統治はうまくいっています。もっともうまくいっていた時期には、国民の不満はほとんどありませんでした」

「最悪の時期には？」〈暗き風〉が単刀直入に尋ねた。

トレメインはしばらくうつむいていた。「大きな権力というのは乱用されやすいのです」

ようやくそういうと、トレメインはしばらく話をやめて食事に専念した。

会話がふたたびはじまったとき、三人は当たり障りのない話をした。トレメインはすばらしく会話がうまいというわけではなかったが、まずまず上手だった。人の機嫌を取るようなことはしなかった。というより、少なくともそのようなことに汲々《きゅうきゅう》とする人間ではなかった。だが、同時にとても用心深く、考えをすぐ口に出したりはしなかったし、経験を積んでいるだけに、自分や部下に影響を及ぼすかもしれないことは一切口にしなかった。危険に満ちた宮廷で生き延びてきた人物なのだ。しかも、その宮廷で多くを学んできている。

晩餐の主催者に、用心しながらも心のこもった別れの挨拶を述べたとき、エルスペスにはひとつだけはっきりわかったことがあった。

トレメイン大公は自分の考えを明かす人間ではない。この男が自分のまわりに築いた壁を突き崩すのは難しいだろう。そうするのが賢明なときには沈黙を守り、可能なときには話をそらして自分の名誉を守るにちがいない。この複雑な男の心の奥深くに秘められた目的を見抜くのは、ほとんど不可能だといってもよい。だが、それこそがエルスペスと〈暗き風〉がこれから立ち向かわなくてはならない仕事なのだった。

3

皇帝チャーリスは〈鉄《くろがね》の玉座〉を囲む厳めしくも壮麗な装飾の真ん中に、重い天鵞絨《ビロード》の式服をまとって座っていた。額を押さえつける狼の冠の重みに耐え、人々のおしゃべりの内容を無視し、廷臣たちがいらだちを隠そうとしながら隠せていない様子をじっと見つめている。

見たところ、この宮廷はほかのどの国の宮廷とも変わりなかった。噂話、恋の駆け引き、交渉ごと、密会、裏切り、秘密——高貴な身分の者、地位のある者、財産のある者、その全員が、ここ何年もしているように、そして、自分たちの父親が、さらには祖父がしていたのと同じように、それぞれの踊りをおどっている。長年のあいだに、彼らの駆け引きや拝謁《はいえつ》の仕方は、慣習からしきたりへ、さらにはただの形式となり、そこに服装の流行と恐怖とが混じり合っているのだった。今日は、それぞれが自分の衣装と高価すぎる装身具をいつもどおりに見せようとしていたが、彼らの本当の状態は、その大げさな動きや、玉座のほうに投げかける神経質な視線、そして、お互いに囁《ささや》き合う声のかすかに興奮した響きが示していた。

皇帝チャーリスの宮廷は、その装いの華やかなことで知られていたが、真の豪奢を見せつけるために必要な手間と時間をかける廷臣はどんどん少なくなっていた。それはほかのどんな外見上の印より、彼らの関心と精力が別のところに向けられていることをはっきりと示していた。廷臣たちは恐れていた。そして、恐れている人間は新しい装いを考え出したり、自分の富で敵対者を圧倒したりすることに関わる気になれないものなのだ。

台座の下では、人々が地位としきたりによって決められた型に従ってひしめき合っている。だがチャーリスは、その型にいくつか穴があるのを見抜いていた。宮廷に集まっている人数も、いつもに比べて半分よりすこし多い程度だ。だが、ほかにどうしようもない。自分の領地に戻れる者はすでに出発してしまった。宮廷での社交の時期の真っ最中であるにもかかわらず。

これは、まったく異例なことだった。自分を有力者や重要人物に見せかけたい者は、冬に宮廷を離れたりしないものだ。夏は帝国の貴族たちが自分の領地に戻る時期だが、冬は違う。お互いに孤立したそれぞれの領地を雪と氷が閉ざす冬は、使用人が退屈な領地の管理をしているあいだに、宮廷に出て歓楽のかぎりを尽くし、絶え間なく陰謀をめぐらし、社交の季節として知られる人付き合いに没頭するときなのだ。結婚させたい若い息子や娘を持つ者は、ここに連れてくる。そして、ほかの若者の両親や、配偶者になるかもしれない年上の者に見せるのだ。力の欲しい者は地位をめぐって争う。力を持つ者は、その力を保とうと活動する。

快楽を追い求める者は、それを追求するためにここにやってくる。どうしようもなく退屈な人間か、ほかのことに心を奪われている者か、あるいは孤独を好む者だけが、社交の季節のあいだ領地にとどまるのだ。

だが、この冬は違った。

最初の魔法嵐がどこからともなくやってきて帝国を吹き抜け、通り道に存在する魔法をすべて――厳重に遮蔽されていたものを除いて――混乱させたり破ったりしたとき、皇帝は怒りはしたが、それほど深刻にはとらえていなかった。このように強力な魔法の技《わざ》は簡単にできるものではない。この嵐を送り出した者が、近いうちにまた同じことができるとは思えなかった。確かに、魔法嵐のせいで、帝国では長距離の移動手段として欠かせない〈入り口〉がすべて使えなくなったが、比較的短期間のうちに修復することが可能だった。魔法嵐は不便さをもたらしたが、それ以上ではなかった。皇帝は、帝国の魔法使いたちが通常の状態を取り戻すことを疑っていなかった。もとに戻ったら、こんなものを送りつけた愚か者に罰を与えよう。この罰はその愚か者の仲間だけでなく、わずかでも関わった者全員の心に恐怖を送りこむだろう。

ところがそのとき、何の前触れもなく、二度目の嵐が帝国を通り抜けたのだ。それは、皇帝が知るあらゆる魔法の法則から考えればありえないことだった。そして、三度目が来た。その嵐が過ぎたあと、さらに多くの嵐が。しかもその間隔はどんどん短くなり、もたらされる被害の規模は大きくなっていった。

廷臣たちは、帝国全体の被害は知らなかったかもしれない。だが、もちろん自分たちの生活が受ける影響には気づいていた。部屋を暖め、風呂を沸かす魔法の火はもはや使えなかった。魔法の明かりは消え、不便な蠟燭《ろうそく》と角灯に替えなければならなかった。普通なら労働者たちが家畜小屋を照らすのに使うだけのものだ。食事は、クラッグ城においても遅れることがたびたびあり、冷たいままのことも多かった。〈入り口〉を勝手に使って自分の領地から何かを送らせることも、もはやできなかった。その不便さを補うだけの召使いはいても――完全にとはいかない。宮廷人のうち、この場にいる差し迫った理由のない者、このまま状況が悪くなればどんなことが起こるか予測できるだけの知性のある者は、領地へ帰るための理由と方法を見つけていた。

いまでは、徹底的に遮蔽しなければ、魔法が使われるものを維持するのはほとんど不可能だった。しかも、その遮蔽は新たな魔法嵐の波が通り過ぎるたびに浸食され、集中的に補修する必要があった。帝国内の輸送手段は完全に停止し、通信手段もときどき使えるだけだった。構造のなかに安定した魔法を取り入れていた物理的建造物――建物や橋など――は崩れ落ちてしまった。建造物のからんだ災害は、起きるたびに混乱と恐怖を生み出し、ときには多くの人命も失われた。嵐の波の具体的な影響はそれだけではなかった。何ヶ所ものかなりの広さの土地が、まったく見分けがつかないほど変わってしまった。また、奇怪な怪物が、まるでどこからともなく呼び出されたかのように姿をあらわした。渡り鳥は渡りの道筋を変えたか、すっかり飛び去ってしまったかだった。人ぐらいの背丈の、触るとちくちくする大きな葉の植物が、理解しがたいことに石からも地面からも生え、都とその近辺のいたるところで蔓草《つるくさ》が夜に馬を絞め殺した。この世のものとも思えぬ生き物の屍骸《しがい》が、日ごとこの嵐のせいで、世界がより奇妙で恐ろしいものになる一方だということの証拠として持ちこまれた。

このころまでには、物理的な手段で自分の領地にたどり着く見込みがすこしでもある者は、全員宮廷を離れていた。廷臣なら、自分の領地ではある程度の食料の蓄えがあるはずだ。しかも多くの領地は、昔風に魔法を使わない、純粋に物理的な熱源や光源、下水道設備に頼っていた。皮肉なのは、廷臣たちのなかでもっとも貧しく地味で、魔法で快適な生活を送るだけの余分の財力がなかった者が、いまでは廷臣のなかでもっとも不便さを感じずにすんでいることだった。異形《いぎょう》の生き物が何の前触れも警告もなく襲ってきたりして、領地での生活も危険がないわけではなかったが、賢明で先の見通しのきく者は、都での生活はそれよりはるかに危険になるだろうとわかっていた。不満を持つ人々が、裕福な者に対して食料を求めて暴動を起こすまであとどれぐらいだろうか?

チャーリスは細めた目で廷臣たちをじっと見つめた。普段は計りがたい彼の顔に、わずかながらいらだちの色が浮かんでいた。ここに残っているこの者たちは、都での生活がどれほど危険になりうるか、わかっているのだろうか。いま、ここにはかなりの人数の愚か者がいる。そういう人々が、驚くほど愚かしいことを口にしているのがチャーリスに聞こえた。「わたくし、社交の季節には、この壁の外の世界を忘れるためにここにまいりますの」ひとりの女はチャーリスに聞こえるところで不機嫌そうな口振りでいっていた。「社交の季節のあいだは外の世界について何も聞きたくありませんわ。なぜって、もっと大事な、頭を悩ませることがあるんですもの――舞踏会に出ないといけませんし、結婚させないといけない娘が五人もいるんですよ！」

だが、クラッグ城の壁の外の世界は消滅しつつある。その女性が踊り、娘たちを見せびらかしているあいだにも。そして、どれほど無視しようと、その事実を変えることはできない。すでに、最近になって〈鉄の玉座〉の支配下にはいった帝国の周辺地域が反乱を起こし、独立を取り戻そうとしていた。その地域に駐屯していた帝国軍がどうなったのか、ほとんどの場合、チャーリスは知らなかった。なかには、まだ帝国の統治下にある土地に戻った者もいたが、そのほかは消息不明だった。もしかしたらその兵士たちも、自分たちが統治するはずの人々とともに反乱を起こしたのかもしれない。だが、皆殺しにされたか、降伏していまは囚われの身になっている可能性のほうが高そうだった。チャーリスにもわからないし、ほかの誰にもわからない。認めたくはなかったが、最近、自分の帝国は強大ではあるが、あるひとつの致命的な欠陥があると認めざるをえなかった。この帝国は、内部からのものなら、あらゆる脅威を――暴動から政治的陰謀、さらには内戦にいたるまで――うまく抑制できるような仕組みになっている。だが、この嵐のように外部からの混乱に対しては、まったく備えができていないのだ。

帝国内部では、輸送手段が馬と荷馬車という原始的な段階にまで戻ってしまい、状況はチャーリスが支えきれないほどの速さで悪化しつつあった。食料がもっとも重要な問題だった。いつもなら冬のあいだじゅう、食料の供給元となる各領地から町に産物が運びこまれるのだが、皇帝の倉庫さえ空っぽで、食料がなくなりつつあった。ひとりひとりの農夫や荷馬車屋が橇《そり》に積んで一回ずつ運ぶ形で、食料は町にはいってきてはいた。だが、距離の問題だけでなく、ひどい冬の嵐のことも考慮しなければならなかった。物価を安定させるため、帝国の備蓄を市場に出すようにと命令してからは、値の上がり方はゆっくりになったとはいえ、傷みやすい食材の値段は週ごとに三倍になり、主食の値段もそれにつれて上がった。いくつかの町では、すでに食料を求める暴動が起こっていた。そして、チャーリスは、必要とあらばどんな手段を使ってでも不穏な状況を鎮めるようにと軍の出動を命じていた。

少なくとも各領地では、自給自足に慣れているので十分な食料の備蓄があった。そして、ほとんどの貴族たちは、秩序を維持するだけの武力を持っていた。もし領主がその土地をうまく統治しているなら、家臣や下々の者のあいだには争いより協力関係が生まれているはずだ。もしそうでないときは、わが身に降りかかるものを受け取るほかない。

魔法で維持管理されていた重要な公設水道橋が崩れ、町に水源がなくなってしまった数ヶ所では、すでに大規模な暴動が起きていた。いまのところその暴動の情報は抑えることができていたが、もし食料を求める暴動が広がれば、情報をいつまで抑えられるかはわからなかった。なぜか、悪い知らせというものは、どんなに難しい状況でも広がるものなのだ。

チャーリスの頭痛の原因は、額を押さえつける〈狼の冠〉の重さではなく、不運の重さだった。

（なぜ、余が皇帝のときにこんなことが降りかかるのだ？　なぜ、余の後継者の代まで待てなかった？）

これでもまだ不十分だとでもいうかのように、今回の災害が帝国民に与えた奇怪な影響のひとつは、いまもまだ帝国といえる領土全体に奇妙な宗教集団が次々とあらわれていることだった。まるで、どの町にもそれぞれ支持される預言者がいるかのようで、そのほとんどが世界の終わりを――少なくとも、帝国民が知る世界の終わりを――予言していた。すべての教団に独自の儀式があり、〝救済〟の唯一の方法として、ありとあらゆる種類のことを提案していた。あるものは禁欲主義を説き、あるものは快楽主義を説いた。唯一神を主張する教団もあれば、生き物であろうとなかろうと、すべてのものや自然現象には精霊が宿るとする教団もあった。

なかには、怪物を送りこんでいるのが何であれ、その送り主をなだめることを期待して、暴れまわる怪物にわが身を捧げる熱烈な信者たちを送りこむ教団もあった――が、もちろん、その怪物の食欲を満たしただけで、何かをなだめることができるはずもなく、しかもそれはほんの一時的なことだった。いうまでもなく、そういう教団は長続きしなかった。信者たちがすぐに幻滅を感じて教祖を見放すか、信者たちが怒って、その同じ怪物に教祖を喰わせてしまうかのどちらかだったからだ。

その手の教団の多くは、正規の訓練を受けていなかったり、いい加減な教えを受けた魔法使いを雇っており、長続きしないとはいえかなり力を伸ばしていたのだが、チャーリスはそういう教団のことを心配してもいなければ、実のところ気にしてもいなかった。そういう勢力を扱い、処理する仕事は自分の魔法使い部隊に任せていた。日々の緊急事態は、部下――たいてい軍出身だが――の手に委ねていた。彼には、もっと個人的な心配事があったのだ。最近、関心のほとんどを占めているのは、自分自身の健康状態――というより、生存だった。どちらも危機に瀕していた。彼は、二百年生きても健康でいられる呪文を維持するため、ずっと持続でき、信頼できるはずの魔法に頼ってきたのだ。ところが、魔法はもはや信頼もできなければ、持続もできなかった。

チャーリスは準備ができないうちに死ぬかもしれなかった。一度ならず、恐ろしいほど死に近づいたことがあった。何より大切なのは、そのことを誰にも知られてはならないということだった。

廷臣の多くは魔法使いだ。彼らのうちの誰かが皇帝の不安定な状況を利用したいと考えたとしてもなんの不思議もない。チャーリスは廷臣たちの忠誠心について幻想は抱いていなかった。彼もかつては廷臣のひとりで、ほかの廷臣と同じように、最終的に忠誠を誓うのは自分自身に対してだけだったからだ。いま、大広間には二種類の人々がいる。愚かだからまだここにいる者。そして、機会をうかがっているからまだここにいる者だ。後者は、愚か者よりはるかに危険だ。チャーリスはそれを決して忘れなかった。

チャーリスは、遮蔽を強力にすることで、自分の存在がだんだん蝕《むしば》まれるのを防ぐことができていた。だが、それにはより多くの人数の下級魔法使いが必要になってきていたし、嵐の波が通り過ぎるたびに状態は悪くなっていた。チャーリスの魔法使い部隊でさえ、主《あるじ》の命がどれほど危うい状況なのかを知らなかった。

いまのところチャーリスは、わずかでも具合の悪いところがあるということを隠しおおせていた。廷臣たちは、チャーリスの外見に少しでもいつもと違うところがあるとは気づいていないようだ。だが、誰か、目の鋭い者が——あるいは、優れた情報網を持つ者が——ちょっとした情報を組み合わせて簡単明瞭な答えを導き出し、皇帝の具合が悪いことに気づくのは時間の問題にすぎない。その瞬間、町で起こっている混乱が、小規模とはいえ宮廷でも起こるだろう。ここにいるすべての廷臣たちをすばやく完全に支配することができれば別だが。どうすればそんなことができるだろう？　どんなにわずかな時間も力も、自らの力を増強することに費やしているというときに。チャーリスは、さまざまなことが指のあいだからすべり落ちていくような気がした。自分の無力さが、怒っても無駄であればあるほどさらに怒りをかきたてた。

（余の帝国が足元で崩れつつある。近いうちに、帝国ではなくなるかもしれぬ。そのときにまだ国ひとつ分の領地が残っておれば自分を幸運だと思うのかもしれぬ。それとも町ひとつか——あるいは余の命か）

だが、チャーリスは絶望してはいなかった。絶望というのは弱者と敗者のための感情だ。〈狼の冠〉を戴く者の心にそのような感情のはいる余地はない。彼の腹のなかで冷たく燃える炎のような怒りが燃え上がり、その怒りを向ける先を見つけるか、燃え尽きさせなければならないと感じるまでになった。

怒りをどこに向けるべきかが、稲妻《いなずま》のように心に閃《ひらめ》いた。この状況がどこのせいなのか、はっきりわかったのだ。チャーリスの怒りは、毒矢のように、西へ、敵の本拠地へと向けられた。

ヴァルデマール。

この災難、つまり、魔法嵐とそれがもたらしたあらゆる被害の源はひとつしかありえない。ハードーン国の征服と、その向こうのヴァルデマール国の占領も視野に入れてトレメインを送り出す前は、こんなことは起こったことがなかった。ヴァルデマール国は、帝国が使うような魔法は持たないが、それでもヴァルデマールはアンカー王の魔法の攻撃から巧みに国を守った。ヴァルデマールの支配者は、何十年にもわたって、チャーリスの間者が国境を越えるのを見事に防いできたのだ。何らかの情報を得た間者はほんのひと握りだった。宮廷そのものにはいりこめたのは三人だけで、しかもそのうちふたりは魔法使いではなかったため、ほとんど役に立たなかった。あとのひとりは魔法使いだったが、ヴァルデマールの国境内にとどまっているあいだは魔法を使うのを控えざるをえなかったので、結果は同じだった。ヴァルデマールは、いま、いたるところに姿をあらわしている化け物と同じぐらい奇怪な異邦人たちと手を組んだ――近寄りがたいシン＝エイ＝インと、われわれとは異質な〈鷹の兄弟〉、それにカース国の一神教の狂信者どもだ。ヴァルデマールこそ、まったく予測不可能な武器を思いつく唯一の勢力だろう。ヴァルデマールとその同盟国が――少なくとも最新の報告では――嵐の影響を受けていないという事実だけが、彼の〝新発見〟を裏付けるものだった。こんなに広範囲を攻撃する武器から身を守る術を知っているのは、それを送り出した者だけにちがいない。

そのうえ、ヴァルデマールはチャーリスの間者と使節を殺したこともあった。それについては、チャーリスは自分で証拠を持っていた。彼らがハードーン国への〈入り口〉から倒れこんできたとき、柄頭《つかがしら》に王家の紋章がついた短剣が刺さっていたからだ。これが意図的な挑発行為だったのか、戦いがあったのか、あるいは単なる挑戦なのかについては、チャーリスの相談役の意見はばらばらだった。だが、誰の仕業かについては意見が一致していた。実際に王室の一員である誰か、つまり、王位継承者か女王の代理を務める者の仕業で、単なる間者や〈使者〉ではないはずだ。

ヴァルデマールのすぐ近くに駐屯していたトレメインも、その意見に同意していた。ところが、彼が同盟を混乱させるために取った手段はまったくうまくいかなかったのだ。

それとも、うまくいったのだろうか？

トレメインがそういう手段をまったく取らず、暗殺計画のつまらない話をでっちあげたということもありうる。トレメインは、ハードーンの反乱軍との戦いに勝てないとわかり、ずっとヴァルデマールの同盟側への亡命を計画していたのだろうか？　国をひとつもらえると期待して。

そう考えれば辻褄《つじつま》が合う。トレメインが帝国のためにハードーンを——ハードーン全体を——征服するかどうかが、皇帝の世継ぎとする条件だったのだから。

不名誉のうちに帰国し、かろうじて自分の公領だけを持ち続けるのと、自分の国をひとつ勝ち取るのと、どちらを選ぶかを考えれば、難しい決断ではなかったかもしれない。

もちろん、これはすべて推測だ。しかしチャーリスは、そう考えるにいたる事実を握っていた。トレメインが叛逆したのは間違いない。帝国の貯蔵庫を略奪し、部下たちに帝国は自分たちを見捨てたと宣言し、制圧するはずのハードーン人と協力したのだから。ヴァルデマール人に説得された可能性もある。ひょっとすると、そもそも叛逆という考えを吹きこんだのもヴァルデマールかもしれない。トレメインは、チャーリスが世継ぎの冠を手に入れる機会を与えた者のなかでは選りすぐりの人物だった。トレメインは愚かではない。だが、彼の気質のなかに、叛逆するかもしれないとチャーリスに感じさせるものはなかった。トレメインは頭がいいが、特に想像力豊かというわけではない。だが、ほとんど不可能と思われたなか、国を横切って戻ってきた間者は、トレメイン大公の反逆心に満ちた言葉や行動を目に見えるように伝えたのだった。

その裏切りは、チャーリスの長い人生と治世のなかでも苦い経験のひとつで、処罰なしですますわけにはいかなかった。トレメインが、妻子という形で人質となりうる者を宮廷に残していなかったのは残念だったし、領地が遠く離れた国境地域で、そこまで行って土地を奪い取るのは、トレメイン自身を捕らえにいくのと同じく現実的ではないというのも残念だった。むろん、その仕事は誰かほかの人間を任命してやらせればよいのだし、実際そうするつもりだった。だが、それはむなしい見せかけにすぎない。そして、チャーリスも任命された人間もそれがよくわかっているのだ。そこにたどり着くのは早くて春の終わりだ。もし帝国がこのまま崩壊し続ければ、そんなことをしても無駄かもしれない。

それでも、意思表示はしなければならない。むなしかろうとなかろうとだ。愚かではあるが、眼下にいるこの人々に、自分が皇帝であり、軽々しく扱ってはならぬということをふたたび示さなければならない。

チャーリスは執事長に合図をした。執事長は宮廷の人々の注意を惹くため、大理石の床で三度杖を打ち鳴らした。氷のように冷たく落ち着きはらった執事長の振る舞いは、何ものにも妨げられることはない。かつて彼の足元で人が衛兵に殺されたことがあったが、まったく動じなかったほどだ。金モールの刺繡《ししゆう》を施した見事な紫の天鵞絨《ビロード》をまとい、自分の背より高い狼の頭のついた帝笏《ていしやく》を携えて、魔法使いが作ったホムンクルスや機械仕掛けの人形でも、これほど無表情には見えなかっただろう。

執事長は職務と完全に一体化していたので、チャーリスはその名前すら知らなかった。最初のひと打ちであたりはたちまち静まりかえった。そのため、次のふた打ちは、まるで死に神その人が扉を叩く音のように広間に響き渡った。すべての人の目が同時に〈鉄の玉座〉に注がれ、チャーリスは、ずっしりと重い式服を肩から引きずりながら、人々に向かい合って立ち上がった。そしてまわりから見えない支えをありがたく思いながら、玉座でふくらはぎを支えた。

執事長に発表させることもできたが、それでは人々に与える衝撃が少なくなる。それに、皇帝にはもはや力がないという印象を与えるかもしれない。それだけは避けなければならなかった。特にいまは。玉座についた日と同じく、いまも力に満ちていると見えなければならない。

皇帝の声は玉座のまわりの巧妙な音響効果によって増幅され、集まった廷臣たちの上により堂々と重々しく響き渡った。「余をたいそう悲しませ、怒らせる知らせが耳にはいった」チャーリスは静まりかえったなか、厳しい口調でいった。「信頼できる筋から、リンナイの大公トレメインが帝国に背き、自らの誓いを破り、余を裏切ったとの知らせを受け取ったのだ」

廷臣たちのあいだにさざ波のように広がった驚きの声は見せかけではなかった。それは、いまだここに留まっているこの廷臣たちは、ほとんどが優れてもいなければ賢くもないというチャーリスの印象を裏付けただけだった。彼は特定の数人の顔をさっと眺めた。自分の相談役のうち数人の男女だ――その顔には驚きも衝撃もなかった。

（よろしい。余がまったくの愚か者を選んだわけではないとわかるのはよいことだ）

「彼奴《あやつ》の思惑に疑いの余地はない」チャーリスが言葉を続けると、驚きの声とざわめきはふたたび途絶えた。「トレメインは私利私欲のために帝国の貯蔵庫の略奪を企てた。そこにあった金庫の中身、働きに値する俸給として帝国の忠実な兵士たちに支払われるはずだった金を含めてだ」

チャーリスは壁に沿って並んでいる直立不動の人影をちらりと見た。（ああ、余の護衛たちがこれには険しい顔をしている。よろしい。軍に噂が広まるだろう。もし彼奴が帝国軍兵士に顔を見られるところに姿をあらわしたら、百の小さき神々よ、彼奴を助けたまえ、だ）帝国で命を、五体を、そして自らの幸運を守ってくれる数多《あまた》の真実のなかでも、もっとも大切なのはこのこと、すなわち、軍に金を払うこと。気前よく、期限どおりに、ということなのだから。

チャーリスは自分の表情と声にわずかな怒りを潜ませた。「トレメインは、帝国に対する忠誠心を捨てたと宣言した。そして、自らに任された軍勢の道を誤らせ、兵士たちの誓いをも放棄したのだ。さらにトレメインは、ハードーン国反乱軍との戦闘をやめ、彼らと同盟を結ぶという不法な叛逆行為を犯し、かの未開の国の王となるべくあらゆる手を尽くしておる」

その言葉にうなずき、熱心な表情を浮かべる者の様子を見ると、まだここにいる権力を求める者たちが、トレメインの失脚から利益を得られると期待しているのがわかった。確かに、大木が倒れたあとの空地では、小さな木々が太陽に向かって伸びることができる。奇妙なことばかり起こる昨今でも、そういうことはまだ起こるかもしれない。

だが、いまはこの愚か者たちに危険を知らせるべきときだ。「何よりも、トレメインはあの二枚舌を使う下劣なヴァルデマール女王との交渉をはじめている。ヴァルデマールは、この平和なわが国に対して、いわれのない魔法の攻撃を仕掛けてきている国だ」チャーリスはすこしあいだを置いて息を継ぎ、礼装の陰で見えないように玉座にもたれかかった。その最後の言葉は推測にすぎなかった。だが、チャーリスとほぼ同等の情報網を持つ者でも、その点をはっきり確かめることはできないし、実際のところ、気にもしないだろう。ここにはトレメインの味方はいない。表面上彼に協力していた者は、自分の出世を賭ける新しい相手を取り合っているところだろう。それに、この災難には原因があると示してやれば、ここにいる愚か者たちの何人かを団結させることができるかもしれない。共通点のない烏合の衆をまとめるには、共通の敵ほどすばらしいものはないのだ。

次は、老いたる獅子にも牙があることを示す番だった。チャーリスはとっておきの恐ろしい表情を浮かべ——熟練した衛兵でさえ手が震え、膝をがくがくいわせるほどだった——どこかの異教の神が呼ばわる声のごとく、轟《とどろ》く声でこういった。「それゆえ、余はリンナイのトレメインは叛逆者であると宣言する。称号と領地は剝奪され、その名は呪われるであろう。余はトレメインに死刑を宣告する。手段と機会のある者はやつを処刑せよ！　帝国に忠誠を誓う者はやつを助けてはならぬ。助ければ同罪とする。あの男の名を家系図から削り、リンナイ家を父の代で断絶とせよ！　戦勝碑から名を削らせ、帝国の記録から抹殺せよ。そして、あの男が生まれなかったかのようになすのだ！」

それは、帝国でもっとも厳しい刑の宣告であり、チャーリスの眼下で少なからぬ人々の顔が青ざめた。この人々のほとんどにとって、このように抹殺されることは死刑判決より重大なことだった。なぜなら、トレメインの刑罰はあの世にまで及ぶということだからだ。トレメインが死んだとしても、魂の不滅を得ることはない。この世で何者であり、何をしたかの記録がなければ、その魂は死の瞬間に消え失せるか、この世とあの世のあいだで当てもなくさまようことになるからだ。かつて自分が何者だったかを知ることもなく……

人々はそう信じていた。帝国民は記録というものが不滅だと信じているのだ。帝国民の崇拝対象には先祖も含まれる。先祖のなかのしかるべき場所から誰かを消し去るというのは、その人物を宇宙から消し去ることだった。

チャーリスは不気味な微笑みを浮かべた。（世継ぎ候補を指名する準備ができたからといって、余が軟弱になったわけではないというのがこの者たちもわかったであろう）

そしてようやく表情を和らげた。「この知らせが余の忠実な臣民にとって大きな驚きであろうことはわかっておる。〝名なき者〟が帝国の後継者候補とされていたゆえ、なおさらであろう。このような裏切りは、余だけでなく、そなたたちをも傷つける。帝国の安全が脅かされるからだ。余は、わが子らが裏切りに加えて曖昧《あいまい》さで苦しむのを見たくはない。それゆえに、余はこの場でわが世継ぎを指名し、その者にかつて〝名なき者〟のものであった土地や財産、そして称号を与える」

欲望と渇望の表情が戻った――が、それもほんのわずかのあいだだけで、すばやく抑えこまれた。いまの時点では、チャーリスが誰を指名するのか誰にもわからなかった。特に指名される本人には。トレメインが指名されたあと、チャーリスはほかの誰かを気に入っている様子を見せないよう心配りをしていた。陰謀に満ちた宮廷としては可能なかぎり公平な競技の場を与えたかったのだ。そのうえ、特定の人物に好意を見せないことによって、実質上その場を誰にでも――もしトレメインがハードーン征服に失敗したらだが――開かれたものにすることができた。奪い合いやだまし合いは、じっくり見る暇があるときにはとてもおもしろかった。チャーリスの相談役は全員世継ぎに指名される可能性があったし、配下の魔法使いの何人かもそうだった。自分に勝算があると考えている者は、本人も気づかぬうちに、すこしでもチャーリスからよく見える玉座の近くにいようとして人々のなかをこちらに近づいてきていた。

だが、チャーリスの考えはまだ定まっていなかった。緊張感が続き、その場にいる人々のうち幾人かはいまにも脳卒中の発作を起こしそうだった。

この緊張感を終わりにしなければならない。この選択の結果に何人かは打撃を受け、傷つくだろう。それでもやはりメレスが、トレメインをハードーン征服に送り出す前から二番目の選択肢で、ずっとその位置のままだった。「ゆえに余は、わが世継ぎとして、もっとも尊敬に値する博識な助言者であり、もっとも帝国に忠実な僕《しもべ》たるメレス宮廷男爵を指名する」

チャーリスは、トレメインの不倶戴天の敵を指名したのだった。もし誰かがトレメインへの死刑宣告を実行するために驚くべき努力をするとしたら、それはメレスのはずだ。ふたりのあいだには本物の憎悪があった。チャーリスが長年にわたって目にしてきたよりも激しい憎しみだった。宮廷には憎悪という感情のはいりこむ余地があまりない。感情を出さず、うわべを取り繕《つくろ》うほうがよいからだ。今日の敵は明日の友かもしれないのだから。

メレスはずっと、台座のかたわらに立っていた。目にはつくが出しゃばった感じはしない。いつもどおりだ。メレスはいくつかの点で、すこし見栄えをよくしたトレメインだった。トレメインより痩せ型で、彼ほど筋骨たくましくはない。戦士のからだつきには見えなかった。髪は薄くなっていない。トレメインより髪が黒く、二つか三つ年下だ。だが、ほかの点では、ふたりは同じ仕立屋が同じ生地で仕立てたといってもよかった。ふたりとも、人に無視され、見過ごされる技を会得していた。もっともチャーリスは、ふたりがこの技を身につけた動機は大きく違うのではないかと感じていたのだが。メレスの動機が何かはわかっている。いまになって振り返ってみれば、トレメインの動機も推測できた。

メレスはトレメインのような世襲貴族ではない。メレスは宮廷男爵、つまり、父親と同じく、領地を持たない称号だけの貴族だ。メレスの富は、ほとんどの宮廷貴族がそうであるように、商売で得たものだった。ただ、メレスが売買している商品は、家畜の仲買人だった父とはまったく違っていた。十分な資金を持つ野心家の商人が宮廷の称号を買い取ることができ、さらに金を使えば、その称号を息子に継がせることができるのは秘密でもなんでもない。これは恥でもなんでもない――が、多くの宮廷貴族が自分の称号についてはとても神経質だった。そして、土地持ちの上流階級の多くは、宮廷貴族をまったくの成り上がり者と考えているのを隠そうともしなかった。このふたつの派閥のあいだには摩擦《まさつ》があった。ただ、称号はあるが財産のない一族が、称号はないが財産のある相続人を結婚相手として紹介されたとき、その摩擦がいかにすばやく解消するかは驚くほどだった。

トレメインとメレスのあいだの憎しみもそうしてはじまったのだろうか？　トレメインが、あるいはトレメインの父が、メレスかメレスの父を冷たくあしらったのだろうか？　そんなささいな理由で、あれほどの憎しみが生まれるとは思えない。奇妙なことに、トレメインが誰かに無礼なことをするとは想像できなかった。たとえ、軽蔑している相手に対してもだ。トレメインはいつもうまく立ちまわってきていて、不用意にそんな敵を作るとは思えなかった。

だが、いまそんなことは問題ではない。原因が何であれ、皇帝の目的に役立つのだから。

メレス男爵――いまは大公だ――は、台座に続く階段の下で廷臣の集団のなかから前に進み出た。しばらくひとりで立っていたが、やがて自分の新たな称号のひとつに許された三段の階段を重々しくゆっくりした足取りで上ると、頭を下げ、四段目に膝をついた。チャーリスは右手にいる衛兵に、台座横の壁龕《へきがん》から帝位継承者の小冠を持ってくるよう合図した。その冠は、チャーリス自身が〈狼の冠〉を戴くためにはずして以来、そこに置かれていたのだった。

この儀式は自然に行われているように見えたが、実はまったくそうではなかった。これもまたある種の舞踏で、踊り方は何世代も前のしきたりによって決められ、すべての動きは何世紀も前に振りつけられたのだった。踊り手だけが変わり、踊りは変わることがない。

メレスに冠を運ぶ衛兵さえ、この動作だけを何度も何度も稽古してきていた。どの衛兵が小冠を運ぶよう命じられるかも、誰にその冠を与えられるかもわからないのにだ。それは単に帝国衛兵の義務の一部であり、ほかの部分とともに下稽古が繰り返されるのだった。

その衛兵は完璧に義務を果たし、メレスに小冠を手渡した。メレスはしきたりどおり、厳粛な面持ちで自らの頭に冠を載せた。ちょうど、チャーリスがこの世を去ったときには〈狼の冠〉を自ら戴くように。帝国の権力と権威はその人物のなかから湧き出るもので、聖職者の手で授けられるものではない。その証しとして、皇帝と帝位継承者はその権力の象徴を自分自身に授けるのだ。

ひとたび冠を戴くと——その小冠はそれほど立派なものではなく、剣をかたどったただの鉄の輪で、柄頭の留めねじとして〈狼の冠〉と同じ黄玉《トパーズ》が嵌められている——メレスは立ち上がり、皇帝に一礼した。チャーリスは満足して彼を眺めた。最初からメレスを選ぶべきだったのかもしれない。トレメインと違って、メレスは力のある〈達人〉だった。数十年修練を積めば、魔法においてチャーリスと同等になるかもしれない。それを考えると、この状況でも、メレスがトレメインの首を持って帰るのは何とか可能かもしれなかった。

チャーリスは心のなかで、もしメレスがそれを成し遂げたら、即座に退位しようと決意した。〝そうするかもしれない〟と考えたのではなく、それだけの仕事をすれば褒美に値すると考えたのだ。メレスに与えられるものは、ほかにはあまりなかった。

〈それに、その仕事ができるなら、余から〈狼の冠〉を受け取るだけの力を持っているということだ。冠をこころよく譲り渡し、余は生きることに専念したほうがよいだろう〉

その瞬間、廷臣たちのなかのメレスの敵が、どんなにメレスの心臓に短剣を突き立てたいと望んだとしても、それを表に出す者はいなかっただろう。「行って、わが宮廷から祝いの言葉を聞くがよい」チャーリスは冷静な口調でそう指図した。「そなたの新しい務めと特権については、あとで話し合おうぞ」

メレスは頭を下げ、皇帝に背を向けずに階段を下りた。皇位継承者に玉座はない。宮廷の儀式でも特別な役割はなかった。過去の皇帝たちは、皇位継承者たちが権力に執着したり、より大きな権力を求めることのないよう、過大な権力を与えたり権力があるように見せる必要があるとは思っていなかったし、そうすることが賢明だとも思っていなかった。メレスが階段の下で向きを変え、挨拶しようと群がる人々に向き合ったとき、チャーリスは過去の皇帝たちは賢明だったと思った。メレスも、当然与えられるべきものより多くを求める人間のひとりになるかもしれないのだ。

チャーリスは、メレスの手綱を締めておくことに決めた。この新たな人物を中心に権力の舞が渦巻きはじめたのを目にしたからだった。

トレメインはひとりで十分だ。

メレスは最近、これほど大変動が続くと、自分はもう何があっても驚かないだろうと思っていた。しかも、彼の情報網はずば抜けてすばらしいものだったが——実際、トレメインの裏切りをクラッグ城に知らせたのは彼の間者のひとりだったのだ——自分がチャーリスの後継者に指名されるとは、本当に思ってもいなかった。

メレスの考えでは、論理的に見れば自分は候補者ではなかった。たとえ、個人的な理由がそこに含まれているとしても。この魔法嵐がはじまり、その結果として災害が帝国じゅうに広がって以来、メレスには、皇帝は宮廷にまったく敵のいない人物を指名せざるをえないだろうという気がしていた。チャーリスのあとを継ぐ者は誰であれ、力を失った帝国と、いたるところで起こる反乱、そしておそらくは敵意を持った軍隊をなんとかしなくてはならない。そして、帝国がふたたび安定するまで力を合わせ、同盟を結ばなければならないと、その最悪の敵に納得させなければならないのだ。メレスには、一緒に何か仕事をするよりは死んだほうがましだという敵が多すぎた。トレメインだけが敵ではなかったし、最大の敵というわけでもなかった。メレスは、味方より敵を作る人間だった。全体として見ると、彼は敵のほうが好きなのだった。味方より、敵を操るほうがずっと簡単だからだ。それに、あとで自分たちが操られていたと知って、幻滅される危険もない。

友人など問題外だった。友人というのは鎧の致命的な穴になりかねない。メレスは成人してからというもの、そんな弱みを自分に許したことはなかった。また、チャーリスのもとでの自分の地位や職務という問題もあった。誰にも好かれるはずはなかった。宮廷じゅうで自分に好意を持っている者がいるとは思えなかった。メレスを恐れている者は多い。気は進まないながらも感心している人間はいる。必要悪として我慢している者もいる。だが、好意を持っている者は誰もいなかった。

しかし、人々は皆そこにいた。まるでメレスの親友になるのが待ちきれないとでもいうかのように、彼にへつらうために群れをなして。実際、なかにはそういう計画を持っている者もいるだろう。馬鹿げた計画だが。結局、愚か者に囲まれているのだ。愚かでなければ、いまここにはいないだろう。

メレスは微笑み、自分も親友になりたくてたまらないという顔で彼らの祝辞を受けた。当然だろう？　愚か者にも使い道はある。新しい称号を与えてくれた皇帝と同じく自分も、使えるかもしれない道具を捨てるような人間ではないからだ。

まず男たちがまわりに群がってきた。押し合いへし合いしながらメレスの記憶に残るようなことをいおうとする。そして、以前メレスに親切にしたことを思い出させ、さらに近い将来の好意を申し出るのだった。どういうことを彼らが〝親切〟と考えているかは、にわかには信じがたかった。無意味な余興が行われる、恐ろしく退屈な社交の集まりへの招待がどうしてありがたがられると思うのか、まったく想像もできない。

そして女たちだ！　女たちは男よりたちが悪かった。未婚の女たちが、わたしを好きにしていいわ、という、あからさまな誘い一歩手前の表情や態度でまわりを取り囲んでいる。このうえなく幸せな結婚をしている者以外は（そして、そういう者は宮廷にはほとんどいない。特にいまは！）皆同じだった。適齢期に近い年頃の娘がいる場合は――そして、この女性たちの多くはいわゆる〝適齢期〟についてとても自由な考えを持っているのだが――自分の娘はあなたをほめたたえているといい、娘に代わって誘いをちらつかせるのだった。（まるで娘たちのなかに、わたしがどんな人間か、あるいはどんな容姿かをすこしでも知っている者がいるかのように――）

いや、それは不公平というものだ。ここにいる連中全員が、ちょっとした災害ぐらいで社交の季節を台無しにしたくない、何もわかっていない愚か者だというわけではない。自分の領地に戻れないからここにとどまっている者もいるし、皇帝の相談役だからここにいる者もいる。そして、領地がないからここにいる者もいるのだ。なかにはメレスがどんな人間で、どんな容姿かをよく知っている若い娘たちも――そう若くはない者も――いた。今年の社交の季節に宮廷へ来るはずの未婚男性すべての身元や財産、称号を知っているからだ。それはその娘たちの義務の一部だった。その娘たちと両親は、夫探しという重大な仕事に取り組んでいるからだった。いままでメレスは、望ましい結婚相手一覧の上位にはいなかったかもしれない。だが、いま彼らはメレスが何者かを知っている。

そして、もしメレスが個人的な集まりや音楽の夕べ、あるいはそのほかの催しに姿をあらわしたら、自分の娘と正式に結婚し、未来の皇后とするほど幸せになれることはないと、ぞっとするような決意でもって納得させようとしはじめるのだろう。

ほんの一時間ほど前には、この娘たちの全部とはいわぬまでもほとんどが、メレスと結婚するなど考えただけでも嫌だと進んで認めただろうことは、いまやまったく重要ではなかった。

（あの同じ女たちが老いさらばえたチャーリスに身を投げ出す様子を見るがいい！　あの女たちが皇帝のまわりで繁殖期の慎みのない雌牛のような振る舞いをしているのは、彼の顔立ちが美しいからではない）そのうえメレスは、もし自分が若い男のほうが好みだと明らかにしたとしても、この女たちやその両親に包囲される状態は続くだろうとわかっていた。結局、自分は世継ぎをつくるよう求められるからだ。過去の皇帝のうち、先代の直系の子孫なのは約半数にすぎないという事実は問題ではない。それでも試すよう求められるだろう。

（それに、わたしが秘密の古文書保管所で読んだ内容にいくらか真実があるなら、過去の皇帝のなかには、世継ぎをつくろうとしてとても興味深い極端な方法に走った者がいるらしい……）

だが、そんなことはどうでもいい。わたしは男色家ではないし、少女が好みでもない。だが、妻を娶《めと》るのは、〈鉄の冠〉を戴くまで待とう。しかも妻を選ぶとき、まず選択肢とするのはまったく身寄りのない孤児だろう。せめてもの嫌がらせに！

「ええ、いうまでもありません」メレスは女たちのひとりに囁いた——もちろん、何か重大なことに同意するのではないと確認してからだ。もし花嫁を平民のなかから選んだら、この連中全員にとって最大の皮肉になるだろう。平民のなかから魅力的な孤児を見つけるのはきっと簡単だ！

メレスは、ほかの相談役のひとりに何事か囁いた。過去に、利害関係なく味方だった男だ。

（いまはこの騒ぎで頭が混乱している。女たちのことはあとで考えるときが来るだろう。いまは、わたしの権力の基盤を強化し、帝国がこの危機を乗り越えるためにどうすれば一番いいかをはっきりさせることに専念すべきだ）

楽しみはすべて、帝国が安定するまでお預けだ。たぶん、いつかそのうち、トレメインへの皇帝の死刑宣告を実行する機会もあるだろう。だが、それはいまではない。そのときが来るまで待とう。憎しみはメレスに大いなる力と喜びをもたらす感情だった。そして、彼はそれを楽しんでいた。

敵が、しばしばメレスを巣の真ん中で待ち受ける蜘蛛《く　も》にたとえるのは、理由のないことではなかった。メレスにひとつ長所があるとすれば、それは忍耐力だった。なぜなら忍耐力こそ、最後には報われる唯一の長所だからだ。

宮廷での廷臣たちの舞踏は終わり、帝国のさまざまな業務が会議で処理されていた。メレスは皇帝に個人的な謁見をしていた。個人的？　正確にはそうではない。皇帝は決してひとりにはならないからだ。だが、帝国で富や地位があるふりをしている人物にとっては、召使いや護衛は目にはいらないものなのだ――

もちろん、その人物がメレスや、メレスのような人間でなければ、の話だ。皇帝にとっては間違いなく、召使いや護衛は目に見えない存在だ。メレスにとっては、召使いや護衛は間者かもしれない存在なのだ。

謁見の話題は、新たな皇位後継者の地位と務めにふさわしく、帝国の状況だった。チャーリスがこの話題に関して自分より情報を持っていないのがわかっても、メレスは特に驚かなかった。皇帝は何十年も、自分の帝国の日々の動きには関わってこなかった。そういうことは下の者に任せることができたのだ。

メレスの考えでは、皇帝にはもうそんな贅沢《ぜいたく》なことは許されなかった。「皇帝陛下」メレスは我慢強くいった。「陛下は一般民衆の望みや要求をあまりよくご存じではないと、わたしには思えます」

（人はわたしを蜘蛛の巣の蜘蛛にたとえる）メレスは、ぴかぴかに磨き上げられた黒大理石の広い卓の向こうから自分をにらみつける老人を眺めながら、冷静にそう考えた。（皆、自分の役割を演じていないときの皇帝を見たらいいのだ。まるで、甲羅《こうら》の外にもうすこし頭を出すかどうか迷っている年老いた亀のようだ）

皇帝の玉座に似た椅子の、包みこむような背もたれと肘掛けのなかで、チャーリスはまさにそんなふうに見えた。しかも、亀のように、すっかり甲羅のなかに引きこもってしまいたいのではないかとメレスは思った。

チャーリスは、帝国内の重要な変化について知ることも、問題を処理することも望んでいないようだったが、それはメレスの計画に都合がよかった。(では、わたしがすべきことは、それが彼にとっていい案であるだけでなく、安心してわたしに力を委ねられると説得することだ) メレスはすでに大きな力を持っていた。彼はもう何年も、皇帝が必要だと考えたあらゆる罰を下す仕事を担当していた。死刑執行人というわけではないし、単なる法の番人よりはかなり身分が高いが、宮廷の誰かに不幸が降りかかり、皇帝がその不幸に特に関心を持っているときには、事故や運命のいたずらと見えるものの背後に誰がいたのか、皆が知っていた。皇帝にとってのメレスの価値は、それが事故ではないと絶対に証明できないようにやってのけるという点にあった。

〝事故〟は命にかかわるものばかりとはかぎらなかった。つまり、肉体的な意味で命にかかわるものとはかぎらなかった。ときには、死よりも破滅のほうが――それが名声の破滅であれ、財政上の破滅であれ――皇帝の意に添うこともあった。メレスが特に好む手は、破滅を招く男女の関係を仕掛けることだった。性的な行為や誰かに夢中になったがゆえの行動、あるいはその両方に関係する自らの愚行が広く知れ渡るのを防ぐために、人がどんなことをするかは驚くほどだった。

「それはどういうことだ？」皇帝は不満げに尋ねた。

メレスは両手を広げた。「つまり、陛下、一般民衆は恐ろしく単純な生き物だということです。陛下は一般民衆を群衆として考えておられる。群衆というのはたくさんの腕と足を持つが頭のない生き物です。その結果として理性のある人間には予測できない行動をする。わたしなら、その愚かで手に負えない状態になる前の、ありのままの民衆の姿を考えます」メレスは小首をかしげた。ふだん皇帝にするよりもずっと長い話だったし、皇帝がいつでも意見をいえる間《ま》を取ることにしていたからだ。

「では、いわゆる一般民衆というのはどんなものなのだ。群衆と違うときは」皇帝はあざ笑うように尋ねた。

メレスは冷静さの仮面を脱ぐつもりはまったくなかった。そのような嘲《あざけ》りは、トレメインが与えられた任務と同じく、自分を試すものなのだ。

（それに、わたしは自分が皇帝のたったひとりの死刑執行人だというような幻想にだまされるつもりはない。もし皇帝がわたしを落伍者だと見なしたら、謀反を起こす間もなく殺されるだろう）

メレスは軽く頭を下げた。会釈というほどではないが、皇帝の無知を〝正す〟あいだも服従を示すには十分なほど。「申し上げましたように、陛下、一般民衆は単純なのです。彼らが必要としているもの——望んでいるもの——それはとても単純です。まず、一般民衆というのは、自分の頭の上の屋根がしっかりしており、皿の上の食べ物が豊富にあることを求めます。しかも、その食べ物が毎日手にはいることを求めます。さらには、自分の仕事と、家族がいて寝て食べるという楽しみを好きなように追求することを求めます。陛下がそういうものをお与えになるなら、どのような手段でもたらされたものかという点についてはとやかくいおうとしません。もしそういう楽しみを取り上げられたら、それを取り戻すためならどんな手段が取られても歓迎するでしょう」メレスは次の点を強調するために指を一本立てた。「陛下の民のうち、すべてではないとしてもほとんどは、さまざまなものを奪われてきました。そして、自分たちの生活の質が低下する一方なのを目にしております。ですが、もし民にとって便利な物や生活に大切だと考えられている物を取り戻す手段が取られるのでしたら……」

「そなたのいいたいことはわかった」皇帝はいった。その声にはもはや嘲るような響きはなかった。皇帝は黙って座っていた。その目の動きだけが、油断なくこちらを見ているのを示している。もしそのぎらぎら光る目がなかったら、奇怪な彫像だと思えたかもしれない。皇帝は落ち着かない様子もなく、椅子に座ったまま身じろぎもしなかった。普通の人間ならするような、そのほかのちょっとした、無意識の動きもしなかった。それはひとつには訓練の賜物かもしれなかった。そのように身動きひとつしないことは彼の超自然的な印象を強めることになるからだ。あるいは、単に衰えつつある力と活力を大切にしようとする分別のせいかもしれない。メレスはそうではないかと思った。

とうとう皇帝は口を開いた。その声は低くて深く、かすれていた。「おまえは、町なかに秩序を取り戻すのに必要だと思う、あらゆる命令を出すだけの権限を与えてほしいというのだな」

メレスはゆっくりとうなずいた。皇帝の力強い目が、研ぎ澄まされた刃《やいば》のような危険な力を秘めて、彼を座ったまま動けなくさせていたからだ。メレスはその怒りのまなざしを見つめ返すことができなかったし、あえてそうしようとも思わなかった。自分は皇帝に挑戦するためにここにいるのではない。この老人に、権力をいくらか譲らせるためにここにいるのだ。が、同時に、自分が求めていることを認めてもらわなければうまくいかないのだ。教えを受けた師のひとりの意見に、興味深いものがあった。ありのままの真実を口にできるのは、三つの階級の人間だけだ——最下層、最上層、そして子ども、というのだ。下層階級は、失うものがないからそれができる。最上層は、責任を問う者がいないから。そして、子どもには何の力もないので、脅かす者もいないから。メレスはこの言葉を忘れたことがなかったし、その意味するところも忘れなかった。皇帝は真実を口にすることができる。自分はできない。皇帝が単刀直入な質問をしても、どの程度真実を語るかには気をつけたほうがいい。

だが、ここには別の要素もあった。皇帝が働き盛りだった全盛期のときでも、すべてに対応する時間はなかった。偉大な統治者はみなそうだ。だからこそ統治者には部下がいて、任せられると思った部下に権限を委ねるのだ。いま、皇帝は年老いて、力は弱りつつある。しかも、自分に残された命を保つという、とても個人的で差し迫った問題に集中する必要がある。

メレスがまだ答えを得られていない本当の疑問は、皇帝の最期がどれぐらい近いのかということだった。それがわかれば、チャーリスが自分の世継ぎに権力を譲るのをどの程度嫌がるかもわかるだろう。皇帝は自分の権力と富にしがみつこうとするだろうか？　それとも、命そのものにしがみつくために、権力や富を手放すだろうか？

その鋭く、冷たい目はメレスを推し量るように見つめており、何ひとつ見逃していなかった。「よろしい」その声は目と同様冷ややかだった。「命令書を書かせるがよい。そうすれば署名し玉璽《ぎょくじ》を押させ、そなたに町の衛兵および民兵に対する権限と、地元の騒乱を鎮圧するために軍を使う権限を与えよう。そなたがいう一般民衆への理解を持っているかどうかを見るにはそれで十分だ」かすかな、笑みとはいえない笑いが皇帝の唇を薄く引き伸ばした。「成功すれば、より多くの権限を与えることを考えよう」

メレスは皇帝に向かって片手を振り、それ以上の権限は望んでいないということを無言で示した。「本当にそれで十分です、皇帝陛下。わたしはただ、秩序を取り戻すことを望んでいるだけです。秩序がなければ、混乱の種が広がってわれわれを呑みこむでしょう」

チャーリスは皮肉っぽく愉快そうな表情で、ゼイゼイという声をあげただけだった。「そなたが自分の支配力を制限するつもりだとは思えぬがな。だが、いまはこれがそなたが得るすべてだ。書記のところへ行き、命令書を作成するがよい」

それは明らかな退出命令だったので、メレスは従った。彼は立ち上がり、注意深く正確に一礼すると、扉まで後ずさりした。皇帝の目はメレスの一歩一歩に注がれていた。皇帝の唇に浮かぶかすかな笑みに、普通の人間なら血の凍る思いをしたことだろう。

メレスは背後に手を伸ばし、目をやらずに扉を開け、前を向いたまま通り抜けた。そして、皇帝から目を離さずに扉を閉めた。扉が閉まるあいだも皇帝の目はメレスを見すえたままで、まだ相手を推し量るように、反抗の影がないか探るかのように見つめていた。

扉がカチリと音を立てて閉まると、メレスはゆっくりと息を吐いた。（これ以上ないほどうまくいった。皇帝はまだ正気だ。あのままでいてくれたら、うまく扱うことができる）彼は向きを変え、冷たい灰色の大理石の廊下を音もなく大股に歩きはじめた。天井は高く、はるか昔の戦争で奪った武器が厳めしく飾られている。いま出てきた部屋と同じくこの廊下も、もうすこし厚い服を着てくればよかったと思うほど肌寒かった。表向きは、暖めの魔法がうまくいかないせいだが、実は意図的なもので、廊下をさっさと歩かせるためだった。この廊下は、歩く者に自分が取るに足らない存在であると感じさせるように作られており、音響効果もその意図を高めていた。

ここは、皇帝の御座所や謁見の間、〈評議会の間〉、大広間などにとても近く、そういう権力の場に欠かすことのできないものが、決定を命令書にするための、高度な訓練を受けた帝国選り抜きの事務官集団だった。書面になった命令書なしでは、何事も機能しない。規約や命令や外交方針は、どんなにささいなものでも、文書として形になるまでは公式とはいえない。これらの紙切れは帝国を動かすには必要不可欠で、兵士にとっての水や食べ物、あるいは空気のようなものだった。また、公文書となれば、そこに書かれた文言は、気取った態度で同じ言葉をぺらぺらしゃべるいかなる廷臣よりも力を持つのだった。

そして当然ながら、この階の大広間と〈評議会の間〉のあいだにある居心地のいい部屋に身を隠すようにして、そういう重要な役割を果たす事務官の一団、その精鋭部隊が潜んでいるのだった。

効率よく動く帝国というのは、事務官に支えられて（動かされてはいなくても）いるものだ——事務官自身は知らないかもしれないが。とはいえ、事務官の雇い主はそれを知っているし、いままでもずっとそうだった。だから、皇帝が支配する蜜蜂の巣のなかで、このもっとも大切な働き蜂たちが快適に過ごせるよう、注意を払っているのだった。虫除けの網戸のある大きな窓は、夏の暑い時期でも涼しいそよ風を入れてくれる。そして、クラッグ城のほかの場所では暖めの呪文は——正式には——うまく効いていなかったが、事務官の部屋では、常にこういう場合に備えて手段が講じられていた。〈評議会の間〉とのあいだの壁に、三つの大きな暖炉があり、大広間とのあいだの壁にはさらにふたつある。そのすべてで楽しげに火が燃えていた。机の下には木炭を使う足温器が置かれ、何よりも大切な手は、それぞれの机の上にある金属の手温器で、温かく柔軟に保たれていた。事務官ひとりひとりに読み書き用の角灯があり、必要なときにはいつでも飲食物を持ってくるために、この部屋専属の雑用係がいた。

なかには――それは、きまって物事がどう動いているかをよく知らない〝新入りの〟貴族だったが――〝単なる〟事務官に対するこのような待遇に不平をいう者がいる。彼らが気づいていないのは、この事務官たちは〝単なる〟というような人物ではなく、ほとんどがその不平をいっている本人より身分が上だということだった。ここでは、帝国でもっとも身分の高い一族の子弟が働いているのだ。ゆくゆくは軍隊にはいることになっている者もいた。彼らは優遇され、いい待遇を受けることに慣れている。だが、それはそれだけの待遇に値する働きをしているからだった。ここでは少なくとも六人の事務官が絶えず勤務しており、夜明けから夕暮れまでは二十人が勤務していた。ここで働くのはもっとも経験があり、もっとも思慮深い者だけ。そして、自分の机の上を通り過ぎるものについて口を閉ざしたままでいるその能力は、伝説的といってよかった。

厳重に警備された扉を開き、光と熱に満ちた安息の地にはいると心底ほっとした。メレスは、穏やかな温もりでこわばった筋肉が緩むのを感じた。まだ早い時間なので、二十人の事務官全員がその場にいた。メレスは机の列をさっと見渡し、最初に目に留まった手の空いている事務官のほうへまっすぐ向かった。

メレスが選んだ若い男は、ほかの事務官同様、必要なものがきちんと並べてある大きな木の机に座っていた。草稿の束、それよりは少ない帝国専用の上質皮紙の束、赤と黒の墨汁がはいった墨入れ、吸い取り紙、吸い取り砂、硝子《ガラス》ペン、そして手温器が、この男がもっとも効率的だと思っている配置で置かれている。片側には読みかけの本が置いてある。メレスが近づいていくとすぐ、横に置いたものだった。唯一、この男の個人的な趣味があらわれているのは、白い翡《ひ》翠《すい》を魚がからみあった形に彫った小さな卵形の彫刻だった。

その事務官自身は、ほかの事務官がみなそうであるように、これといって特徴がなく、記憶に残るところもなかった。彼らはこの仕事に就く前に、いかにして忘れられやすく、目立たないようにするかを教えられるのだ。ここでは、彼らは二本の手と特定の知識の詰まった頭脳であり、部屋にいるほかのどの事務官とも入れ替え可能なのだ。この部屋にいる彼の顔見知りのなかでメレスだけが誰とも交替できなかったが、それは、メレスがもっぱら別の能力を身につけることで帝国と皇帝に仕えてきたからだった。

メレスが命令を口述すると、事務官はすばやく書き留めた。そして、まず草稿を作ってメレスとともに一語一語確かめ、次いで修正した草稿をもとに、すべての修正部分を反映させて帝国専用上質皮紙に清書した。メレスは、その命令をどういい表すかにとても気を使い、皇帝が具体的に述べた権限以上は自分に与えないようにした。この時点で、写しを作成するためにさらに三人の事務官が呼び出され、全部で五部の写しを作った。

いうまでもないが、いまの時点ではまだ命令書は紙切れにすぎない。清書が終わると、事務官は火のそばの長椅子に座っておしゃべりをしながら待っている雑用係のひとりを呼び出し、出来上がった書類を持って皇帝のもとに行かせた。その雑用係はメレスがさっき歩いてきた廊下は通らない。雑用係専用の、この部屋と皇帝の居室をつなぐ特別の通路を使うはずだ。そうすれば、少年が呼びとめられて質問されたり、監禁されたりすることがないからだ。

メレスは一緒には行かなかった。そうすることは禁じられているし、皇帝の衛兵もまだ署名されていない書類を持ってメレスが来ることを許さないだろう。これは、皇帝が文書への署名や、玉璽を押すことを強要されないためだった。だまされて書類を読まないうちに玉璽を押したりしないためでもある。このややこしいしきたりには、それなりの理由があるのだ。

ずいぶん経って、雑用係が戻ってきた。そして、一番上の書類の帝国紋章の輝きが、すべてがうまくいったことをメレスに告げていた。命令書は変更なしに承認されたのだ。もし変更があるなら、書類は五部ではなく、一部だけ返ってきて、そこに皇帝の修正が書かれているはずだった。残りは、玉璽の偽造がされないように、その場で皇帝の護衛が焼き捨てるはずだ。

メレスは一礼して感謝の意を表すと、写しを受け取って部屋を出た。予期していたにもかかわらず、廊下の冷気は驚くほどだった。だが、一瞬たりともためらっている暇はない。いま、まずしなければならないことは、命令書を一部、帝国軍司令官に手渡すことだ。野心的な計画を実行に移す前に、まず軍との協力が必要だった。

メレスは、司令官の権限が自分の権限によって侵害されることがないよう、注意深く命令を書いていた。セイヤー将軍を敵にまわすことだけはしたくなかった。将軍は敵にまわせば恐ろしい人物だ。忘れることも許すこともない敵になりうる。メレスが口述した命令書は、必要に応じて、連隊かそれより小規模な隊を使う権限を自分に与えるものだった。ただそれは、その隊がほかの任務に就いていないときにかぎられていた。(もし一連隊以下の人数で暴動を鎮圧できなければ、それより人数が多くても同じことだ。それはセイヤーには脅威でも何でもない。それに、全体としては、彼が下している命令をわたしが取り消すわけではないのだから)

運がよければ、そうたびたび帝国軍兵士を動員する必要はないだろう。だが最近、運に恵まれる者というのはほとんどいない。すでにメレスは、死者が出てもやむなしという命令を兵士たちに出して、少なくとも各都市ひとつずつの暴動を鎮圧しなければならないのがわかっていた。一般民衆に対して帝国軍兵士が使われるのは、ここ何世紀ものあいだではじめてだろう。そして、それはとてつもない衝撃となるはずだった。その衝撃が、同種の見せしめを繰り返す必要がないほど大きなものであることを、メレスは祈った。一般民衆を失うということは、税を納める働き手を失うことであり、いまの帝国には、税を大きく失えるような余裕はないからだ。

帝国軍司令官の居室はここクラッグ城内にあった。第三代皇帝以来どの皇帝も、軍司令官を自分の目の届くところに置いておきたいと考えたからだ。第三代皇帝はもともと帝国軍司令官だった。彼は第二代皇帝が選んだ世継ぎに賛成ではなかった。そこで、第二代皇帝が亡くなるとすぐ、自らの手でその事態に対処したのだ。そして、自ら任命した帝国軍司令官には、自分が利用したような機会を与えるまいと決意した。その後の皇帝たちは第三代皇帝の賢明なる先例にならったわけだ。

いくつかの廊下や階段を通っていくと、暖房が効いている狭い区域と、それよりもっと広い、肌寒さから本格的な寒さを感じる区域とが交互にあらわれた。いまではクラッグ城の住人は、暖炉をもっと原始的な方法に頼っているため、暖房は当てにならず、予測できないこともも多く起こった。春までには城内で病がはやるだろう。もっと貧しい人々がかかることの多い病が。

（時世としては……おもしろい。それに、終わりを迎えるまでにはもっとおもしろくなりそうだ）

廊下そのものの内装は変わらなかったが、広さと高さだけが変わった。同じ灰色の大理石造りで、装飾は相変わらず戦利品の武器類だけだ。だが、皇帝の御座所と行政部の公式執務室のある区域を離れると、メレスが歩いている廊下はずっと狭くなり、天井は普通の高さになった。自分が皇帝の御座所の区域にいないと知る方法はそれだけだった。

帝国軍司令官は評議会のなかでも最高位の高官のひとりなので、その分、彼の居室は皇帝の御座所の近くにあった。それより御座所に近いのは、皇帝後継者の部屋――いま、メレスの召使いたちが彼の好みに合うように調えているところだが――だけだった。司令官専属の護衛兵たちが扉の両側に直立不動の姿勢で立っており、メレスが予期したとおり、司令官がなかにいることを示していた。間もなくメレス自身の部屋の外にも、ああいう護衛兵がふたり立つことだろう。皇帝の世継ぎに指名されたからだ。その護衛兵たちの仕事は、担当となった人物の命を守ることだけではない。彼らは皇帝を守る役目も果たしていた。帝国の護衛兵は選り抜かれた集団で、皇帝に仕えるよう訓練され、呪文をかけられている。どんな力を持ってしても、彼らをチャーリス皇帝に刃向かわせることはできない。そしてもし、世継ぎか帝国軍司令官のどちらかが厄介だとわかったら、そのときは……護衛兵たちがその厄介者を片づけたら、その厄介さを証明するのは埋葬の細かい手続きぐらいだろう。確かに護衛兵を皇帝に縛りつけている呪文が破れる可能性もある。魔法嵐のせいで、すでに破れているかもしれない。それを確かめる唯一の方法は、護衛兵に近づいて皇帝暗殺について尋ねてみることだろうが、もし呪文が解けていなければ、それは致命的な過ちだ。

トレメインは、ハードーン国征服の指揮を執るため出発したとき、自分付きの護衛兵ふたりを置いていくという離れ業に成功した。おそらく皇帝は、クラッグ城を離れるトレメインが危険だとは思わなかったのだろう。もし皇帝がトレメインに番犬を連れていかせていたら、状況は違っていたかもしれない。

（あるいは、変わらなかったか。護衛兵が代わりにトレメインを始末してくれて、われわれの問題を解決してくれただろう、という点以外は。その場合もわたしは後継者になっていただろう）それでも魔法嵐の問題には取り組まなければならなかっただろうし、帝国は崩壊しつつあり、ほかのこともすべて同じ道をたどっていただろう。たったひとつ違うのは、心配しなければならない脅威がひとつ少なかっただろうということだけだ。メレスは――宮廷のほかの者は誰も知らないが――トレメインがヴァルデマール国と同盟を結んだというのは決して確かな話ではないと知っていた。実際のところ、メレスはそうでなければいいと心から願っていた。この魔法嵐は、無計画で行き当たりばったりに思えるいまでもひどい被害をもたらしている。もしヴァルデマールの魔法使いたちが玄人の、つまり、帝国のありとあらゆる要所を知り尽くした人物の協力を得られたら、どうなるだろう？　もし魔法嵐が正確に狙いを定められるようになり、最大限の混乱と被害をもたらすとしたら？　トレメインが本当にヴァルデマールと同盟を結んでいるとしたら、そういう問題に対処しなければならないのだ。

そういうことがわかったときに、皇帝がどう対処するかについては――

（皇帝が健康でそれほど多くの問題に悩まされていないときなら、ただ烈火のごとく怒り、そこから立ち直り、誰かがトレメインの首を持ってくるまでその怒りを忘れていただろう。いまは、よくわからない。なぜなら、皇帝は、この帝国のように崩壊しつつあるかもしれないからだ。皇帝の精神状態は、肉体とともに崩れてしまうだろう）

メレスはふたりの護衛兵にうなずいてみせた。護衛兵たちは敬礼をし、メレスが手にした書類にある玉璽を見せると、一歩脇に退いて彼を通した。メレスは扉を一回叩くと、開いてなかへ足を踏み入れた。

そこは控えの間だった。贅沢な敷物が敷き詰められ、四方の壁に戦旗が掛けられているが、大きな机がひとつと、座り心地のよさそうな椅子が三脚あるだけで、軍服とお仕着せを折衷したような服を着た使用人がひとりだけいた。セイヤーの秘書のひとりなのは間違いなかった。

「司令官殿へ皇帝陛下の命令書を持参した」メレスは机に座っている、これといって特徴のない人物に話しかけた。「もし司令官殿にお時間があれば、この命令についてお話ししたいのだが」

（友好的に。礼儀正しく控えめにするんだ。そうするには金もかからない。しかもいい関係が保てる）

秘書はすぐに立ち上がり、命令書を受け取ろうと両手を差し出した。「司令官に直接命令書を届けてまいります、世継ぎの君」男はすらすらといった。「どうぞおかけください。司令官はどんなときでも、帝国の問題について殿下とお話しする時間があるはずです。状況に関わりなく、殿下をお通しするようにと命令を受けておりましたから」

メレスが驚きを押し隠しているあいだに、秘書は彼の手から書類を受け取り、机の後ろの戸口からすばやく出ていった。メレスは腰を下ろし、考えをめぐらせているのを隠すために、右手の爪を念入りに調べはじめた。評議会の一員になって以来、セイヤーが抜け目ない政治家だということに気づいてはいた。だが、どれぐらい抜け目ないかはわからなかった。ほかの相談役のほとんどは、メレスが正式に世継ぎとなったので、彼をどう扱ったらいいかを決めるのにまだ大慌てしているところだ。セイヤーが、いつ何時《なんどき》でもメレスを通すようにと部下に命令していたというのは興味深い展開だった。あらゆる面で新しい世継ぎに協力する準備があるということなのだろうか。もしそうなら、自分の仕事はとても楽になるだろう。

(帝国軍の司令官を思いどおりに動かせるとしたら……帝国の権力の半分をふたりで分かち合うことになるだろう。残りの半分は、まあ、後回しにしてもいい)

秘書は、メレスが爪のほかに点検する物を探さずにすむうちに戻ってきた。「どうぞこちらへ、殿下」若い男は深く頭を下げながらいった。「司令官はすぐにお話ししたいと申しております」

メレスは立ち上がり、秘書について続き間の隣室にはいった。この部屋も控えの間によく似ている。司令官は趣味がよかった。床のほとんどには、東部諸島のビージャル部族の贅沢で毛足の長い絨毯が敷かれ、すばらしい戦利品の戦旗が壁に飾られている。そして、気持ちのよい火が暖炉に燃えていた。控えの間と同じく、家具はほとんどない。ここにも大きな机がひとつあり、あとは座り心地のよさそうな椅子が数脚、そして小ぶりな卓がふたつだけだ。普通ならここで使われているはずの魔法の明かりの代わりに、油の灯火が照明に使われている。暗くなってきていたので灯が明るく燃えていた。

セイヤー将軍は皇帝の命令書を片手に、机に座ってではなく、机の横に立って待っていた。暗黙のうちの帝国の礼儀作法からすると、メレスが援助を求めてやってきたというより、メレスを対等の立場として迎えていることになる。これもよい兆しだった。セイヤーはメレスの権限に異論を唱えるつもりはないのだ。

将軍は、軍のなかでのメレスといってもよかった。髪は御影石《みかげいし》のように灰色だったが、肉体も御影石のように強靭《きょうじん》だった。何だかんだと言いがかりをつけ、セイヤーに一騎打ちを挑んだ数少ない愚か者で生き残った者はいなかった。敵も味方も彼を狼にたとえる――敵は、獰猛《どうもう》で飽くことを知らぬ狩人にたとえ、味方は、強い群れの指導者にたとえるのだ。狼のように銀髪ではあるが、その牙と頭脳も狼のように鋭かった。

しかし今日、その彫りの深い顔には歓迎するような親しげな表情が浮かんでいた。そしてメレスは、この将軍が抜け目のない政治家だということを知っていたが、感情を隠すのが上手ではないことも知っていた。政治的駆け引きのなかでは、彼の頭脳が強みであるのと同じぐらい、彼の表情は弱点だったのだ。その弱点に対処するために、セイヤーは書面で駆け引きを行うようにあらゆる努力をおしまず、率直に話してかまわないときだけ姿をあらわすのだった。

秘書が一礼して出ていくと、将軍は笑顔を浮かべて空いているほうの手をメレスに差し出した。メレスも同じく笑顔でその手を握った。

「百の小さき神々にかけて、ほかの誰よりもまずわたしのところに来てくれるのを願っていた！」セイヤーは低いしわがれ声でいった。若いころ、喉を剣の柄で突かれ、ずっとこんな声のままになったのだ。「おめでとう、メレス。皇帝陛下は最終的によい選択をなされた。トレメインは、安心するにはすこしばかり部下に人気がありすぎた」

「一方、わたしは誰にも人気がなさすぎるから、わたしのほうが皇位後継者にふさわしいと？」メレスがわずかに片眉を上げてみせると、セイヤーは大声で笑った。

「指揮官は、自分の将軍のひとりに人気があるのに気づいたら、なぜその人物が自分の人気を高めようとしているのかと考えるものだとだけいっておこう」メレスが、わかった、とうなずくと、セイヤーは歯を見せて微笑んだ。「ときには、偶然だということもある。だが、それよりも、意識的に人気を求めていることのほうが多い。だが、きみは――」

「〝チャーリス皇帝の死刑執行人〟として知られているわたしは、人気のようなくだらないことで悩む必要もない、と」メレスは苦笑してその自分の言葉を和らげた。「わたしは人気より敬意が欲しい」

セイヤーはそのちょっと気の利いた台詞に、眉を軽く上げて答えた。「ほかの点と同じく、その点でもわれわれは同類だな。野心を持った部下のことを心配する必要があるのは皇帝陛下――皇帝陛下の御代の長からんことを――だけではない。わたしは、トレメインが失脚してうれしいよ。そこで、この命令書だが――きみの考えか?」

メレスはうなずき、口を開く前にセイヤーの反応を注意深く観察した。心配する必要はなかった。セイヤーが自分でその命令書を口述したとしても、それ以上喜ぶことはなかっただろう。

「すばらしい考えだ! ここへ座ってくれ。そうすればこの件について詳しい話ができる」将軍は手を振って暖炉のそばの椅子のひとつをメレスに勧め、自分は別の椅子を手にした。そして、命令書を机の上に放り投げたが、机の向こうに座ろうとするそぶりはなかった。メレスが腰を下ろすと、将軍は腰かける前に自分の椅子をメレスの椅子に寄せた。「すばらしい考えだ!」彼は繰り返した。「戒厳令を発令してみろ。市民たちは怒って町で暴動を起こす。だが、実際には戒厳令といわずに軍隊を投入するんだ。もしきみが秩序を取り戻すことができるなら、市民たちは泣き言をいわずに従うだろう」彼は咳払いをした。「市民に安らかな生活を取り戻してやるんだ。そうすれば、彼らはきみを神と呼び、きみがどんなやり方をしたかなど気にしないだろう」

「わたしの思いつきは、暴動を完全に鎮圧するためにできるだけ少人数の兵士を使うということなんだ」メレスは用心深くいった。「わたしは、人々が自分たちを制圧するために軍隊を出動させたと人々にいわれたくない。それは、帝国の民衆には我慢できないだろう。その命令書を見てもらえれば、わたしが町の衛兵や番人、そして民兵を直接指揮する権限を与えられたのがわかるだろう。わたしの意見では、もしそういう勢力を最前線に使い、最前線の彼らを支援し、戦列に力を貸すためだけに軍隊の正規兵を使えば、軍隊が支配権を握っているようには見せずに、求める効果が得られると思う」

「いいね。正しい戦略だ」セイヤーは認めた。「地方では、軍は問題を抑えることを期待される。だが、町の人間は自分たちにはそんな必要はないと考える。最初の暴動をうまく抑えるんだ。そして、一番厄介なやつを数人だけ殺せ。そうすれば、秩序を取り戻すのに苦労はしないはずだ。われわれが国内問題の瀬戸際にいるのに誰かが気づいて、なんとかする計画を立ててくれるのをわたしは願っていた」

（もちろん、自分で申し出たりはしなかったわけだ。そんなことをすれば、チャーリス皇帝は自分の権威への直接の脅威だと見なしただろう。そしてわたしは、セイヤー将軍を――その――引退させるようにと求められただろう）メレスはうなずき、椅子の背にもたれかかった。気を許せる味方としてセイヤーをいっそう信じられる気になっていた。「あまり知られていないが、ちょっとした暴動はすでに起こっている。食料が不足し、苦労が増えると、もっと大きな暴動が起こるだろう」メレスはすらすらといった。「われわれが覚悟を決め――これから起こる騒動を容赦なく鎮圧すれば――国民もわれわれがすることを必要悪として受け入れると思う」

「そうだな。いま話し合ったように、人々に食べ物と安定を与えるんだ。そうすれば町の人間は何でも受け入れる。町を焼き払う以外ならな」セイヤーは軽蔑を込めていい返した。「ところで、いったいどの程度手助けしてほしい？　必要なところにどこでも派遣できる特別連隊が欲しいか、それとも――」セイヤーは口ごもった。自分の考えを話したいが、すこしためらっている様子だった。「その、わたしは軍人だ。暴動を抑えた経験はない。だが――」

「何か考えがあるんだな」メレスはそういうと、興味を持って身を乗り出した。「どうか聞かせてほしい」

「われわれは、かぎられてはいるが、まだすべて基地と魔法使い同士で連絡がつく状態だ。それに、大きな町の近くには少なくともひとつは基地があるのを知っているだろう」セイヤーはいった。「そこでだ、仮にわたしがそれぞれの町にある程度の人数を、そうだな、中隊を動かすとする――そして、仮にきみが、あらかじめ、民兵や町の衛兵などを思うように組織しておくとする――で、暴動が起こるとすぐ、当然きみの民兵がその対応にあたるだろう。

そして、同じように当然ながら、その中隊の隊長は協力を申し出るだろう。きみの民兵隊の隊長はそれを受け入れるだろう。いわば軍隊同士なんだから当然だ。軍の援助があれば、鎮圧できない暴動なんてないだろう。そして厳密にいえば、あらゆる町のあらゆる荒くれ者が同じ日に暴動を起こそうと考えつくとは思えないから、きみが必要とする人数を超えることはないはずだ」セイヤーはずる賢そうに笑った。「いいか、彼らは暴動のあいだだけきみの指揮下にはいる。それが終われば、わたしの指揮下に戻るんだ」

メレスは乾いた笑い声を漏らした。セイヤー将軍が制度の抜け穴を操る名人なのは間違いない。そして、彼の戦略は、メレスが書いた命令書の、考えもしなかった応用だった。

（それもそのはずだ。セイヤーがここまで味方になってくれるとは思ってもみなかったのだから）

「将軍、それはすばらしい計画だ。われわれの目的にとって完璧だ」メレスは自分の声に賛同の響きを込めながら答えた。将軍は微笑んだ。温かみと同時に同じ程度の冷徹さがこもった笑みだった。

「よろしい。では、その点では意見が一致した」セイヤーはきっぱりとうなずいた。「さて、その代わりといってはなんだが、わたしのために国内の秩序についてあることをしてもらえるとありがたい——要求というより、割り当てを変えてほしいということだ。それも国内の秩序回復という分類にはいる」

「できることはする」メレスはこういう事態を予期していた。便宜を図り合うのは帝国の政治では広く受け入れられたやり方だ。セイヤーが考えていることをきちんと聞くまで約束はしないが、相手もそのことはすでにわかっている。

「都市間での物資の輸送を軍に任せてほしい」セイヤーはメレスの目をまっすぐに見た。「いまのままでは、物資の動きが非効率的で、何を動かすかが考えられていない。そして、どうやっても荷馬車屋が儲かるようになっている。法外な金を支払わなければならないので、軍は被害をこうむっている。町の人間も同じだ。荷馬車屋を徴兵し、荷馬車運搬組合を乗っ取り、やつらを軍の規律に従わせるんだ。そうすれば、きみの暴動のいくつかを引き起こしている原因もすぐに取り除くことができる。誰もが、何が起こっているかを知っている。皆、荷馬車運搬組合がどんな目に遭うかを見て喜ぶだろう。町の人間も、わたしと同じく悪徳商法にうんざりしているんだ」

(そして、あんたとあんたの将校たちが、荷馬車運搬組合の代わりに甘い汁を吸うんだな)

メレスにはそれが見抜けたが、いくつかの点でセイヤーは正しかった。いま、輸送は無計画に行われており、荷馬車業者が得ている利益は途方もないものだった。軍に任せれば、利益は容認できる範囲になり、輸送も効率がよくなるだろう。それに、この不当利益行為をめぐっては確かに社会の不満があった。暴動のうちの少なくともひとつでは、荷馬車運搬組合の集会所とその近くの建物が壊されたのだ。

（そう、もし荷馬車業者とその馬や馬車を徴用しても、悲しむ者はいないだろう）

問題は、チャーリスが署名をしたばかりの命令書の一解釈として、そういう指示ができるかということだった。

メレスは自分用の命令書を広げ、すばやく目を通した。それから、顔を上げてセイヤーの表情のない茶色の目を見つめた。「特にここの一連の命令がわたしにその権限を与えてくれると思う」彼はいった。誰かが苦情を申し立てないかぎり、皇帝は気にしないだろう。それに、セイヤーには苦情が出ないようにできると考えるだけの理由があるのだから……。「命令書の写しを送らせるとき、この修正条項をつけ加えるようにしよう」

「こちらの魔法使いたちに仕事をはじめさせよう」セイヤーは満足そうな笑みを浮かべて、そう約束した。「明日の夜までに人選が終わるだろう。その翌日までには、各都市の兵舎に移動させる。心配はない。しっかりした兵士を選ぶよう指示を送る。経験豊富で、何かあってもうろたえず、命令されないかぎり矢を射たり、命令以上のことをしない兵士をだ。そして、治安を維持し、人々を落ち着かせることのできる隊長を送ろう。人の頭をたたき割るのを楽しむ残酷な人間ではなく」

（軍隊ならではの効率のよさだな）メレスはうらやましく思った。（うまく機能しているのを見るのは楽しいものだ）「わたしの命令書は信号か、場合によっては急使を使って伝えなければならない。だが、二週間以内には帝国のほとんどの場所に届くだろう」メレスはそう答えると、立ち上がった。それから、「一緒に仕事ができるのが楽しみだ、司令官殿」と締めくくり、セイヤーが立ち上がると同時に手を差し出した。

セイヤーはその手をしっかりと握り返した。「わたしもだ」セイヤーはいった。「それに、いわせてもらえば、金勘定ばかりしているいまいましいやつらの誰かと働くよりずっといい！」セイヤーはメレスを扉のところまで送ってきてくれた。

メレスにはセイヤーのいいたいことがわかった。そのなかに、皇位後継者候補の何人かは、先見の明があるというよりは、用心深い人物だった。メレスがきっと起こるとわかっている暴動を予見するだけの想像力を持っている人物はほとんどいないだろう。ましてや、それをどう鎮圧するかを計画できる人物などいない。「ただ、忘れないでほしい――われわれの行動はできるかぎり人目につかないようにしたい――そうすれば市民は通りで兵士を見かけても、恐れるのではなく、歓迎するだろう」

セイヤーはメレスのために控えの間に続く扉を開け、力を込めてうなずいた。「そのとおりだ。きみのために、暴動が起きたときの命令をひと揃い作成しよう。目を通して、どこを変えたいか知らせてくれ」セイヤーは部屋を出るメレスに手を振った。「グレヴァス、世継ぎの君をお送りしてくれ。メレス殿、わざわざおいでいただいて感謝してもしきれません」

「お礼には及びません。お互いすぐに合意できてうれしく思います」メレスが控えの間にはいると、秘書がうやうやしく深く頭を下げて出迎え、部屋の扉を急いで開けに走った。メレスは秘書に感謝を込めて手を上げると、ひんやりとした廊下に出た。充実した一日の仕事を終えた気分だった。

（さて、あとはなんだ？　必要なら食料を接収するための命令だな。きっと必要になるだろう。それから、各領地から余分に馬と馬車を徴用し、軍に渡すための命令書だ。徴用については、細かい規則を決めないといけない。ひとつしかない馬車と馬を農夫から取り上げたら、逆効果になるだけだ。秘書のひとりを係につけよう。マータンがいい――あいつは農夫の息子だ。いまのところはそれで十分だろう。一度に命令を出しすぎると、いまよりもっと不安と不満を引き起こしてしまう）

（それに、わたしの個人的な立場を強化する必要がある）幸いなことに、それは自分の間者に継続中の命令を強化するだけでほぼ足りた。間者たちは、求められたとおりに行動し、必要とする情報をもたらしてくれるはずだ。諮問評議会と宮廷での権力者に関しては――まあ、ほとんどは笑みを浮かべてお世辞をいうだけだろう。そしてわたしはそれを受ける。行動は真実を物語るものだ。そして、間者たちはお世辞をいったその口が個人的な場で語っていることを探り出してくれるだろう。

ひとつだけ例外があった。もし軍が情報伝達の手段をなんとか保っているとすれば、いくらかは魔法を使えているということだ。（たぶん、短時間だけ働くものだ。それが秘訣かもしれない。それと、魔法を無理にでも働かせるだけの大きな力だ。わたしには力がある。それに、複数の魔法使いも雇っている。ただ、大きな力をささいな目的のために使おうと思わなかっただけだ。だが、ひょっとしたら、いまではささいなことではないのかもしれない)

メレスは自分の新しい部屋へと廊下を急いだ。将軍の居室からはわずかしか離れていない。扉の前で帝国護衛兵が自分を待っているのが見えた。護衛兵が丁重に扉を開くと、扉のなかでメレスの召使いたちが出迎えた。そしてメレスを取り囲み、うやうやしく、わずかに恐れおののきながら、すぐに世話を焼きはじめた。

メレスはいらいらして、召使いたちのほとんどを追い払った。新しい居室は基本的に元の部屋とそっくりだった。ただ、こちらのほうがすこし広く、家具が(メレス個人の持ち物でないものは)より豪華で、部屋自体がより便利なところに位置しているだけだ。皇帝やセイヤー将軍と話しているあいだに、召使いたちはこの部屋の元の持ち主の痕跡をすべて消し去り、まるでメレスがずっとここに住んでいたかのように見せていた。床には彼の絨毯が敷かれ、壁には彼の壁掛けと地図が掛けてある。本は本棚のなかと卓の上だ。メレスは自分が手にしている皇帝の命令書に追加する予定の命令の下書きをする——というより、なんとか作り上げるために——まっすぐ机に向かった。書き終えると、メレスはまだ持っていた皇帝の命令書四部とともに草稿を秘書に手渡した。

「これを頼む——それから、どんな条件のときには馬と馬車の徴用を免除することにするか、マータンに細かく指定させてくれ」メレスは命じた。秘書はお辞儀をすると、書類を持って出ていった。そのときになってはじめて、メレスはくつろいだ気分になり、従者が身のまわりの世話を焼いてくれるにまかせた。秘書は命令書のうち三部を、配布して広く知らせるために帝国事務官に手渡すよう取りはからってくれるだろう。一部は参考のためにここで保管される。

メレスは従者の案内で自分の部屋にはいった。ここには自分の家具が元の部屋と同じ配置で置かれていて、何事もなかったと思いそうなほどだった。

あくまでも、思いそうなほど、だ。（はじまったのだ。雪崩《なだれ》は起きた。もう止まらない）

メレスは、従者がびっしりと刺繍が施された繻子の外套《がいとう》を脱がせ、もっと着心地のいい長衣に着替えさせるにまかせた。しばらくすると、メレスは暖炉のそばの椅子でくつろいでいた。右手の卓には食べ物と飲み物、そして本があった。

メレスは今日起きたすべてのことを愉快に思い、戸惑いも感じながら炎を見つめた。確かに、事の多い一日だった。忘れられない一日になるだろう。

それでも、彼の一日はまだ終わっていなかった。メレスは鈴を鳴らして従者を呼んだ。そして従者がやってくると、間者たちひとりずつに連絡を取り、呼び寄せるためのある言葉を囁いた。（いま間者たちは、これまでどおりのことはもちろん、何か新しいことが起こるのを警戒しなければならない。魔法使いは――そうだな、軍が通信のための魔法をなんとか使えるのなら、たぶんわれわれにもできることがあるはずだ）

仇敵トレメインへの報復はおそらく無理だとしても、トレメインが何を企んでいるのかは正確に知っておくべきだ。水晶占いも範囲と継続時間がかぎられた魔法だ。それに、水晶占いをすれば、トレメインが帝国にとって本当に危険かどうかが十分にわかる。

メレスは考えこみながら、温めた香料入り葡萄酒をすこしずつ飲み、椅子にもたれかかった。そして、一人目の間者が姿をあらわすのを待った。そう、いくらそうしたくても、あの厄介なトレメインを片づけることはできない――だが、あの男を無視することもできない。そして、自分がのぞんでいるような戦いにおいては、もっとも有効で頼りになる武器は知識なのだ。

まさにその武器を使うべきときだった。それも、いままでよりもさらに巧妙に、細心の注意を払って。

4

まるで洞穴のようなアーヅウの〈塔〉の内部は、鷲獅子《グリフォン》たちがいなくなると驚くほど静かになった。アン＝デシャはいままで、鷲獅子がどれほど多くの物音を立てているかに気づいていなかった――石敷きの床に鉤爪《かぎづめ》が当たるたびに聞こえるカチカチという音や、風の音にも似た吹子《ふいご》のような呼吸音、羽がシュッシュッと擦れ合う音などだ。そういう音が聞こえているのに慣れてしまっていたので、それが聞こえないとなると、ほかにもいろいろと物音がしているにもかかわらず、自分の声が不自然に大きく響くように思えた。

「ここを見てくれ。本当に、とても論理的だ」アン＝デシャは、指で文字列をなぞりながらいった――同じ文言が三つの異なる言語で書かれている。カラルは目を凝らした。集中するあまり、眉間にしわが寄った。「これは〈鷹の兄弟〉の言葉、こっちはシン＝エイ＝インの、ふたつがどれほどよく似ているかわかるだろ――」

その言葉は、鈍いどさっという音にさえぎられた。続いて驚いたような声とぶつぶつ文句をいう声。アン＝デシャはびっくりして顔を上げ、カラルの肩越しに〈塔〉の真ん中の部屋をのぞきこんだ。

それは聞き覚えがあるが、今日、ここで耳にするとは思ってもいなかった声だった。アン＝デシャは立ち上がると、何かの間違いではないかと確かめるように戸口へ向かった。

間違いではなかった。風変わりな軍隊風の長衣をまとった帝国の老魔法使いセジェンズと、実用的だが贅沢《ぜいたく》な黒い絹と革の衣装に身を包んだ〈技術者〉のレヴィ師範は、奇妙なほど対照的だった。しかし、ふたりとも旅のせいか顔色が悪く気分が悪そうだ。そのふたりの前を歩いているのは、アルトラだった。

「百の小さき神々にかけて！」セジェンズはいった。白髪頭がすっかり逆立っている。「こんな旅は金輪際ごめんだ！」

レヴィ師範は、胃のむかつきを必死でこらえようとしているかのように、アン＝デシャを見つめながらぐっと唾を呑んだ。顔色は青ざめ、関節が白く見えるほど拳を握りしめている。

「わたしも……まったく同意見だ、セジェンズ」レヴィ師範は、喉が締めつけられているような声でいった。「選択の余地があるなら、わたしは絶対に歩いて帰る」

アルトラは軽蔑を隠そうともせずにふたりを眺めながら、ゆったりと歩いてカラルのいる脇部屋にはいっていくと、カラルの寝床の足元に力が抜けたようにどさりと座りこんだ。アン＝デシャはアルトラのあとを追った。アン＝デシャには〈火猫〉の声は〝聞こえ〟なかったが、カラルが、ほとんど手をつけていない煮込み料理の椀を〈火猫〉のほうに引き寄せると、〈火猫〉はまるで何週間も何も食べていなかったかのように、喜んでがつがつと食べはじめた。

そのあいだに、〈炎の歌〉とロ＝イシャと〈銀の狐〉、それにふたりのシン＝エイ＝インが急ぎ足でやってきて、年老いた魔法使いと、彼よりは若い〈師範〉の技術者に挨拶した。ここには家具の類はあまりなかったが、〈銀の狐〉がふたりに折り畳み式の腰かけを持ってくると、ふたりはいかにもうれしそうに、ぐったりと座りこんだ。アン＝デシャは、このふたりの新来者の態度を責める気にはなれなかった。自分の経験から、ふたりの疲労感と気分の悪さは大げさではないことがわかっていたからだ。

アン＝デシャは、前に一度、〈火猫〉アルトラの助けを借りて、この生き物が行う、遠距離を一気に跳び越える不思議な移動方法――〈跳躍〉と呼ばれている――で旅をしたことがあったが、もう一度経験したいとは思わなかった。〈火猫〉は、どうしてかはわからないが、長距離を瞬く間《ま》に移動することができ、物であれ人であれ、そのとき触れているものを一緒に連れていくことができるのだ。その経験は、まるで腸《はらわた》をちぎられるような苦しさで、〈門〉を通過するのと似ていたが、〈跳躍〉のたびにそれが何度も繰り返されるのだ。〈跳躍〉の間隔が短くなればなるほど、その影響もひどくなる。度重なる〈跳躍〉の影響の程度は人それぞれだが、ふたりの様子からすると、アルトラはあまり間隔をあけずに〈跳躍〉を繰り返し、この旅はふたりにとって相当つらいものだったのだろう。

アン＝デシャはしばらくのあいだ様子を見ていたが、〈炎の歌〉と〈銀の狐〉、さらにほかの者も状況をよく把握しているようだった。セジェンズは明らかに横になって休む必要があったし、レヴィ師範は座って、胃を落ち着かせるために何か口に入れたほうがよさそうだった。ふたりとも、すこし休んだあとで、空いている脇部屋に案内された。いままで鷲獅子たちの巣として使われていた部屋だ。そのあいだ、カラルはあれこれとアルトラの世話を焼いていた。アルトラはかなりくたびれた様子で、アン＝デシャは、こんなアルトラを見るのははじめてだった。どうやら今回の旅は、アルトラにとっても楽なものではなかったようだ。

アン＝デシャは、〈跳躍〉するのもだんだん難しくなってきているというようなことをアルトラがいっていたのを思い出した。「大丈夫かい？」アン＝デシャは〈火猫〉に尋ねた。カラルは、アルトラのそばについて心配そうに見ている。

〈すこしましになった〉〈火猫〉はそっけなく答えた。〈ちょっと休んで何か食べれば、すっかりよくなるはずだ。エネルギー場の流れがひどい状態なんだ。いつもの十分の一の距離でさえ、〈跳躍〉するのがとても危険になってきている。これからは、どこかへ行く必要があるならわたしだって歩いていきたい。選べるならだけどね〉

蹄《ひづめ》が床に当たるコツコツという音がして、〈共に歩むもの〉フロリアンがやってきたのがわかった。〈馬鹿なことをいわないでくれ、アルトラ〉〈共に歩むもの〉はからかうようにいった。〈もちろん、歩く必要なんかない。きみは、自分を乗せていくよう、わたしたちの誰

かを説得するんだろう〉

アルトラはそれを無視し、椀をきれいに舐めるという重要な仕事に集中しているふりをしていた。舐め終わるまでたいして時間はかからず、肉汁の最後の一滴がなくなるやいなや、アルトラは横になって丸くなったが、カラルが眠るときに、この若きカース人の足の邪魔にならないように、ちゃんと気をつけていた。〈さて、寝るとするか〉〈火猫〉は威厳をもってそういうと、フロリアンのからかいを無視したまま、固く目を閉じた。

フロリアンは軽くいななないたが、それがあまりにくすくす笑いそっくりだったので、アン＝デシャには、その〈共に歩むもの〉が何を考えているかが手に取るようにわかった。「ねえ、アルトラをそっとしておいてやってくれ、フロリアン」アン＝デシャは、〈共に歩むもの〉にいった。「少なくとも、いまは。ここしばらく、彼が自分の分担以上の仕事をしていたってことは、きみも否定できないはずだ。〈門〉を開くのが危険なら、〈跳躍〉だって危険じゃないとはいえないだろう?」

〈確かにそうだな〉フロリアンは公明正大に答えた。〈きみのいうとおりだ、アン＝デシャ。わたしが間違っていたよ。アルトラは勇敢に務めを果たしたんだし、からかうべきじゃなかった。とりわけ、彼が連れてきた者と同じくらい疲れ果てているときにはね。すまなかった、猫よ〉

〈もういいさ、馬よ〉一見眠っているような〈火猫〉から答えが返ってきた。

フロリアンは、〈火猫〉に歩み寄り、和解のしるしに鼻で〈火猫〉の毛に触れると、部屋の入り口まで引き下がった。そして立ったまま片目で中央の部屋のほうを見やり、もう片方の目でアルトラと友人たちを見つめると、それからようやく、小さく蹄を鳴らしてその場を離れた。

「さて、ぼくたちが必要としている人間は全員集まったな」アン＝デシャはカラルにいった。「来ると聞いているカレド＝エイ＝インの学者以外は、たぶん。これできっと、ぼくたちが発見したほかの装置の調査を再開できる」

「ずっと考えてるんだけど、ほかにもまだ、見つけていない部屋や空間があるんじゃないかな」カラルはそう答え、アルトラを起こさないように気をつけながら、また寝床に横になった。

「たぶんね」アン＝デシャはいった。「それらしき場所を、少なくともあともう四ヶ所は見つけたよ。貯蔵室か、ひょっとしたら、ひとつは下の階へ通じる通路かもしれない。問題は、ぼくたちには開けられなかったってことなんだ。おそらくセジェンズかレヴィ師範が手を貸してくれるんじゃないかな」アン＝デシャは友に微笑みかけた。「実をいうと、レヴィ師範のほうじゃないかと思ってる。あの跳ね上げ戸を開ける仕掛けは、純粋に機械的なもののような気がするんだ」

カラルは笑顔を返した。「たぶん、きみが正しいと思うよ。その考えは、〈沈黙の魔法使い〉についてトレイヴァンが教えてくれたことと一致する。魔法の場所に機械仕掛けの鍵をかけるのは、いかにも彼らしいんだ。悪意を持ってここに来る者は、魔法は予期していても機械仕掛けに対する備えはしていないだろうとわかっていたんだよ」

アン＝デシャはくすくす笑った。「きっと〈炎の歌〉はいらいらするだろうな。かわいそうな〈炎の歌〉！　ことあるごとに、彼の〈達人〉としての偉大な力の重要性が、どんどん薄れていくように思えるよ！」

カラルはうなずき、考えこみながら首の後ろをこすった。「毎日そのことに直面するのは、彼にとって恐ろしくつらいことにちがいないな。何が起こったか考えてごらんよ。彼は空で一番明るく輝く星だったのに……毎日、いままで彼がしていたことをする新たな方法が見つかって、自分の力が頼りにならず、弱まっていくのに気づくんだ。そのいくつかは、自分がこれまでずっと事実だと思ってきたことと相反するものだし」

アン＝デシャは顔をしかめ、うなずいた。「ぼくはときどき、ぼくがぼくであることによって、彼から栄光をだまし取ってしまったような気分になるんだ。でも、ぼくたちの誰かが指図したわけじゃないし、事態がこんなふうになるなんて誰にも予測できなかったのはわかってる。〈星の瞳〉の御恵みで――ぼくが生きているのは彼のおかげだし、心から感謝している。でもぼくは、彼が〈谷〉で感じていたような幸せを、いまも感じていてほしいんだ。相反する事実ってやつについては――きみ自身が、ずいぶんとそういうことを経験したはずだよ、宗教的な面でね。だから、誰にでもあることなんだ」アン＝デシャは言葉を切り、両手の指先を合わせて慎重に次の言葉を探した。「それでも――レヴィ師範はいってた。この世界のすべてのものは、どんなに非論理的に思えようと、目に見えない法則に従っているものだって。〈月の道〉で話した精霊たちも、同じようなことをほのめかしていた――どんな形態の魔法も、雨や風や獣と同じように、必ずそれぞれの法則に従って働くんだって。たぶん〈炎の歌〉は、それからぼくたち全員も、自分の人生を支配してきた法則の新たな面を学んでいるところなんだ」

「レヴィ師範がここに来て、普遍的な法則の講義でみんなを混乱させることになるんだから、また書記としてぼくが必要になるね」カラルは、暖かな長衣のしわを伸ばしながらいった。見違えるほど明るい表情だ。「もう一度役に立てるのはうれしいよ」

アン＝デシャは心を込めてうなずいた。たとえ仕方がないとしても、何もできずに日々を送ることに、友がどれほど思い悩んでいたかを知っていたし、自分の役割を果たしているとカラルが感じるのを見るのもうれしかった。実際には、腕力が必要な肉体労働ではまったく役に立ちそうもないが、書記という役割はカラルにぴったりだ。

アン＝デシャはまだ話したいことがあったのだが、カラルがとても疲れている様子なのに気づいた。そういえばふたりとも、朝食のときからずっと、シン＝エイ＝イン語とテイレドゥラス語とカレド＝エイ＝イン語の比較をしていたのだ。カラルのようにこつを知っている者にとっても、頭脳労働は肉体労働と同じぐらい疲れるものだ。

「しばらく、アルトラの面倒を見てやったらどうだい」アン＝デシャは、〈火猫〉をカラルを休ませる口実にした。「ぼくは、客を迎える側のシン＝エイ＝インたちが、セジェンズとレヴィ師範について何か知りたいことがないかどうか、様子を見にいってくる」

カラルはうなずくと、片手でアルトラを撫でながら目を閉じた。アン＝デシャは空になった煮込み料理の椀を拾い上げると、何かもっとアルトラの口に合いそうなものをシン＝エイ＝インからもらってこようと心に留めた。

アン＝デシャは、まどろみはじめたカラルとすでに眠りこんでいるアルトラ、それにふたりを見守っているフロリアンを残して部屋を出ると、〈塔〉の真ん中の主室にはいっていった。レヴィ師範はすでに回復し、両手両膝をついて部屋の床を調べていた。そして、アン＝デシャがはいっていくと顔を上げた。

「もう誰かこの床を調べたかね？」レヴィ師範は訊いた。

「調べました。でも、何もわかりませんでした」アン＝デシャは答えた。「どうしてです？何か見つけたんですか？」

「おそらくな」レヴィ師範は立ち上がった。「まだ学生だったころ、わたしは、裕福な客や変わり者の客のために、秘密の扉や隠し部屋を設計したり、造るのを手伝ったりして小遣いを稼いでいたんだ。ここに何かあるかもしれんぞ」

「ふむ」アン＝デシャは床をじっと見つめたが、うなずかざるをえなかった。「あなたの言葉を信じますよ。開けられると思いますか――もしここに何かあるとして？」

「おそらくな」レヴィ師範は繰り返した。「あとで試してみないと。疲れていないときにな。いいかね、いまは完全に気力だけでこうしているのであって――老セジェンズよりも元気に見られたいという馬鹿げた願望も混じっているが――それももう尽きてしまいそうだ。あのいい匂いのする煮込み料理をひと皿もらって、それからまる一日眠ることにしよう」

アン＝デシャが笑うと、レヴィ師範は、自分を責めるように悲しげに肩をすくめた。師範が、小さな木炭焜炉《こんろ》とその上でぐつぐつと煮えている煮込みの鍋のほうへふらふらと行ってしまったので、アン＝デシャはカラルのところへ戻ろうとした。だが、途中で穏やかな声に呼びとめられ、びっくりして振り向いた。

声をかけてきたのは、ほんの数人しかいない黒装束のカル＝エネイドゥラルのひとりだった。紺色の装束をつけた別のカル＝エネイドゥラルと一緒だ。黒装束のほうをアン＝デシャは知っていた。テル＝ハラだ。この老いた男の〈血の復讐〉は、厳密にいえば決して果たされることはない。なぜなら、彼の誓いの兄弟を殺したのは〈隼殺し〉のモーンライズだったからだ。この数日のあいだにアン＝デシャとテル＝ハラが友となったのは、二重の皮肉だった。もちろんテル＝ハラは、アン＝デシャが誰で、何者だったのか知っていた。アン＝デシャは当然のことながら不安を覚え、なぜ黒衣を着続けるのかとテル＝ハラに尋ねた。テル＝

ハラは笑って、黒を着るのに慣れてしまったし、それを変えるには歳を取りすぎていると答えたのだった。

「テル＝ハラ！」アン＝デシャは挨拶した。「そちらのご友人は？」

カル＝エネイドゥラルは、手短に挨拶の言葉を述べた。「こちらはチェ＝セラだ、若き友よ。きみに会うことを望んでいる」

アン＝デシャは軽く頭を下げた。「〈賢きもの〉に仕えておられる方にお会いするのは、いつであろうと光栄なことです」礼儀正しくそういったものの、隠遁生活を好む〝〈巻物の誓いを立てし者〉〟――本物の〈誓いを立てし者〉と区別するために、アン＝デシャは彼らをそう呼んでいた――が何のためにこんなに大勢、本拠地であるカタ＝シン＝エイ＝インを離れてここに来ているのか、想像もつかなかった。「ぼくたちは皆、あなたがたの温かいもてなしと寛容さに、心から感謝しています」

（ぼくたちの仲間に、おせっかいな人がさらにふたり加わり、しかもそのひとりはまったく未知の国から来た魔法使いだからだろうか）アン＝デシャは思ったが、その考えは胸の内にしまっておいた。（この人たちを責めるわけじゃない。ここでは、ぼくたちが侵入者なんだから。〈星の瞳〉は、この〈塔〉とその秘密の保護をこの人たちに委ねたんだ。ぼくたちにじゃない）

チェ＝セラはお辞儀を返した。「お会いできてうれしい、アン＝デシャ」彼はいったが、その声には何の感情も込められていなかったので、アン＝デシャは、その言葉から何の含みも感じ取ることができなかった。「魔法使いになるために出ていった〈平原〉の民が戻ってくるのはめったにないことです」

「そういう者が帰るのを祈禱師が許すことは、めったにありません」アン＝デシャはできるかぎり慎重に平然と答えたが、チェ＝セラほど抑揚を抑えた声はとても出せなかった。「つい最近まで、〈平原〉では魔法使いは禁じられた存在でした。たとえ〈一族〉の者であろうとも」

「ふむ、でも、もちろんあなたは、その理由がわかるでしょう」チェ＝セラは即座にいい返すと、周囲を取り囲む〈塔〉の残骸をぐるりと指し示した。「このすべてが大いなる誘惑となったでしょう。もしあなたがタレ＝エイドゥラスの魔法使いになっていたら、ここにある武器のどれかを、〈隼殺し〉と呼ばれる者に使いたいという誘惑に駆られなかったといえますか？」

　アン＝デシャは身震いした。〈隼殺し〉が自分のからだを思いのままに使って生きていたころの記憶が、まだ嫌というほど残っている――そして、その記憶の後ろにはまた別の記憶がいくつも続き、それは見たところ、この〈塔〉と同じくらい古い、おぼろげな過去の時代まで果てしなく続く暴虐《ぼうぎゃく》の連なりだった。

「たぶん」アン＝デシャはゆっくりといった。「あの化け物を倒すことができるなら、何であろうと使いたいと思ったでしょう。やつの恐ろしい行いから人々を守れるなら、なんであれ」

チェ＝セラは肩をすくめた。「とはいうものの、いったい何人が力を合わせなければならなかったのですか。武器そのものを使うというより、ただここの武器のひとつのエネルギーを利用するというだけのために？」

「それでも、あなたがたは、ぼくたちがここにいることを認めています」アン＝デシャは思わず片方の眉を上げた。

「確かに。そのことも、わたしがあなたと話したかった理由のひとつなのです」チェ＝セラはいった。「しばらくふたりだけで話をしてもかまいませんか、あなたとわたし、シン＝エイ＝イン同士で？」

この言葉にアン＝デシャはさらに驚いた。チェ＝セラが何を考えているのかさっぱりわからなかった。考えてみれば、ここのシン＝エイ＝インがこんなふうに話しかけてきたのははじめてだった。ほとんどの者は、魔法使いでもあるシン＝エイ＝インという概念に違和感を抱いているようだったし、アン＝デシャには他所者《よそもの》の血が半分混じっているから、シン＝エイ＝インというよりも他所者であるという個人的見解を持っている者もいるようだった。

「もちろん、かまいません」アン＝デシャは、寝室のほうにうなずいてみせた。「あそこでぼくの友人カラルが寝ています。ぼくたちの話は聞こえないでしょうし、静かに話せば、寝ている邪魔にもならないでしょう。あそこが一番内密に話せる場所だと思います。こんなに広いのに、ここにはそういう場所はあまりないんです」

チェ＝セラはうなずいた。「それでいいです」そういうと、アン＝デシャに先に行くようにと身振りで示した。

アン＝デシャは指示に従い、細心の注意を払ってカラルとアルトラの横を通り過ぎたが、ふたりとも身動きひとつせず、実際、その安定した息遣いだけが生きていることを示していた。そのとき、アン＝デシャは相反する気持ちを感じていた。チェ＝セラがふたりきりで話したいというのはどんなことなのだろう。知りたくもあり、不安でもあった。

アン＝デシャは身振りで自分の寝床を示した。そして、チェ＝セラが寝床の足元に座るのを待って、自分も腰を下ろした。

「それで」アン＝デシャは口を開いた。ぼくはいったいどんなことに巻きこまれようとしているんだろう？「ぼくに何をお望みですか、〈誓いを立てし者〉よ？」

ようやくチェ＝セラが帰ると、アン＝デシャは緩やかな曲線を描いている石壁にもたれて座りこみ、しばらく何も考えられずにいた。まるでチェ＝セラがアン＝デジャの心を取り出し、逆さまにして振り、詳しく調べ、つついたり突き刺したりし、裏返しにして、すべてが終わると、端を押しこんで全部きちんと元の場所に戻したとでもいう感じだった。

たぶんチェ＝セラは、アン＝デシャが、あるいは数多くの〈隼殺し〉の生まれ変わりが出会ったなかで、もっとも優れた尋問の技術の持ち主だった。〈彼はもう、ぼくがどんなときにどんな反応をするか、ほぼ予測できるんじゃないかな。しかもぼくよりずっと正確に！〉

チェ＝セラは、ほとんどあらゆる分野について質問したのだが、特に〈女神の使い〉に興味があるようだった。アン＝デシャが驚かなかったのはその点だけだった。なぜなら〈誓いを立てし者〉のほぼ全員が、遅かれ早かれ、〈暁の炎〉とトレ＝ヴァレンのことを知りたがったからだ。ここにいる〈誓いを立てし者〉のなかには、〈絆の鳥〉のからだに閉じこめられていた〈暁の炎〉が〈女神の使い〉に変容したとき、その場にいた者もいた。アン＝デシャとしては、あんな変容は、〈暁の炎〉を元の人間の姿に戻す代わりとしては不十分だと思っていた。だが、人間の姿に戻すのは無理だったのだろう。確かに、〈星の瞳〉は、〈隼殺し〉がアン＝デシャのからだに施した改変のほとんどを元に戻すことはできた。だが、それは何かを本来あるべき状態に戻すのと同じ性質のもので、まったく別のものに変えるのとは違ったのだ。

〈おそらく、あのとき女神にできたことといえば、鳥人の一種であるテルヴァルディに変えることぐらいだったのだろう。それは、〈暁の炎〉にとって本当にむごい〝褒美〟になったかもしれない。テルヴァルディはひ弱で、人間に似ているとはいえないのだから。少なくとも、いまのやり方なら彼女は基本的には自分のままでいられるし、決してひ弱でもない〉

アン＝デシャは、この話にはまだほかに、誰も語ってくれようとしない複雑な事情があるのも感じていた。それにもちろん、〈暁の炎〉と肉体との絆が〈隼殺し〉によって断ち切られたとき、人々が彼女の死を悼んでそのからだを埋葬したということもある。誰かを生き返らせるというのは、必ずしも神々のためになるとはかぎらない。疑問が生じるのは避けられないからだ。「なぜ生き返るのがこの人で、自分の父や母や兄弟姉妹や恋人ではないのか」という疑問が。結局、そんなことはしないほうがいいのだ。〈共に歩むもの〉たちが、自分たちの本質についての秘密を守るために続けているあらゆる努力を考えてみろ。しかも、彼らは人間として戻ってきているわけでもないんだから！

そんな哲学的な疑問が、チェ＝セラの質問を受けているうちに湧いてきた――チェ＝セラにではなく、自分のほうにだが。〈誓いを立てし者〉は、そういう疑問をうまくはぐらかした。たぶんアン＝デシャに自分で答えを考えてほしかったのだろう。会話が進むにつれそんな感じがした。

（そして、全体を通じて、チェ＝セラ自身のことは何ひとつわからなかった）それは本当に異例なことだった。なぜなら、〈隼殺し〉はかなり熟練した尋問者だったし、その技術のいくらかをアン＝デシャも使うことができたからだ。適当な機会さえあれば、それはアン＝デシャが気にせず使える〈隼殺し〉の能力のひとつだった。だが、ふたりで話をしているあいだじゅう、こちら側から個人的な質問はひと言も差しはさむことができなかったのだ。チエ＝セラは、〈誓いを立てし者〉としても特別だった。

アン＝デシャはこめかみをさすった。実際には頭痛などしていなかったのだが、あんな目に遭わされたら、頭痛がするはずだという気がした。

行動すること、それが必要だった。洗わねばならない食器があり、繕《つくろ》わなくてはならない衣類があり、すべきことはいろいろとある。それより、シン＝エイ＝インが持ってきた食料を見にいき、それを使って、これまで繰り返し出されてきた汁物と煮込み料理のほかに何かもっと作れないか、考えてみたほうがいいのかもしれない。アン＝デシャは一流の料理人というわけではないが、料理に関してはここにいる誰よりも経験があった。

アン＝デシャは立ち上がると、何かできそうなことはないか探しに出かけた。

繕いものや台所仕事はもう片づいていたが、皆の夕食を作るのに使える新しい材料があることがわかった。シン＝エイ＝インの狩人が持ちこんだ新鮮な肉があったのだ。豆と、玉葱《たまねぎ》などの冬野菜が何種類か、それに香辛料と乾燥させた唐辛子もあった。その組み合わせを見て、アン＝デシャは以前カラルが作ってくれた料理を思い出した。そのとき、ふたりはあまりに遅くなったせいで、宮廷での夕食にも、〈使者〉訓練生たちとの夕食にも間に合わなかったのだった。アン＝デシャは肉の一部と唐辛子を小さく角切りにすると、両方一緒に焦げ目がつくまで炒め、そこに玉葱、豆、香辛料を加え、ゆっくりと煮込むために火を加減した。この材料はどれも前に使われていたが、誰もまだこの組み合わせで使ったことはなかった。

シン=エイ=インが作る料理とはまったく違うものになるだろう。それこそアン=デシャが求めているものだった。

その料理に必要なだけ細かく肉を切るにはかなり時間がかかったが、そうして手を忙しく動かしていることで、頭を休めることができた。けれども、休んでいたのは彼の頭だけだった。カラルはまだ寝ていたが、ほかの人たちはまた目を覚ました。調理がほぼ終わったとき、レヴィ師範は中央の部屋のなかで四つんばいになって夢中で床を調べ、腰帯につけた小袋から取り出した何か小さな工具のようなもので、目に見えないほどの隙間をこじ開けようとしていた。

アン＝デシャは、使った調理道具を洗って片づけ、手を拭くと、レヴィ師範のところへ行った。だが、ほかには誰も、レヴィ師範がしていることに興味を抱いた者はいないようだった。「何かお手伝いできることはありますか？」アン＝デシャは、〈師範〉の技術者のすぐ後ろにしゃがみこみながらいった。

「うーむ、確かにここに何かあるんだ。よし、と」レヴィ師範は上の空で答えた。「この石は動かせる。おそらくこれは、岩盤に刻まれた溝に上からはめこんであるんだ。だが、動かす方法を見つけるには、しばらく時間がかかるだろうな。ちょっと訊きたいんだが、この魔法使いが、物の数に関して、何か決まった考え方をしていたかどうかわかるか？　たとえば――そう、カース人は一、七、あるいは八を単位として数を考える――彼らが罠のある仕掛けを作るとしたら、それを作動させる引き金はひとつだけか、七つあるかだ。それはなぜかというと、カース人の神は唯一神だが、昇る太陽として描かれる一般的なヴカンディス神の絵姿には、太陽からの七条の光が放たれ、輝ける太陽として描かれる絵姿には八筋の光があるからだ。レスウェラン人は、たいてい三という数を用いる。彼らが信仰する女神には三つの顔があるからだ。ほとんどのヴァルデマール人は、三か二を用いる。三はレスウェラン人と同じ理由から、二は男神と女神がいるからだ。意識しているわけじゃない。ごく幼い子どものころに確立された思考様式のようなものなのだ」

「四で試してみたらどうでしょう」アン＝デシャは、すこし考えてからいった。「アーゾウが誰かと宗教的なものを共有していたとすれば、カレド＝エイ＝インとのはずです。そしてそれは、シン＝エイ＝インと同じものです。ゆったりと流れるような線や曲線が使われている場所を別にすれば、このあたりの装飾には、正方形と菱形《ひしがた》の対称がかなり多く見られます」

レヴィ師範は、感謝の言葉のようにも聞こえるうなり声をあげ、調査の範囲をもうすこし広げたようだった。

とうとう、レヴィ師範はからだを起こして座りこんだ姿勢に戻り、全部の指を伸ばして首を振った。「われわれが最高に運に恵まれていて、でたらめに配置されたものを扱っているのではないってことを確かめてみようじゃないか」彼はアン＝デシャにいった。その気難しそうな顔には、アン＝デシャが見慣れているよりもいくぶん楽しげな表情が浮かんでいた。

「きみの推測が正しいとすると、四つの引き金をすべて見つけたと思う。わたしの推測が正しいとすると、自分の〈塔〉のこれほど奥深くでは、アーゾウも特別の仕事部屋を隠すのにわざわざそれほど工夫を凝らす必要はなかっただろうし、仕掛けも難しいものではないはずだ。四つの引き金を押す順番について、何か手がかりはないかね？」

「それはつまり、全部を同時に押すことになっていなければ、ということですか？」アン＝デシャはふたたび考えこんだ。「東、南、西、そして北。儀式のときはその順番です。〈乙女〉は東に、〈媼《おうな》〉は北にいらっしゃいますから」

「その可能性には期待できそうだ。どうなるか確かめてみよう」

レヴィ師範は道具のひとつを持って手を伸ばした。だがアン＝デシャは、さっと片手を突き出してその手を押さえた。「ちょっと待って！」アン＝デシャは口ごもった。「もしあなたがやり方を間違えたら、何か——その——悪いことが起こるんじゃないですか？　天井が崩れ落ちてぼくたちを押しつぶすとか、毒瓦斯《ガス》が噴き出して充満するとか、そんなことが？」

レヴィ師範は動きを止めた。「その可能性はある」そしてその続きを話そうとしたが、アン＝デシャの顔つきを見ると笑いだした。「おいおい、頼むぞ、アーゾウが床にそんなものを仕掛けたなんてことはまずありえない、そうだろう？　上に人が立っただけで、偶然に作動してしまうような場所に仕掛けるなんて？」

アン＝デシャは恥ずかしさに顔を赤らめた。「そうですね」彼はそう答えて、レヴィ師範の手を離した。

レヴィ師範は中断された作業を再開し、床石のある一点を押した。その部分が押し下げられたまま元に戻らず、もし誰かがその上に硬貨を置いても、床のほかの部分と同じ高さなのに気づき、アン＝デシャは強い興味を覚えた。レヴィ師範は、続いて二番目、さらに三番目と押した。両方とも、師範の手が離れても押し下げられたままになっていた。二番目のときはわからなかったが、いったん一番目と二番目のあいだの距離がわかると、レヴィ師範が触れる前に三番目と四番目の位置を推測することができた。師範が最後の点を押したとき、アン＝デシャは期待に息を呑んだ。

しばらく何も起きなかった。アン＝デシャはがっかりしてため息をついた。だがレヴィ師範は首をかしげ、アン＝デシャがため息をついたときには立ち上がり、八角形のような形をした床の模様の一部をじっと見つめたかと思うと、その模様の一角を長靴の踵《かかと》でぐっと踏みつけた。

鈍い、ギシギシという音を立てながら石がわずかに動き、親指の幅ぐらい下がった。

レヴィ師範がもう一度踏みつけると、石はさらにすこし動いた。「固まってしまっている。なにしろ古いからな」レヴィ師範は皮肉っぽくいった。師範が慎重に場所を見定めながら繰り返し踵を打ちつけ、動かそうとし続けると、石は人の手の中指の先から手首ぐらいの深さまで落ちこみ、それから横に滑るように動きはじめた。八角形の石と床のほかの部分とのあいだに細い隙間ができると、レヴィ師範はふたたび両手両膝をついてそこをのぞきこんだ。

そのころには、足を踏み鳴らす音と、石と石がきしむ音のせいで、レヴィ師範は、〈塔〉のなかで目覚めている者全員の注目の的になっていた。「あれを見てくれ！」〈銀の狐〉が叫ぶと、興味津々の人々が周囲に集まった。「あそこにあんなものがあるなんて、思いもよらなかったぞ！」

「いま調べているところだ。どうやら、何かこじ開けるものが必要になりそうだぞ」レヴィ師範は答えた。「仕掛けの動きが固くなってしまっている。古さを考えると、それほど驚くことじゃないが。こいつは開けたら最後、閉められなくなるかもしれない」

「別にかまわないんじゃないか」〈炎の歌〉はそういうと、自分の目で石を見ようと、レヴィ師範の隣にしゃがみこんだ。一方〈銀の狐〉は、〈平原の民〉にてこ棒を借りるために出ていった。「もしこの下に、気にかけるだけの価値のあるものがあれば閉めたいとは思わないだろうし、そういうものがなければ、がらくたを片づけて、寝室か何かに使えばいい」

レヴィ師範は、用心深く石の隙間に沿って手を走らせながらうなるような声をあげてうなずき、それから隙間に鼻をつけて慎重ににおいを嗅いだ。「おかしなものがあるようなにおいはしない」しばらく目を閉じ、意識を集中させてにおいを嗅いでから、レヴィ師範はいった。「わたしはいつだって、同期生のなかで一番鼻がよかった。学生たちが実験をしていると、〈錬金術〉の師範はいつもわたしを頼りにしてたもんだ。何かまずいことが起こったとき、いつ実験室から逃げればいいかを知るのにな」

「気楽だな。これがそうでなくとも、この下の部屋に毒を出す仕掛けがあるかもしれんのに」セジェンズが、寝起きで髪がぼさぼさのまま、仲間に加わろうとやってきていった。ちょうどそのとき、〈銀の狐〉がてこ棒を持って戻ってきて、帝国の魔法使いに向かって首を振った。

「アーゾウはそんなことはしない。特に自分の〈塔〉のなかでは」ケストゥラ＝チェルンはきっぱりといった。「彼は情け深く思いやりのある人だった。慎重で機略に富んでいたが、復讐を考える人ではなかった。こんな部屋を造ったのは、いろいろな物を守るためで、罰するためじゃない。好奇心の強いヘルタシやほかの何も知らない者が、そういう物を触ってしまう危険を冒したくなかったんだ」

セジェンズは疑わしげな顔をしたが、何もいわなかった。だが、〈銀の狐〉は、その表情を正確に読み取った。

「帝国を相手にしているのとは違うんです、セジェンズ」彼はいった。「どんな手を使っても出世しようとする人々を相手にしているわけじゃない。アーゾウの身近に仕えた者や親しい友人は、彼のために死んでもいいというほど彼に忠誠を誓っていた――そして、悲しいことに、多くが実際に死んでしまった。彼自身の砦の中心であるこの場所に、侵入者だけでなく自分の民まで傷つけるかもしれない安全装置を使ったはずがない」

　レヴィ師範はてこ棒の突端を隙間に差しこみ、引いた。石がきしみながらわずかに動き、レヴィ師範が手を止めてからも、しばらくそのまま動き続けた。いまや、隙間は大柄な男性の手のひらひとつ分ほどの幅に広がった。

「もっと開ける前に、詳しく調べたほうがいいだろうか？」レヴィ師範は〈銀の狐〉にいった。「あんたの判断に任せるよ。どうやらあんたは、この場所の主《ぬし》について、ここにいるほかの誰よりもよく知っているようだからな」

〈銀の狐〉はアン＝デシャをじっと見つめた。アン＝デシャはその無言の問いに答えて首を振った。「ぼくの知識は偏ってる。彼の敵から得たものだから」アン＝デシャは即座にいった。「マ＝アルは、情にもろくて軟弱だと思っていた敵をみくびっていた可能性が非常に高い」

「角灯を紐で下ろしてみてもいいでしょう」〈銀の狐〉はレヴィ師範にいった。「そうすれば、とりあえずいま相手にしているものを確かめることができる。もしかしたら、これはただの井戸で、貯蔵室や作業室の類じゃないかもしれない」

「地上の雪を溶かす以外に水源があるなら、大歓迎だ」ロ＝イシャが小声でつぶやいた。レヴィ師範はその言葉を聞き、ふたりの発言に対してうなずいた。

　角灯と十分な強度のある紐を探しに、今度はアン＝デシャが部屋を出ていった。ここに到着してからは角灯を使う必要がなかったが、シン＝エイ＝インは、万一魔法の明かりが使えなくなったときに備えて、いくつか持ってきていた。それぞれの部屋の天井の真ん中から吊り下げられた魔法の明かりは十分役立っていて、〈塔〉の外では魔法に問題を生じさせている魔法嵐によって被害を受けている様子はまったくなかった。アン＝デシャは、使い道のなかった物の山から角灯を探し出し、台所で紐を見つけた。そして角灯に油を満たし、針箱にはいっていた糸切り鋏で芯を整えて火を灯してから、皆のところへ運んでいった。

レヴィ師範は、ほかの者がまわりに集まるなか、角灯の取っ手にしっかりと紐を結びつけると空洞のなかに下ろしていった。アン＝デシャのいるところからは何も見えなかった。シン＝エイ＝インのほとんども同じだった。

「で？」チェ＝セラが声をかけた。「何がある？」

「主に階段だな」レヴィ師範が答えた。「したがって、これは井戸ではない。底のほうに家具らしきものが見えるようだが、光がそこまで届かん」

「空気が澱《よど》んでいるせいで、光が弱いのでは？」アン＝デシャは心配になって尋ねた。〈隼殺し〉の前世の記憶のなかから、墓を暴いたときのことがぼんやりと思い出されたのだ。「毒はなくても、ずっと封じこめられていたので空気が悪くなったのかもしれません」

「いや、炎は十分明るく燃えている。下の床までは距離があって、灯りはわたしと、床の上にあるものとの中間にあるんだ」レヴィ師範は答えた。「明暗と視力の問題だな。まあ、それはどうしようもない。重労働に戻るとしよう」

レヴィ師範はてこ棒の先を穴に突っこみ、なかなか動かない石をこじ開ける作業に戻った。一方で、見物人のうち少なくともふたりは顔を見合わせ、この技術者は、よく見えないというためになぜあんな凝った言葉使いをするのだろうと怪訝に思っていた。突然、何の前触れもなく、動かなかった仕組みが動いた。石は床の下に滑りこんで見えなくなり、レヴィ師範は完全に不意を衝かれて後ろにひっくり返り、手から飛んだてこ棒は、回転しながらカランカランと音を立てて階段を落ちていった。

その場にとどまって、息を切らせたレヴィ師範が立ち上がるのを助けたのはアン＝デシャだけだった。残りの見物人たちは、〈炎の歌〉を先頭に、どっと階段に押し寄せた。そしてあっという間に階段を駆け下りて見えなくなった。やがて〈炎の歌〉が何かひと言いうと、下方から光があふれ出し、くぐもった驚きの声が床の穴から聞こえてきた。

「〝ありがとう〟ぐらいいってもよさそうなものだ！」レヴィ師範は後ろからそう呼びかけると、地面に打ちつけた尻をさすりながらため息をついた。「何を見つけたのか、われわれも見にいったほうがよさそうだな。アーゾウの宝物庫なんかでないことを祈るのみだ。いまの状況では、黄金や宝石などたいして役に立たんだろう」

「アーゾウの宝物庫にあるのは書物ですよ、つまらない宝石なんかじゃなくて」アン＝デシャは断言した。「でも、確かに、みんなが興奮のあまり我を忘れてしまわないうちに、ぼくたちも下へ行ったほうがいいでしょう」
レヴィ師範は、アン＝デシャのあとについて石の急な階段を慎重に下りていった。階段は思っていたよりずっと長かった。というのも、上の部屋の床は、少なくともアン＝デシャの片手を広げたくらいの厚みがあったからだ。もしかしたらもうすこし分厚いかもしれない。それで、足音がうつろに響かず、硬い石の上を歩くような音がした理由がわかった。この部屋は、まるで〈塔〉自体が完成したあとに、本当に岩盤をくり貫いて造られたかのようだった。

空気はわずかに澱んでおり、ひどく埃っぽくて、かすかに奇妙な金属臭がしたが、湿気はまったくなかった。しかもその部屋は、アン＝デシャが予想していたように陰気でも薄暗くもなかった。いたるところに魔法の明かりが灯っている。アン＝デシャはあたりを見回し、アーゾウがこの部屋を何に使っていたのか確信した。作業場だ。文字どおり何にでも興味を抱く、根っからの何でも屋に必要なものすべてが揃っている。

いうまでもないことだが、この部屋は、上の主室よりわずかに狭いだけなのに物で一杯だった。ここは、古典的な魔法使いの仕事部屋、つまり魔法だけが行われ、もし物理的な構成要素が必要だとしてもほとんどないような場所ではなかった。ありとあらゆるものを実際に動かし、いじくりまわし、調査することができる場所だった。作業台があり、その上には硝子《ガラス》の器がたくさん置かれ、かつては液体や固体の薬品がはいっていた瓶――液体のほうはとっくに蒸発してしまい、瓶の底に粉末か油のような残留物しか残っていない——が何列も並んでいる。それとはまた別の作業台があって、その上には小さな旋盤、やっとこ、万力、それに木や象牙を加工するための道具が置いてある。その隣の似たような作業台には柔らかい金属を加工する道具が並び、三つ目の作業台にはレンズや硝子や水晶を切断したり磨いたりするための道具があった。その横には、場違いに見えるが、製陶用の轆轤《ろくろ》と硝子吹き職人が使う管があり、後ろの壁に沿って鍛冶仕事用の炉、窯、硝子製造用の加熱炉、それに溶鉱炉が並んでいる。おそらく、かつてはすべて一本の煙突につながっていたのだろうが、その煙突は、上に聳《そび》えていた〈塔〉の崩壊によって、とうの昔に塞がれてしまっていた。そのほかにも作業台や作業用の場所が設けられていたが、階段にいるアン＝デシャからは、それがなんなのか見分けがつかず、わかったのは、そのほとんどが〈大変動〉が起こったその日まで使われていたということだけだった。

アン＝デシャはただ立ち尽くし、ほかの者たちがうろうろと歩きまわり、手は触れずに見ている様子を眺めていた。一方、レヴィ師範は、目にしたものにとても満足した様子で、階段から全体を見渡していた。

「ほう、これはわたしの仕事のやり方とそっくりだな」レヴィ師範はそういうと、腕組みをして賛同するように作業場を見渡した。「わたしは、このアーゾウというやつが気に入っただろうな」

すべての作業台の上に――すべての、だ――達成度がまちまちの研究課題が置かれていた。そのうちのいくつかは、何を意図していたのかよくわからなかった。それぞれの課題の横には、何枚もの覚書がきちんと並んでいる。少なくともこの作業場では、アーゾウは整頓好きで几帳面《きちょうめん》な人物だったようだ。〈炎の歌〉は、実に奇妙な器具がいくつか載っている作業台の横に立っていた。そして、覚書を食い入るようなまなざしで見つめていたが、手は触れないよう我慢していた。

「まったくいらいらする」〈炎の歌〉は、走り書きされた覚書の小さな束の上におおいかぶさるようにしながら、不平を漏らした。「崩れて塵《ちり》になってしまうんじゃないかと思うと、この上で息をするのも怖いのに、次の頁に何が書かれているのか、死ぬほど読みたいんだ！」

だが、その〝紙〟の様子の何かが、アン＝デシャの記憶の底に眠っていたものを呼び覚ました。アン＝デシャは階段の最後の数段を下りると、宝石細工師用と思われる小さな作業台のほうへ歩いていった。そこには、途中まで出来上がった飾り留め《ブローチ》があった。魔法や機械関係のものはどこにもなく、どう見てもただの宝飾品で、蜂鳥《ハチドリ》の形をしており、小さな瑪瑙《めのう》のかけらを集めて作った様式化された羽根がはめこまれている。「待てよ」アン＝デシャはつぶやいた。横にはもとになった図案が置いてあった。アン＝デシャはその紙をよくよく調べてから、手に取った。

〈銀の狐〉はハッと息を呑みそうになるのをこらえ、〈炎の歌〉は抗議の声をかみ殺した。

アン＝デシャは、何の変化もなく、しなやかなままの線画をふたりに向かって振ってみせ、触っても大丈夫だと示してみせた。

「好きなのを手に取ってみればいい」アン＝デシャは促した。「これは紙じゃない。というより、ぼくたちが知っている、いま使われている紙とは違うんだ。これは綿や麻から作った紙に松脂を塗った特別なものだから、ばらばらに崩れてしまうことはない。これに字を書くには、銀筆や棒絵具《クレヨン》や黒鉛棒は使えるが、インクは使えない。インクは表面に玉になってつくだけで、染みこまないんだ」

「本当か？」レヴィ師範は一番近くにある作業台に歩み寄ると、別の紙を一枚手に取った。「薬品の近くで使うには、とても便利そうだ」

「覚書を台無しにしてしまいそうなもののそばで使うには、とても便利だ」〈炎の歌〉はそういうと、さっきからずっと物欲しそうに見つめていた文書の束をさっと取り上げた。「あ　あ――これは――おお、なんと――」〈炎の歌〉は、〈銀の狐〉も読めるように紙束を掲げ、古代カレド＝エイ＝イン語で書かれたアーゾウの覚書を、〈炎の歌〉が知っている〈鷹の兄弟〉の言語と、〈銀の狐〉が話すいまのカレド＝エイ＝イン語を頼りに解読しようとした。

チェ＝セラはふたりを不思議そうに見ていたが、ロ＝イシャは、ふたりがあっという間に没頭してしまったのを見て笑い声をあげた。「ああ、当分のあいだ、あのふたりはいないものと思ったほうがいいな」彼は鷹揚にいった。「あの顔つきは知っている。機《はた》を前にした織り手の顔だ！」

「まったく同じではないよ」〈炎の歌〉は上の空で答えた。「だが、〈銀の狐〉の仲間の学者が来てくれるのは大歓迎だ。これを解読するのを助けてもらえるだろうから。この覚書が正しいとすれば、現在のわれわれの孤立状態に対する解決策になるかもしれない」〈炎の歌〉は、作業台と一対の鏡のようなもののほうへ手を振ってみせた。鏡は、それと対になったふたつの箱の蓋になっている。「あれはもう完成している、見栄えをよくするための装飾以外は全部だ。そしてあれは、ふたつの連動した水晶占いの呪文と同じような働きをするはずだ。ただ、本物の魔法ではなくて心理魔法を使う。どうやら心理魔法は、信じられないほど遠く離れていてもちゃんと作用するらしい。どういう仕組みかわからないが、あの箱は心理魔法を増幅させるので、両方とも作動させるには、心理魔法を使える者がひとりだけいればいい。そう書いてあると思う」

その言葉で、その場にいた全員が〈達人〉のほうを向いた。〈炎の歌〉は、〈銀の狐〉と一緒に読んでいた覚書からようやく目を上げると、首を振って目にはいった髪を払った。「やっと注目してもらえたかな？」〈炎の歌〉は、いたずらっぽい笑顔を浮かべていった。

（その装置が心理魔法で動くのなら、魔法嵐でだめになることはないな）頭上から心の声が聞こえた。アルトラが優雅に階段を下りてくると、人の頭ぐらいの高さのところで腰を下ろした。（それなら役に立つどころじゃない。その装置の使い方がわかったら、片方をヘイヴンに持っていける。そして作り方がわかったら、もうひとつをソラリスさまのもとへ運んでいこう。もちろんわたしは、それを作動させるくらいの心理魔法はちゃんと使える。それを使いたいのが誰であろうとね）

「確か、もう二度と〈跳躍〉したくないといっていたはずだが」〈炎の歌〉が皮肉っぽくいった。アン＝デシャはくすくす笑った。

（したくはない。だが、そういう装置があれば、わたしの務めのその部分の代わりに使うこともできるし、ヘイヴンにいるレヴィ師範の仲間たち全員から力を貸してもらうこともできる）〈火猫〉は威厳をもって重々しく答えた。（さらにいうなら、三つ目の装置ができたら、わたしが〈跳躍〉してソラリスさまのところまで運ぶ必要もないわけだ。ハンザが代わりに取りに来られるんだからな）

アン＝デシャは、アルトラの言葉に含みがあるのを感じ取り、笑いそうになるのを隠した。アルトラは、自分の仲間の〈火猫〉が、あまりにもやすやすと輸送面から手を引いてしまったと感じているらしかった。

（われわれの〈跳躍〉の能力は、一部は本物の魔法で、一部は心理魔法なんだ）〈火猫〉は続けた。今回、その心の声に皮肉や嘲《あざけ》りはすこしも感じられなかった。（レヴィ師範とセジエンズは気づいたと思うが、われわれとともに〈跳躍〉するのは、同伴者にとって危険なことになりつつある。長距離を〈跳躍〉するのは、今では楽なことではないし、ここに到着したときの気分についてさっきいったことは、決して誇張じゃない。わたしはすっかり消耗し、疲れきったが、これまでめったにそんなことはなかった。近いうちに、〈跳躍〉は信じられないほど危険になるだろう。だが、もしヘイヴンやカースと連絡を取る手段があれば——そんなものがあれば値段がつけられないほどの価値がある」

「そんなことはとっくにわかっていたよ、おかげさまで」〈炎の歌〉は、やや棘のある口調で答えた。「きみが例のカレド＝エイ＝インの学者というのを魔法で呼び出せたら、きみがこの装置をヴァルデマールに運んでいけなくなる前に、これの使い方がわかるんだがな」

「学者はもうすぐ来ます」チェ＝セラが、硝子製品の載った作業台から顔を上げて口をはさんだ。その濃紺の装束が、埃をかぶった硝子製品の表面にくっきりと映っている。「一番の問題は、彼の助手が——あなたたちはあの蜥蜴《とかげ》族のことを何と呼んでいましたか——？」

「ヘルタシだ」〈銀の狐〉が割りこんだ。ケストゥラ＝チェルンの端正な顔が、チェ＝セラの言葉にぱっと明るくなった。「ああ、では、来るのはターンだ！　それはいい。彼はからだは弱いかもしれないが、われわれの古代語にかけては白鷲獅子《ホワイトグリフォン》の土地の外でもっとも優れた学者です。それに性格もいい」〈銀の狐〉は、チェ＝セラの言葉を聞いてとてもほっとしたようだった。それを見てアン＝デシャは、ようやくすべてがいくらか進展しはじめるような気がした。

「そう、どうやら問題になっていたのは、四本の引き具で鷲獅子が運ぶ籠にふたりを一緒に乗せ、しかも魔法を使わずにヘルタシが凍えないようにして連れてくる方法だったようです」チェ＝セラは硝子製品の作業台を離れ、階段のほうへ戻ってきた。「わたしが向こうを出たときには、すでにその方法は考え出されていて、わたしがここに着いて二、三日以内には着く計画でした。残された仕事は、その仕掛けがどんなものであれ、それを作ることだけで、そうすれば出発できるということでしたよ。もっと早く、ここに着いたときに話しておけばよかったですね。でも、みんなとても忙しそうだったし、わたしのほうもアン＝デシャに用があって、何よりもまず、それを片づけておきたかったのです」

「それは、いっそういい知らせだ！」いまや〈炎の歌〉もうれしそうで、あまりにもうれしそうなので、アン＝デシャは、彼の最後の言葉に対して意見を述べるのは差し控えた。「ざっと調べてみて、この装置よりも詳しく調べたほうがいい重要なものがほかに見つからなければ、当面の目標として、この装置に全力を注ぐべきだということを提案する。魔法使いや〈技術者〉たち全員と定期的に連絡を取り合うことができるようになればヘイヴンにいるも同然だ。しかもこの〈塔〉にいて、推論したことを実践できるという利点はそのままなんだから」

〈炎の歌〉は一同を見回したが、ほとんどの者は無関心に、あるいは困惑したように肩をすくめた。「あんたとセジェンズが決めるべきだ。いずれにせよ、翻訳者がいなくてはわたしはほとんど役に立たないからな」レヴィ師範が率直にいった。「いまのところ、わたしの仕事は本当に何もない。変化した状況に合わせた新しい理論をいろいろと考え出す必要があるが、そういう理論は、〈大変動〉そのものとアーゾウ自身の方法論の研究によって得られる知識から生まれるにちがいないという気がする。だから翻訳者が到着するまでは、わたしにできるのは、この床の下にもっと何か秘密が隠されていないか探してみることぐらいだ」

「ほとんど役に立たないだって！」〈炎の歌〉は本当に鼻を鳴らしてみせた。「この場所は、あ、あ、あなたが見つけたのに！　謙遜してみせるのもほどほどにしていただきたいな、レヴィ師範！」

「わたしは、地下のこの部屋で、すこしばかり役に立てるかもしれない」チェ＝セラが用心深くいった。「祈禱師の本質に関わりがありそうなものを調べて、それで何かできるか確かめてみます。われわれシン＝エイ＝インは、〈大変動〉がわれらの土地を破壊し氏族をばらばらにしてしまったとき、いくつかのものを失いました。失われたものを何か再発見できるかもしれないし、そうなればすこしは役に立つかもしれません」

（ほう！）アン＝デシャは勝ち誇って考えた。（やっとあなたの正体がわかったぞ、謎めいた人よ！　〈古きもの〉に〈誓いを立てし者〉であると同時に祈禱師なんだな！　では、あなたがここに来たのは、ここにいる魔法使い全員から目を離さずにおくためか？　それともシン＝エイ＝インが知られたくないと考えているものを、ぼくたちが見つけるのを阻止したいからか？　この〈塔〉の内部で見つかるかもしれないものに興味があるからか？　それとも、何かまったく別の理由か？　もしかして、ぼく自身なのか？）

その可能性はありそうだったが、最後の理由が真相だと考えるほど思い上がるつもりはなかった。カル＝エネイドゥラルが祈禱師をここに居させたがる理由はいくらでもある。〈誓いを立てし者〉は、そうしたいと思えば全員が〈月の道〉を歩くことができるが、ほとんどが〈星の瞳〉と直接繋がりのあるレイシー＝アではない。〈面紗《ベール》をつけし者〉と出会ったのは一度や二度ではなかったが、彼らはいつも、それほど長い時間とどまることはなかった。それほど長く物理的な姿を取るのを〝許されて〟いないのではないかと、アン＝デシャは思っていた――きっと、何か特別な義務を果たすのに十分な時間だけ、あるいは彼ら自身がある種の伝言である場合にしか許されていないのだ。

（〈月の道〉か……たぶん、ぼくが自分で歩いてみるべきなんだろうな。あのアーゾウの武器が燃え尽きて以来、トレ＝ヴァレンと〈暁の炎〉に会っていないし、話してもいない）

〈炎の歌〉が、まるでちょっと気が散ったとでもいうように顔を上げると、探るような視線をアン＝デシャに向けた。「それにしても」〈炎の歌〉は口を開いた。「われわれがこれを見つけたというのは、あまりにも偶然すぎる」

アン＝デシャは、チェ＝セラも同じような目でこちらを見ているのに気づき、小さく笑みを浮かべた。自分がこう答えるのが聞こえた。「自ら努力する者にはそういう機会をお与えになるというのが、〈星の瞳〉のやり方なんだ。ぼくなら、この新たな発見を慎重に扱う。

女神さまが簡単な答えをくださるなんてありそうもないことだから。道具を賢明に使わないといけないのは、手を操っている頭脳だよ。それに、どんな道具も使い手を傷つける可能性があるんだ」

〈炎の歌〉は低くうなると、一瞬、まるで本当にその言葉に考えこんでいるように見えた。祈禱師の謎めいた助言を熟慮に値するものとして受け入れたシン＝エイ＝インのように。次の瞬間、〈達人〉は小さく肩をすくめ、覚書の束を持って出ていってしまった。

アン＝デシャは作業場をぐるりと見回し、ほかの人たちが何をしているのか確かめた。チエ＝セラは、かすかに笑みを浮かべてロ＝イシャのところへ戻り、ふたりで身を寄せ合って、部屋の一番奥の隅にある作業台の上の貴重な品々をのぞきこんでいる。セジェンズは、アン＝デシャにはすぐには判別のつかない器具の載っている作業台を調べている。〈炎の歌〉と〈銀の狐〉は、あっという間に階段のなかほどまで上がっていってしまった。紙束を手に持ったまま互いに早口でしゃべっていて、周囲のことは完全に無視している。レヴィ師範はすでに、アン＝デシャがいままでは〝一階〟と考えているところに戻ったし、カラルはおそらくまだ眠っているのだろう。あたりに、チエ＝セラのほかにもカル＝エネイドゥラルがいるのかどうかはよくわからなかった。カル＝エネイドゥラルたちは大半の時間を地上の野営地で過ごすのを好んでおり、アン＝デシャは自分の気まぐれで夕食の準備をしたわけだから、彼らの誰かがいま〈塔〉のなかにいなければならない理由は何もない。誰にも邪魔されずに

〈月の道〉を歩くには、いまが絶好の機会だ。

アン＝デシャはできるだけ静かに階段を上りながら、途中でアルトラにうなずいてみせた。〈火猫〉は重々しくうなずき返すと、向きを変え、尾を風に翻《ひるがえ》る旗のように振りながら、〈炎の歌〉と〈銀の狐〉を追っていった。どうやら彼は、あのふたりが何をするつもりなのか話を聞きたいようだ。おそらく、この時点ではあのふたりが〈塔〉のなかで一番興味深い人間だからだろう。

アン＝デシャは寝室に向かった。カラルは、もちろんまだ眠っていた。部屋の入り口で足を止めたとき、レヴィ師範が脇部屋にいるのに気づいた。アン＝デシャとカラルが、もうひとつの落とし戸があるかもしれないのに気づいた部屋だ。〈技術者〉はまた四つんばいになり、床の模様をじっと見つめていた。その横にはフロリアンがいて、指示どおりにときどき蹄で床石をこつこつと叩いている。

アン＝デシャはつま先立ちでカラルの横を通り過ぎ、自分の寝床へ向かった。（ちょっとうたた寝をしているように見えれば、そのほうが邪魔されにくいだろう）そして長靴を脱ぎ、寝袋のなかで丸くなり、ごく自然な寝姿に見えるように姿勢を整えた。

目を閉じると、自分はこのことを秘密にしすぎているという思いが頭に浮かんだ。本当は、そうする理由なんてないのに。（一方で、チェ＝セラのことがもっとよくわかるまで、ぼくがしていることを何もかも彼に知られてしまうのは嫌だという気持ちもある）もしチェ＝セラが、初めのうちのジャリムのように頑固で融通の利かない人物、あるいはもともとの自分の一族の祈禱師のように偏狭だったら、自分の知識や能力のすべてを知られていないほうがいい。相手を避けたり、要求を断ったりするのが簡単になる。〈彼に話したのは〈女神の使い〉がぼくの前にあらわれるということだけで、ぼくのほうから彼らを捜しにいけるとはっていない。いまのところは、そういうことにしておこう〉

ゆったりとからだの力を抜くと、呼吸をゆっくりにしていき、〈月の道〉へはいる瞑想状態の特徴である緊張と弛緩を交互に繰り返す。これは、技術を学んでいない者にとっては、口でいうよりずっと難しいことだ。緊張しすぎると絶対に瞑想状態に到達できないし、弛緩しすぎると瞑想ではなくてうたた寝になってしまう。いったん瞑想状態の一歩手前までたどり着くと、アン＝デシャは全神経を集中させ、〝現実〟の世界からは何もはいりこまないようにして、トレ＝ヴァレンが教えてくれた方法に従って精神を送りこみ、そして引き戻した。それを教わったのは、もうずいぶん昔のことのような気がした。

ふと気づくと、彼は瞑想のなかで、柔らかな光を放つ銀色の砂でできた道の上に、あたり一面に立ちこめる乳白色の霧に包まれて立っていた。というより、立っているように思えたというほうがいいかもしれない。というのは、現実のからだは実在しておらず、気を集中させれば別の姿を取ることもできるからだ。だが、この姿にはなじんでいるし、意識して保とうとする必要がない。それに、何か別の形になるために時間と力を浪費しても意味はないと思えた。〈月の道〉自体が幻影なのかどうかは、いまだによくわからなかった。それを知るために、周囲の状況をわざわざ確認してみたことは一度もなかった。霧には匂いはなく、冷たくも温かくもなかった。足元の砂は歩みを妨げるほど軟らかくはなく、とりたてて硬くもない。

「トレ＝ヴァレン?」アン＝デシャは霧のなかに呼びかけた。声は、現実世界ではありえないふうに響き渡りながら遠くへ消えていった。「〈暁の炎〉?」霧が周囲で渦巻いた。彼の言葉を追うようにかすかに色のついた渦ができ、しばらくすると消えた。

答えはすぐには返ってこなかったが、期待していたわけではなかった。何といっても、〈女神の使い〉は、ぼくに奉仕し、喜ばせるために存在しているのではないのだ。それはアン＝デシャにもよくわかっていた。その代わりに、アン＝デシャは軟らかい砂の道を進みながら、ときおり霧のなかに向かって静かに友の名を呼んだ。ほかのもっと重要なことで忙しくなければ、そのうち来てくれるだろう。

そして、ふたりはやってきた。鳥の姿で、霧を抜けて飛んできたのだ。姿は平原鷹だが、大きさは人間と同じぐらいあり、全身をおおう羽根は火鳥のように色彩豊かで火花を放ちながら輝いている。ふたりが到着する前から、アン＝デシャは彼らが近づいてくるのに気づいていた。こちらへ向かって飛びながら、まるで雷雲のなかの稲妻《いなずま》のように、はるか遠くの霧を明るく照らし出していたからだ。ふたりは通過した霧のなかに二重の螺旋《らせん》を描く光跡を残しながら、お互いのまわりを螺旋を描くように飛んでいた。

ここでは、現世で〝現実の〟鷹の姿をしているときのように、着地するのに逆に羽ばたく必要はなかった。ふたりはただ速度を落とし、道の上空で停止し、それから鳥のようでもあり、人間のようでもある姿に流れるように変化した。アン＝デシャと話すときはいつもその姿だった。トレ＝ヴァレンは、〈星の瞳〉の〈使い〉になる前の、シン＝エイ＝インの祈禱師のような服装だった。だが〈暁の炎〉は、明らかにシン＝エイ＝インというよりテイレドゥラスなのだが、どの文化に由来するものとすぐにはわからない簡素な上衣を着ていた。長い銀色の髪がかすかに揺れ、まるで彼女を取り巻いてゆっくりと渦を巻く霧のように見えた。ふたりとも、どこをとっても普通の人間のように見える――その目を別にすれば。

（あれは目ではない。夜空にぽっかりと開いた目の形をした窓だ……もっとも明るい星がちりばめられた夜の闇そのものだ。なんて美しい……）

カル＝エネルご自身もああいう目をしているといわれている。女神はこういう方法で、このふたりに〈女神の使い〉としての印をおつけになったのだ。ほかの何かと間違われない方法で。

「弟よ！」トレ＝ヴァレンが愛情のこもった挨拶をしてくれた。「この前会ってからもうずいぶん経つが、誓ってその間を無為に過ごしていたわけではないぞ！」

「普通の人間にとっては、それほど長い時間じゃありません」アン＝デシャは微笑みながら訂正した。「でも、ぼくたちのほうにもずいぶんいろんなことがあったんです。ぼくたちが発見し、学んだことについて、おふたりが知っているかどうかわからなかったし、それにぼくは、あの〈作業〉のあと、あなたたちが無事だったか確かめたかったんです」

〈無事じゃなかったとしても、ぼくにはどうすることもできなかったけど〉

〈暁の炎〉は流れるような動きで肩をすくめた。「かわいそうな若きカラルが、わたしたちの〈作業〉の衝撃のほとんどを受け止めてくれて、わたしたちふたりはほんのすこし力を失っただけだったのよ」彼女はそういうと冷たい手を差しのべ、アン＝デシャはその手を取って短い挨拶をした。「どうやらあなたも無為に過ごしていたわけではなさそうね——あなたたち〈塔〉にいる人たちも」

その言葉が、アン＝デシャの推測のひとつを裏付けた。つまり、〈女神の使い〉は、あれだけの力を持っているにもかかわらず、全知でも全能でもないのだ。少なくとも何らかの物理的な法則に縛られている。彼らが、精霊であるカル＝エネイドゥラルと同じく、本当に物理的な意味で〝死んだ〟わけではないからなのだろうか？　それとも、〈星の瞳〉によって、さまざまな力を与えられたからなのか？

「あなたたちから話してくれますか？　それとも先に、ぼくの話を聞きたいですか？」アン＝デシャは訊いた。

「きみの話を。おそらく、わたしたちがきみに話さなければならないことの大半は、きみがすでに知っていることの確認になるだけだろうから」トレ＝ヴァレンがいった。「わたしたちは、現実の世界と〈虚空〉をはるか彼方までめぐって、あの〈作業〉が魔法嵐のエネルギーの形式にどんな変化を与えたか、そしてその変化はどのくらいの範囲に及んでいるのか確かめた。驚くようないい知らせはないんだ」

アン＝デシャはうなずき、カラルが経路となった〝作業〟のあとに起こったことをすべて詳細に語った。あれほどの力の焦点となったことが若きカースの司祭に及ぼした影響にはじまって、鷲獅子たちの出発、セジェンズとレヴィ師範の到着、大勢のカル＝エネイドゥラルが出入りしていること、そしてチェ＝セラが自分に強い関心を抱いていることまで。最後に、今日の午後の出来事、つまり、隠し戸が開けられ、その下にあった作業場を発見したことを話した。

〈女神の使い〉たちはふたりとも、興味深げに熱心に耳を傾けていた——作業場の話をしたときには驚いていた。〈それじゃ、作業場が存在することを〈星の瞳〉はふたりに話さなかったんだ。女神の代理人たちもきっと近くにいたはずなのに。これはおもしろい〉

「たぶん、答えはそこにあるだろう」ようやくトレ＝ヴァレンがいった。そして一瞬、カラルがフロリアンやアルトラに〈心話〉で話しかけられたときと同じような、〝耳を傾けている〟表情になった。アン＝デシャは、もしかすると〈星の瞳〉がいまこの瞬間、〈女神の使い〉に話しかけているのではないかと思った。トレ＝ヴァレンの次の言葉を聞けば、それが正しいかどうかわかるだろう。「もちろん、〈炎の歌〉は心の鏡の調査を続けるべきだ。あの装置は、再生するのも複製を作るのも難しくないはずだし、この先ずっと、きみたちの役に立つだろう」

〈おやおや。さらにおもしろいことになってきた。もしかすると、〈星の瞳〉の神意についてのぼくの直感は、十分に根拠のあるものかもしれない〉

〈暁の炎〉はほっそりとした長い手の片方をトレ＝ヴァレンの肩に置き、悲しげな表情で認めた。「いまの時点で、わたしたちにできる具体的な助言はこれだけよ。もっとあればいいんだけど、やはり未来は誰にもわからないし、はっきりとした道筋などない。女神でさえ、破ることのできない制約に縛られているの。誰もが自由意志で未来を切り開いていけるようにね」

アン＝デシャはため息をついたが、〈暁の炎〉を疑う理由は見当たらなかった。「それじゃ、やはりぼくたちは、幾通りもの未来が考えられる道をもがきながら進んでいるというわけですね？〈作業〉のあと、少なくともこれでまた先の見通しがつくと期待していたのに！」

トレ＝ヴァレンは落ち着かない様子だった。「危機は先延ばしされただけで、消えたわけじゃない。だが、幸いなことに嵐の影響は前より小さくなっている」彼はアン＝デシャにいった。「わかっているだろうが、あの〈作業〉は魔法嵐に対する根本的な解決策ではなく、一時しのぎにすぎなかった。そのことに変わりはないんだ」

「わたしたちは、アーゾウの武器に封じこめられていた力が解放された最初の段階からずっと、〈作業〉の効果がどこまで及んだか調べていたの」〈暁の炎〉が先を続けた。「効果は期待以上で、ヴァルデマール、ペラジール山脈、カースとレスウェラン、ハードーンにまで及んでいるわ。あなたたちが送り出した波は、確かに魔法嵐の波を打ち消している。でも——範囲はかぎられているの」

「どこまでですか？」アン＝デシャは即座に訊いた。なぜかはわからないが、重要なことだと感じた。

「東はハードーンの国境を越えてすぐのところまで」トレ＝ヴァレンがいった。「南も、ちょうどハイリリィ帝国の国境線と、ホワイトグリフォンとその周辺あたりだが、あのあたりの人は魔法嵐の影響への対処の仕方を知っている。それにとにかく、その地域では魔法嵐は弱まっているんだ。北は〈氷の壁〉山脈の奥深くまで届いている。西は、まあ、ペラジールの荒野までなんだが、あそこは魔法嵐が来てもたいして変わらないだろう。心配なのは東だ。というのは、帝国はどこよりも魔法嵐の影響がひどくて、魔法に頼りすぎている人々に大混乱が起こっているからだ」

アン＝デシャはその話をよく考えてみた。「それは、ぼくたちにとっていいことかもしれないし、悪いことかもしれない」しばらくして彼はいった。「皇帝がぼくたちにしたことを考えれば、その人たちが困っていると聞いても、ぼくはすこしも悲しくない。むしろ帝国が国をまとめるのに忙しくて、ぼくたちのことを考える暇がないほうがいいと思う。でもトレメイン大公は、ぼくたちが魔法嵐を引き起こしたと考えていた。もしも帝国の人々も同じように考えていて、報復しようとしたらどうなるだろう？」

トレ＝ヴァレンはうなずいた。「そのとおり。友人たちに警告するんだ、アン＝デシャ。そして心の鏡がちゃんと動くようになったら、あれを使ってヴァルデマールに警告するんだ。帝国が報復してくることもあるかもしれないと」

（あるかもしれない、と彼はいう。でも、もしぼくが、〈女神の使い〉が受けている制約を正しく理解しているなら、何かがあるかもしれないと具体的に指摘することは、ふたりが見た未来について警告するために許された唯一の方法なのかもしれない。それとも、違うんだろうか……）

あまりうれしくない知らせにもかかわらず、アン＝デシャは温かい満足感を覚えた。〈女神の使い〉たちはたいてい直接的な助言をするのを避けるが、アン＝デシャは、彼らが自分に何を考えさせたいのか、そして現在の状況に対してどの情報がもっとも重大なのかをだんだんうまく推測できるようになってきていた。

「魔法嵐自体はどうなんです？」アン＝デシャは訊いた。「いずれは、ぼくたちが送り出した反魔法嵐の波を乗り越えてしまうくらい強くなってしまう、違いますか？　だから、ぼくたちがしたことは一時しのぎでしかないとわかっていて——」アン＝デシャはトレ＝ヴァレンの顔を注意深く観察し、わずかな表情の変化から手がかりをつかもうとした。果たしてそんなことができるのか疑問だったが。「――それで、結局のところ、どうなるんですか？ぼくたちは、その――もともとの〈大変動〉の反動を受けている、そういうことですか？だから、ぼくたちは〈作業〉をするのにこの場所を使った。ここが、魔法嵐の波が収束する場所だからです。最終的に、魔法嵐は〈作業〉の効力を乗り越えるほど強くなって、何かとても恐ろしいものになってしまうんですか？」アン＝デシャが落ち着かない気持ちで唾を呑むと、トレ＝ヴァレンはかすかにうなずいて、アン＝デシャの考えが正しい方向に向いていることを示した。「それじゃ、どうすれば？　どう考えても、いったん発生してしまった魔法嵐が元に――あれを引き起こした武器や何かに逆戻りすることはないでしょう。ぼくたちは〈大変動〉をもう一度経験することになるんですか？」

トレ＝ヴァレンは首を振ったが、それは否定ではなかった。〈暁の炎〉は大きく両手を広げた。「それはわたしたちもわからないの」〈暁の炎〉は認めた。「それに、あなたを信用していうけど――女神もおわかりにならないのよ。あまりにも多くの可能性があるうえに、そのいくつかはとても微妙な要素に基づいている。帝国の魔法使いと権力者たちがどうするつもりか、わたしたちにはまだわからないけれど、その行動による影響もあるはず。あなたたちがここでできることはたくさんあって、そのすべてが効力を発揮するけど、違うやり方をすれば違う結果が生まれる。おそらく第二の、昔よりは小規模な〈大変動〉が起こるでしょう。ここにいるあなたたちがなんとかしてそれを防ぐか、和らげるようなことをしないかぎりね。あなたたちにできることはたくさんある。でも、何もしないでいることもできる。そしてどんな行動を取っても、程度の差こそあれ、成功と破滅の両方の可能性がある。何が起こるにしても、それだけは確実にいえるわ」

アン＝デシャはうめいた。「あまり慰めにはならないな！」彼は不満げにいった。「でも、さしあたってほかの人たちに話すには、これだけでも十分だと思う」

トレ＝ヴァレンはなんとかかすかな笑みを浮かべてみせた。「きみに必ず慰めをもたらすと約束した覚えはないぞ、弟よ」彼は穏やかに、たしなめるようにいった。「きみが何も見えず、何も聞こえず、何も知らないまま決断するはめにならずにすむ程度の手助けしかできないんだ」

「それじゃ、もうすこし的を絞ったことについて教えてください」アン＝デシャはいった。「チェ＝セラのことです。ぼくにとってチェ＝セラは、あるいはチェ＝セラにとってぼくはなんなのですか？　遅かれ早かれ、あの人はぼくがどこから情報を得ているか推理して気づくでしょう。ぼくが実際に彼の前でしゃべらなくても」

トレ＝ヴァレンの表情がやさしくなった。「きみにとってチェ＝セラは何かって？　簡単なことだ——教師だよ。彼がきみに教えなくてはならないことを、きみが自分から学びたいと思うならね。そしてチェ＝セラにとってきみは何か？　主として、存在確認かな。チェ＝

セラは自分の知識を伝えるべき相手を探し続けていて、きみがその人物であってほしいと思っている。だが、決めるのはきみでなければならないし、向こうから求めることはないだろう。彼は――いい人間だ。ウルリッヒとよく似た考え方をする。カラルはきっと好きになるだろう、いつかね」

なるほど。そういうことか、ようやくはっきりした。祈禱師になれという招きだったのだ。それも、たぶんただの祈禱師ではなく、女神の〈叡智の守り手〉としての顔に〈誓い〉を立てた祈禱師に。アン＝デシャはため息をついた。自分が何を望んでいるのか、カラルみたいに確信が持てればいいのに。だが、少なくとも、チェ＝セラが狂信者でも頑固者でもないことはわかった。そのおかげで、ともかくいくらか肩の荷が軽くなった。

「これから先は、わたしたちに会うことがもっと増えるでしょう」〈暁の炎〉がいった。その美しい顔は真剣だった。「約束するわ、アン＝デシャ。わたしたちに話せるだけのことは話すし、できるかぎり手助けする。この状況で、援助も手引きもなしにあなたを放っておくわけにはいかない――」

ふいに、トレ＝ヴァレンが霧の奥を見やった。

「――だがいまは、行かなくては」トレ＝ヴァレンが〈暁の炎〉の言葉をさえぎった。「きみのために調べたり監視しなければならないことが、まだまだたくさんあるんだ。さらば、弟よ！　時はどんどん過ぎていき、しかもわたしたちの味方ではない」

その言葉とともに、アン＝デシャは、また自分がひとりで〈月の道〉に立っていることに気づいた。〈女神の使い〉など最初からいなかったかのようだった。これ以上とどまる理由もなかったので、アン＝デシャは意識をゆっくりと肉体に戻していき、降下し、そして抜け出した——

ゆっくりと感覚が戻ってくると、カラルがようやく目を覚まして動きまわっているのが聞こえた。さっき自分が用意した肉と豆の煮込みの独特な匂いがする。腹の虫が鳴り、アン＝デシャは目を開いた。

「夕食を持ってきたよ」カラルはそういうと、アン＝デシャをじっと見つめながら椀を手渡した。「あのふたりと一緒にいたんだね、そうだろ？」カラルは何のことをいっているのかはっきりさせるために、両手の親指同士をひっかけ、指で鳥が羽ばたくような仕草をしてみせた。

否定する理由もなかったので、アン＝デシャはうなずいてゆっくり起き上がると、カラルから椀と匙《さじ》を受け取った。「ぼくらがまだ知らないことは何も、というか、少なくともあまり話してくれなかった。食べ終わったらすぐに、〈炎の歌〉とセジェンズに知らせにいくよ」

カラルは数日前よりよくなっているようで、アン＝デシャは、これはすべてシン＝エイ＝インの〈治療者〉の手当てのおかげなのか、それとも〈女神の使い〉たちが手を貸したのだろうかと思った。後者ではないかという気がした。そして、ヴカンディス神とシン＝エイ＝

インの女神のあいだにはどんな繋がりがあるのだろうと考えたが、そう考えるのはこれがはじめてではなかった。〈女神の使い〉たちはカラルにとても惹きつけられているようだし、カラルもあのふたりに魅了されている。

（とはいっても、あのふたりはもともとても情け深い人たちだし、カラルは思いやりと同情を受けて当然だからな）

「フロリアンとぼくは、ちょっと新鮮な空気を吸いにいってくるよ。一緒に来るかい？」カラルが呑気に誘った。「冬眠中の熊みたいに地下にもぐっているのには飽きたよ。頭がおかしくなる前に、太陽を見たいんだ」カラルは首を振った。「あの魔法使いは、どうしてここに閉じこめられているのに耐えられたのか、ぼくにはさっぱりわからない」

「太陽は見えるかもしれないけど、温かさを感じるのは無理だろうな」アン＝デシャは警告した。「茶碗の水をこぼしたら、地面に落ちる前に凍ってしまうほど寒いんだから」

「それなら、たっぷり着込んでいくよ」カラルは肩をすくめた。「寒さは経験ずみだ。冬のカースは快適な庭園とはいえないし、丘陵地帯では一年の半分は雪が消えない。鷲獅子たちの気持ちがだんだんわかってきたよ。もし広々とした空を見られなかったら、ぼくはわけのわからないことをいいはじめるだろうな」

「じゃあ、ぼくも一緒に行くよ」アン＝デシャが分厚い上衣を着込み、その上にもう一枚同じ厚さのものを重ね、さらにその上からシン＝エイ＝インの綿入れの外套《がいとう》を着るのにたいして時間はかからなかった。だが、カラルが同じだけのものを着るには、すこしばかり手助けが必要だった。けれども、足取りはとてもしっかりしており、アン＝デシャはそれを、回復を示すよい兆候と受け取った。

そのころには、レヴィ師範は床のあちこちを突いたり刺したりするのに没頭しており、測った長さや図表を手帳に手早く書き留めていた。〈銀の狐〉と〈炎の歌〉はきちんと積み上げた覚書の束の前に座りこみ、もうひとつの、自分たち自身の覚書の束をすこしばかり疑わしげに見つめていた。「ふたりでどこに行くんだい？」アン＝デシャとカラルとフロリアンが通りかかると、〈銀の狐〉が呼びとめた。

「すこし新鮮な空気を吸ってこようと思って」カラルが答えた。「一緒にどうですか？　シン＝エイ＝インの人たちを脅かして、あなたたちが作業場で見つけたもののせいでぼくたちがみんな怪物に変わってしまったと思わせるんです」カラルが怖い顔をしてみせると、〈銀の狐〉は笑った。

「新鮮な空気だって？　悪くない考えだ」カラルの誘いに、〈炎の歌〉が顔を上げた。「この覚書はまだあまり解読できていない。すこしばかり太陽の光を浴びれば、頭がはっきりするかもしれない。先に行ってくれ、あとから行くよ」

アン＝デシャは、自分たちを迎える側であるシン＝エイ＝インが地上に通じる地下道に手を加え続けていたことにすぐ気づいた――最初に〈塔〉の側面に開けられた穴は、大きく、きちんとした形になり、つまずきそうな崩れた煉瓦《れんが》壁の残骸はきれいになくなっている。地下道も広げられていたが、高さはそのままで、アン＝デシャが最後にここを通って以来、さまざまな補強工事が行われていた。閉所恐怖症を引き起こしそうな場所なのはいまも変わりないが、今回通ったときは、地下道がいまにも崩れ落ち、閉じこめられてしまいそうな気持ちにはもうならなかった。

アン＝デシャは、カラルの前方に小さな魔法の明かりを送った。フロリアンの尻で向こうがよく見えなかったので、アン＝デシャには魔法の明かりはたいして役に立たなかったのだ。アルトラは、雪はもう十分すぎるほど見たといって一緒に来るのを断った。カラルの寝床でもうひと眠りしようというのだろう。

入り口が近いと気づくより早く、外の匂いがした。地下の空気は驚くほどきれいなままだったし、アン＝デシャと〈炎の歌〉のちょっとした魔法のおかげでとても気持ちのよい香りがしたが、外の空気には、地下では絶対に真似できない新鮮さがあった。そのいくぶんかは寒さのせいだったが、それだけではなかった。

もうひとつ、地下では再現できないものが光だった。遅い午後の太陽の光のなかによろめき出ると、アン＝デシャは目を細め、フロリアンの横腹に片手をついてからだを支えた。空には雲ひとつなかった。大きな椀のような空は目もくらむような濃い青色で、まぶしい光が全部雪に反射して、下からも上からと同じぐらいの光が降り注いでいた。

カラルがそばに立って、深呼吸をしていた。呼吸するごとに青白い顔に血の気が戻ってきている。フロリアンは早足で出ていき、はしゃいで跳ねまわっていた。

外から見ると、〈塔〉そのものは、溶けた岩の残りの部分に雪が積もり、緩やかに起伏する雪でおおわれた丘から突き出しているようにしか見えなかった。起伏の乏しい平原のなかで唯一の突起物で、その大きさを除けば特に人の興味を惹くところはない。地下の〈塔〉の壁にたどり着くために斜めに下っていく長い地下道を掘ったので、その入り口は〈塔〉の廃墟そのものからはかなり離れたところにあった。そして、シン＝エイ＝インが天幕村《テント》を設営していたのは〈塔〉の足元、彼らが壁に穴を開けた地点の真上だった。白や茶色や黒の円形のフェルト地の天幕が、雪の上にきちんと列を作って並んでいる。あまりに整然としているので、実際に人が住んで働いている場所というより模型のように見えた。

「うわー！」〈炎の歌〉がアン＝デシャの背後で叫んだ。フロリアンは、カラルが笑いながら投げつけてくる雪玉をよけようと、雪のなかを跳ねまわっている。「ここはなんて明るいんだ！　きみが真夏より日焼けをしても驚かないね！」

カラルが振り向いて雪玉を投げると、〈銀の狐〉はひょいと首をすくめてよけた。カラルは笑い、ケストゥラ＝チェルンは仕返しをすると断言して雪玉を投げ返し、〈炎の歌〉は鷹揚な態度でその様子を見ていた。

「それで」〈達人〉は静かに尋ねた。カラルと〈銀の狐〉は向かい合った雪の小山の陰に隠れ、雪玉を投げている。「〈女神の使い〉たちは、いったいどう弁解したんだ？」

アン＝デシャは驚いてさっと〈炎の歌〉に目を向けた。その顔つきに〈炎の歌〉はくすくす笑った。「あのふたりを訪ねたあと、目立つほどではないが、きみはある種の輝きを放っているんだ」魔法使いはいった。「見るとすぐにわかるほどではないが、探すべきものがわかっていればちゃんと見える。それで？　ふたりは何といっていた？　何か役に立つことか？」

「だいたいは、たいして何も変わっていないってことだった。ぼくたちは、自分や友人たちのためにいくらか時間を稼ぐのには成功したけど、ぼくたちが守った地域の外側では、状況は急速に悪化しているし、ぼくたちの猶予もいずれなくなるだろう」アン＝デシャは、この知らせがもっといいものであればいいのにと思いながらいった。

〈炎の歌〉は驚いたふうもなくうなずいた。「それで、猶予が尽きたら、われわれを襲うのは――なんなんだ？　〈大変動〉の再現か？　結局のところ、すべてがここに集中するんだろうな」

「たぶん。彼らにも確かなことはわからないんだ」アン＝デシャはため息をついた。「女神さまに何か考えがおありだとしても、何もおっしゃったりしない。ぼくが思うには、神々はいつもと同じことをなさってるんだ――生きとし生けるものすべての命が破滅の危機に瀕しないかぎり、神々は、ぼくたちがぼくたちなりの解答を見いだすための道具や情報を手に入れられるように取りはからい、あとは勝手に答えを探させようとなさる。〈女神の使い〉は、ぼくたちが〈塔〉のなかで発見するものが助けになると考えている。でも――」

「でも、はっきりと見通せる〝未来〟などというものはなく、推測することさえできない」〈炎の歌〉は驚くほど達観しているように見えた。「わたしはこれを好機だと考えることにした。人生で一度くらい、神や精霊や運命の力や預言なんかに、時の頁に刻まれた一定の型をなぞるよう要求されないことがあってもいい。わたしたちはここで、自分の未来を作るんだ、アン＝デシャ。わたしたちに干渉して、未来を神が定めた道へ向かわせようとするものは何もない。そう考えると、すこしは満足感を味わえると思わないか」

「そうだね」アン＝デシャは答えた。そしてさらに言葉を続けようとしたが、突然〈銀の狐〉が雪合戦をやめてじっと北の方角を見つめ、指さした。

「見ろ！」〈銀の狐〉がうれしそうに叫んだ。カラルは最後の雪玉を投げずに落とし、〈銀の狐〉が指さした方向を目を細めて見つめた。「鷲獅子だ！　そうだ！　運搬用の籠をつり下げてる。ということは、ターンを連れてきたんだ！」

アン＝デシャは手をかざし、まぶしさに目を細めながら見上げた。すると、ようやく四組の翼が羽ばたきながら半円形のものをぶら下げて運んでいるのを見分けることができた。そんな特殊な形のものは、四頭の鷲獅子と大きな運搬用の籠以外に何も思いつかなかった。

「さあ！」〈銀の狐〉は叫んだ。「迎えに行こう！」

〈銀の狐〉は駆けだした。フロリアンが駆け寄ってきてカラルの横で半ばひざまずいたので、カラルは〈共に歩むもの〉の背中に自分のからだを引き上げ、すぐに〈銀の狐〉に追いついた。一方〈炎の歌〉はおもしろそうにアン＝デシャをちらりと見て、ほかの者を指さした。

「ぞろぞろ追いかけていこうか？」彼はいった。

「そうするのが礼儀だろうね」アン＝デシャは指摘した。「それに、シン＝エイ＝インがここからあそこまで何の障害物もない道を作ってくれている。使わないのはもったいないよ」

ふたりは〈銀の狐〉のあとを追った。ただし、もっとゆったりした足取りで。シン＝エイ＝インの天幕村に着いたときには、鷲獅子とその乗客たちはすでに着地し、いくつも並んでいる天幕のひとつに迎え入れられていた。どの天幕か見分けるのは簡単だった。四頭の鷲獅子が一度に入れるほど大きい天幕はひとつしかなかったし、雪を固めた土台が鷲獅子の鉤爪でひっかきまわされている天幕もひとつだけだったからだ。

〈炎の歌〉が手を振ると、黒衣のカル＝エネイドゥラルがうなずいてみせ、またすぐに自分の仕事に戻った。アン＝デシャは入り口の垂れ布を横に引き開け、ふたりは、外の冷気をできるだけ入れないように気をつけながら、天幕のなかにはいった。雪の照り返しでまぶしい戸外にいたあとでは、目が内部の暗さに慣れるのにかなり時間がかかった。目が慣れるのを待つあいだその場に立ち止まって、少なくとも六頭の生き物が同時にしゃべっている声を聞いていた。

どうにか物が見分けられるようになるとすぐに周囲を見渡した。予想どおり見覚えのある鷲獅子はいない。鷲獅子たちが皆天幕の片側にきちんと並び、食事をしている——というよりもむさぼり食っているのを見ても驚くにはあたらなかった。彼らは、ク＝レイシーア族の〈谷〉からここまで乗客を運ぶという重圧からだけでなく、寒さによる体力の消耗からも回復しなければならないのだ。

カラルは鷲獅子たちと話をしながら、ときどき手を貸してやっていた。部屋があまりにも窮屈で鷲獅子たちは自分で動きまわることができなかったのだ。一方〈銀の狐〉は、鼻の周囲が灰色になった、けれどもとても活発そうなキリーと早口の会話を交わしていた。

この奇妙な生き物は、頭部と毛皮はなんとなく狼に似ているが、全体のからだつきは猫を思わせ、大きさは優に小さい子牛ほどもあった。アン＝デシャのキリーについての知識は、〈隼殺し〉の記憶から得たものよりも、自分の経験に基づくもののほうが多かった。〈隼殺し〉のモーンライズは、その生まれ変わりのすべての人生において、キリーと関わったことがほとんどなかったのだ。ところがアン＝デシャのほうは、ヴァルデマール王国および同盟に対するキリーの代表であるリースのことをよく知っていた。リースは、もう何年も前に、この年老いた仲間と同じような姿になったかもしれない。鼻面は真っ白、頭は黒い毛に白っぽい毛がたくさん交じっている。このキリーは疲れてはいたが、どこから見ても意気揚々としており、〈銀の狐〉と昔からの友のように——たぶんそうなのだろう——しゃべっていた。

もっと正確にいうなら、しゃべっているのは〈銀の狐〉だ。キリーは〈心話〉しかできないので、うなずいたり、声に出さない形で答えを返していた。ターンが〝誰にでも聞こえる〟形で話すことを選ばないかぎり、その声が聞こえるのは彼が選んだ相手だけなのだ。

キリーと一緒にいるのはヘルタシだった。綿入れの服を何枚も重ね着しているので、くるくる巻いたカレド＝エイ＝インの色鮮やかな寝台掛けのように見える。ほとんど火鉢の上に座っているようなものだが、それはこの蜥蜴族がとても寒さに弱いからだった。正確にいうと、冷血動物であるせいではなく、自分の体温を効率よく調節できないせいだ。ヘルタシがアーゾウの手で創り出された生き物なのか、それとも魔法に伴う偶然によって生まれたのかは意見の分かれるところだが、どちらにせよ彼らの生理機能にはいくつかの弱点があり、その最たるものがこれだった。この哀れな生き物は、寒さによっていとも簡単に手肢を失ってしまったり、無意識のうちに一種の冬眠状態にはいってしまったりする。服を何枚重ね着しても必ずしも助けにはならず、特に酷寒のなかでの長旅にはあまり役に立たない。だからいま、火鉢やそのほかカレド＝エイ＝インが用意できるあらゆる方法が取られたのだった。このヘルタシのからだで見えているところといえば、鼻の先と、頭巾の奥からわずかにのぞく、油断なくきらきらと光っている満足げな目だけだった。

ターンのほうはもっと多くの部分が見えていた。アン＝デシャはリースとの付き合いを通じてキリーのことを知ったが、ヘルタシについて知る機会はあまりなかった。〈銀の狐〉やカレド＝エイ＝インの代表団とともに、ヴァルデマールにも何匹かが来ていたが、彼らと関わることはたいしてなかったからだ。〈隼殺し〉はすべての人生において両方の種族から嫌われており、だからこそ、どちらの種族とも交わることはほとんどなかったのだ。

ちょうどそのとき、ヘルタシが口を開いた。カレド＝エイ＝インと一緒にいるヘルタシは〈心話〉を使うよりも声を出して話すことのほうがはるかに多く、その習性は、〈鷹の兄弟〉と一緒のヘルタシとは正反対だった。

「どうやら、〈塔〉まで全力疾走できるくらいからだが温まったようです」ヘルタシはすこしばかり口笛のような音の混じった甲高い声でいった。

〈それはよかった、ライアム〉キリーが答えた。〈荷物はもうあっちに届いていて、わたしたちを待っているそうだ。もし本当に全力疾走すれば、きみはそれほど寒さを感じずにすむはずだよ〉

「フロリアンが、ライアムがしっかりつかまっていられそうなら、喜んで乗せていくといっていいます」カラルは大きな声でいった。「フロリアンに乗っていけば、自分で歩いていくよりも早く地下道の入り口まで行けますよ」そして向きを変えてヘルタシに近づくと、この奇妙な生き物にどう話しかけたらいいのかすこし戸惑いながら礼儀正しく、声をかけた。「〈共に歩むもの〉の足取りはとてもなめらかだし、乗り手を振り落としたという話は一度も聞いたことがありません。あなたも〈共に歩むもの〉が走るのを見てみてください！」

「乗馬をしたことはありませんが、肢も尻尾もなくさずにホワイトグリフォンからここまで来られたのだから、〈共に歩むもの〉に乗るという試みも、きっとやってのけられるでしょう」ヘルタシは上機嫌でいった。「それに、自分で雪のなかを歩かずにすむというのは何ものにも代えがたいですね！」

「わたしぃぃたちはここで一泊しぃぃますぅぅ」一頭の鷲獅子がいった。「ここはとても居心地がいいしぃぃ、たとえ〈塔〉を見るためだとしぃぃても、地下に降りたくはないですから！」ほかの鷲獅子たちもうなずいた。

「偉大なスカンドゥラノンがかつていた場所に行くのはすぅぅばらしぃぃいが、なにも地下にもぐりこむ必要はなかったのに」別の一頭が、神経質そうに翼をぴくっと動かしながらいった。「トレイヴァンとハイドナがどうしぃぃてそぉぉれに耐えられたのか、わたしぃぃにはわからない」

キリーは肩をすくめはしなかったが、できるものならそうしただろうと、アン＝デシャは感じた。（お好きなように。でも、そうすると、わたしの話を聞くだけで我慢しなければならないが）

「あなたの話なら、まるで自分たちがそぉぉの場にいるかのように思えますぅぅよ」最初の鷲獅子がきっぱりといった。「わたしぃぃはスカンドゥラノンが飛んだのと同じ空を飛ぶ。そぉぉれだけで十分」

ターンは立ち上がり、全身をぶるぶると振るった。（あとすこし走れば、何千年ものあいだ、キリーもヘルタシも足を踏み入れたことのない場所にたどり着ける！）彼はその期待に抑えきれない喜びを感じているようで、見た目の四分の一ほどの年齢にしか思えなかった。

（さあ、友よ、全速力で最後の数歩を駆け抜けよう！）

〈炎の歌〉は、これまでに多くのキリーやヘルタシを知っていたが、このふたりに会ったとたんにほっとした気分になった。ターンは、学問の師のひとりであるイールの温かさと英知をすべて持ち合わせており、ライアムは、いつもおどおどしているほとんどの〈谷〉育ちのヘルタシよりもかなり自己主張が強かった。〈炎の歌〉は自分のヘルタシに大事にしてもらい、甘やかされるのが好きだったが、〈谷〉のヘルタシの内気さにはいつもすこしばかりいらいらさせられていた。彼らの態度は〈大変動〉のあいだに受けた深い心の傷の反映なのだと以前誰かがいっていたが、〈炎の歌〉はそのことがとても気になっていた。もしそうなら、また同じような災厄に見舞われたら、ヘルタシはどんな反応を示すのだろう？

（きっとうまく対処するだろう。彼らはそういうことが一番得意なんだから。どうしてそんなことができるのかはさっぱりわからないが）

キリーとヘルタシは、洞穴と巣穴の違いはあるが、どちらも本来穴に住むものであり、新来のふたりが〈塔〉のなかで居心地よく過ごしているのは明らかだった。彼らはカラルとアン＝デシャがふたりで使っている部屋に落ち着き、どこからどう見ても満足そうだった。まだ荷物は運んできていなかったが、シン＝エイ＝インが、新しい客たちの寝床を作るのに必要なものを持ってきてくれていた――それに、両方の寝床に入れるための余分の行火《あんか》も。私物に関するかぎり、ふたりとも思ったよりもずっと身軽だった。主な荷物は特殊な筆記具がはいったいくつもの箱だった。丈夫な紙の帳面には、水を通さない金属製の覆いがついていて、保護箱のように中身を保管するようになっている。インクは、いったん乾くと、たとえ水が直接その上にこぼれても決して滲《にじ》まない。ターンは歴史家だった。出来事を記憶し、その記憶を暗唱するリースのような伝統的なキリーの歴史家とは違って、ヴァルデマールの年代記編纂者のような歴史家で、できるだけ多くのきわめて重要な出来事を自分の目で見ようとし、〈年代記〉と呼ばれる記録帳に偽りのない、ありのままの事実を記録しようとしていた。そうした厳然たる事実をきちんと記入し終えてはじめて、ターンはその出来事について自分なりの解釈をし、それを記録とは別に〈解説〉に書くのだった。ターンは自分の天職ともいえる仕事に対してとても真剣だった。〈年代記〉に個人的な解釈を書きこむぐらいなら、鼠《ねずみ》の尻尾のように毛がなくなるまで尻尾の毛を引き抜かれたほうがましだろう。

だが実際には、この説明は正確とはいえない。ターンは口述するのだった。ターンには手がないので、字が書けないからだ。実際に書くのはライアムだった。ライアムは、ターンが歴史家になって以来三番目の書記で、彼とキリーの関係が愛情とお互いへの敬意に基づいているのはいうまでもなかった。ふだんキリーの求めに気を配るのはライアムだったが、ちょうどいまのようにライアムが困っているときには、ターンが物静かな威厳のある態度で、ライアムが最優先になるよう気を配るのだった。

ライアムには何より暖かくしておくことが必要で、カラルは進んで彼の世話を引き受けた。〈炎の歌〉はその理由もわかるような気がした。カラルは、心の中ではいまでも自分のことをカースからヴァルデマールへ馬でやってきた若い書記だと思っていて、ライアムに大いに共感しているにちがいなかった。

〈それはいいことだ。どちらも見知らぬ場所にいる他所者なんだし、同じ――考え方か、それとも立場か――の友を持つことはふたりのためになるだろう。とにかく、ふたりには共通点がたくさんある〉

ターンのほうは仕事の準備ができていて、いまにも仕事をはじめそうだった。天幕村からここまで来るあいだ、ずっと〈銀の狐〉と話し合っている。いったいどこからそんな活力が湧いてくるのか、〈炎の歌〉には想像もつかなかった。

カラルがライアムを連れていき、暖かい毛布でからだをくるみ、温かい飲み物を手渡すとすぐ、ターンが〈銀の狐〉を従えたまま〈炎の歌〉に近づいてきた。

「〈炎の歌〉、仕事に取りかかる前に、ターンがきみとふたりだけで話したいといっている」〈銀の狐〉がいぶかしげな表情でいった。「何かきみに渡すものがあるというんだが、それがなんなのか、わたしには教えてくれないんだ」

〈炎の歌〉が驚いて振り向き、ターンを見やると、キリーはうなずいてみせた。（そのとおりだ、ク＝トレヴァの〈炎の歌〉よ）ターンは礼儀正しく厳粛な面持ちでいった。（渡したいものがある。わたしたちの荷物を運んでもらったところまで一緒に来てくださらないか？）

「もちろんです」〈炎の歌〉も同様に礼儀正しく答えた。「わたしも〈心話〉で話したほうがいいですか？」

（その必要はないだろう。だが、ありがとう）ターンはそう答えると向きを変え、シン＝エイ＝インが〈塔〉の中央の部屋にはいってすぐのところに積み上げておいた荷物の山のほうへ、ゆっくりと歩きだした。（別に秘密にしなければならないことはないのだ）キリーは続けた。（ただ、責任を果たすまでは、ほかの誰にも話してはならないといわれているのでね）

「ほう？」どんどん妙なことになっていくぞ。〈炎の歌〉には、ク＝レイシーアの〈谷〉のカレド＝エイ＝インで、自分に何かを送ってくるような人にも生き物にも、まったく心当たりがなかった。

ターンは荷物の山のそばで立ち止まった。（差し支えなければ、あのライアムの服がはいった三つの荷物をそちらへ動かしてもらえないか――）ターンは茶色っぽい包みを前足で指し示した。（――その下に、わたしがあなたに持ってきたものがあるはずだ。青い毛織物で

包んであって、長細いものだ）

〈炎の歌〉が軽々とその三つの包みを動かすと、青い毛織物でくるんで紐で縛った長くて細い包みがあらわれた。〈炎の歌〉はその包みを手に取った。

と、その包みが〈心話〉で話しかけてきた。

（やあ、お若いの）

そのきしるような、だが明らかに女性とわかる声には嫌というほど聞き覚えがあった。だが、ここでふたたび耳にするとは予想もしなかった声だった。

「〈もとめ〉？」〈炎の歌〉は息を呑み、包みを引き裂いて剣を出そうとした。これを包んだのはライアムにちがいなかった。紐が、ヘルタシかケストゥラ＝チェルンしか称賛しないような複雑な結び方で結んであったからだ。ようやく紐を引きちぎると布がはずれて落ち、古《いにしえ》の魔法の剣があらわれた。〈もとめ〉は最後に見たときとまったく変わっていなかった。あのときは〈隼殺し〉の〝娘〟であるナイアラの腰に革紐でくくりつけられていた。ナイアラと〈使者〉スキッフが、セレネイ女王の使節としてカレド＝エイ＝インとテイレドゥラス、そして可能ならシン＝エイ＝インのもとへと向かうために、ヴァルデマールを出発していったときだ。「〈もとめ〉、ここでいったい何をしているんです？」こんなにびっくり仰天したのはあのとき——祖先であるヴァニエルに誘拐されたとき以来だ！

（ナイアラはもうわたしを必要としていないんだよ。ひとりで十分やっていけるからね）剣は〈炎の歌〉にいった。〈ク＝レイシーア族のところにはあの子やスキッフ、あるいはカレド＝エイ＝インの手に負えないようなことは何もない。ところが一方、あんたはとても古い魔法を相手にしている。わたしも古い魔法だし、いまでもかなり思い出せる。わたしは前にも一度、あんたを助けた。今度も手伝えるんじゃないかと思ってね〉

〈炎の歌〉は両手で剣を持ち、じっと見つめた。命のない物体であるはずのものと〈心話〉で話すのは、ひどく落ち着かなかった。剣には表情を読み取れる顔もなく、のぞきこめる目もない。しかも、剣のほうに自分の表情が読めるのかどうかもわからなかった。

〈だが、このことに関してはまだ何か、どうもよくわからないことがある〉

「ただ単にここでわたしたちを助けたいという衝動からだけじゃなく、ほかにも何かあるんじゃないかと、つい思ってしまうんですが」〈炎の歌〉はようやくそういった。「これまであなたは、女性以外の手に自分を委ねたことは一度もなかった」

〈ふむ――わたしがわざとそうしたことは一度もなかったといっておこうか。でも、たまたまそうなってしまったことはあるんだよ。たいてい、わたしの〝娘たち〟と男の好みが同じ少年だったけどね〉剣はくすくす笑ったが、〈炎の歌〉は、〈もとめ〉が話していないことがまだたくさんあると感じて、さらに追及することにした。

〈もう一度訊きます〉〈炎の歌〉は厳しく心話で尋ねた。〈あなたはわたしの質問をはぐらかしている〉

剣はため息をつくことはできないが、そんな感覚が伝わってきた。

〈わかったよ。自分で考えろといってもいいんだが、時間を無駄にすることもないだろう。あんたたちは魔法嵐に襲われ、魔法がうまく使えなくなった。いまのところ魔法嵐を打ち消すことはできたが、それが一時的な猶予であって解決策でないことは、みんなわかっている。わたしは魔法の存在だ。長年にわたってなんとかやってきたが、魔法嵐は襲ってくるたびに強くなっている。遅かれ早かれ、わたしは負けてしまうだろう。負けたときに何が起こるかはわからないが、それは避けられない〉〈もとめ〉はしばらく間を置いた。〈最悪の場合、わたしは燃え上がり、溶けた金属になってしまうだろう。剣が作られたときみたいにね。うまくいけば、魔法が解け、あとにはまったく普通の剣以外何も残らないかもしれない〉

〈炎の歌〉は、〈もとめ〉が魔法嵐の影響を受けるかもしれないとは一度も考えたことがなかった。〈もとめ〉はとても力があって何物にも侵されないという印象を常に受けていたので、困っているかもしれないとは思いもしなかったのだ。

〈炎の歌〉は困惑した。〈わたしには何の保証もできない〉彼は真剣にいった。〈このことが終わったとき、自分たちが生き延びているかどうかさえわからないんだから〉

驚いたことに剣は笑った。だが、それは嘲るような笑いだった。〈わたしがそれを知らないとでも思っているのかい？　もしわたしがおだぶつになるとしても、可愛いナイアラにそれを見てほしくないんだよ。あの娘はこれまでもう十分苦労してきたし、長年の友にして師という存在を、そんな思いもよらない形で失うべきじゃない。それに、もし消えるとしても、何かを成し遂げようとしながら消えたいんだ。あんたがやろうとしていることに加わる機会を逃す手があるかい？　難しくて、危険で、やりがいがあって、そそられることだっていうのに）

「あなたがそういうなら」〈炎の歌〉は声に出していった。そして、ともかく剣を身につけた。〈もとめ〉が、はっきりと見たり聞いたりするためには、〈炎の歌〉の存在が必要だからだ。持ち主がいなければ、〈もとめ〉が何かを感じ取るにはとてつもない努力が必要で、しかもぼんやりとしかわからないのだ。〈炎の歌〉が剣を持ち運ぶことはめったになく、テイレドゥラス風に背中に斜めに背負われるのは、〈もとめ〉にとってはとても奇妙な感じだった。「アン＝デシャはあなたに会って喜ぶだろう。でも、ほかの人たちにはあなたが自分で説明する必要がありますよ。みんな、あなたのことを何も知らないんだから」

（そして、シン＝エイ＝インが彼女のことをどう思うかは神々のみぞ知る、だ）そう、かつてはケスリーが〈もとめ〉を持っていた。そして、そのあとはケロウィンが。だが、それでも――〈もとめ〉は〈平原〉の中心地域にいる、また新たな魔法の存在でしかない。彼らはどこまで受け入れるだろうか？

（待ちきれないね）〈もとめ〉は答えた。思ったより皮肉っぽくない口調だ。（はじめてわたしに話しかけられたときのみんなの反応は、かなりおもしろいだろうね）

〈おもしろいだって？　ああ、神々よ〉〈炎の歌〉は、すでに複雑な状況のなかでもとりわけ厄介なこの問題に対するいらだちを押し隠した。結局のところ、〈もとめ〉の能力については彼女のいうとおりだ。〈もとめ〉は、ここの誰よりも――アン＝デシャも含めて――はるかに古い魔法を知っている。いまの時点では、それが何より重要なのかもしれない。古代の、長く忘れられていた何かに、この難問を解決するために必要なすべての手がかりがあるかもしれないのだから。しかも〈もとめ〉は、彼女自身が強力な魔法使いだ――〈達人〉とほぼ同等の。でなければ、人間である自分の魂を鉄の剣に結びつける魔法を作り出すことなどできなかったはずだ。ここにいる者で本物の魔法使いといえば、〈炎の歌〉とアン＝デシャ、それにセジェンズだけだった。〈もとめ〉が加われば四人になる。

〈もし〈もとめ〉のいうことが正しくて、われわれと一緒に彼女も魔法嵐に打ち負かされてしまうなら、彼女は自分がどんなふうに消え去るのか気にしなくてすむ。もし彼女が燃えて溶けた鋼になってしまうなら、ここで威力のある危険な機械に囲まれているわれわれには、彼女のことなんかよりもっと心配しなければならないことがある〉

とはいえ、〈もとめ〉の怒りっぽい性格に付き合うのは、簡単なことではなさそうだ。〈炎の歌〉は、またしても頭痛に襲われそうな気がして、こめかみをさすった。

〈彼女は〈心話〉ができる。たぶん、ターンが彼女に興味を持つように仕向けることができるだろう。ターンがわたしたちのために翻訳をしていないときには、〈もとめ〉は歴史家に

とって魅力的な存在なんじゃないか?〉

〈炎の歌〉は、そうであることを願うだけだった。なぜなら、〈もとめ〉の持ち主になることについて、選択の余地を与えてもらえそうになかったからだ。この男ばかりの小集団のなかで、〈もとめ〉が持ち主として認めることができる存在に一番近いのが、おそらく〈炎の歌〉なのだろう。というのは、一行をここまで乗せてきた雌の〈共に歩むもの〉たちさえ、すでにヴァルデマールへ戻る長い旅に出発していたからだ。

「さてと、わたしたちもそろそろ切り上げたほうがよさそうだ」〈炎の歌〉が声に出していうと、ターンは興味深そうにこちらを見つめた。「どうやらあなたは、すでにわたしの金属でできた友と知り合いになったようですね、ここで?」

〈そうだ。そして仕事に余裕があるときは、ここで引き続き昔の話を聞かせてもらえるとうれしいのだが〉ターンは重々しく答え、〈炎の歌〉はこの成り行きに、すこし明るい気分になった。少なくとも、〈もとめ〉という存在と個性を四六時中背負わなくてもよさそうだ。

「ところで、ここにいる仲間のほとんどは〈もとめ〉の存在さえ知らないので、何の警告もなしに批判的な発言を〈心話〉で浴びせて誰かを驚かせないうちに、皆に紹介したほうがいいでしょう」〈もとめ〉は、このちょっとした皮肉にも黙ったままでいたが、それはつまり、彼女が〈炎の歌〉の意見に賛成しているか、気を悪くして仕返しを企んでいるかのどちらかだということだった。

（すばらしい計画だ）ターンは答えた。（そうしよう）

〈炎の歌〉はごく単純な方法で全員を一ヶ所に集めた。つまり、中央の部屋にはいっていき、咳払いしてこう告げたのだ。「友よ、申し訳ないが、その――思いもよらない――皆が知っておくべきことが起こったんだ」

その言葉で、ヴァルデマール語がわかる者は全員が飛んできた。そして、ヴァルデマール語のわからない数人のシン＝エイ＝インも、純粋な好奇心から続いてやってきた。

一番乗りは〈銀の狐〉で、彼は〈炎の歌〉を、まるで尻尾が生えでもしたように、まじまじと見つめた。「〈炎の歌〉」ケストゥラ＝チェルンは疑わしげに口を開いた。「剣なんか持って、何をしてるんだ？」

〈炎の歌〉は〈もとめ〉を鞘から抜いた。革と絹でできた鞘が彼女の〈心話〉能力を妨げるといけないからだ。そして剣を両の手のひらに載せ、釣り合いを取ってからだの前に差し出した。ちょうどそのとき、ほかの全員が到着した。「ええと、みんなに話したいことというのはこれだ」〈炎の歌〉は、すこし顔を赤らめながらいった。「どうやら、われわれに新たに加わったのはふたりではなく、三人らしい。まだ彼女に会ったことのない人のために紹介しよう。〈もとめ〉だ」

「〈もとめ〉！」アン＝デシャはちょうど寝室から出てきたところだったが、魔法の剣を見て喜んでいるのは間違いなかった。「彼女がここで何をしてるんだい？　これは驚きだ！」

〈炎の歌〉はすこしばかり渋い顔をしていたにちがいない。というのは、アン＝デシャが、顔をちらりと見るなり笑いだしたからだ。「ああ、じゃあ、そういうことなんだね？　きみが選ばれた持ち主なんだな？」そしてやさしく剣を見下ろした。「〈炎の歌〉は自分の専門的な知識をあまりにも過信しすぎてるんです、親愛なるご婦人。あなたならきっと、ここには彼と同じくらい技能に秀でている人がほかにもいるんだってことを教えてやれるでしょう。ただし警告しておきますが、彼は女性用の服よりこういう恰好のほうがずっと似合いますよ」

〈彼にそうきつく当たるんじゃないよ、お若いの〉剣はおもしろそうに答えた。〈その仕事はわたしに任せておおき。わたしのほうがずっと経験豊富なんだから〉

そのころには、残りの者たちも皆周囲に集まり、それぞれ程度の差こそあれ、魅了されたような困惑したような目で剣を見つめていた。「これはなんだ？」セジェンズが眉を寄せながら尋ねた。

「もしかしてこれは、あの有名な〈もとめ〉という剣ですか？　かつてタレ＝セイドゥリン族の女性が帯びていたという？」ロ＝イシャが訊いた。ほかのシン＝エイ＝インたちはその後ろに集まって、ひそひそと囁《ささや》き合っている。「われわれの〈一族の兄弟〉である〈使者〉ケロウィンが持っていた剣だろうか？」

「同じ剣だ」〈炎の歌〉はほとんどうめくようにいった。「セジェンズ、あなたに答えるなら、

〈もとめ〉は魔法で作られた剣で、作り手の魂が封じこめられている。信じられないほど古いものだ。彼女がなぜそんな馬鹿げたことをしたのか、そのいきさつについては彼女自身かターンのどちらかが話してくれるだろう――」

〈馬鹿げたというのは違うね。向こう見ず、そう、それだ。それに賢明だったとはとてもいえないが、あのとき選択肢はあまりなかったし、そのどれも、わたしがしたのよりひどかった。もちろん、ただ手をこまねいて何もせずにいることもできた。でも――それはわたしの良心と気質に反することだった、とでもいっておこうか〉

〈もとめ〉がなんなのか知らない者は、彼女が発した心の声の響きに驚いて、目を大きく見開いた。

「肝心なのは、彼女は、少なくともわたしたちにわかる範囲では、実際に〈魔法戦争〉と〈大変動〉以前の時代から存在していて、わたしたちが知っているものよりはるかに古い魔法をよく知っているということだ」〈炎の歌〉はそういいながら、アン＝デシャの目の焦点が合っていないことに気づいた。たぶん〈もとめ〉とふたりだけで会話しているのだろう。「彼女はわたしたちを助けるために、自ら進んでここへ来た。前の持ち主がもはや彼女の保護を必要としなくなったからだ」

レヴィ師範は片手で顎を撫でながら、考えこむように剣を見下ろした。「もしもここでわれわれが魔法嵐にやられてしまったら、どうなる？」彼はいった。「彼女が本当に魔法で作られているなら――」

〈そのときは、どうにかして自分を遮蔽しないかぎり――できるかどうか自信はないけどね――静かにか、劇的にかはわからないけど、消え去ることになるだろうね〉〈もとめ〉はにべもなく答えた。〈この魔法嵐というやつは魔法の形式をとても深くまで崩壊させるから、〈打ち消し〉の呪文になってもおかしくないんだよ。だがそれは、わたしがここにいようと、どこか別の場所にいようと起こることだ。それなら、何かを成し遂げるために努力したほうがいいというわけさ。いっただろ、わたしはじっと腕を組んで座りこんでいるような気質じゃない。たとえ組むべき腕がまだあったとしてもね〉

「ちょっと待て」セジェンズが異議を唱え、上から差しこむ光を反射してぼんやり光っている剣に、直接話しかけた。「あんたが〈魔法戦争〉と〈大変動〉より前から存在しているなら、どうやってあれを生き延びたんだ？」

〈三重に遮蔽がかけられた〈戦の女神〉ベステトの神殿の中心にある、遮蔽された聖堂のなかの遮蔽された箱にはいっていた〉〈もとめ〉は即座に答えた。〈〈大変動〉が終わったとき、聖堂と箱にかけられていた遮蔽は消えてなくなり、わたしはまるで一滴残らず力を吸い取られてしまったような感じだった。元に戻るまで何年もかかったね。そのころにはわたしは武器庫に移されてしまっていた。そもそもなぜわたしが女神の象徴である神器とともにそこにあったのか、わかる者は誰もいなかったからだ。わたしが本当にそういうものだったら、腹

を立てていただろうね）

　セジェンズはうなずいた。「そういう環境をもう一度見つけるのは難しいだろうな」彼は片手で顎を撫でながらいった。「実際、最初の〈大変動〉のときにあんたがそういう状況にあったというのは、まったく驚くべきことだ」

（あんなふうに遮蔽がかけられていた理由はただひとつ、マ＝アルとの戦争のせいさ。いま、あんな防御をしている神殿はひとつも知らないね）〈もとめ〉は続けた。（というより、もっと正直にいえば、わたしに避難所を提供してくれそうなところを全然知らないんだ。何か役に立つことをするのも悪くないし、そうしているうちにわたし自身を救えるかもしれない）

「そんなに死が怖いんですか？」カラルがそっと訊いた。光が剣の表面に波紋のように広がり、まるで〈もとめ〉がその質問に反応したかのように見えた。

〈炎の歌〉は〈もとめ〉が皮肉を返すか、もしくは何も答えないかだと思ったが、その答えと真面目な口調に驚いた。

（死を恐れているんじゃないよ、お若いの）〈もとめ〉は率直に答えていた。（わたしが恐れているのは、それよりもっと複雑なことさ。わたしは戦わずして消えたくはない。ただじっと横たわって、従順に〝死〟を受け入れるつもりはないんだ。攻撃的に死を迎えられる可能性があるんだし、もしそうなら――）

「それなら、ここにいるほうがいい」セジェンズがきっぱりといい、それを聞いて〈炎の歌〉の背筋に冷たいものが走った。「もしも第二の〈大変動〉が起こって、その影響がこの場所にも及べば、それによって解き放たれるすさまじい力に比べてあんたの死などたいしたことじゃない」

ふたたび光がさざ波のように剣の表面に広がった。〈よかった。あんたたちはもうそのことを考えていたんだね〉〈もとめ〉は安心したようだった。〈それを指摘しないといけなくなって、不吉の鳥のように思われたくないと思ってた〉

〈わたしはむしろ最後の最後までなんとか切り抜けられると思いたいんだ、まったく〉「いいや、望んでいたよりすこしばかり早くわたしたちにそのことを考えさせた、まさに不吉の鳥だ」〈炎の歌〉ばため息をついた。

今度は、〈もとめ〉からいかにも彼女らしい嘲るようなくすくす笑いが返ってきた。〈解決策を見つけるための刺激剤だと考えるんだね〉

いまや、当然のことながら、いままで〈もとめ〉に会ったことがなかった者が彼女と話したがっていた。〈炎の歌〉は、そのためにアン＝デシャに〈もとめ〉を手渡したが、彼女が自分で選んだ持ち主を変えるつもりがないことはよくわかっていた。驚いたことに、カラルがしばらくのあいだ集団から離れて、こちらへ近づいてきた。

「なんといっていいかよくわからないけど、ぼくたちが苦労してこの作業を続けていくあいだずっと、文字どおり〈もとめ〉を背中にしょっていくのは簡単なことじゃないし、楽しいことでもないということだけはわかります」カラルは静かにいった。「ぼくにも〈もとめ〉みたいな先生たちがいました。とてもいい先生だったけど、一緒にやっていくのは楽じゃなかったから、ぼくはあなたの気持ちがわかります。こんなことといっても慰めにならないでしょうけど」

「ありがとう、カラル」〈炎の歌〉はすこし驚きを感じながらいった。カース人に同情されたり理解されたりするなんて、まったく思いもしなかった！

「ただぼくは――ああ、どういったらいいのかな」カラルは口元をゆがめるように微笑んだ。「あなたが信じようと信じまいと、ぼくはあなたが好きだし、すばらしい人だと思っているんです、〈炎の歌〉。ときにはお互い気に障ることもあるけど、そうじゃない人なんていますか？　それに、あなたがぼくにしてくれたことに、まだきちんとお礼をいってなかった」

〈炎の歌〉は顔が真っ赤になっているのに気づいた。少年時代以来のことだ。「あの、頼むから」彼は答えようとしたが、今度ばかりは言葉に詰まった。「わたしに礼をいうことはない、わたしたちはみんなで――」

カラルは首を振った。「あなたが何をしてくれたか、全部ちゃんとわかっています。でもいうのはこれが最後です。あなたが気詰まりに感じるから。ただ、それが立派なことで、あなたに感謝しているということを知ってもらいたいんです。それに――まあ、これくらいにしておきます」

〈炎の歌〉の顔がこれ以上は無理なほど真っ赤になっていたのを考えると、カラルの判断は正しかったのだろう。そのカース人の若者が〈もとめ〉と話している集団に戻っていったとき、〈炎の歌〉は自分がほっとしたのがはっきりとわかった。

（えへん）

今度の心の声はターンで、〈炎の歌〉は、それを聞いてとてもうれしかった。

「何かお手伝いしましょうか？」〈炎の歌〉はキリーを見下ろしながらいった。キリーは楽しげな金色の目で見つめ返した。鼻面の白い毛が、その目に宿る若さと不思議な対比を見せている。

（ほかのほとんど全員がわれらの金属製の友と話をするのに夢中になっているから、わたしたちはあの覚書を調べてみてはどうかな？〈銀の狐〉によるとあなたがとても関心を持っているという覚書を。もしこの装置が思っているとおりのものなら、翻訳は簡単だろう。半日足らずで何らかの答えが得られるかもしれない）

「本当ですか？」〈炎の歌〉は眉を上げた。

（ただし、翻訳がやさしいのは、おそらくこの覚書だけだ）ターンは警告した。（それは、鷲獅子たちが使っている似たような装置をよく知っているからにすぎない。思うに、これはそういう装置を改良したもので、思考はもちろん、映像も送ることができて――）ターンは言葉を切り、耳がぱたぱたと動くほど激しく頭を振った。（――わたしがとんでもない大嘘をつく前に、実際に自分の目で見てみるべきだ。どうだね？）

〈炎の歌〉は覚書を取ってくると、〈塔〉の主室の一角の床の上に広げた。そしてキリーとともにその上にかがみこんでわき目もふらずに読み続け、その横でライアムが内容を書き留めていった。そして間もなくターンは、その装置が、彼が〝遠話装置〟と呼んでいるものの改良型にすぎないという結論を下した。

その時点で〈銀の狐〉がふたたび仲間に加わり、夕食が運ばれ、片づけられるまでには、その装置の動かし方だけでなく、同じ物をもっと作る方法も突き止めていた。

もちろん、それは、作るための部品が十分にあればの話だ。事前に準備しなければならない部品で作り方がよくわからないものもいくつかあったし、作業台の上の物入れのなかにそういう部品があったかどうか、〈炎の歌〉はよく覚えていなかった。ターンと〈銀の狐〉は、カレド＝エイ＝インも最終的にはこれらの部品をもっと作れるようになるだろうが、何世紀ものあいだに言語が予測もつかない変化をしたことを考えれば、そのためには相当な回数の試行錯誤を繰り返さなくてはならないだろうという意見だった。

「ふむ、まずはここにあるふたつの装置を動かすことだけに集中しよう」ついに〈炎の歌〉はそういうと、正座してからだを起こし、肩と背中のこわばった筋肉を伸ばした。「あのふたつがちゃんと動いたら、それから、三つ目を作ってそれを動かせるかどうか確かめればいい。ヘイヴンとの通信が再開できれば、思っている以上に多くのものが得られるだろう。サンヘイムと通信できるようになれば、さらに好都合だ。この装置を一から作ることができるかどうか気にするのは、あとで、時間ができたときでいい」

「それがいいと思う」〈銀の狐〉は頭と首を回して凝りをほぐしながら同意した。「下へ行って、あの装置をひとつ、ここに持って上がってこよう。そうすれば、短い距離だがあの装置を実際に試してみることができる」そういうと、あたりを見回した。「ここに誰か〈心話〉のできるものが必要だ。ターンはどうかな」

〈かまわんよ〉キリーは快くいった。〈装置を作動させるために、魔法使いも必要だ——セジェンズかな〉

「じゃあ、わたしは作業場へ降りて、あそこのもう一台を作動させる担当をしよう」〈炎の歌〉はそういって立ち上がった。〈炎の歌〉と〈銀の狐〉は作業場まで階段を下りていった。そして〈銀の狐〉はふたつの装置のうちのひとつを作業台から取り上げ、慎重に抱きかかえてふたたび階段を上ってきた。

作動方法の説明書きはとても明確かつ簡潔で、時が経っても変わらない言葉で書かれていた。本物の魔法と〈心話〉を使える者なら、子どもでも説明書きのとおりにすることができただろう。覚書から明らかになったのだが、アーゾウがこの装置を実際に使わなかった理由は、この装置を使った会話は誰でも盗み聞きができるからだった。戦時には、それはこの装置の価値を否定する原因だったのだ。アーゾウの覚書には、マ＝アル軍には〈心話〉の〈天《そし》恵《っ》〉を持つものがたくさんいて、マ＝アルはほかの道具同様に使っていたということが、はっきりと書かれていた。

〈炎の歌〉は、この遠話装置を通じてのやりとりが、〈心話〉のできるものの頭に強制的にはいりこんだりしないようにと、それだけを願っていた。その場合、この装置の使用は大幅に制限されることになる。通常の遮蔽を維持するだけでも煩わしいものだ。そういうやりとりを締め出すために強制的に遮蔽しなくてはならないのは、とても厄介だろう。しかも、訓練を受けていないものや自分の〈天恵《そしつ》〉に気づいていないものにとって、それは無理なことだ。

〈突然、他人の会話を頭のなかで聞かされるせいで、みんなが正気を失ってしまうなんてことにはなってほしくない！〉

それを確かめる方法はひとつしかない。

その装置を作動させるのに必要な魔法はほんのすこしで、一度動きだしてしまえば、魔法はまったく必要なかった。魔法嵐によって妨害される要素は何もないのだ。この装置は〈心話〉を取り込み、それを結晶体の配列による共鳴を利用して増幅する。この仕組みなら、通常は〈心話〉ができるとは思えない人々でもこの装置を使うことができそうだった。この仕組みが働くためには、ふたつの遠話装置のうちの一方に、強い〈天恵《そしつ》〉を持つものがひとりいるだけでよかったからだ。

それはつまり、〈天恵《そしつ》〉を持たないセジェンズと会話できるくらい強い〈天恵《そしつ》〉を持った魔法使いか〈使者〉を仲立ちにすれば、レヴィ師範が仲間の技術者と話せるということだ。

（ふむ。では、この装置が差し迫って必要でないときには、カラルはナトリと話ができるというわけだ）その考えに、〈炎の歌〉はうれしくなった。〈炎の歌〉は、縁結び役をしたいという衝動に駆られることがときどきあり、今度もそうだった。これまで聞いたこともないような、変わった交際の仕方だが、もしうまくいけば——

（そんなことを考えるのは、この古い機械をちゃんと動かしてからだ！）〈炎の歌〉は自分を叱りつけると、作業に意識を集中させた。

しばらくして——おや、どうやら作動しているみたいだ。覚書の内容を思い出すかぎりでは、起動できたようだ。でも——

〈炎の歌〉？）もしそれが心の声でなく現実の声だったら、耳が聞こえなくなるほどの大声だった。実際、耐えがたいほどの苦痛だ！

「わーっ！」〈炎の歌〉は叫び声をあげ、両手でぴしゃりと耳を塞いだ。そんなことをしても何にもならないことはわかっていたのだが。

（すまない）その声はさっきよりは普通に近い〝音量〟だった。とはいっても、音ではない。

（これでいいか？）

その心の声には聞き覚えがなかった。ターンでないことは確かだ。それにすこし奇妙に

〝聞こえた〟が、なぜなのかはわからなかった。（誰です？）〈炎の歌〉は、相手に衝撃を与えないよう、慎重に〈心話〉を返した。

（セジェンズだ。まったく、これは実におもしろい会話の方法だ）〈炎の歌〉は一瞬目をしばたたき、思考をはっきりさせると同時に、この心の声がこんなに奇妙に感じられる理由を突き止めようとした。この心象は――

（待てよ、それだ。心象がまったくないんだ！　感情や印象がまったく伝わってこないし、ほかの考えが漏れ出したりもしていない！　これは普通に会話しているようだ。〈心話〉とは全然違う）

それは、〈天恵《そしつ》〉を持たず、〈心話〉で送られてくる〝言葉〟に付随するさまざまな情報を選り分けることに慣れていない者にとっては、利点といっていいだろう。（どうやら、実際に使える原型がひと組、手にはいったようですね）〈炎の歌〉は大喜びで言葉を返した。大喜びしたのはほかの者も同じだった。装置が両方とも覚書どおりに動くこと、そしてすべての部品がきちんと固定されていることを確認し終わると、ようやく本当にひと息入れてもいいだろうということで意見が一致した。

だが、ようやく勝ち得た休息を取る前に、〈天恵《そしつ》〉のあるなしにかかわらず全員が遠話装置を試してみた。覚書は正しかった。操作者のひとりが〈天恵《そしつ》〉の持ち主であれば、いつも同じ、歯切れがよくて明瞭な、ほかに何の含みもない〈心話〉が聞こえるという結果になった。両方とも〈天恵《そしつ》〉を持っている場合は、結果は違った。普通の〈心話〉とまったく変わらなかったのだ。装置から〈天恵《そしつ》〉を持つものへ〈心話〉が〝漏れる〟ことはなかったので、〈炎の歌〉はほっとしたが、アーゾウが書いていたように、〈天恵《そしつ》〉を持っていれば、装置が作動しているときに〝盗み聞き〟するのは、とても簡単だった。

いまは、それはどちらかといえば利点かもしれない。〈心話〉を介した協議にふたり以上の人間が参加しても、問題にはならないはずだ。

アルトラは、いますぐ装置をヴァルデマールまで運べるぐらい、前回の〈跳躍〉から回復しており、その場ですぐにそうすると主張した。アルトラにとっては遅らせる理由などひとつもなく、できるだけ急ぐ理由はいくらでもあった。

（一刻一刻、〈跳躍〉は難しくなっていく）アルトラはきっぱりといった。（なぜ待つんだ？無生物を持って〈跳躍〉するのは、ほかの場合よりもまだましだが、〝まだまし〟というのは〝楽〟という意味ではない。わたしはこの仕事を片づけてしまいたいんだ！）

反対の声はあがらなかったので、〈心話〉投影遠話装置が壊れることがないよう綿入れ布団でくるむと、すぐにアルトラは出発した。四日後には戻れるだろうといい残して。

「ということはもちろん、二日後には、この装置がまだきちんと作動するか、あるいはアーゾウがいっていたとおりの距離で機能するかがわかるということだな」一同が寝る支度をしていると、セジェンズがいった。これだけ興奮に満ちた一日を過ごしたあとで、セジェンズがぐっすり眠ってしまうとは、誰も本気で思ってはいなかった。「二日後にはアルトラはヘイヴンに着くだろうし、そうすれば、あとはわたしたちに呼びかけようとする〈使者〉を見つけるだけの話だ」

セジェンズは自分の寝台にもぐりこんだ――彼の寝床だけが寝台だった。というのは、床にじかに敷いた寝床で寝起きするのが無理だったからだ。

「でなければ、ぼくたちのほうから呼びかけるか」カラルはそう指摘し、それからあくびをした。カラルはすでに寝床にはいっていた。後ろにはフロリアンが背中を丸めて座り、アルトラの代わりに生きた湯たんぽの役割を果たしている。「あの、二、三刻前はすっかり興奮していて、絶対に眠れないと思っていたけど、いまは――」彼はふたたびあくびをし、戸惑ったような顔をした。「――いまは、なんだか拍子抜けしたような感じなんです」

その戸惑いに答えたのは〈炎の歌〉だった。「ふむ、わたしたちはみんな疲れている――とても忙しい一日だったからね――だが、それだけが理由じゃない」そういうと、寝ているあいだにもつれないよう長い髪をきちんと束ねた。

〈年取った悲観主義者に説明させておくれ〉〈もとめ〉が割りこんだ。〈拍子抜けしたんじゃないよ、ぼうや、おまえが思っていたような最高の山場ではなかったということさ。わたしたちは新しい道具を手に入れた、それだけのことだよ。もしあの装置がちゃんと動かなかったとしても、あれなしで先へ進んだだろう。ここに見つけるべき答えがあるなら、わたししたちはそれを見つけるだろう。でも、遠話装置はその答えじゃない。だから、あの機械で成し遂げたことはわたしたちの仕事の枝葉でしかなく、主要な部分ではないような気がするんだ〉

「ああ」カラルは、わかったというような落ち着いた表情になった。「あなたがいっていることはわかります。ぼくたちの仕事は終わったんじゃなく、はじまったばかりで、お祝いをするのはまだまだ先だってことですね。仕方ないか。ちょっとがっかりしたけど、少なくとも後戻りしたわけじゃない」

「そのとおり」〈炎の歌〉はいった。「だからこそ、きみはしっかり眠っておかないといけないんだ。朝には、全員が必要になるからね」そして真面目な顔でカラルをじっと見つめた。「特にきみが。きみとライアムには、自分が四人いたらと思うほどたくさん仕事があるはずだ」

「また仕事に戻れるのがうれしいよ」カラルは弱々しく微笑みながらいった。それをきっかけに、〈炎の歌〉はひと言唱えて明かりを消した。そして、彼自身もすぐにぐっすりと眠ってしまった。

5

（シン＝エイ＝インの諺《ことわざ》ではどういうんだっただろう？）〈暗き風〉は、トレメイン大公が、魔法嵐を食い止めるための最新の試みが最終的に無に帰したときのための綿密な計画を説明しようとしているのを見ながら、自問した。（ああ、思い出した。「最良の計画が敵との最初の戦いのあともうまくいくことは決してない」だ。帝国が、あらゆることに詳細な計画を要求しながらうまくやってきたのはどうしてだろう？）

三人は大公の私室の小さな卓を囲んで座っていた。いま卓の上には、書類や水のはいった硝子《ガラス》杯、それに地図が所狭しと散乱していた。

「おふたりはどう考える？」トレメイン大公がヴァルデマールの使節たちに尋ねた。さっきまで検討していた計画書は脇に置き、卓の上に身を乗り出している。ふたりを見つめるトレメイン大公の灰褐色の目は、不安そうに見えた。「わが学者たちは、〈大変動〉についての情報をこれ以上は見つけ出せなかったし、わが魔法使いたちは、魔法嵐が引き起こしたようなことを何ひとつ予見できなかったのだ」

エルスペスは顔をしかめた。「残念ながら、わたしにもたいしてわからないのです」エルスペスは正直に答えた。そして〈暗き風〉のほうをちらりと見やったので、彼はかすかに肩をすくめた。

「わたしがお話しできるのは、われわれの記録や伝承からわかる〈大変動〉の影響のことだけです」〈暗き風〉は大公にいった。「その影響は広範囲にわたり、あらゆるものに及びました。北は〈氷の壁〉山脈から南はハイリリィ帝国の国境まで、東西も同じ距離にわたって現在のエヴェンディム湖からドウリシャ平原まで、あらゆる魔法が力を失ったのです。〈大変動〉を持ちこたえた遮蔽があったとしても、わたしは知りません。でも、これはいっておかなくてはなりませんが、わたしの一族の祖先であるカレド＝エイ＝インの諸族のなかには、力のある魔法使いはひとりもいませんでした」

「では、遮蔽が持ちこたえたかもしれない？」トレメインは、神経質そうにペンをいじくりまわしながら、重ねて尋ねた。

（ああ、なんとかして自分の魔法を取り戻したくてたまらないんだ！）いま、ハードーンのこの地域は、魔法嵐の一番ひどい影響は免れており、トレメインは、節度を守りつつも魔法をいくらか使うことで、乏しい資源――主に燃料――をすこしでも節約するよう命じていた。兵舎と司令部では、いまは暖房に魔法の火、照明に魔法の明かりを使っており、二回に一回は調理も魔法の火を使った焜炉《こんろ》で行われている。そのおかげで、特に兵舎での生活はずいぶん快適になっていた。それまでは暖房には乾燥させた家畜の糞を使い、照明はほとんどなかったのだ。だが、かつては魔法でしていたことすべてに魔法が使えるようになるのを大公がどれほど強く望んでいるか、〈暗き風〉とエルスペスにはわかっていた。ただひとつ問題なのは、それが不可能だということだ。ひとつには、ここハードーンでは魔法のエネルギーが希薄になり、乏しくなっているということがある。アンカーが使い尽くしてしまったからで、回復するまでには長い時間がかかるだろう。明かりや火に使う程度なら十分だが――もっと複雑なこと、たとえば目標物を定めない水晶占いや、〝化け物〟どもを寄せつけずにおくために魔法の壁を作るといったことに使うには足りないのだ。もうひとつは、ハードーンはあくまで最悪の影響を免れているにすぎないということだ。いまでも、わずかだが影響はあり、それは日が経つにつれてすこしずつ増していた。

〈暗き風〉は両手を大きく広げながら、首を振って銀色の筋のはいった長い髪を肩越しに払いのけた。「それは、わたしにはわかりません。訊くとすればク＝レイシーア族でしょうが、現時点では接触するのはちょっと難しい」

〈暗き風〉は、エルスペスがややうつろな表情になっているのに気づいた。それはエルスペスがグウェナと〈心話〉で話しているということなので、〈暗き風〉は彼女が口を開くまで待った。トレメインは、グウェナが同じ卓についていなくても、心のなかで〝同席している〟のをいつも忘れてしまうのだが、それを思い出させる機会を〈共に歩むもの〉が見逃すことはなかった。

「グウェナは、ク＝レイシーア族の〈谷〉にいるスキッフの〈共に歩むもの〉キムリーに質問を中継して、二日のうちに答えをもらえるといっています」エルスペスはいった。黒い瞳の目尻にしわが寄っている。笑いをこらえているのだろう。おそらくグウェナがもっとほかに、たぶんトレメイン自身と彼の問題の多い記憶力について何かいったのだろうが、これは外交官としての任務であり、そんな話題は外交的とはいえないだろう。「あそこには魔法使いがたくさんいるから、きっと誰かが答えを知っているでしょう。もし誰も知らなかったら、そのときは〈塔〉にいるフロリアンに質問を中継し、アン＝デシャが何か知っているかを訊いてみることができるそうです」

すべての〈共に歩むもの〉が長距離の心話能力を持っているわけではない。実のところ、〈暗き風〉の知るかぎりでは、それができるのは全世界で二頭だけだ。一頭はグウェナ、そしてもう一頭は〈女王補佐〉の〈共に歩むもの〉ローランだ。この二頭は特別だった。〈使者〉たちがいうところの〝〈木立〉生まれ〟で、通常の方法でこの世に生まれたのではなく、完全に成長した姿で、〈出現の原〉の真ん中にある木立からただあらわれたというのだ。この二頭には非常に強力な心理魔法の力があった。ヴァルデマールのほぼ全歴史を通じて、〈木立〉生まれの〈共に歩むもの〉が二頭以上、同時に存在したことは一度もなかった。とはいっても、いまは宗教的にも世俗的にも、ヴァルデマールのみならず世界のこの地域全体にとって歴史上きわめて重要な時期であり、二頭目の〈木立〉生まれの〈共に歩むもの〉を必要とする時があるとすれば、いまこそその時だった。

トレメインは用心深くいった。「そもそもいま〈塔〉で調べている武器が残ったという事実が、持ちこたえた遮蔽があったことを示しているかもしれない。違うか？〈大変動〉が起こったとき、あの〈塔〉には非常に強力な遮蔽がかけられていたにちがいないのだから」

「〈大変動〉の中心にあったものは、何らかの自然の力に守られたということを示すだけかもしれません。竜巻の目のなかの物のように」エルスペスはところどころ銀髪の交じった栗色の巻き毛を指に巻きつけながら指摘した。「それを当てにする気にはなれません。それに、わたしたちの誰かが、ひとりであれ協力してであれ、あの時代に生きていた魔法使いが作った遮蔽を再現できるとは思えない。当時の人々は生命あるものを創り出すことができた——鷲獅子《グリフォン》とかバシリスクとかウィルサとか——でも、いま生きているなかで、そういうことを試みたことがある人なんて、わたしは聞いたこともありません」

〈暗き風〉は小さく咳払いし、ふたりの注意を引き戻した。「最初の〈大変動〉の影響についてのあなたの質問に、話を戻しましょう——〈大変動〉のあと、影響を受けた地域では魔法のエネルギーの自然な流れが完全に変わってしまった。これはただの推測ですが、今度もまた同じことが起こるでしょう。そして物質界については——そう、われわれ〈鷹の兄弟〉

は、最初の魔法嵐がもたらした傷をいまだに癒し続けています。あなたがこれまでに遭遇した化け物を厄介だと思っているなら、そう思うのはまだ早い。やつらが何百、何千と増え、変化しゆがめられた生き物の数が、正常な生き物の数と同じくらい、いやそれを上回るほどになるまで待ってください」〈暗き風〉は指先で卓をとんとんと叩きながら、すばやく計算した。「ひとつお教えしましょう。危険な生き物と、それよりさらに危険な魔法に満ちた、帝国の半分ほどの広さの地域を浄化するのに、われわれは二千年ぐらいかかっています」

トレメインは、目の前に積み上げた書類の山を見ながらしばらく考えこんだ。「では、どうしろと……？」

エルスペスと〈暗き風〉はふたたび顔を見合わせ、〈暗き風〉が答えた。「〈塔〉にいるわれわれの仲間が何もできなかった場合は――伝えられるかぎりの人々に警告し、作れるかぎりの遮蔽や避難所を作り、ただしそれは持ちこたえられないものと考え、嵐を耐え忍ぶのです。今回の影響がどんなものか確かめてから計画を立てるのです」

大公は渋い顔をしたが、何もいわなかった。エルスペスは彼の気持ちを理解しようとした。「トレメイン大公、これがあなたにとって難しいことなのはわかります。でも、少なくともあなたは、魔法のエネルギーがほとんど枯渇《こかつ》してしまって、そもそも何かをするのに魔法に頼っていない地域の指揮を執っておられる」エルスペスは指摘した。「ほとんどの建物は倒壊せず、橋もほとんどは落ちずに残ると考えられるし、いつもと変わらず兵舎を暖める火や闇を照らす蠟燭《ろうそく》、しっかりした作りの天火できちんと調理された食べ物だって期待できる。ハードーンは、最後の魔法嵐が物質界にもたらすものは別として、それ以外のすべてに対する備えができている――そして、ある意味では、あなたも備えられるんです。前回の〈大変動〉で何が起こったかを知るという、ただそれだけで」

トレメインはため息をつき、指で片方のこめかみを揉んだ。「そう、それはわかっている。それに、帝国ではそういかないだろうということも。状況はひどく悪化していて、わたしが帝国の貯蔵施設を襲ったとき、あそこの兵士たちは何週間も上官からの連絡を受けていなかった。そしていまは――帝国がどんな混乱状態に陥っているのか、まったく想像もつかない。これまでは、ただわれわれにとって困難な状況だったというだけだった。せめてもの慰めは、事態がこれ以上ひどくなることなど考えもしていなかった、ということだ。いまはそういうことも想定しなければならないし、ともかく、そのための計画を立てなくてはならない」

エルスペスは強く首を振った。「これに対して計画を立てることはできないんです、トレメイン殿。あなたにできるのは、この先起こるかもしれないことについて人々に警告し、最悪の事態が起こればすぐに情報を得られるような態勢を整えることだけです。たとえば信号塔です。あれは〈共に歩むもの〉と同じくらい役に立つから、使い方のわかる人間を塔に配置するのを優先すべきでしょう。そしてもし可能ならば、もっとたくさんの信号塔を整備するのを優先すべきです！　どの村にも〈使者〉が訪れるのと同じように、あらゆる小さな村に塔があれば、伝令が到着するよりずっと早く、人々を助けることができるでしょう」

〈暗き風〉はうなずいた。「特定の出来事だけに的を絞った計画を立ててもだめです。そんなことをしても、無駄なことをしたと証明されるだけですから」

「つまり、融通の利く計画を立てろと？」大公はしばらく考え、それからうなずいた。「よろしい、よくわかった」そしてため息をついた。「情報伝達のための計画を立て、できるうちに情報収集の手段を整備する。問題が起こるのが、まだ人の住んでいる地域であるかぎり、それは有効だろう。だがそうでなければ、何か、そう、怪物のような生き物の巣ができていても、そういう化け物が町全体を皆殺しにしてしまってはじめて気づくということになりかねない。そうなっても気づかないかもしれない」

トレメインは額をこすり、〈暗き風〉は彼の目に、そして、美男とはいえない顔の緊張した筋肉に、肉体的苦痛の影を見てとった。「国の様子を見る方法があればいいのだが」トレメインはいらだたしげにいった。「以前は、地方の隅々まで、魔法使いたちに水晶占いで見守らせることができた。またそれができるなら、わたしの腕を差し出してもいい」

〈暗き風〉はまたしてもエルスペスと目を見交わした。（どう思う？　これはこの人に会ってから最高のきっかけだ）

（この人に大地の感覚を信じさせることができるならね）エルスペスは、いくぶん悲観的に

答えた。〈それでも、あなたのいうとおりよ。最高のきっかけというだけじゃなくて、この人が作ってくれた唯一のきっかけだわ〉

〈きみが話す？　それともわたしが？〉〈暗き風〉は訊いた。

〈最初はわたしが。話の糸口をつけるところだけ。わたしは隣国の王族の一員だし、〈使者〉で心理魔法に熟練している。だからこういうことがわかるのだろうと思ってもらえるはず。それに、ハードーン人たちが作り話をしているだけかどうかもわかるだろうとね。あなたが知っていることを話すきっかけがあったら、そこで交替してちょうだい〉

トレメインは卓の上に乗せた両手を組んで考えこんでおり、エルスペスは咳払いした。

「トレメイン大公」エルスペスはいった。「その問題については解決策があるかもしれません。奇妙なことかもしれませんが、それはあなたが統治している地域の外に住むハードーン人たちから、自分たちに代わって提案してほしいといわれた申し出の一部なのです」エルスペスは申し訳なさそうに微笑んだ。「あなたも予想しておられたかもしれませんが、わたしたちはハードーンの愛国者たちに、同盟の使節だけでなく自分たちの使節にもなってほしいと頼まれたのです。わたしたちは、適当な機会にその申し出をあなたに話すと約束しましたが、それ以上のことは何も約束していません。それだけなら特に問題はないと思ったので」

トレメインはさっと目を上げ、すこし疑わしげにエルスペスを見た。「申し出？　どんな申し出だ？」

エルスペスは唇を噛み、筋肉のついた力強い自分の両手に一瞬目を落とした。過保護に育てられた王女の手にはとても見えない。〈暗き風〉は、トレメインがそれに気づいたのではないかという疑いを抱いていた。「その……なかなか興味深い申し出です。どうやら彼らは、あなたがここで、どのように物事に対処しているかをずっと見守っていたようで、率直にいって、あなたにかなりよい印象を抱いています。ある特別な状況のもとでなら、喜んであなたと休戦協定を結ぶだけでなく、ハードーンの王位そのものを差し出そうと意見が一致したようなのです」

トレメインは、エルスペスに板で後頭部を殴られたとでもいうようだった。彼が本当に驚いた顔を見せたのは、これがはじめてだった。「王位を？　わたしを王にしようというのか？　ハードーン人の王位請求者はどうなるんだ？」

「ひとりもいません」〈暗き風〉ははっきりといった。「アンカーは、競争相手を排除することにかけては非常に徹底していました。女性の請求者すらひとりも残っていないという話です。どうやらアンカーは、女性の血縁者を粛清から除外する気はまったくなかったようで、子どもも、乳飲み子でさえ例外ではありませんでした。聞いた話からすると、アンカーは、従兄弟からさらに四親等、五親等と離れた遠縁の者まで抹殺したようです。粛清が終わったときには、そう、生粋のハードーン人の誰にも負けず劣らず、あなたにも王位継承の権利があるといえるほど、王室との関わりの薄い者しか残らなかった」

（そういう話を知ったのはこの前ここを訪れたときだが、あのちょっとした旅について触れるのは賢明とはいえないな）

トレメインは青ざめたというほどではなかったが、すこしばかり衝撃を受けたようだった。

「帝国の権力争いは情け容赦ないと思っていたが」彼はまるで自分にいい聞かせるようにつぶやいた。それからまばたきをし、落ち着きを取り戻した。「それで、あなたのいう特別な状況とはどういうものなのだ？　そのことが、どうしてこの国の様子についての情報をわたしに知らせることになるのだ？」

エルスペスは水のはいった杯をもてあそんだ。「ここからは、あなたにすこしばかり想像力を働かせていただかねばならないところです」エルスペスは答えた。「心理魔法というものが存在することはご存じですね。わたしの仲間が使っているのをご覧になっていますから」

トレメインは用心深くうなずいた。

「あなたのところにも癒しの魔法を使う〈治療者〉がいる。癒しの魔法は、心理魔法と同じではないけれども、よく似ています」エルスペスは続けた。「そしてご承知のとおり、どちらも魔法嵐の影響は受けていない。ヴァルデマールで本物の魔法と呼んでいるものは使えなくなっているのに」

「そこまではわかる」トレメインはうなずいていった。

「ところで、わたしたちの知るかぎりでは、もうひとつ、心理魔法や癒しの魔法に似ているけれど、厳密にはそのどちらでもない魔法が存在します」エルスペスは、身を乗り出しながら熱を込めていった。「それは大地の魔法と呼ばれています。土地や、土地の健やかさ、そして損なわれた土地を回復させることに関わる魔法のようです。下級魔法使いや大地の魔法使いが使っているのは、本物の魔法ではなくてそれではないかと、わたしたちは考えています。その分野――と、そういう魔法使いはいうのですが――を修業した者も、自分たちの力を大地の魔法と呼んでいます。そして、あなたや〈暗き風〉やわたしがふだん使い慣れている魔法のことは、上位魔法と呼ぶのです」

〈これでよし。じゃ、あなたは〈鷹の兄弟〉の癒しの〈達人〉のことを話して。そのあいだに、ここからどうやって大地との結合の儀式の話に持っていくか考えるから〉

〈暗き風〉はわずかにうなずき、すばやく話を引き継いだ。「われわれテイレドゥラスには特殊な能力を持つ〈達人〉がいて、癒しの〈達人〉と呼ばれています。彼らには汚れた場所――魔法によってゆがめられた場所――を感じ取り、それを癒す能力があります」〈暗き風〉はトレメインにいった。トレメインは椅子に深く腰かけ、奇妙な表情を浮かべていたが、何を考えているのか〈暗き風〉にはわからなかった。「その力がどれぐらいうまく働いているか、証拠が必要だといわれるなら、われわれが非常に広い範囲の土地を〈大変動〉以前の状態に回復させたという事実がその証拠です。それを可能にする特殊な能力――エルスペスの国の人々なら〈天恵《そしつ》〉というでしょうが――は、われわれが大地の感覚と呼んでいるものです」

「この感覚を用いるのは、テイレドゥラスの癒しの〈達人〉や大地の魔法使いだけではありません。実際、レスウェラン王とわたしの義父のダレン公も、大地の感覚を持っています」エルスペスがふたたび話を引き取った。「その〈天恵《そしつ》〉は、レスウェラン王家の家系に常に流れているようなのです。何世代にもわたって必要とされることはなかったけれど、ヴァルデマール国がアンカーを追い払うのに加勢するため、ダレン公がこの地へやってきたとき、ハードーン国のことをよく知っていたわけでも、儀式によってここの土地と結びついていたわけでもないのに、それでも、アンカーがこの土地にした仕打ちを感じ取りました。それを考えれば、その〈天恵《そしつ》〉がとても役に立つものなのは明らかです。実際、それで〈天恵《そしつ》〉に戦術的な価値があることが証明されました。おかげで、アンカーが必要とする力のすべてをどこから得ているかがわかったんですから」

トレメインはぎゅっと眉を寄せながらうなずいた。そして、〈暗き風〉とエルスペスの期待どおり、ある言葉にひっかかった。「儀式によって土地と結びついた？」トレメインは尋ねた。「いったいどういう意味だ」

「レスウェラン王は――ハードーン王も、だと思いますが――代々、大地との結合、として知られる、とても古くからの儀式に参加してきました」エルスペスはいった。「わがヴァルデマール国にはそういう儀式はないので、その方法やなぜそうなるかについて話すことはでにきませんが、その儀式を終えると、王は、国土が大きく傷ついたり変化したりするとすぐにそれを感じるようになるのです。どうやらアンカーは、その儀式を行わなかったようですね。でなければあんなことはできなかったはず――わたしの考えでは、レスウェランと同じように、大地との結合の儀式は、公式な戴冠式の直前に行われるハードーン王家の非公開の儀式の一部なのでしょう。アンカーは通常の儀式をせず、自分で王冠を戴いた。だから――」エルスペスは肩をすくめた。「わたしの義父によれば、潜在的にでも大地の感覚を持っている者は、そういう儀式によってその力を目覚めさせることができるそうです」

「ここで重要なのは、ハードーンの人々がその儀式のことを知る、古くからのしきたりに従っている司祭たちを探し出したということです」〈暗き風〉が続けた。エルスペスが、話を続けるよう目で合図したのだ。「その人々は、もしあなたが大地の感覚があるかどうかの試しを受け、潜在的にその力を持っていれば、ハードーンの王位に就く資格があると考えています。そして、あなたが大地との結合の儀式を受け、それによって大地の感覚に目覚めてハードーンの地と結びつけば、ハードーンにとって――その――安全な王になると考えているのです。アンカーのように国土を傷つけ、苦しめ、酷使することができなくなるからです」

「土地を傷つければ自分が傷つくから、というわけか」トレメインは、疑わしげに片方の眉を上げた。

〈彼、笑うかしら？〉エルスペスが半信半疑といった感じの〈心話〉を送ってきたが、〈暗き風〉はそれも当然だと思った。これはそれぐらい原始的で素朴な考え方だ——東の帝国のような、魔法が高度に発達していて、ほとんどすべてのことに魔法を使っている国から来た人間にとっては、信じられないほど野蛮で荒っぽいことに思えるにちがいない。

だが、トレメインは笑わなかった。それどころか熟考しているようだった。「その大地の感覚とやらについて、もうすこし教えてもらえるだろうか？　その感覚があるとどうなるのだ？　使い方はどうやって学ぶのだ？」

「わたしの民にとっては、それほど難しいことではありません」〈暗き風〉はいった。「使い方というより、大地の感覚に使われないようにする方法を学ぶのです。その感覚は、ある意味で〈共感〉に近いものです。あるいは、とても強い〈心話〉にね。実際には、常にその感覚に影響され続けることのないよう、閉め出しておく方法を学ぶことになります」

「おもしろい。自分が治療しようとしている病に逆に影響されるのがどんなに厄介か、というのはわかるな」トレメインは眉をしかめて考えこんだ。「それで、その逆もあるのだろうか？　王の健康状態が国土に影響することは？」

「とんでもありません！」エルスペスは叫んだ。「ひとつには、王は国土ほど、ええと——大きいわけではないからです！　馬の上で動いている蚤《のみ》のようなものでしょう。もうひとつには、大地の感覚はあくまでも感覚にすぎません。嗅覚のように。そして……」〈暗き風〉が首を振ったので、エルスペスは困惑し、尻すぼみに言葉を切った。

「エルスペスのいうことを否定したくはないが、彼女の言葉は完全に正しいとはいえません、トレメイン大公」〈暗き風〉はいった。何もかも包み隠さず話す必要がある。「特定の、とても特殊な状況では、その土地と結びついた王の健康状態が土地に影響を与えることもありえます。実をいえば、国土を元の健全な状態に戻すために、王は自分を犠牲にする――つまり自らの命を捧げる――ことができるのです。われわれ〈鷹の兄弟〉はそのことを知っているし、シン＝エイ＝インは知っているだけでなく、ごくまれにですが、実行したこともあります。しかし、これもいっておかなくてはなりませんが、わたし個人としては、ハードーン人がそういう形での大地との結合を行ったことがあるとは思いません。あらゆる技と同様、それを行う方法はたくさん、何百、何千といっていいほどあります。ハードーン人の話を聞いたかぎりでは、そうしたことができると知っている様子もありませんでした。さらに、これも指摘しておかなくてはなりませんが、その犠牲が効力を持つ、つまりうまく作用するには、完全に自由意志による自己犠牲でなくてはならない。それも犠牲となる本人が、心から望んでいなくてはならないのです」〈暗き風〉はなんとか薄い笑みを浮かべた。「王を犠牲の石壇に引きずり上げ、その血を大地にまき散らしても、あたりに生えている草におぞましい肥料をやることになるだけだ。身を捧げるという意志がなければ、何も変わらないのです」

〈暗き風〉が慎重に選び抜いた情報を伝えるにつれて、トレメインは眉を大きく上げたが、口に出しては何もいわなかった。しばらくして、彼は立ち上がった。

「しばらく考えたい」トレメインはいった。「わたしが心を決めたら、あなたたちが誰かと連絡を取ってくれるのだな?」

〈連絡相手はわたしが見つけられる〉グウェナが、エルスペスと〈暗き風〉のふたりの頭のなかできっぱりといった。

「ええ、もちろん」エルスペスはいった。

「それでは時間を――一刻ほどもらいたい」トレメインはいった。「あとで使いをやる。そちらに異存がなければの話だが」

朝食を食べてからずいぶん時間が経っており、それがふたり付きの帝国の副官に食べ物を取りにいかせるまたとない口実になるので、〈暗き風〉にはまったく異存はなく、エルスペスも同様だった。礼儀正しく会釈を交わすと、椅子に深々と腰かけ、大公の地位を示す指輪を見つめながらじっと考えこむトレメインをひとり残し、ふたりは退室して自分たちに割り当てられた部屋へ向かった。

ふたりが、特に美味というわけではないが、食べ応えのある麵麭《パン》と薄切りの冷肉と酢漬けの野菜という食事を半分ほど食べ終えたころ、グウェナが、連絡相手を見つけたと告げた。

〈日が暮れてから〈吊るした鵞鳥亭《がちょうてい》〉に行きなさい〉グウェナは〈暗き風〉にいった。〈〈暗き風〉が行かなくては。ああいう酒場でエルスペスが歓迎されるとは思えないし、ふたりで行ったりしたら、相手が罠だと思うかもしれないからね〉

エルスペスは顔をしかめて〈暗き風〉とちらりと目を見交わし、肩をすくめると、食べるのに専念した。

（話をする相手は麦酒を注いでいる給仕係だよ。もっと強い酒を扱ってるほうじゃなくて）グウェナは続けた。（その男にこういいなさい。「おれは、麦酒をうんと冷やして飲むんだ」とね。男は「そりゃ変わった習慣だな」と答えるはずだから、そうしたら「西で覚えたんだ」というんだよ。すると彼はうなずいて、伝言は何かと訊くだろう。その男は完璧な記憶力の持ち主で、伝言を一語も違《たが》えずにそのまま伝えてくれる。もしトレメインがこの危険な賭けに乗ることにしたら、司祭も含めた代表団がやってきそうだね。二、三日のうちかな。もっと早いかもしれない。もしかしたら、向こうは誰かを、この近くの村にすでによこしたかもしれない。わたしたちがここに着いたらすぐに、彼に例の話を切りだせるようにね）

「どちらかというと、愛国者たちが町に間者を送りこんでいるんじゃないかという気がしたんだけど」エルスペスが、最後のひと口を食べながらいった。「どうやったら〝聞いた話〟だけでトレメインについてあれほど詳しい情報を得られるものか、さっぱりわからなかった。でもいまの話だと、まるでしばらく前から情報網がきちんと整備されていたって感じね。完璧な記憶力を持っていて、情報の中継所としての役割を果たせるほど信頼できる人物を見つけるには長い時間がかかるわ。その酒場が、その……何かほかのことでも連絡場所に使われてなかったとしたら不思議ね」エルスペスは思わせぶりに〈暗き風〉に微笑みかけた。

〈暗き風〉は小声で笑った。「わたしはただの哀れな〈鷹の兄弟〉の見張りで、きみたち町の住人のこともその流儀も、何も知らないんだぞ」彼は抗議するようにいった。「何かほかのことってなんだい？」

「密輸ね、たぶん。もしかするとアンカーに対して陰謀を企てていたのかも。それから、賭けてもいいけど、グウェナがわたしを行かせたがらないのは、わたしがひとりで行っても歓迎されないからじゃない」エルスペスは、グウェナが自分だけにいった言葉を聞いてにやりと笑った。「そうだと思った」そして手を伸ばすと、〈暗き風〉の手を軽く叩いた。「その酒場で働いている女性たちは、強い酒と食べ物以上のものを売りこんでくるのよ、哀れで文明化されていない〈鷹の兄弟〉さん。彼女たちの売り物にはまったく興味がないって、はっきり意思表示することをお勧めするわ。そうしないと何か迷惑で不愉快なものをもらって帰ってきて、それを解決するのに〈治療者〉の手を借りなくちゃならなくなるわよ」

〈暗き風〉がにやりと笑い返し、何か気の利いたことをいい返そうとしたちょうどそのとき、トレメインの副官がふたりを呼びにきた。

部屋に着くと、ふたりがここを出ていったときとまったく変わらない様子で大公が待っていた。ふたりは席に着き、トレメインが口を開くのを待った。

「率直にいって、あなたたちのいう大地の感覚とかいうものが実在すると完全に納得したわけではない」しばらくして、トレメインはいった。「仮に存在するにしても、正直なところ、このわたしがそんなものを持っているとは思えない。あまりにも都合がよすぎるし、偶然にしても出来すぎた話だ。ここに派遣されたかもしれない大勢のなかで、よりにもよってこのわたしが、その感覚が必要とされているいまこの時に、たまたまそれを持ち合わせているなどと」トレメインは軽く眉をひそめた。「まったく、大ぼら吹きがでっちあげた話としか思えない」

「そうかもしれません」〈暗き風〉は答えた。「しかし、この提案をすぐに断らず、まず考えてみてください。大地の感覚というものが実在し、その究極の形は、この儀式を行わないかぎり……発現、とでもいっておきましょうか……しないということを前提に考えると、それより弱い、あるいは潜在的な形での大地の感覚は、たとえ範囲は狭くても統治する立場にある者にとって、非常に役立つものでしょう。そういうものを持っていると考えれば、一部の地主たちがほかの者よりずっとうまく所有地を管理できるのはなぜなのか、説明がつきます——地主たちのなかに、自分の所有地や住民に何が起きているのか正確につかむ並外れた能力を持つ者がいるわけや、決してはずれることのない驚くべき直感を持つ者がいるのはなぜかということも」

「それはわかる」トレメインは同意した。

「ですから、そう考えると、そうした〈天恵《そしつ》〉に恵まれた血筋の地主たちがほかの地主たちより栄え、財産をより増やし、何世代もかけて次第に高い地位に昇り詰め、ついには権力を握ったと考えても、論理的におかしくありません」〈暗き風〉は主張した。「要するに、土地の支配者、すなわち王は、そうした〈天恵《そしつ》〉の持ち主であると考えるのは、実は論理的なことなのです。それがなければ、その人物の先祖がそれほど成功することはなかったはずですから」

トレメインが声をあげて笑いだした。トレメインの笑い声を聞いたのはこれがはじめてだったが、〈暗き風〉はその声が気に入った。〈暗き風〉は、笑い方で人の気質を判断することがよくあるのだが、トレメインの笑いは開けっぴろげで声も大きく、人目を気にする感じがなかった。

「もし〈鷹の兄弟〉に生まれていなかったら、あなたは外交官か廷臣か司祭になっていただろうな、〈暗き風〉殿」ようやくトレメインはいった。「実に見事に相手を説得する。さて、もしよければ、わたしの話を最後まで聞いてもらいたいのだが」

〈暗き風〉とエルスペスはうなずき、トレメインは話を先に進めた。

「あなたたちに、そして先方にも承知してもらいたいのだが、この大地の感覚とやらがあろうがなかろうが、わたしの部下たちとわたしとでこの地に秩序を取り戻せたら――お気づきだと思うが、われわれはすでにそれを成し遂げている――称号などなくても、人々はわが旗の下に集まるだろう。それこそ、帝国の成功の大いなる秘訣なのだ。われわれは、ひとつの国の秩序が失われて混乱状態になるまで待ち、それから軍を進め、平和と秩序と繁栄をもたらす。たいていの場合、人々はわれわれを歓迎する。やがて、帝国の高度な繁栄ぶりを知ると噂が広まり、われわれが侵攻した国々は、軍勢そのものが到達するより先に、半ば征服されたも同然となるのだ」

「とてもうまいやり方だわ」エルスペスが冷ややかに口をはさんだ。

トレメインはそれが聞こえた証拠にうなずき、人差し指で卓を叩いて要点を強調しながら先を続けた。「先方に間違いなく伝えてもらいたい。何が起ころうと、わたしは今後もハードーンのこの地域を、わたし自身と配下の者たちのために、そして大地の感覚とやらとは関係なくわたしの支配と命令を受け入れたハードーン人たちのために、守っていくつもりだ」

「そのことなら、先方もすでに十分承知しているはずです、トレメイン」エルスペスは率直にいった。「でも双方ともが取り決めについてははっきり知っているように確認しましょう。正直にいうと、ハードーンの愛国者たちが自由にできるわずかばかりの資金では、あなたを撃退するのは不可能です。それには軍隊がいる。それほどの規模の軍隊といえば同盟軍しかありませんが、わたしたちは同盟を代表する平和と友好の使節としてここに来ているのですから、あなたがこの土地に対する支配権を失うことはまずないといっていいでしょう」

「よろしい。では、その件については問題なしということだな」トレメインはしばらくのあいだ、書類の端をいじくりまわしていた。「わたし自身がその儀式を受けたいと本気で思っているとはいえない。なんとなく、恐ろしく原始的な話に聞こえるのだ。だが、たとえわたしが、自分にいわゆる大地の感覚とかいうものがあるということを信じていなくても、司祭はあると確信するのだろうし、無意味だろうと、その儀式を最後までわたしに受けさせるだろう。率直にいって、もしそうなれば、ほかのどのやり方よりも手っ取り早くハードーン全体をわたしの庇護下におくことができる。しかも一滴の血も流すことなくだ」トレメインは微笑んだ。それは奇妙なほど恥ずかしそうな笑みで、めったに微笑むことはないのだと〈暗き風〉は感じた。まるで、トレメインは、声をあげて笑うことはあっても、微笑むことはほとんどないかのように。「そんな機会に背を向けることがどうしてできる?」

「わたしがあなたの立場だったら、もちろんわたしもそう考えるでしょう」〈暗き風〉はいった。「それで、おっしゃりたいことはそれで全部ですか?」

トレメインはうなずいた。「そちらさえよければ、部下たちに関して手配しておきたいことがある。副官に部屋まで送らせよう。それから、町のどこかへ行く必要があるのなら、その者に訊けば正確な道順がわかるだろう」

〈その必要はないよ〉グウェナがいった。

「ありがとうございます」〈暗き風〉は、トレメインの申し出を受けようというそぶりはすこしも見せずに答えた。

またもや丁重に挨拶を交わしたあと、ふたりは部屋へ向かった。エルスペスは何やら考えこんでいるような顔をしていたが、ふたりきりになるまでは何もいわなかった。

エルスペスは、魔法の火が燃えている鋳鉄と煉瓦《れんが》で作られた暖房器具に背を向けて立ち、からだを温めていた。暖炉には本物の火も燃えており、そのふたつにはさまれて、室内はヴァルデマールの宮殿と同じように快適だった。だが、この要塞化された領主館の廊下はそのような暖房器具があってもやはり寒く、自分たちの部屋とトレメインの部屋とを行き来するあいだに、ふたりともどうしてもからだが冷えてしまうのだった。

たとえ魔法嵐の影響がなくても、今年の冬がハードーン史上最悪の冬であることは間違いなかった。副官の話によれば、魔法嵐が弱まったいま、天候の一番大きな変化は、二週間に一度ほどやってくるのがただの吹雪で、殺人的な猛吹雪ではないということだった。地面は信じられないほどの雪におおわれており、太陽がそれを溶かす暇《いとま》もあらばこそ、また新たな雪が降り積もるのだった。

ヘルタシがエルスペスのために意匠を考えて作り直した〈使者〉の白衣は、氷でおおわれた周囲の風景にとりわけよく合っているように見えた。〈暗き風〉は、帝国の兵士たちはエルスペスを見てどう思うのだろうと考えた。彼らは、その衣装が、テイレドゥラスの見張りの装束と同じように、季節を反映させたものだと思うだろうか？

「ねえ」ようやくエルスペスがテイレドゥラス語で話しかけてきた。「この状況は、おもしろいことにヴァルデマールの歴史によく似てる――特に〈建国〉の部分に」

「そう？」〈暗き風〉はエルスペスのそばに行き、両手を暖房器具のほうに伸ばしながら、

〈鷹の兄弟〉の〈谷〉にあった温泉や湯浴みのできる池のようなものがあればいいのにと思った。寝床にはいる以外には、からだをすっかり温めるのは無理なように思えた。そして同じくテイレドゥラス語で答えた。「それは気がつかなかったな」

「あのね、ヴァルデマール男爵は帝国に仕えるよりも逃げることを選んで、自分に従う者とともにこちらの方向に向かって苦難の旅に出たのよ。でも、いまのへイヴンの地にたどり着いて町を造りはじめたとき、実際にはその横にもともと村があった」エルスペスはそう答えると、暖房炉のほうに向き直って両手をこすり合わせた。「地元の人たちは、外国の実力者が移住してきたのを心から歓迎したわけではなかった。実際に抵抗することはなかったけれどね。でも、ヴァルデマール男爵の保護下にはいる利点を――それから、彼が自分に従う者をどのように扱っているかを――知ると、ちょうどハードーン人がトレメインに対してしているような行動をしはじめた。そして、もちろん最終的には、ヴァルデマール男爵に〝王〟と名乗るように求めたってわけ」エルスペスはくすくす笑った。「本当におかしいわよね。どうやら、何粁《キロメートル》四方にもわたって、ちょっとした取るに足りない支配者たちがみんな〝王〟を名乗っていたので、ヴァルデマールに従った者はただの男爵に率いられていることを恥ずかしく思ったらしいの。人々は王冠を作らせ、司祭を呼んで儀式をでっちあげ、ヴァルデマールに異議を唱える隙も与えず、戴冠させてしまった。彼はさぞかし驚いたことでしょうね」

〈暗き風〉は声を立てて笑った。「誰かがだまされて王になったなんて聞いたのは、たぶんこれがはじめてだ」〈暗き風〉はいった。「でも、きみのいうとおりだ。いまの状況とよく似ている」

エルスペスは眉をひそめて暖房炉を見つめた。「いずれにせよ、トレメインは王位に就くよう求められるでしょうね」

「そうだな、当然そうなるだろう。愛しい人」〈暗き風〉も同意した。「たとえ彼が大地の感覚を持っていなかったとしても、ともかく司祭は絆を結ぶ儀式を執り行うかもしれない。ただ王となる資格を与えるためにだ。その点については、トレメインのいうとおりだと思う」

エルスペスはため息をつき、うなずいた。「次の問題は、いかにしてハードーン王に対する抑止力を設定するかということよ。〈太陽神の息子〉やレスウェラン王、ヴァルデマール女王に対するのと同じようにね。ソラリスはヴカンディス神に答える義務があるし、ファラム王は大地と結びついているうえに、一族の剣と闘わなくてはならない。セレネイ女王には〈共に歩むもの〉がいる」エルスペスは唇を噛んだ。「といっても――部分的にはすでにそういう抑止力があるといえるのかもしれない。なにしろソラリスが、真実しか話せないように呪いをかけたんだから」

「それはそうだが、真実を全部話さないといけないわけじゃない」〈暗き風〉はエルスペスに思い出させた。「真実の一部を話さずにおくというだけで、いくらでも人を欺くことはできる」

エルスペスは顔をしかめ、火のそばを離れて室内を歩きまわりはじめた。考えごとをするときによくする癖だった。「頭がおかしくなったと思われるかもしれないけど、だんだん若きカラルと同じ意見になってきたわ。あのトレメインという男は、基本的にはいい人なんだと思う。わたしたちが最初にここに来たときの、暗殺者についてのあの話し合いを考えても……」

〈暗き風〉はうなずいた。彼自身、あの話し合いで同じ印象を抱いたからだった。トレメインという男は、間接的にではあっても何の罪もない人々の死を命じたという恐ろしい重荷を負い、死ぬまでずっとそのことで罪悪感にさいなまれるような人物だ。見せかけではなく本物の罪悪感に。当時、そう命じるだけのしかるべき理由があったことなど関係ない。問題なのは、この数ヶ月のうちにトレメイン自身が変わったということなのだ。以前は許容できたことが、もはやできないのだ。

だが、〈暗き風〉は、トレメインがとても優れた役者であるかもしれないことにも気づいていた。多かれ少なかれ、ほとんどの支配者がそうだ。

「まだ全面的に賛成とはいえない」〈暗き風〉はしばらくしてからいった。「過去に起こったことは変えられない。彼はわれわれに対して恐ろしいことをしてしまった。挑発されたわけでもないのにだ。いまはそれを悔いているかもしれないが、精神的重圧にさらされたら、もとのやり方に戻ってしまうのではと、つい考えてしまう」

エルスペスはため息をつき、（この続きは、立ち聞きされない方法で話したほうがよさそうね）と警告した。

（いい考えだ。セジェンズは、ヴァルデマール語やほかの言語を学ぶのに魔法を使っていた。同じことができる人物が、ここにもいるかもしれない）確かに、そんなことをするだけの魔法エネルギーはないかもしれないが、わざわざ危険を冒す必要はないだろう？（われわれテイレドゥラスはほかのどの民族よりも疑り深いのだと思うけれど、トレメインの良心が帝国の便宜主義によってゆがめられたのか、それとも彼の便宜的な本性が良心的な人物を装わせているのか――うーん――それがわかればなあ！）

（いまのところは、みんなにとって問題よりも利益をもたらしているよ）グウェナが会話に加わり、そう指摘した。

（グウェナのいうとおりだわ。それに実際、それこそまさしく彼がしてきたことよ）エルスペスも同意した。（これまでしてきたことを考えてみて。この地域で一番いい建物を司令部として使っているのは確かだけど、それ以外は、王冠はなくても実質的にはこの地域の王である人物にしては、かなりつつましい生活を送っているわ。部下たちとまったく同じものを食べ、自分のためだけの贅沢《ぜいたく》な楽しみに貴重な資源を浪費することもない。それどころか、多くの資源をここの人々に還元している。自分がしたくないことを部下たちにしろとは決し

ていわないし、たいていは外に出て、直接部下を指揮している）

（まず部下のことを考え、次に地元の民のこと、その次が地元民の土地と家畜のこと、自分自身のことはその次）グウェナが口をはさんだ。（わたしが見たところ、そういう順番のようだよ。正直なところ、そうする理由の一部は便宜主義かもしれないけれど、すべてをそれで説明するのは難しいね）

〈暗き風〉はくすくす笑った。（トレメインが美男子でなくてよかった。でないと嫉妬するところだ。わたしの大事な女性たちをふたりとも誘惑して、味方につけてしまったんだからな）

エルスペスはインク入れを取り上げ、投げつけるふりをした。〈暗き風〉は首をすくめた。

（蹴っ飛ばすとこだよ）グウェナがいい返した。

（実をいうとね、愛しい人《ケ"チャラ》、あの人に自分の力を証明する機会を与えたいのよ。次の危機――たぶん、とんでもなくひどいものになるでしょうけど――にどう対処するかを見れば、彼の本当の姿がわかると思う）エルスペスがいった。

〈暗き風〉は、答える前にしばらく考えこんだ。自分たちは揃って恐ろしい間違いをしているのではないだろうか。〈暗き風〉はトレメインを信じたかった。あの男が最終的には計算ずくではなく、道徳的に振る舞うことを信じたかった。いったいどんな気持ちがするものなのだろう。ありとあらゆる行動を、それが倫理的に正しいかどうかは関係なく、緻密に計算しながら人生の大半を過ごさなくてはならないというのは？　もし自分がそんな立場だったら、きっと頭がおかしくなってしまうだろう。

（わかった）ようやく〈暗き風〉はいった。（ただし、ひとつ条件がある）歯を食いしばり、心を鬼にする。（もしあの男が信用できず、同盟にとって危険な人物だとわかったら——そして、もしこれ以上、命を犠牲にするようなら——わたしたちでなんとかしないといけない）

（つまり、彼を殺すってことね）エルスペスはうなずいた。ゆっくりと。（そんなことしたくない——でも、またアンカーのような人物があらわれてほしくないし、ましてや第二の〈隼殺し〉なんてまっぴらごめんだわ。トレメインは魔法を使うのに慣れているから、以前のような力を手にするために血の黒魔術に頼ってみたい気持ちになることもあるでしょうね）エルスペスは身震いした。〈暗き風〉も同じだった。ふたりとも、血の黒魔術を使った結果を嫌というほど見てきたからだ。（前にも同じことをしたし、さらに多くの罪もない人人の血が流されるのを見るより、わたしたちの手を血で汚すほうがましだわ）

それは道徳上の危険な落とし穴だ。どんな場合に殺人が容認されるのか、というのは。だがそれは、テイレドゥラスが常に直面してきたことだった。〈暗き風〉自身、何度もそんな状況に対処してきた——侵入者に三度警告し、警告が聞き入れられなければ、邪《よこしま》な目的を抱いて〈鷹の兄弟〉の土地に侵入したのだと見なす。テルヴァルディやヘルタシを奴隷にしようとする者や、誤った目的のためにさらなる力を求める魔法使い、さらには〈鷹の兄弟〉を殺そうとする者たちを、長い年月のあいだにいったい何人殺しただろう？　数えきれないほどだ。

エルスペスがやましく思うような殺人を犯したのは、片手で数えられるほどしかない。だが、やむをえないとなれば、また手を下す覚悟はできていた。

（それに運がよければ、わたしたちの悲観論には根拠がないとわかるかもしれないよ）グウェナが陽気にいった。（こういうのはどうだい。おまえたちが愛国者たちと接触しているあいだに、トレメインに大地の感覚があるかどうかがわかるか試してみるよ。さあ〈暗き風〉、わたしたちでおまえの衣装をひっかきまわして、町のみんなに他所者だと叫んでいるようなのとは違う服を探し出さなきゃね）

（わたしたちって、どういう意味だ？）と〈暗き風〉は応えた。

〈暗き風〉は連絡係を見つけた――グウェナは慎重にトレメイン大公を探ってみたが、大地の感覚が〝あるかもしれない〟という判断しかできなかった。四日後、世話係の副官が部屋の扉をおずおずと叩いたとき、〈暗き風〉とエルスペスはちょうど朝食を食べ終えたところだった。「失礼します、使節殿」〈暗き風〉が扉を開けると、副官はいった。「お邪魔して申し訳ありませんが、下に司祭のような男が来ておりまして、あなたがたに呼ばれたといっているのですが」

エルスペスは驚いて振り向いた。グウェナはきっとそうなるといっていたが、伝言に対する答えがこれほど早く来るとはまったく予想していなかったのだ。その男は、かなり近くまで来ていたにちがいない。つまりハードーン人たちは、トレメインは自分たちの提案に抵抗しがたいと確信していたということだ。

「わたしたちはその人を待っていたんだ、ジェム」〈暗き風〉は若者にいった。「ただ、いつ来るかわからなくてね。きみがそうしても大丈夫だと十分確信できたら、どうかその人をここに案内してほしい。もし、確信できなくて、警備上問題になりかねないのが気になるなら、町で会うようにしてもいい」

ジェムは顔を赤らめた。「いいえ、とんでもない。その人はただの老人で――何の問題もないと思います。わたしはただ、あなたがその男に煩わされるのをお望みかどうかわからなかったのです。もし、その男がいかさま師か何かだったら――」ジェムは、うっかり〈暗き風〉たち全員を侮辱しそうになったことに気づいて、さらに顔を赤くした。

「いいのよ、ジェム。どうかその人をここに連れてきてちょうだい。それから、わたしたち全員に何か温かい飲み物を用意してもらえるかしら。できれば食べ物ももっと。その人はまだ朝食を食べていないかもしれないから」エルスペスが、彼女としては最高にやさしい口調でいった。

副官は、まだ恥ずかしさに顔を赤くしたまま小さくお辞儀をし、急いで出ていった。トレメインの副官たちは、現在どっぷり浸かってしまっている外交的な状況よりも、軍事的な状況のほうにずっと慣れているようだった。実をいえば、エルスペスにはむしろそのほうが好都合だった。軍人は、一般的に、文官よりもずっと扱いやすく、はるかに率直だからだ。

老人が連れてこられたのと二回目の朝食が届いたのは同時だった。エルスペスは、ジェムがこの老人をいかさま師かもしれないと考えたのも無理はない、とひそかに思った。老人には、これといって目立つところは何もなかった。白髪交じりのややぼさぼさの髪は、このところ鋏を入れていないように見えた。両親がそれほど羽振りのよくない商人か貿易商で、長年店員をしてきた人間のようなからだつきだ。顔は四角く、小さな顎髭を生やしており、気苦労によるしわが刻まれていたが、目と口のまわりには笑いじわがあった。身につけている長衣と外套《がいとう》は清潔で実用的だが、ほとんど印象に残らないようなもので、典礼用の宝石類はひとつもつけていない。物腰は謙虚で、気持ちのいいものだ。エルスペスの経験では、こうした外見はすべて、おそらくこの人物はとても立派な司祭だろうということを意味していた。よい司祭とは、よい指導者と同じように、自分のために取っておくよりも多くを信者に分け与え、ことさら身なりを気にすることがないものなのだ。

エルスペスと〈暗き風〉は自己紹介し、ジャナス師と名乗った老人を歓待した。エルスペスの予想どおり、ジャナスは朝食を食べておらず、旺盛な食欲で料理を平らげていった。食事が終わるまで、ふたりは会話を最小限にとどめておいた。外套を脱いでみると、彼がほとんどのハードーン人同様、苦難の時を過ごしてきたのが一目瞭然だったからだ。痩せ衰えるというほどではなかったが、おそらく信者たちと同じ乏しい食料で過ごしてきたのだろうとわかる程度には痩せていた。

「ああ、おいしかった」ようやく食べ終えてそういうと、ジャナスは蜂蜜をたっぷり入れた熱いお茶の茶碗を両手で持ち、椅子の背にもたれかかった。「おいしい食べ物に目がないというのが、わたしの罪かもしれません」彼は笑った。「われわれ司祭は俗世のことよりも信仰の世界に意識を集中していることになっているから、遅かれ早かれ、このせいで、わたしが申し開きをしないといけない相手から咎められることになるような気がするのですよ」

〈暗き風〉はその言葉に微笑んだ。「わたしなら、あなたは大地の恵みに対してそれにふさわしい喜びと敬意を表しているのだといいますね」〈暗き風〉がそう答えると、老司祭はくすくす笑い、目を輝かせた。

「さてと、自分の欠点を正当化することにかまけていないで、わたしがここに来た理由について話すとしますかな」ジャナスはお茶をひと口飲むといった。「あなたがたも推察されていると思いますが、わたしが来たのはトレメイン大公に大地の感覚があるかどうか調べるためです。それはつまり、もし大地の感覚があれば、わたしがそれを目覚めさせるということです。そして、それが終われば、彼をハードーンの地に結びつける。ところで、わたしは、トレメインに大地の感覚があるかどうかわかるような手がかりは何ひとつついただいておりませんし、これから何が起ころうとしているか、あの人が何もわかっておらんのは間違いない。おふたりのどちらかはわかっておいでかな？」

エルスペスは首を振った。「ヴァルデマールではその〈天恵《そしつ》〉は使わない、というより、正確にいうなら、使うとしても、〈使者〉や〈詩人〉や〈治療者〉は使わないんです。わたしが詳しく知っているのは、この三つについての訓練内容だけです」エルスペスはいった。「わたしの義父には大地の感覚があるけれど、それについて話し合ったことはほとんどありません。それに、義父は正式にヴァルデマールの土地と絆を結んだことはない。理論的には、ほかの隠れた〈天恵《そしつ》〉を目覚めさせることもできると聞いたことはありますが、わたしが知っているかぎりでは、そんなことを試した人はひとりもいませんでした」

〈暗き風〉は、司祭に目を向けられると肩をすくめた。「テイレドゥラスの癒しの〈達人〉は皆、ほかの能力とともに大地の感覚を発達させる」〈暗き風〉は答えた。「大地の感覚が突然湧いて出ることはないし、もしそれを潜在的に持つ者がいても、わざわざ目覚めさせようとしたことは一度もない。だから、そういう状況になったときに人がどういう反応を示すのか、わたしにはまったくわかりません」

ジャナス師は片眉を上げた。「かなり劇的なものになるかもしれませんな」用心深い口ぶりだった。「もっと正確にいうと、その人が弱いながらも大地の感覚を持っている場合より、れわれはこの特別な儀式を、王の実際の戴冠式が行われる数日前に執り行ってきましたが、それはまさにそういう理由からなのです。儀式を受けた者が自分の新しい能力に慣れるまでに、かなりの時間がかかることがある。それまでは潜在能力でしかなかったものが、働きだしてみると非常に強いとわかった場合にはね」

エルスペスはうなずいた。「突然目が見えるようになるのと似たようなものでしょうね」

エルスペスはいった。「ところで、理論的にはまったく問題なさそうですが、あなたは理論を実践するためにここに来られたのですよね。すぐにトレメイン大公にお会いになりたいですか？ 大公に紹介する前に何か準備したいことや、着替えに必要な礼服はありますか？」

ジャナス師はいわれたことを気にしたように長衣の前をなでつけた。「もっとさまになる恰好をしたいところなのですが、残念なことに、いま着ているのが一番いい服で——実をいうと、これしかないのですよ」唇を舐め、申し訳なさそうな表情だった。「アンカーは、司祭や聖職者を直接、迫害することはしなかったが、幾通りものやり方で間接的に迫害したのです。ハードーンのどこを探しても、かろうじて存在しているだけの宗教団体しか見つからないと思いますよ。多くの団体が、古くからの信者が死に、それに代わる新たな信者を獲得できなくて消滅してしまったのです」そして悲しげに首を振った。「とにかく、こんな話をしていても無意味だ。何も準備する必要はないし、わたしはできるだけ早く大公に会うべきなのです。大公に時間ができればすぐにでも」

〈暗き風〉は、大公に伝言を届けるよう副官に頼もうと立ち上がった。だが、エルスペスはほかに考えがあった。

エルスペスは、〈暗き風〉がジェムと話をしているあいだに短い手紙を書き、自分たちの要望を大公に伝えにいった帰りに、その手紙をトレメインの補給担当主任に渡してほしいと副官に頼んだ。ジェムは当惑したようだったが、承知した。どうやら、なぜ使節が補給係に手紙を届けたがるのかは訊かないことにしたらしかった。

「いったい何を企んでるんだ?」副官を見送って扉を閉め、客人のほうに戻りながら、〈暗き風〉はエルスペスにいった。

エルスペスは、椅子に腰を下ろしてから答えた。「トレメインは、部下と一緒に帝国の貯蔵施設ひとつをほぼ丸ごと略奪してきたといっていたわ」エルスペスは、〈暗き風〉だけでなく客にも聞こえるように話した。「帝国がどんなに物事を組織化したがるかを考えれば、たとえ公式な国教がなくても、略奪してきた制服のなかに、標準的な帝国軍従軍司祭の長衣か、そんな類のものが少なくとも二、三着はあるはずよ。きっと、わたしがこれまでに見てきたいろいろな司祭の長衣とも似ているはず。なぜなら、従軍司祭はさまざまな宗教の儀式を行えないといけないから。だからお仕着せの長衣はできるかぎり個性のない、ごく一般的なものになるはずなの」

「そこまではわかった」〈暗き風〉は、困惑したまま いった。「だが、そういうものがあったとして、なぜわたしたちがそれを補給係からもらわなきゃならないんだ?」

エルスペスはにやりとした。「わたし、町の人たちと話をしたのよ。もし買いたいという一般市民がいれば、兵士たちにすぐには必要ないものをなんでも売るというのがトレメインのいつものやり方だってこと、わたしは知ってるの。町では大勢の人たちが、そうやって売り出された不揃いの補助訓練用か何かの制服を着ているのがわかるはずよ。どこを見ればいいかわかってさえいればね。わたしははっきり、もし従軍司祭の長衣一式があれば、それを買えるかどうか訊いてみたのよ。そして見つけ次第、ここに持ってきてもらうように頼んだわ」エルスペスは司祭のほうへ向き直った。司祭はすこし顔を赤らめた。「トレメインがわたしたちに会う時間を作る前に、その長衣をあなたの祭服に似せて仕立て直す時間は十分あります」

ジャナス師はいっそうきまり悪そうな顔になった。「いや、それではあまりに申し訳ない――」

エルスペスは手を振ってさえぎった。「あなたは寛大でやさしい方ですね。こんなやり方が強引だってことはわかってるんです。でも、この話がまとまってほしいと思う気持ちは、あなたよりもわたしたちのほうが強いかもしれないし、そのためならどんな機会も逃したくないんです。大公が大地の感覚の存在を信じているかどうかはわかりません。もしかしたら、こっちに調子を合わせているだけかもしれない。わたしたち三人は全員、トレメインがすでに見せかけだけの茶番劇だと考えているものを最後までやりとおすことに同意してほしいと思っている。それもすぐに。あなたの見た目の印象がいいほど、彼が同意する確率は高くなると思います」

〈暗き風〉は考えこみながらうなずいた。「実際、帝国の制服を利用するほうが、あなたが自分の祭服を着ているよりずっとうまくいくかもしれない。トレメインは、ずっと従軍司祭とともに生活してきた。彼は制服とそれが象徴するものに対して、自分でも気づかないうちに敬意を払うでしょう」

ジャナス師は自己卑下するようなかすかな笑い声を漏らした。「まあ、たいていの人が、第一印象では外見を頼りに判断するのは確かだし、わたしのこの恰好では、とても信用できそうには見えないでしょうな」

司祭はそう認めたものの、いっそう恥ずかしそうになっただけだったので、〈暗き風〉はすばやくハードーンの全国的な状況に話題を変えた。司祭は喜び勇んで、国じゅうで人々がかつてもいまも味わっている苦難のことや、その苦難に耐える気概について語った。

「ここへの旅の途中でおふたりが目にしたすべてが、この国全体の状況を表しております」司祭は心底悲しげにいった。「人々は飢えてはいないが、常に腹を空かせている。凍えて死ぬことはないが、寒さに震えている。この五年間で、少なくとも家族の誰かを不自然な形で亡くさなかった者は、この国にはただのひとりもおりません。あなたがたがご覧になったように、町や村が丸ごと空っぽになってしまっているのです。神殿やそのほかの神を祀った場所は打ち捨てられたか、わたしのような老人二、三人で面倒を見ているかだ。何よりもひどいのは、ほとんど一世代分の若者を失ってしまったことです。これから先、どんなに状況がよくなったとしても、その若者たちのあとをどうしたらいい？　いったい誰が次の世代を生み育てるのでしょう」

（この先決して帝国に戻ることのできない若者が数千人、ちょうどここに野営してる）エルスペスは考えた。（そのほとんどが、喜んで次世代のハードーン人の親になるでしょうね。この人はそのことを考えたのではないのかしら？　トレメインが考えているのはわかってる）

ようやく、ジェムがトレメイン大公の答えを持って帰ってきた。トレメインは、昼食後すぐ時間が空いていて司祭と会えるとのことで、必要なら、午後のかなりの時間を面談のために空けておくこともできるということだった。

「そのほうがいいでしょう」ジャナス師は、〈暗き風〉に意見を尋ねられるとそう答えた。「どうか戻って、まったくわたしの願っていたとおりで、ぜひそうしていただきたいと大公にお伝えください」

ジェムはその返事を携えて戻っていった。彼が出ていって間もなく、帝国の施設内で使い走りをするために雇われている大勢の地元民のうちのひとりが、きちんと梱包された大きな荷物と手書きの請求書を持ってきた。エルスペスはその両方を受け取り、補給将校が請求してきたやや法外な値段に顔をしかめたが、腰帯につけた巾着《きんちゃく》をひっかきまわし、ともかく必要な枚数の銀貨を取り出した。銀貨はハードーンのものでも帝国のものでもなく、ヴァルデマール通貨だったが、値付けは特定の国の通貨ではなく、銀の重さによるものだった。いまの状況を考えれば、目方さえ正確なら、銀貨の表面に誰の顔が刻印されていても誰も気にしないだろう。エルスペスはその銀貨を使い走りの少年に持って帰らせ、〈暗き風〉は包みをジャナス師に手渡した。

エルスペスが思っていたとおり、帝国の従軍司祭の式服は、さまざまな宗教や儀式用の多種多様な装飾を別にすると、ジャナス師が着ているすり切れた長衣とほぼ同型で作られていて、色もよく似た灰色だった。ジャナス師は着替えのために隣の部屋に引っこみ、出てきたときはずっと身ぎれいになっていた。

〈暗き風〉は鋭い目で司祭の身なりを点検した。「あなたの神——それとも神々かな——は、どんなお姿なのですか?」彼は司祭に尋ねた。「申し訳ないが、もうすこし印象に残るようにする必要があると思うので」

司祭は困惑したようだったが、それほどためらわずに答えた。「〈父なる大地〉と〈母なる天〉は、たいてい緑と青で表されます。それから、半分は白でもう半分は黒の円か球体でも。しかし——」

〈暗き風〉は、すでに山と積まれた色とりどりの肩掛けやそのほかの装身具のほうを向いて、大量の無地の布やさまざまな飾り布を縫いつけた織物をかき分けていた。やがて緑色の肩掛けを一枚、続いて青のを一枚見つけ出した。そしてすばやく小刀を動かしてそれぞれを半分に切り、できた四枚の布のうち二枚をエルスペスに手渡した。エルスペスは、すでに〈暗き風〉が何をするつもりなのか見抜き、もうひとつの部屋から針箱を取ってきていた。数分後、エルスペスは肩掛けを、からだの右側に緑、左側に青がくるようにしてジャナス師の首のまわりにかけた。

だが、それでもまだあまりに地味だったので、エルスペスはまた肩掛けをはずした。そして、彼女が別の二枚の肩掛けから黒と白の半円形の布を切り取り、新しく作った肩掛けの端に縫いつけているあいだに、〈暗き風〉は寝室へはいっていって自分の装身具のひとつを持って戻ってきた。「たぶんこれは、あなたがふだんつけておられるものとはずいぶん違うと思います」〈暗き風〉は申し訳なさそうにいった。「でも、きっといまはこれで間に合うでしょう。それに、トレメインには、ハードーンのものとシン＝エイ＝インのものとの違いはわからない」

〈暗き風〉は、なめし革の紐に吊るされた銅の円形の徽章《きしょう》をジャナスに手渡した。それは、シン＝エイ＝インがテイレドゥラスに対して、自分たち自身や味方の身元を明らかにするために持ち歩く識別票のようなものだとエルスペスはすぐに気づいた。エルスペス自身も以前、似たような識別票を持っていた。偶然出会うかもしれないテイレドゥラスに対してはもちろん、ケロウィンの親族に自分の身元を明らかにするためだった。この円盤の片面には抽象的な渦巻き模様が刻まれ、もう片方には一頭の鹿が刻まれていた。

でも、革紐ではだめだ。今度はエルスペスが寝室へ引っこみ、自分の装身具をひっかきまわす番だった。

〈銅。銅製のものは何を持ってたかしら?〉

出発するとき、エルスペスは何も考えずに持ち物すべてを鞄に投げこんだのだったが、そのなかには、〈暗き風〉が意匠を考えてくれた服に合わせて作られた装身具もいくつか含まれていた。鞄の底で銅が輝いているのが目にはいり、エルスペスは銅製のずっしりと重い鎖と軽い鎖を組み合わせた、変わった腰帯を引っぱり出した。そして軽い鎖をはずして徽章を吊るすのに使い、それから思いついて、重いほうの鎖を本来の用途の腰帯として使ってはどうかとジャナス師に勧めた。それが最後の仕上げになった。長衣がジャナス師にはすこしばかり長すぎたからだ。こうして新しい長衣と肩掛けに腰帯、それに徽章を身につけたジャナスは、ここに到着したときとはまったく別人のような姿になった。

ジャナス師もその変化を感じたようだった。それほど疲れた様子ではなくなり、立ち姿もすこししゃんとして、彼本来の快活さにふさわしい自信が感じられるようになった。全体として、朝のひと仕事にしては満足のいくできばえではないかとエルスペスは思った。

「正確には定めどおりの恰好とはいえないが」ジャナスはふたりにいった。「しかし、あなたがたがいったように、ここの誰にもそんなことはわからないだろうし、この恰好なら――その――ずっとちゃんとして見える。尊敬に値するという意味では、だが。おふたりにはなんと感謝したらいいやら」

「感謝するのは、すべてがうまくいってからにしてください」エルスペスはきっぱりといった。「そういえば、もう昼食の時間なのね」

いつものように、昼食はどちらかといえば素朴な料理だったが、量はたっぷりあった。ジェムは、ジャナス師の変身ぶりに驚いた様子だったが、最初に比べて敬意のこもった態度で司祭に接していた。それを見てエルスペスは、司祭を着替えさせようと骨折ったのは決して無駄ではなかったという思いを強くした。ジェムは、三人が食べているあいだぐずぐずと居残っていて、それはつまりトレメインが早急に会談を終わらせたがっているということだと、三人とも解釈した。それに急き立てられるように、一同は急いで食事をすませた。

〈ここからはジャナスに主導権を握ってもらったほうがいいと思うわ〉エルスペスは〈心話〉で〈暗き風〉にいった。

〈そうだな。そうすれば、最初から彼に権威を持たせることができる。結局のところ、公式には、わたしたちはこの件の末端に関わっているだけだしね。非公式な仲介役でしかなかったんだから〉〈暗き風〉は答えを返した。

エルスペスは茶碗を脇に置きながら、かすかにうなずいて司祭に合図を送った。司祭は、エルスペスが思っていたとおり、その合図を目ざとく読み取った。

「いつでもトレメイン大公にお目にかかれます。大公のご都合がよろしければ、ですが」ジャナス師は副官にそういうと、きびきびとした動きで立ち上がり、新しい式服を整えた。

「大公がお待ちです」ジェムは、エルスペスたちに対するのと同じ敬意をもって答えた。「一緒においでくださいますか」

それから、とまどったようにしばらくふたりの使節を見つめた。まるで、ふたりが関わっているのを一瞬忘れてしまった、とでもいうようだった。どうやら、ふたりをこの招待に含めていいものかどうか、確信が持てないでいるらしい。

ジャナス師がその問題を解決した。「わたしが、同盟の使節殿にも同行していただくよう頼みました」ジャナス師はすらすらといった。「トレメイン大公に異存がなければですが」

ジャナスに問題を取り除いてもらえたので、ジェムは顔をぱっと輝かせ、三人に向かって小さくお辞儀をした。「もちろんです、司祭殿。どうぞご一緒においでください」

大公の私室に早足で向かう途中ずっと、エルスペスは、わけのわからない興奮が募ってくるのを感じていた。何かが起ころうとしている。それがなんなのか、はっきりとはわからなかったが、この訪問が何事もなく終わるとは思えなかった。

〈わたしの一族に、たまに予感がする程度の能力じゃなくて、もっと〈先見〉の力のようなものがあればよかったのに〉エルスペスはいらいらしながら考えた。〈頭の上に山が落ちて

こようとしているときに、何か警告が得られればどんなにいいか）

とうとう、一行は部屋でトレメインと四人だけになり、机の前に並べられた三脚の椅子に座って大公と向かい合っていた。今回は、この前エルスペスと〈暗き風〉がトレメインと話し合ったときのような、うちとけた会見にはなりそうもなかった――といっても、トレメインが堅苦しくないことは一度もなかったのだが。トレメインは、大公にして軍司令官、そして地元の権力者としての装いをしていた。軍服を着ており、帝国の徽章こそつけていないが、それ以外の与えられた印綬や勲章はすべてつけたままだ。部屋には、ぱちぱちと音を立てて火が燃える暖炉と魔法の火がはいった暖房炉の両方があって、室内は十分すぎるほど暖かく、松脂のよい香りが漂っている。窓からは太陽光が差しこんでおり、分厚い天鵞絨《ビロード》の窓掛けは、できるかぎり光を入れるために引き開けられていた。トレメインは、ここで使う椅子を事前に選び、そのなかでも一番どっしりとして玉座らしく見える椅子を、自分用に選び出していた。エルスペスたち三人とのあいだを隔てる机は、まるで濃い色の木で作られた要塞の壁のようだった。

いまエルスペスは、ジャナス師を無理に盛装させておいて本当によかったと思っていた。ここに到着したときのようなみすぼらしい恰好でこの会見の場にやってきたら、最初からトレメインと対等の立場に立つことはできなかっただろう。〈暗き風〉の推測どおり、見覚えのある〝制服〟に象徴される暗黙の権威に、トレメインが影響されているのが目に見えてわかった。そしてジャナス師は、トレメインと同等の権威を持つ者としての正当な立場に立っていた。

エルスペスはといえば、周囲のあらゆることを敏感に感じ取っていた。予感のせいで意識が研ぎ澄まされている。感覚がとても鋭くなっていたので、トレメインが洗練された外交儀礼の下に、失礼にならない程度の退屈を隠しているのに気づいたほどだった。

ジャナス師は、トレメインの態度を不快に思ったとしても、それを表には出さなかった。

「トレメイン大公」ジャナス師はいった。「わたしがここに来た理由はご存じのはずです。帝国の征服に抵抗する闘いを率いていた者たちは、あなたが帝国から離反したと聞き、ここの人々をどのように統治し守っているかを見て、あなたは、必ずしもハードーンの敵ではないという結論に達したのです」

トレメインはこのいわずもがなの言葉にうなずき、ジャナスが先を続けるのを待った。彼の背後で、燃えている薪の節がぱんとはじけた。だが、誰ひとり飛び上がったりはしなかった。

ジャナスがこの演説を、考えなくてもすらすらいえると安心できるまで、何度も練習してきたのは明らかだった。「愛国戦士連合は、誰もが認める指揮官となれる人物がひとりもおらぬゆえ、また、ハードーンにはあなたのように資源を管理できる人物がひとりもおらぬゆえに、あなたが、他所者や現在の苦境からこの国を守るにふさわしい人物かもしれぬと考えておるのです」ジャナスは薄く笑みを浮かべた。「気取った物言いはやめましょう、トレメイン大公。ほかの状況を考え合わせると、彼らは、あなたの支配下にある資金と兵士たちで、あなたがハードーンの支配権を手に入れることを許してもいいと考えているのです」

トレメインは、ジャナス師の率直さにすこしばかり驚いたようだった。「筋の通った話のようだ」彼は用心深く答えた。「もちろんわたしは、喜んで資金をハードーンにつぎこむつもりだ」

ジャナス師はうなずいた。「そこで、わたしはその人々によってここへ派遣されたというわけです。あなたがこの国を導くにふさわしく、その意志があるのかどうか、そしてこの国を国外の勢力——帝国も含めて——の支配下におこうとする者から守るのに力を貸す気があるのかどうか、確かめるために」ジャナス師は問いかけるように首をかしげた。ふたたび火がぽんとはぜ、火の粉をまき散らしたが、ジャナス師は答えを待ち続けた。

トレメインの答えは、簡潔だが丁寧なものだった。「わたしの真価を証明する機会が与えられるのは歓迎すべきことだ。だが、これだけはいっておきたい。わたしはいまも、そしてこれまでも、叛逆者であったことはない。われわれを見捨て、ここに置き去りにしたのは帝国と皇帝だ。われわれは誓いを破っていない。しかし、誓約が破られたいま、われわれはなんとしても、お互いに対して立てた誓いを守っていかねばならない。もし、誓いを守りつつ、この地に住む人々を助けられるなら、それが一番だろう。いまは危険な時だ。忠誠には忠誠をもって報いるべきであろう」トレメインの表情が厳しくなった。「だが、わたしが新たに引き受ける義務は、どんなものであろうと、部下に対する誓いのためになるものでなければならない」

「それが対立することはないでしょう」ジャナスはうなずき、その顔には満足の色が浮かんでいた。「伝統に従って、ハードーンの支配者は、大地の感覚といわれる資質を持っていなければなりません。さらに、その資質があるなら、大地と絆を結ばなければなりません。きちんと理解した上でその試しを受ける同意をしていただくために、それがどういうことなのか、詳しく説明いたしましょう」

　ジャナスは、エルスペスや〈暗き風〉がしたよりもずっと詳しい説明をしはじめたが、エルスペスが見たところ、トレメインは全体として無頓着すぎる感じだった。エルスペス自身もこの瞬間まで、大地の感覚があるかどうかの審査に、潜在能力を持っていた場合には、実際にその感覚を呼び覚ますところまでが含まれているのかどうか、確信を持てずにいたのだ。ジャナス師が、もしトレメインに大地の感覚があるようなら、ただちに大地と絆を結ぶ儀式を受けることになると説明したとき、トレメインはどうみても何かほかの考えに気を取られていた。

　おそらく、自分がジャナスにいった言葉のせいで、部下たちとのあいだで解決しなければならない問題を思い出したのだろう。たぶん、すこしでも宗教と関わりのあることに時間を費やしたくないだけなのだ。トレメインという男は、宗教的な権威に対して世俗的な敬意を払い、その儀式には口先だけで賛同し、それ以外は宗教的なことをすこしも考えない類の人間なのだと、エルスペスは思った。トレメインは、大地の感覚と大地との結合に関わることすべてを、本質的には宗教的なもの、現実ではなく信仰の問題だと考えているのだ。

（彼は、何かが起こるわけではないと決めつけてしまっているな）〈暗き風〉は、注意力が散漫になっているトレメインを見て〈心話〉でいった。（トレメインは人の心を読むのがうまいから、ジャナスが彼のことをハードーンのよき指導者になりそうだと考えていることぐらい見抜ける。そして、その〝試験〟にさえ合格すればいいと思っているのかもしれない。ジャナスが二つ三つ神秘的な手ぶりをして、トレメイン大公には大地の感覚があると宣言し、決まり文句を二、三つぶやいてから、これでハードーンの大地と結ばれたと告げるんだ、ぐらいに思っていて、実際には何も起こらないと決めてかかっているんだ）

（もしそうなら、彼は間違ってるわ）エルスペスは答えた。（もうすこし注意深く話を聞いてくれるといいんだけど。だって、自分がどんなことに巻きこまれようとしているのか、本当に理解しているとは思えないんだもの）

だが、何をいってももう遅かった。というのは、ジャナスが説明を終えると、トレメインはほっとしたようにうなずき、こういったからだ。「いますぐにでもはじめてくれていい」

ジャナスは、トレメインに考えを変える暇を与える気はなかったようだ。司祭はすぐに立ち上がった。

「机のそちら側に行ってもよろしいですか？」ジャナスはそう問いかけ、トレメインがうなずくと、机をまわりこんでトレメインの椅子の後ろに立った。そして、トレメインが異議を唱えるより早く、両手の指先をトレメインのこめかみに置いた。

思いがけず触れられたトレメインがからだを引き離す前に、司祭は両目を閉じ、口を開いた。エルスペスはぎょっとして文字どおり飛び上がった。ジャナスの口から出たのは祈りの言葉などではなく、鐘のような澄んだ音だったのだ。

その音はエルスペスの全身に共鳴し、耳と頭を満たし、あらゆる思考を頭から追い出して、からだを椅子に釘づけにした。たとえ、この部屋が突然火事になったとしても動けなかっただろう。恐ろしいと思うこともできなかったはずだ。その音が、恐怖も含めてすべての感情を追い出してしまったからだ。〈暗き風〉もまったく同じ影響を受け、わけの分からない驚きに目を丸くして、ジャナスをじっと見つめていた。

だが、トレメイン大公が受けた影響は違った。

ジャナスの手の下で、大公はからだをこわばらせていた。両手を持ち上げて司祭の手をおおっているが、ジャナスの指を頭から離そうとしているようには見えない。目を閉じ、その両手はどう見てもジャナスの手を押さえつけている。トレメインの口が開き、第二の音――ジャナスが発した第一の音と調和する音――が、喉から響いた。ふたつの音が合わさった効果は筆舌に尽くしがたく、エルスペスは、その音を実際に聴いているにもかかわらず、分析できなかった。時間と空間のあいだに宙づりにされ、からだと魂の隅々にまで響き渡る、ふたつの音から成り立つ歌以外には何も存在しなかった。実際、すべての感覚が影響を受けていた。色は濃く、より豊かに見えた。実際には存在するはずのない、育ちゆく生物や春の花の匂いがあたりを満たしている。

それがどれくらい続いたのか、エルスペスはよくわからなかった。まったく時間が経っていないようにも、永遠に続くようにも思われた。それが終わった瞬間は、はじまりと同じくらい劇的だった。突然トレメインが目を大きく見開いたかと思うと、白目をむいた。口ががくっと閉じ、音が途切れる。そしてジャナスの手を離すと、まるで心臓が急に止まったかのように机の上に倒れ伏した。

エルスペスはまだ凍りついたままで、身動きひとつできなかった。トレメインが倒れ伏した瞬間、ジャナスは歌うのを——それが歌ならだが——やめた。そしてしばらくのあいだ、呆然とした様子で大公をじっと見つめ、まるで燃える石炭に触れていたかのように両手を振った。

「ふむ」ようやくジャナスはいった。「大公には確かに大地の感覚がある」

エルスペスか〈暗き風〉が動くより早く、司祭はトレメインを引き起こして椅子の背にもたれさせ、気がつくまでそっと揺さぶった。

「それは――」〈暗き風〉は、立ち上がりかけながら口を開いた。ジャナスは手を振って〈暗き風〉を押しとどめた。

「トレメイン大公は、恐ろしく強い新たな能力を持ったせいで起こる混乱状態に陥っているだけだ」司祭は何かに気を取られているような声でいった。「だが、どこも悪いところはない、それは保証する。むしろ、人生でいまだかつてなかったほど正常かもしれない」

ジャナスが大公の机の上にある紙切り用の小刀を手に取り、片手をつかんで人差し指の先に突き刺したとき、トレメインがまだぼんやりしていたのは明らかだった。ひどくぼうっとしていて、まるで小刀が刺さっているのを感じてもいないように見えた。

ジャナスは、トレメイン大公が手を引き抜けないようにしっかりとつかんだまま、腰帯につけた小袋に手を入れ、土をひとつまみ取り出した。そして、トレメインの傷ついた指をそのわずかな土の上にかざすと、血が一滴滴り落ちて土と混ざるまで締めつけた。

「頭上の力と足元の力の名において、我、汝をハードーンの大地と結びつけん、トレメインよ」ジャナスは唱えるようにいうと、トレメインの手を放し、代わりに顎をつかんだ。「人人の〈偉大なる守護者〉の名において、我、汝をハードーンの心と結びつけん」司祭は続け、血が混じったひとつまみの土をつまみ上げた。「〈生命と光〉の名において、我、汝をハードーンの魂と結びつけん。そしてこのしるしにより、汝と大地はひとつとなる」

ジャナスは血の染みたわずかな土を、大公の口元へ差し出した。トレメインは口を開けてそれを受け、幸いなことに吐き出さずに呑みこんだ。おそらく、吐き出したりすればとても不吉なことであり、恐ろしいことの起こる前兆となっただろう。

ジャナスは後ろに下がって注意深く大公を見守っていた。トレメインはしばらくのあいだ、梟《ふくろう》のようにまばたきしながらジャナスを見つめていた。それから、何の前触れもなく、奇妙な弱々しい叫び声をあげると、両手をすばやく顔に押し当て、手のひらで両眼をおおってしまった。

今度はエルスペスが立ち上がろうとしたが、司祭はさっきと同じように手を振って押しとどめた。「まったく問題ない」彼はとても満足そうにいった。「どんなにうまくいっているか、とても言葉ではいい表せないほどです。大公は、わたしがこれまでに出会った潜在能力の持ち主のなかで、もっとも強い大地の感覚をお持ちだ――そしていまは、すこしばかり混乱しておられる」

「混乱している?」大公は手で顔をおおったままいった。「百の小さき神々にかけて、そんな言葉は生ぬるすぎる!」その声は息切れし、まるで長距離を走ってへとへとに疲れてしまったとでもいうようだった。「まるで――まるでいままで耳も聞こえず目も見えずにいたのに、突然視界が開け、耳が聞こえるようになって、いま感じているものの意味もわからず、それをどうしたらいいかもまったくわからないような感じだ!」

トレメインは顔をおおっていた手を下ろしたが、その戸惑ったような顔つきと呆然とした目の表情から、いままでに経験したことのない感覚を味わっているのは一目瞭然だった。

「具合が悪くなりそうだ」トレメインは弱々しくいった。「ひどい気分だ。いまにも吐いてしまいそうだ」

「いや、そんなことにはならん」ジャナスがなだめるようにいった。「あなたがいま感じているのは自分自身のからだではなく、ハードーンそのものなのです。病んでいるのは国土で、あなたではない。国土が病み、疲弊しているのです。自分を国土から切り離しなさい。今朝、目覚めたときの気分を覚えておいでですか？　それがあなたです。それ以外は国土の病なのです」

「口でいうのは簡単だな、司祭よ」トレメインは感情的になって答えた。「おまえはわたしの頭のなかにいるわけではないのに！」トレメインの顔は血の気が失せて汗ばみ、瞳孔が大きく広がって虹彩がほとんど見えないほどだ。

だが、ジャナスはすでに扉のところに行って、トレメインの副官たちを呼んでいた。「大公閣下はご気分がよろしくない」司祭はいった。「寝室にお連れして、眠らせて差し上げることだ。今日のこのあとの予定はすべて取り消したほうがよいだろうな」

副官はふたりとも指揮官の状態に驚いたようで、ひとりが剣の柄《つか》に手を置き、疑うようなまなざしをジャナスに投げかけた。おそらく、司祭が何らかの方法で大公に毒を盛ったか、病気にしたと疑っているのだろう。

「大丈夫だ」トレメインが安心させるようにいった。「過労だと思う。たいしたことはない」

まるでその言葉が、訪問者たちがトレメインの体調悪化の原因になったわけではないと告げる暗号だったかのように、副官はふたりともすぐに緊張を解き、部屋にはいって指揮官が立ち上がる手助けをした。「〈治療者〉たちが、無理をなさりすぎだと警告していたではありませんか」副官のひとりが、部外者には聞こえないはずと思われる程度に声をひそめて、大公を叱りつけた。ふたりのうち年上のほうで、大公と同い年か二、三歳年上といったところだったが、どうやらトレメインを叱るのは自分の義務だと考えているようだった。「ほら、ごらんなさい！　死にそうになるまで働いて、何ともないはずがない！」

「大丈夫だ、ちょっと眠りたいだけだ」大公ははっきりしない口調でいった。周囲の状況や訪問者のことにはほとんど注意を払っていないようだが、少なくともエルスペスの目には、もうそれほど混乱しているようには見えなかった。むしろ、自分の内面に意識を集中させ、半瞑想状態になっているように見える。

ふたりの副官がトレメインを支えながら奥の部屋にはいっていくと、ジャナスは扉のほうへうなずいてみせた。エルスペスと〈暗き風〉はそれと察して立ち上がり、司祭に続いて部屋を出た。

「トレメインと一緒にいて、何か教えたりしなくてもいいのですか？」〈暗き風〉は心配そうに尋ねた。三人は冷え冷えとした廊下を自分たちの部屋へと向かっていた。

老人は首を振った。まだ大いに自己満足に浸っている様子だった。「いや、すでに教えてあるのです。わたしが最初にしたのがそれなのですよ。必要なことはもう全部頭にはいっているのだが、ただちょっと、いろいろと整理する必要があって、そのあいだ眠らなくてはならんのです。心配せずともよろしい、何世紀もこのやり方でやってきたのですからな。国王にだけでなく、やはり潜在的に大地の感覚を持つ司祭たちにも。だが本当に、今回のは、たぶんわたしがこれまでに行ったなかで一番うまくいった儀式ですよ！」ジャナスは、喜びを隠しきれない様子で手をこすり合わせた。「さてと、何があったか国じゅうに知らせ、戴冠式の計画を立て、王冠のようなものを探さなくては――ああ、手配しなければならないことが山ほどある」

ジャナスは首を振ると、急に言葉を切った。ちょうど、部屋の前に着いたところだった。「どうか無礼と思わないでいただきたいのだが、わたしはすぐに帰らなくてはならない。やらねばならぬことは山のようにあるというのに、時間があまりないのです。我らが新王との連絡係として、有力者たちをすぐにここへ来させましょう。それまで、この一両日のあいだ、あなたがたおふたりに大公の手助けをお願いできましょうな」

「大公が感じているのがなんなのか、説明する手助けはもちろんできます」エルスペスはそう答えたが、扉を開け、司祭に先にはいるよう手で合図しながら、すこしばかり疑問を抱いた。「たぶん、わたしがはじめて――ええと――〈心話〉が使えるようになったときのような感じかしら」

「まさしくそのとおり！」ジャナスはそういいながら、古い長衣をまとめて、小さくたたんだ。それから狼狽したようにいま身につけている衣服に目をやった。一瞬、不安が確信に取って代わった。「その――わたしは――」

「その新しい服は同盟からの贈り物と思ってください」〈暗き風〉は、ジャナスに訊かれる前に先回りしていった。「それに、もしほかの連絡係の方たちが同じような服装をする必要があるなら、遠慮なくいってください」

ジャナスは振り返り、〈暗き風〉の手を取ると感謝の念をこめて握った。「ありがとう、何から何まで本当に感謝しますぞ！」そういう司祭があまりにも喜びに満ちあふれた様子だったので、エルスペスは思わず笑みを返してしまった。「さてと、本当にもう行かなくては。一瞬たりとも無駄にはできん！」

ジャナスはせかせかと扉を開けて廊下へ出ていった。運よく、戸口にいた番兵のひとりが彼を引き止め、副官を捜してきて外まで案内させようと申し出た。ジャナスは上の空でその申し出を受けながら、すり切れた外套を新しい一張羅の上から着込んだ。そしてエルスペスが最後に見たとき、彼は、トレメインをハードーンの新王として迎える戴冠式の準備をするために必要ないくつかの支度について、副官に説明しているところだった。

エルスペスは扉を閉め、長椅子の上にぐったりとからだを投げ出している〈暗き風〉のところへ行った。すると、突然自分が耐久試験を受けていたような気分になり、彼の隣に倒れこんだ。

「やれやれ」ようやく〈暗き風〉はいった。「正直なところ、なんといったらいいかわからないな」

「わたしはすこしはいいたいことがあるけど」エルスペスはそういうと〈暗き風〉の肩に頭を乗せた。「でも、どれほどほっとしたかは、やっぱり言葉ではいい表せないわね」

エルスペスが〈暗き風〉の顔が見えるように頭の向きを変えると、〈暗き風〉はその目をのぞきこみながら微笑んだ。「願い事をするときには気をつけろって、シン＝エイ＝インがいつもどれほどいっているか知ってるだろう」〈暗き風〉はやさしくたしなめるようにいった。「それなのにきみは、指導者としてのトレメインの行動に、何らかの抑止力が働くことを願ったんだ」

「確かにね」エルスペスは深く息を吸いこみ、それからゆっくりと吐き出した。「こういう結果になってうれしくないとはいえないわ。そのおかげで、ハードーン国内の紛争が治まるかもしれないんだもの。ハードーンの民は、本物の、有能な指導者を持つことになるのよ。トレメインは大地や国民を苦しめることはできない。まずハードーンが脅かされないかぎり、彼が誰かと戦争しようと考えることさえできないというのは、とてもおかしな感じがするわね」

〈暗き風〉はエルスペスの額に口づけすると、長椅子の背もたれに頭をあずけて天井を見上げた。「いまは、大いに彼に同情するね。これは、トレメインがわたしたちの同胞にしたことに見合った罰ではないかもしれないが、彼はこの先かなり長いあいだ、本物の、そしてときどきは深刻な不快感に悩まされることになるだろう。わたしにちゃんと理解できているなら、だけどね」

「つまり、この国の状態のせいで、ってこと？」エルスペスは訊いた。

〈暗き風〉はうなずいた。「そのとおり。ジャナスがいうのを聞いただろう。ハードーンは病み、傷ついていて、ようやく回復しはじめたばかりだと。大地がふたたび癒されるまで、トレメインはそのすべてを体験することになるんだ。そのうえ、また魔法嵐が襲ってくれば、大地がどんな被害を受けても、それが自分の身に起こっていることのように感じるんだぞ！」

エルスペスはくすくすと笑った。やや冷酷な笑いだった。「田舎の土地がすこしだけ剥がされて、どこか別の場所に移されてしまうのって、どんな感じがするのかしら？」

「わたしは絶対にその感覚を分かち合いたくないね」〈暗き風〉はきっぱりといった。

エルスペスはそういう事態が起こる可能性についてじっくり考えてみたが、嫌な気分はしなかった。それに、この新たな状況が大いに気に入りそうな人物をほかに知っている。

「この知らせがソラリスに届くまでに、どれくらい時間がかかるかしら？」エルスペスは声に出してつぶやいた。

（長くはかからない、本当だよ）グウェナが答えた。（ああ、そうだ、そのときにはこっそり見ていればいいじゃないか！）

公式にも非公式にも、ハードーン国民に代わってトレメインとの連絡係を務めることになったために、エルスペスと〈暗き風〉は、翌朝ふと気がついてみると、前日にジャナス師が動きまわった結果として生じた十件以上の要望を処理するはめになっていた。「ねえ、これが全部、真冬の出来事でよかったわね」エルスペスは、またひとつ、町のある商人からの〝国王の御用達〟を求める請願書を処理しながら、伴侶にいった。「もっと天候のいい時期だったら、ジャナスが準備しようとしている戴冠式のために、国民の半分がここへ来ようとしてたでしょうね」

〈暗き風〉はやりとりのほとんどをエルスペスに任せていた。というのは、〈鷹の兄弟〉には王にあたる地位や、そうした高位の人物につきものの威厳の誇示といったものが存在しないからだ。〈暗き風〉は首を振った。「エヴェンディム湖の真ん中のちっぽけな蛙みたいに、途方に暮れた気分だよ。それとも、ドウリシャ平原の真ん中の森兎かな」彼は悲しげにいった。「きみたちヴァルデマール人が〝田舎者〟のような気分だというとき、どういうことを意味しているのかやっとわかった。この人たちがトレメインに何を求めているのか、半分も理解できないよ」

「はっきりいうとね、この人たちにもわかってないのよ」エルスペスはそっけなく答えた。「王位というのは、王とか女王とか、そういうものに慣れている者にとっては、試金石のようなものなの。人は自分の価値を、王にとって自分がどれくらいの価値があるかで決めるのよ。王自身が王位にふさわしい人間であるかどうかは関係ないの。この人たちはみんな、その威光のおこぼれにあずかれないかと期待して、トレメインに近づこうとしてるってわけ」

エルスペスはさらに何かいおうとしたが、ちょうどそのとき、部屋の扉を叩く音がした。〈暗き風〉が応対に出ると、エルスペスが驚いたことに、トレメインその人が、年長の副官を護衛として従え、戸口に立っていた。すこしやつれたようだった。

「はいってもかまわないかな?」トレメインはいった。「わたしの記憶のなかの何かが、あなたたちがわたしを助けてくれるだろうといっているのだ。物事を整理するのに、ということだが」

〈暗き風〉はトレメインを招きいれた。副官はあとに残ったが、その表情から、彼が扉の前に陣取り、トレメインがふたたび出てくるまで動かずにいるつもりだということがわかった。

大公は長椅子に腰を下ろし、エルスペスはすばやく彼の状態を判断した。今度ばかりは、何も隠しごとをしていないようだ。単に、いまは隠せない状態だというだけかもしれない。まだかなり不安定で、頭が混乱しており、どうみても目つきが尋常ではない。エルスペスは、香り高いカヴのはいった茶碗を大公に手渡した。カヴは帝国人が好む飲み物で、エルスペスもよく飲むようになっていた。味だけでなく、眠気覚ましの効果も気に入っていた。

「覚えているだろうが」トレメインは訴えるようにいった。「あなたたちがここに来たとき、わたしは、あなたたちのいう心理魔法の存在を信じるといったが、実をいえば、完全に信じたわけではなかったのだ。心理魔法によるものだというものは全部、単によく訓練された二頭の動物と巧妙な一連の合図があれば行うことができそうだった。精霊とか、自分が考えていることを別の誰かの頭のなかに送るとか——すべてがあまりにも馬鹿げていたし、そんなことを信じるのは、本当にだまされやすい人間だけだろうと……」

トレメインの声が次第に小さくなって途切れ、エルスペスはうなずいた。「いま、生まれてはじめて、あなたは自分では説明できないものに大きな影響を受けている。そうですね？」エルスペスは訊いた。

トレメインはうなずいた。奇妙なほど弱々しく、見捨てられたような表情を浮かべている。「魔法とは、論理的なものであるはずだ！」彼は抗議するようにいった。「法則と規則があり、すべて完全に理解可能で、予測どおりの結果をもたらすものだ！　だが、こいつは何もかもあまりに——あまりに——直感的だ。あまりに予測不可能で、あまりにいい加減で——」

〈暗き風〉が笑いだし、大公は怪訝《けげん》そうに彼を見た。「何がそんなにおもしろいのか、わたしにはわからんな」

「お許しください」〈暗き風〉は声を詰まらせながらいった。「しかし、つい最近、わたししたちの友人が――魔法とは完全に直感のなせる技《わざ》であり芸術そのもので、法則や論理とはまったく関係ないと心底信じていた友人が、魔法を、あなたやあなたの魔法使いたちと同じように考えざるをえない場面に直面したんです。そして彼は、あなたがいまおっしゃったのと同じようなことを口にしました――違うのはただ――」〈暗き風〉は笑いをこらえようとしてむせ、エルスペスは、〈炎の歌〉がどんなことをいったかすっかり思い出してしまい、〈暗き風〉と一緒になって笑いださないよう、必死で我慢しなければならなかった。いまそんなことをしたら、トレメインの精神状態にはあまりよくないだろう。

「慣れてしまえば、これにもそれなりの規則と論理があることがわかるでしょうし、予測可能な形で扱えるようになりますよ」エルスペスはなだめるようにいった。「簡単にいうと、まるで――まるで、誰かが数学と幾何学のすべての公式をあなたの頭のなかに放りこみ、あなたがそれを使いこなすことを期待しているようなものなんです。あなたはいま情報に圧倒されていますが、それはいつまでも続かないと約束します」

〈暗き風〉はどうにか落ち着きを取り戻し、大公の隣に腰を下ろした。「できるかぎりお手伝いします」〈暗き風〉は請け合った。「たぶん、わたしが一番の専門家といえるでしょう。ジャナスか、彼のような役割の誰かがここに戻ってくるまではね」

トレメインはため息を漏らすと、考え方同様、なじみのない用語についてゆっくりと質問しようとしはじめた。エルスペスは注意深く耳を傾け、自分にわかることは教え、グウェナのほうが役に立つ情報を知っている場合には、質問を中継した。

〈かわいそうな人〉エルスペスはグウェナに話しかけたが、どこか意地の悪い、おもしろがっているような響きが、かすかに混ざっていなくもなかった。〈いま、この人をもっと動揺させることがあるとしたら、祖先の幽霊が戻ってきて取り憑くか、〈共に歩むもの〉に〈選ばれる〉ことだけね〉

〈ああ、それはいい考えだね〉グウェナはそう答え、エルスペスが驚くと、おもしろそうにくすくす笑った。〈心配しなくていいよ。トレメインが〈選ばれし者〉になるなんてことは、ハードーンとヴァルデマールの民のほとんどが大地に呑まれでもしないかぎりありえないし、その場合でも、それほど確率は高くないだろうね〉

〈少なくともいまなら、あなたが何か話してるといえば信じてもらえるわ〉そう思うと満足感があった。

そのとき、エルスペスはあることを思いついた。〈〈暗き風〉〉彼女は伴侶に〈心話〉で呼びかけた。〈これは〈共感〉のようなものだと考えるのが一番いいんじゃないかしら。ジャナスはそれに対処するための法則をトレメインの頭に植えつけたのだろうけど、〈天恵《そしつ》〉がとても強いと、トレメインはその感覚に圧倒されてしまって、起こっていることとその法則を実際に結びつけることができないのよ。試しに基本を教えて集中させ、それから遮蔽してみて。強力な〈共感者〉を相手にするように〉

〈暗き風〉はかすかにうなずくと、この問題に対する取り組み方を変えた。エルスペスの考えでは、実際にはこのほうが、〈共感者〉を相手にするよりも楽なはずだった。〈共感者〉とは違って、周囲の人々の感情が変化しても、トレメインが感じていることは変化しないからだ。彼が大地から受け取るものは一定で、急に強まることはないので、遮蔽の仕方を覚えてしまえば、その遮蔽を強めたり弱めたりすることを覚える必要はないだろう。

実のところ、トレメインもそうしたくはないだろう。土地が傷つけられたら気づく必要があるのに、遮蔽が強すぎたら気づけないからだ。

エルスペスは、〈暗き風〉がトレメインをうまく導きながら最初の訓練をしているあいだ、ふたりを観察していた。トレメインの急速な進歩を見て、エルスペスは、ジャナスは単なる知識以上のものをトレメインに与えたのだという結論に達した。トレメインは、〈暗き風〉が教えた技をいったん理解すると、それほど時間もかからずにその技を正しく使えるようになったのだ。

（ジャナスが〝教えた〟ように、若い〈使者〉たち全員を教えることができないのは残念だわ）エルスペスは、顔をしかめながらグウェナにいった。

（それには、ほとんどの〈使者〉にはない能力が必要だね）グウェナは率直に、そしてすこしうらやましげに答えた。（ついでにいえば、ほとんどの〈共に歩むもの〉にもそんな能力はないけれど。老ジャナスがどれほど卓越した人物か、いままで気づかなかったよ）

（え、そうなの？）グウェナのその言葉で、エルスペスは司祭とその使命をまったく新しい観点から見直した。そして、あの司祭の宗教の階級制度のなかで、彼の本当の地位はなんなのだろうかと思った。もしかしたら、〈太陽神の息子〉に並ぶほどの地位なのだろうか？　たぶん、はっきりしたところはソラリスのような人物にしかわからないのだろう。

エルスペスのたどり着いた唯一の結論は、ハードーン人はこの冒険的な企てにおいて、何ひとつ運任せにせず、しかも多くのことを賭けていたということだった。

だが、エルスペスはそのことを自分の胸にしまっておいた。いずれにせよ、いまの状況にはあまり関係のないことだ。それにトレメインは、いまのところ、新たな能力と王になった責任とで手いっぱいだ。

（王になる。なんて奇妙な考えだろう。このあたりの君主で、国民によって選ばれた者なんてほかにはひとりも思いつかない――ヴァルデマール以来だ）類似性がいっそう強まりつつあった。

トレメインは、〈暗き風〉が教えることを、乾いた地面が雨を吸うようにぐんぐん吸収していった。不安と緊張のためにできた顔のしわがゆっくりと消えていき、混乱状態や具合の悪さを示す兆候がなくなってからだの力が抜け、表情が和らいだ。とうとうトレメインはため息をつき、ほっとしたように目を閉じた。

「感覚が――普通になった」トレメインはいった。まるで、ふたたびそんなふうに感じられるとは思いもよらなかったとでもいうように。

トレメインが目を開けると、〈暗き風〉は満足して微笑んだ。「まさにそれが、あなたにとって正常な感覚なのです」〈暗き風〉はトレメインにいった。「遮蔽ができているかどうか気にする必要はないはずです。あなたはすでに、魔法の遮蔽のかけ方をよくご存じですから。その遮蔽は、あなたが自分で消すか弱めるかしないかぎり、あるべき位置に存在し続けるでしょう。いまからは、あなたが何か感じるのは、よくも悪くもハードーンに何か起きたときだけです。変化が起これば、すぐにわかるでしょう」

トレメインはすこし顔を赤らめ、それから咳払いした。「そういう情報を得られる能力を望んだ結果について、何か軽率なことをいったような気がする」

〈暗き風〉の笑みが皮肉っぽくなったが、彼は何もいわなかった。いう必要はなかった。

〈きっとどんな文化にも、「願い事をするときには気をつけろ、叶うかもしれないから」という例の諺の変形が存在しているんだな〉

「まあ、百の小さき神々は、興味深い形で諧謔《かいぎゃく》を解する心をお示しになることがあるのだ」

トレメインはため息をついた。

「神々は、あなたが思っているよりもずっと直接的に、それを示されていますよ」〈暗き風〉はいった。「気づいておられますか、ジャナスの〝贈り物〟のおかげで、あなたは文字どおり、ハードーンに結びつけられているということに？　あなたはここを離れることはできない。

少なくとも、長時間は無理です」

トレメインは疑わしげに〈暗き風〉をちらりと見た。「もちろん、大げさにいっているのだろうな」

〈暗き風〉は首を振った。「そうではありません。これから先、あなたは、あまり長いあいだこの国の国境を越えていることはできないのです。ジャナスは、たとえ話として話していたのではなかった。彼があなたに説明していたとき、わたしたちはどちらもそう思ったのですが。わたしは魔法の絆について、あなたにそれが結ばれているのがわかる程度には知っているし、誰かがその絆を断ち切ることができるとは思えない。これは非常に原始的な宗教の魔法で、支配者が国を治めるべきときに、ふらふらとさまよい歩いたり、突然探検に出かけてしまったりということが絶対できないようにするためのものなんです」

エルスペスはトレメインの顔をじっと見た。いつもは表情がわかりにくいのだが、今回の体験のせいで感情が表に出ていた——並の人間ほどあからさまではなかったが、エルスペスが表情を読むには十分だった。「あなたがいっているのは、わたしに押しつけられたこの大地との結合のせいで、わたしが帝国に戻る可能性がまったくなくなったということか」

〈暗き風〉は手のひらを上にして両手を上げた。「もっとも原始的な魔法は、ほかのどの魔法よりも強く、破りにくいものです。原初の魔法といったほうがいいかもしれません。この魔法の起源は、〈大変動〉より前の時代に、この地域を転々としていた部族民にまで遡るのではないかと思います。見ていてとても興味をそそられましたよ。詠唱も、儀式らしい儀式もなく、ただ神への祈りを導く音の要素と、それにもちろん心的な要素があるだけ。単純だが強力、そしてそのことこそが、この魔法がとても古いものだということを示しています。歳月によって証明されたものであるがゆえに、それは、実際、後世の魔法を評価する基準となるのです」トレメインは座ったまま、うつろな目をし、呆然とした表情を浮かべていたので、〈暗き風〉はさらに熱を込めて話を続けた。「完全に筋が通ったことなんです。たとえばある部族が、最近になって定住し、狩猟と牧畜によって生きる遊牧生活をやめて農耕をはじめたとします。すると、その部族にとって最高の指導者、つまり、自分たちの定住地をほかの遊牧民から守ることにもっとも長けた者というのは、あちこち移動する暮らしに戻りたがる傾向が強い、というのは珍しい話ではありません。そんな人物を、本来いるべき場所にとどまらせ、なおかつ土地を荒らしたり損なったりせずに守っていこうとする強い動機を与えたいと思えば、大地に結びつけるしかない」

「よくわかった。何もかもはっきりとな」トレメインが乾いた声でさえぎった。「この〝原始的な〟魔法の特別な儀式の祝福を受けたわたしは、いまやどこからどう見ても囚人というわけだ」トレメインは心ここにあらずといった体《てい》で頭をこすった。「あなたを軽んじるわけではないのだ、ク＝シェイイナの〈暗き風〉。だが、このやや宗教的な秘儀の起源についての推論には議論の余地があるし、それを詳しく論じるのは、すべてが落ち着きを取り戻し、あなたとジャナスが歴史について心ゆくまで論じ合えるような幸せな日が訪れるまで待ってもいいだろう」

〈暗き風〉はすこしもうろたえなかった。それどころか、授業の要点をつかみ損ねた生徒を見る教師のような表情でトレメインを見つめていた。だが、口に出してはこういっただけだった。「トレメイン大公、魔法がどのようにして、そしてなぜそのように働くのか知りたいと思うのなら、その起源と目的を学ぶか推定するかしなければなりません。複雑な呪文の働きでは、起因、引き金となるもの、経路、そして結果は常にわかりやすいとはかぎらないし、とても微妙なものであることも多い。もっと原初的な呪文の働きでは、不確定要素は減るかもしれませんが、だからといって複雑な呪文よりわかりやすいとはかぎらない。どのように作られているかがわからなければ、何かをばらばらにすることはできません――たとえあなたがそうしたいと思っても」

「わたしがそうしたいと思っても、か……」トレメインの声は次第に小さくなって途切れた。そして彼は立ち上がって窓辺に行くと外を眺めた。「わたしはもともと信心深い人間ではない」こちらに背を向けたまま、彼はそういった。

「そうじゃないかと思ってました、大公閣下」エルスペスは口をはさんだ。そのあまりに皮肉っぽい口調に、トレメインは一瞬振り返り、探るような目つきでエルスペスを見た。

「帝国には、人が神々を信じるようになるきっかけはあまりないし、ましてや神々が人間の営みに興味を示すことなどない」トレメインは、エルスペスの目をまっすぐ見つめていった。「帝国で重要視されるのは、目に見える結果だ。神々の力や霊的な世界といった考えよりも、その日の最終結果や作業のほうが優先されるのだ。国教に一番近いものといえば、一種の祖先崇拝で、歴代の皇帝とその配偶者への敬意を発展させたものだ。歴代の皇帝や配偶者たちは、ひとくくりにして〝百の小さき神々〟として知られている。ぴったり百ではないのだが、誓いの言葉にはちょうどいい、切りのいい数だからな」

「そのことは前から疑問に思っていました」〈暗き風〉はつぶやいた。

「それに、以前のわたしは、定められた運命とか予兆といったものも信用していなかった。にもかかわらず」トレメインは続けた。「ここに来てからというもの、文字どおりわたしをいまの道へと追いこむような事態に幾度となく直面した。いまやわたしは、運命についてのこれまでの自分の見解に、疑いを抱きはじめているのだ」

エルスペスは、ちょっとした仕返しができるこの絶好の機会を、どうしても見逃すことができなくなった。「神についてのあなたの以前の見解が間違っていたという証拠がもっと欲しいなら」エルスペスはいった。「大司祭ソラリスは、きっと、喜んで太陽神ヴカンディスが存在するしるしを見せてくださるでしょう」

これはエルスペスのほうが悪かったが、結局のところ、そもそもトレメインのせいだったのだ。エルスペスは、ソラリスの名前が出ただけでトレメインの顔がさっと青ざめるのを見るという、ちょっとした復讐を楽しまずにはいられなかった。

「その必要はない」トレメインは慌てていった。

「お望みのままに」エルスペスは小声でいいながら、おもしろそうに〈暗き風〉をちらりと見た。

（左に火事、右に急流とはまさにこのことだね——真実しか話せないというソラリスの呪いだけでなく、ハードーンの大地との絆なんてものまで背負いこむとは）グウェナの心の声は信じられないほど気取った調子だったが、今度ばかりは、エルスペスもまったく同意見だった。（これから先、トレメイン大公は同盟にとても協力的になるはずだ——だって、もし協力しなかったら、彼には逃げ出すという選択肢はないし、そのことは自分でもよくわかっているんだからね）

（王を大地と結びつける理由を、もうひとつ思いついたぞ）トレメインがまた窓のほうを向いたので、〈暗き風〉が声には出さず、〈心話〉を送ってきた。（王が逃げ出せないようにその場所に結びつけてしまえば、王はうまく統治しなければならなくなる。自分が深く関わっていることをないがしろにするなんてことはできないんだから）

（彼がたったいま考えていることのなかに、それも含まれているのを期待しましょう）エルスペスは答えた。（トレメインは優れた指導者だし、知性もある。それに実際的な人なのは確かだわ。いま自分がどれほど深くこの状況に巻きこまれているか、すぐに理解するはずよ。

そうすればこの状況を受け入れて、目の前の仕事から片づけていかなくてはならなくなる。ハードーンのためだけでなく同盟のためにも、賢明で誠実な統治をする以外に選択肢はないということに気づいてほしい。そうでないとわたしたちが困るもの)

6

紙が擦れて小さくかさかさと音を立てた。冷え冷えとした洞窟のような部屋のなかで聞こえるのはその音だけだった。メレス男爵は、口元に満足そうな笑みを浮かべながら、ステルム司令官の報告書を最後まで読み終えた。帝都ジャコナはいまや事実上、メレスの手中にあった。帝国の首都は、正確には戒厳令下にあるわけではなかったが、帝都の治安官に加えてメレス配下の兵士たちも市内にはいって巡回警備を行っており、両者ともその状況に満足していた。メレスは試しに自分の計画を実行してみたのだった。すべてが自分の直接管理のもとにはいり、考えていたことはどれもうまくいった。完璧にうまくいったというわけではなかったが、完璧さなど最初から期待していない。自分とセイヤーがともに満足できる程度にうまくいけば、それで十分だった。

予想していたとおり、主要な必需食料品の価格は供給量が減るにつれて上昇し、庶民は三度の食事のうち二度は食べ物が見つからないか、高くて買えない状態になった。食料暴動を引き起こすきっかけとなるには十分な状況で、その結果、メレスは最初の射殺命令を出し、計画は第二段階に進んだ。ジャコナは以前からいくつかの行政区に分けられており、それぞれの区に選挙で選ばれた役人である区長がいる。区長は道路の補修などの区ごとの問題を、市当局とともに解決する責任を担っていた。おかげで、組織的に事を進めるのがずいぶん楽だった。ジャコナ市民はいまや厳格な配給制のもとに置かれていて、週ごとに品目ごとの配給票が大量に発行され、その手配と管理は区長が行っていた。配給制に伴って価格統制も実施されていた。飢えに苦しむ者はおらず、価格は高いものの、もはや以前のような不当な高値ではなくなっていた。食料は近隣の田園地帯から確実に供給された。配給票のおかげで、最低限の食料は誰もが確実に手に入れることができた。配給票が設定されているのは必需品だけで、贅沢品《ぜいたく》は含まれなかったので、収入が多い者はなんでも好きなものを買うことができた。

当然のことだが、自分の配給票はもちろん、家族の配給表まで、現金や酒などのほかの食料品と交換することを選ぶ市民もいるだろう。そしてやはり当然のことだが、帝国政府はこれについて、公式には何の見解も示していなかった。ただしそれは、大人だけが関わっている場合にかぎってだ。

子どもが関わっているとなると話は別で、区長は、食べ物を乞う子どもたちがいないかどうか注意するよう命じられていた。もし飢えている子どもが見つかって、その親が配給票か、家族分の食べ物を見せることができなければ、その子（と、その子の分の配給食料）は親から離され、国営の孤児院に入れられた。

そうなったら、もう終わりだった。いったん連れ去られてしまったら、親が子どもを取り戻すことはできず、子どもは国の保護下に置かれる。そして十四歳になると、男の子なら帝国軍に入隊することになる。女の子か、発育が不十分だったり病弱だったりすると、帝国軍の補助部隊か救貧院送りだ——並外れた能力を示すか、より高度な訓練にふさわしいと判断されないかぎりはそうだった。だが、それは子どもを保護するためであって、配給制とは何の関係もなかった。

もちろん、現金で支払うなら、贅沢品も割り当て以上の食料も手にはいる。そして、半合法的市場で売られている品が帝国の倉庫から盗まれたものでないかぎり、帝国はこれにも特に何の見解も示していなかった。金持ちの家では、食事やそのほかの日常の家事はこれまでどおりだったが、一家を維持するのに必要な費用は、ここ数週間のあいだに二倍になってい た。メレスが間者から聞いた話では、半合法的市場の物価は安定しているということだった。つまり、金持ちがその資産を維持するには、これまでよりすこし勤勉に働かなければならないということだ。そういう者の多くは、すでに石炭や薪やそのほかの燃料に投資するか、食料品の投機取引に手を出したりしていた。帝都には、少数だが新たに財を築いた者もいたが、それは物事の動向を見きわめ、うまく動いたからだった。やはり少数だが破産した者もいた。それは手持ちの商品の種類が少なかったうえに魔法に依存した物だったからか、祝祭用の衣装のような、現在の状況では誰も買いたがらない品物を扱っていたからだった。だが、メレスの知るかぎり、そういうごく少数の不運な、あるいは利口な者は別として、ほかにはたいして変化はなかった。

最初の大規模な暴動のあとは、それ以上暴動はなかった。最初の暴動はメレスに射殺命令を出す口実を与え、そのために、たまたま先頭に立っていた愚か者が十人ほど死んだのだった。街頭行進はいまでもときどきあったし、街頭演説はしょっちゅうだったが、すべて公式には無視されていた。それに、魔法が使えなくなったために崩れかけている建物や、できなくなった公益事業もなかった。魔法に頼っている事業――あるいはまだ倒れていない建物――が、もはやなかったからだ。

だが、仕事は山ほどあり、ただひとつの大きな変化といえば、失業者がもう存在しないということだった。人々が街頭行進や演説をするのは、各自の勤務時間が終わってからだった――ただし、収入を得るために働く必要のない、数少ない金持ちの変人の場合はもちろん話が別だ。魔法で動く水路がもはや水を送れず、共同の井戸がひとつもないところでは、ほかに仕事のない市民の大部隊が、手桶を使って信頼できる水源から新鮮な水を汲み上げ、新しく作られた地下または地上の貯水槽を満たしていた。いまでは、新たに組織された市民による手押し車部隊が、ごみや暖炉の燃え殻や灰、通りや庭に落ちている動物の糞を集めてまわっていた。幸いなことに、下水道はもともと魔法に頼っていなかったので、まだちゃんと機能していた。

　帝都の暮らしは以前の状態に戻ったわけではない——この魔法嵐がやむまでは決して元通りにはならないだろう。だが、一般市民は仕事に出かけ、給料を受け取り、きちんと食事をし、夜は安全に眠っている。今年の冬が去年より寒いとしても、空腹を感じることがすこし増えるとしても、まあ、それは周囲も皆同じだ。だが、街路からは危険な暴動が一掃されただけでなく、浮浪者や物乞いも消えていた——というのは、浮浪者や物乞いはたちまち救貧院か作業隊に送られるはめになり、一般市民のために通りをきれいにし、水を運んでいたからだ。これは一般市民を満足させた。さらに彼らを満足させたのは、帝国で働く者たちが、魔法に頼っていたころには当然と思っていたものをさらに復活させる方法を見つけるために、昼も夜も働き続けていることだった。すでにいくつかは代替品が完成していた——乾かした糞から石炭にいたるまで、さまざまな燃料を燃やせる安全な暖房炉は、いまでは帝国の救貧院から、適正な価格で手に入れることができた。国営の浴場や洗濯場が作られ、そのおかげで市民は、定期的に風呂や洗濯のための湯を沸かす余裕がなくても、銅貨を数枚出せば、そこで風呂にはいったり、洗濯したりすることができた。一搬的な市民なら、失ってしまったかつての快適な生活をいずれは取り戻せると期待することができたのだ。

　そして、そういう生活を取り戻すためにいくらか自由をあきらめなくてはならないとしても、まあ、それは許容できる損失だと、少数の不平分子以外の市民は考えていた。市民のなかには、こうした新しい作業所や作業隊を歓迎し、兵士たちが通りを巡回したり、面倒を引き起こすしか能のない者を一掃したりするのを見て喜ぶ者さえいた。確かに、暴行や強盗、強姦、窃盗といった犯罪は、圧倒的な武力を持った警備隊が街の隅々まで巡回するようになってからはほとんどなくなっていた。

（確かに、市民による市民への暴行や強盗、強姦、窃盗は、ほとんどないといっていいほど減った。正気の者なら、誰もそうした犯罪を兵士や治安官がしているという報告をしようとはしないだろう。報告がなければ犯罪はない。したがって、公式には何の問題もないということだ）

いまのところ、メレスがジャコナではじめたことはすべてうまくいっているか、ごくわずかな修正を加えればいいだけだった。いまこそ、次の段階を計画する時だ。メレスは机の上に両肘をつき、指先を合わせて軽く唇に押し当てて考えこんだ。

机の上に置かれている石油灯の炎をじっと見つめる。以前そこで輝いていた魔法の明かりの代わりだ。机そのものも時代遅れの暖炉のそばに置かれている。暖炉には、公認されている暖房炉をさらに使いやすくした改良型がはいっていた。薪ではなく石炭を燃やせるように工夫した、陶器と鋼を組み合わせた暖房炉だ。帝国はそういう創意工夫が得意だった。石炭は薪よりも火力が強く長持ちする。燃やした煙は薪より汚く、いつか問題を起こすかもしれないが、この新しい〝暖房装置〟のおかげで、人々はこの冬を乗り切ることができるだろう。

城内の暖炉すべてと、ほとんどの裕福な貴族の屋敷にはこの新型の暖房炉がはいっていて、かつては金属を精錬する溶鉱炉で使う燃料しか生産していなかった炭鉱は、いまでは荷馬車何台分もの大量の石炭を毎日、帝都に送りこんでいた。この暖房炉を応用した装置で蒸気罐《ボイラー》を熱して、クラッグ城やそのほかの大きな建物の浴室にふたたび湯が送られ――さらには公衆浴場や洗濯場にも湯が供給されていた。興味深いことに、こうした状況は帝国の金庫に驚くほどの収益をもたらすことがわかった。というのは、これまでよりも多くの税金を徴収できるだけでなく――税額は収益に基づいて決まるからだ――暖房炉や焜炉《こんろ》を売ったり、公衆浴場で使用料を徴収したりして、帝国が直接収入を得ることもできたからだ。

石炭泥棒は――ほかの盗み同様――罰として作業隊に送りこまれた。暴動を煽動した者、暴動に参加した者、略奪した者、常習的に公共の場で酔っぱらう者、公共物を破壊した者、浮浪者、税金の滞納も同様の罰を受けた。市民本人ではなくその所有物を損なった者は、いまでは監獄や軍隊に送られるのではなく、一定期間の重労働を科されるようになっていた。その新しい政策のおかげで、街の治安はずいぶんよくなっていた。

トレメインなら、このようなことは絶対に命じなかっただろう。トレメインには先見の明も大胆さもない。こんなに大規模で徹底的な計画を即座に企てるような知的能力も、たぶんないだろう。

メレスは石油灯の炎をじっと見つめ続けたが、何も思いつかなかった。そこで、別のもっと短い報告書を手に取り、またぱらぱらとめくってみた。計画の次の段階について考える前に、秘密工作に取り組むべき時かもしれない。

全体的に見て、ひとたび食料暴動が鎮圧されてしまうと、メレスが期待していたほど不満の声はあがらず、市民の動揺もほとんどなかった。これにはすこし驚いた。新しい規則に対してもっと激しい抵抗があると予想していたのに、実際はそれほどでもなかったからだ。

それはつまり、ジャコナの良き市民はあまりにも善良すぎ、行儀のよい羊のように、導かれるままに従うということだ。

とはいえ、もちろん気の荒い山羊もすこしはいる——〝自由〟を求める地下運動が起きるのは避けられず、それもメレスは予期していた。起こらないはずがないだろう？　どんなにうまくごまかしても、だまされて自由が制限されるのを認めたりしない者は、常に存在するのだ。

「〈権利を求める市民〉という団体は、新たな布告や刑罰はすべて男爵が発令したものと正しく認識しています」と、帝都の下層階級にもぐりこませている間者たちの頭目からの報告書には書かれていた。「彼らは、皇帝陛下は何もご存じないと思っており、自分たちが声をあげれば男爵の悪行に皇帝陛下の注意を惹きつけ、男爵を失脚させることができると考えています。それがうまくいかない場合は、男爵が何らかの手段で皇帝陛下を個人的に支配しているとして、民衆の一斉蜂起によって帝国政府を転覆させようと目論んでいます」

まさに予想どおりの動きだ。メレスはそれに驚くどころか、実際には事態の進展があまりにも予想どおりでうれしいくらいだった。間者は特に心配はしていないようだったが、地下運動の最終目的と構成員が特定できたので、これからどうしたらいいかと指示を求めていた。

メレスは、机の端の盆から、ペンとまっさらな紙を取り出した。そして、いちいち変換表を思い浮かべることもなく、暗号文を書きはじめた。これまでにもう何度も書いたことがあったので、どの間者にも、誤りなく、暗号で下書きなしに書けるようになっていた。いま書いているのは暗号で書かれた手紙というより、内容そのものが暗号になっている手紙だった。この書状はどう見ても、宮殿の召使いから市内に住む親戚に宛てたごく普通の手紙だった。

だが、その本当の内容はまったく違う。

「わたしに対する抗議活動を表立って妨害してはならない。一般市民には偽りの情報を流し続けるように。専制君主ぶりを増す皇帝を前に、わたしはなすすべもないのだ、とでもでっちあげておけ。市民たちに、わたしは皇帝の乱行を食い止めようとしているのであり、彼らが抗議していることは、何もかもチャーリス皇帝自身に直接責任があると思わせるように。わたしの希望は、地下運動に加わっている者でさえ、わたしを〝人民の友〟と呼ぶようになることだ。引き続き、地下運動に新たに加わる者はすべて身元を確認し、本当に能力のある指導者があらわれた場合は、弱点を突き止め、そいつを実際に始末することなく不利な立場に追いこむ方法を見つけよ。常に連絡を怠るな」

封筒に封をしようとしたが、ふと別のことを思いつき、二頁目を書き足した。

「役所仕事的な間違いは必ずあるものだ。たとえば、実際には仕事に出かける途中だったのに街路掃討で捕らえられた者や、兵士たちの個人的な争いに巻きこまれたまったく無実の犠牲者がいるはずだ。こうした者たちは、いずれそれぞれが互いの存在を知ることになる――そういう者については、わたしが取り調べを手配し、補償を与えて何人か釈放できるように、詳細を報告せよ。もしそのなかに、父親がいないために困窮している幼い子を持つ者がいれば、特に注意せよ」

今度こそ封をし、宛名を書くと、屋敷に常駐している間者がしかるべき連絡場所へ持っていけるように、その手紙を整理箱に入れた。最後につけ加えた部分は、ただ閃《ひらめ》いたとしかいいようがなかった。事務官のひとりにその男を解放させるための手続きをさせ、その男の家族にはすこしばかりの金と贅沢な食べ物を、子どもたちには菓子を詰めた籠を送ってやるだけでいい。それでメレスは街の英雄だ。しかも、煩わしい嘆願者を気にする必要もなかった。いまや公式な皇帝の後継者なのだから、メレスと市民とのあいだに存在する官僚組織は何層も重なり、あまりにも数多く複雑で入り組んでいるため、普通の市民は、メレスに謁見するのに必要な事務手続きをすべて終える前に老衰で死んでしまうはずだった。こういうことをしても余計な嘆願をすこしばかり増やすだけだろう。それに帝国には、追加で出された嘆願を処理する下級役人が大勢いるのだ。

別の人物なら、兵を送りこんで地下運動の参加者全員を捕らえたかもしれない――だが、その人物はメレスほど経験豊富ではないのだ。こうした組織に誰が属しているか、本当の指導者や活動家は誰か、そして弱点は何かがわかってさえいれば、そのまま放っておくほうがいい。いまのような時代では、抵抗運動は油虫《ゴキブリ》のようなものだ。ひとつ潰しても、さらに百ほどが壁板の後ろで生まれる。実際、叛逆者というのは、ある程度迫害されたほうがやりがいを感じるものなのだ。迫害されるということは、他人が見れば、彼らの大義の正当性を立証しているようなものだからだ。実際、叛逆者の多くにとって、迫害されていると感じ――そしてそれを声高にいいたてる――ことは、取るに足りない存在である自分自身の正当性を立証するためにどうしても必要なのだ。当然のことながら、巨悪が阻止しようとするのは大いなる善だけだからだ。だが、そういう人々が受けた迫害について語る相手が、絶対に異議を唱えることがなさそうな同志だけだということが、なんとなく同病相憐れむようなおかしな状態にしているのだった。

もちろん、メレスも同じゲームに参加しているのだが、彼がいるのはもっとずっと高度で複雑精緻な段階だった。世間の人々は、状況の複雑さについてほとんど情報を与えられずにいると、必ず両極端の意見に分かれる。一方の側の大義に賛成でなければ必ず反対に。黒でなければ白、昼でなければ夜というふうに。長年虐《しいた》げられてきた者は、人間の行動にみられるこうした傾向を他人の共感を得るために利用するが、メレスは人々の反応を誘導するために利用していた。メレスの実際の計画と戦略は、素人が簡単に論じることができないほど複雑で、表看板となるもの――たとえば作業隊や警備隊――を緩衝材や目に見える象徴として利用していた。素人が簡単に理解し、反応できるような単純な概念を作り出す一方で、重大で複雑な出来事についてはほとんど情報を流さずにおく。したがって、抵抗運動の指導者のなかでずば抜けて頭のいい者でさえ、よくて不完全な情報、たいていはいい加減な街の噂、最悪の場合は完全な偽情報に基づいて行動するしかなかった。ともかく、彼らにとって最悪であり、メレスにとっては、単に予定どおりの行動なのだった。

いや、それどころか、メレスは彼らを見守り、ときには育て、邪魔をしていらいらさせたり、利用したりもしたが、何にもまして力を入れたのは、ささやかな〝委員会〟を作らせ、演説をさせ、お互いを刺激させることだった。そうしておけば、叛逆者たちをおとなしく、ほとんど無害にしておくことができた。状況がよくなりつつあるなかで、自分たちは抑圧されていると声高に叫べば叫ぶほど、その声に耳を傾け、信じる者は少なくなっていくだろう。

ときどきあらわれる有能な人物や危険な者だけを組織から排除するほうが、組織全体を追及するよりも効率的だった。ほかに手段がない場合、本当に危険な人物は、路上のごろつきか家に押し入った強盗から身を守ろうとして、悲劇的な死を遂げることになるだろう。そして、その人物が殉教者として扱われるより早く、その死を〝捜査〟する過程で、入念に作り上げられたさまざまな〝秘密〟――たとえば、その人物が小児性愛者であった証拠――が浮かび上がることになる。その結果、人々が当然抱いたであろう激しい怒りは削がれ、その〝秘密〟に対する嫌悪感が、その人物の活動にも波及するのだ。一般市民がこういう厄介者がいなくなったことに安心するには、そういう実例がほんの十か二十あるだけでよかった。

全体的に、メレスはこうした素人の〝自由の闘士〟たちを、愉快な娯楽と見なして楽しんでいた。こういう集団がひとつも出てこなければ、本物の問題人物を惹きつけるために組織を作るという理由で、メレス自身が自分で作らなければならなかっただろう。もっとも危険なのは、そうした集団が標的なのはわかりきっていると気づき、単独で政府の権威を傷つけようとするごくわずかな人物だ。もしそういう人物を捕らえることができたら、それは幸運というものだろう。

だが、叛逆者の集団にはそれなりの使い道がある。なかでも重要な役割は、短気者に鬱憤晴らしの場を与えることだ。演説をしているあいだは、短気者が記録文書庫に放火することも、配給票を偽造したり他人に譲ったりすることもないし、労働強制収容所を襲って囚人を逃がすこともないのだ。千人の馬鹿者どもが何の役にも立たない演説をしているほうが、食料暴動が一回起こるよりましだ。

メレスは、その報告書を〝保留〟の箱から〝完了〟の箱へ移し、次の報告書に目を向けた。状況がこれほど差し迫っていなければ、きっとはしゃいでいただろう。これほど多くの人間を支配できる権力を手にしたことはいままでなかったので、その感覚が予想もしていなかった陶酔感をもたらしていた。

帝都のいたるところに配置されている、特殊工作員の長たちから次々と届く報告は、事態が予想できるかぎり順調に進んでいることを示していた。ただひとつ予定外だったのは魔法嵐の影響で、そのために生じる混乱を収拾できるだけの余裕があればいいのだが、とメレスは思っていた。区長たちは行政官で、投票で選ばれてはいるが、メレスの判断で交代させることができる。区長は自分の仕事を守るためなら平気で嘘をつくだろう。帝国軍司令官は嘘をつきそうにないが、それでも問題を隠すために真実を隠すことはあるかもしれない。だが、メレスの間者たちは注意深く選抜され、訓練を受けていた。そして、どんなに不愉快なことであろうと事実だけを報告する。それが彼らの仕事なのだ。メレスは正直な者には褒美を与え、そうでない者は追放した――ときには永久に。微妙な立場や機密を扱う立場にある者の場合は特に。これらの報告を読んで、メレスは帝都が自分のものだという確信を深めた。平穏を取り戻し、自分の手のなかに静かに横たわっている。

それは好都合だった。メレスは首都を離れるつもりなどなかったし、自身の安全と快適さを心配せずに帝国全体に目を向けるためには、都の安定を確保しておきたかったからだ。メレスに権威を与えている権力の源はここ﹅﹅にある。いまでは、もし皇帝が心変わりして別の誰かを帝国の後継者に指名したとしても、メレスは自分の計画を実行できるが、そうするのはずいぶん難しくなるだろう。軍はメレスの指揮下にある。だが、もし皇帝が新たな人物を後継者に任命すればそうはいかないかもしれない——だが、帝国のほかの地域を制圧するためには、軍が必要だ。

ジャコナで何がうまくいくかがわかったので、首都の外で何がうまくいきそうかもわかった。メレスは、さっき脇に置いた長いほうの報告書をふたたび手に取った。この報告書には、帝国内でいま起きていることが簡略に書かれていた。

帝都に隣接した地域では、農村部も、ある程度平穏を取り戻したといってよかった。騒乱の原因は、人為的なものではなくて魔法嵐による混乱——つまり、暴徒ではなく、ひどい天候やあちこちに出没する怪物だったからだ。小さな町や村では、人々は飢える心配はなかったが、恐れおののいていた。物理的な嵐がいつ襲ってくるかわからなかったし、嵐になると村全体が軒まで埋まるほどの大雪が降ったり、建物がばらばらに吹き飛ばされるほどの強風が吹いたりする。そのふたつが合わさった猛吹雪となって一度に何日間も続くこともある。それだけでも十分大変なのに、その嵐の最中に、恐ろしい異形《いぎょう》の生き物が、餌を漁りに町の通りにまではいりこんでくるのだ。誰も見たことがないような怪物で、どうしたら殺せるのかもわからない。貴族の所領地では、もっとひどい事態になることもしばしばだった。というのは、ほとんどの貴族は、戦闘訓練を受けた家来を大勢雇っておくことができなかったからだ。首都のこれほど近くに、小さくても私的な軍隊を持っているのはあまりよく思われないのが普通だ。そういうわけで、吹雪で屋敷が埋まり、家来たちが屋敷を掘り出そうとするより早く血に飢えた異形の生き物があらわれ、全員がなかに閉じこめられるという事態が、すでに一、二件発生していた――そのうちの一件では、屋敷の者は全滅した。

（わたしを悩ませるうっとうしい小貴族が、ひとり減ったというわけだ）

帝国軍は、こうした状況をこれ以上ないほど効率的に処理していた。セイヤー将軍が、メレスの書記官が作成した徴用命令が実行されるより早く、怪物狩りの部隊を派遣していたことを知って、メレスは喜ぶと同時に驚いた。村の広場や貴族の屋敷の中庭に、何頭もの奇怪な姿をした獣が鉤で吊るされ、ずらりと並べられているのを見て、人々は帝国軍に要求された物品を喜んで〝寄付〟し、それ以上の援助まで申し出た。何台かの本当に旧式の馬車が走れるように修理されたのだ――しかもそれと同時に、非常に巧みな工夫も軍に提供された。非凡な才能を持つ村の鍛冶屋が、馬車の車輪を固定し、その車輪に滑走部を取りつける方法を考え出したおかげで、道路の除雪がすむまで待たなくても雪の上を荷馬車が滑っていけるようになった。つまり事実上、帝都に食料を運ぶ軍の補給部隊は、馬や騾馬《らば》が通れるくらいの狭い道を使えるようになり、道全体を除雪する必要はなくなったということだった。

（柳の小枝を編んで作った馬用のかんじきが実際には使えなかったのは残念だが、道を除雪しなくてもよくなったわけだし、荷馬車が道を通る必要さえなくなったわけだ。結果的に貧しい者が裕福な者を救っているというのは皮肉なことだ。貧しい者だけがまったく魔法に頼

らずに生活する方法を知っていたからだ）

それ以外の、地方の人々の暮らしは決して悪くなかった。帝都よりいいのは確実だった。薪はすぐに手にはいる。食べ物もそうだし、その種類もいまでは都市部よりもずっと豊富だった。貴族の所領地での暮らしはそれよりよく、早々に自分の領地に逃げ帰った貴族たちのほとんどは、先見の明があったのだと得意がっているはずだ。メレスはそう確信していた。首都近辺の暮らしについてはこのくらいでいいだろう。さて、ほかの大きな町については……。

いくつか変更を加えれば、ジャコナでうまくいったことは、帝国のほかの大きな町でもだいたいうまくいきそうだった。二、三の地域ではその地方土着の宗教を、またデバンでは、市民の大半が信者となっている新興宗教を大目に見ざるをえなかったが、ほとんどの地域では、それほど多くの変更は必要ない。

ようやくメレスは、セイヤーと現場にいる間者に書かなければならない返書を、すべて書き上げた。書き終えたときには手がつりそうだった。それまでのあいだに二度召使いがやってきて、暖炉の様子を確かめ、石炭を足していた。火が燃えているにもかかわらず、室内は凍てついたように寒かった。これほど贅沢な調度品が揃っているのに、倉庫よりも居心地が悪い。

椅子を羊の毛皮でおおうといいかもしれない。机の下に火鉢を置くのもよさそうだ。いやそれよりも、帝国の事務官が使っているのと同じ便利な道具を、従者に持ってこさせたほうがよさそうだ。メレスは、痛む指を伸ばしながら立ち上がった。全身のこわばった関節に寒さが応える。忍び寄る老いとの闘いに敗れつつあることが、恐ろしいほどはっきりわかった。魔法嵐などという馬鹿げたものが襲ってくる前から、メレスはすでにちょっとした若返りの魔法を使いはじめていた。その魔法がもう役に立たなくなってしまったという事実が、腹立たしくてならなかった。いままでにないほど体調を万全に保っておかなくてはならないときに。一瞬たりとも気を散らすことは許されないというのに、このいらいらするうずきや痛みは、気を散らす原因以外のいったいなんだというのだ？

（死を思わせるもの、か？）

メレスは、どっしりとした金箔《きんぱく》張りの、彫刻が施された飾り棚に歩み寄った。なかには蒸留酒のはいった吹き硝子《ガラス》製の卓上瓶《デカンター》と、特製の切子硝子の杯が並んでいる。鼻と足は冷たくなりすぎて感覚がない。一杯飲めば、血行がよくなってからだが温まるだろう。酒がもたらす温かさは偽物で、一時的なものだということはよくわかっていたが、いまはその慰めが欲しかった。それに、酒の鎮痛効果で関節のうずきも和らぐだろう。

黒と紫のお仕着せを一分の隙もなくきっちりと着込んだ従者がはいってきたのは、ちょうどメレスが、強い蒸留酒を小さな杯に注いだときだった。酒は杯のなかで最高級の紅玉《ルビー》の深い輝きを放っており、メレスは杯を光に透かしてその色に見入った。従者は、メレスが彼に気づいてうなずくまで待ってから口を開いた。「皇帝陛下におかれましては、御前会議を招集なさいました、閣下」従者はよどみなくいった。メレスに着替えが必要なことを見越して、すでに宮廷用の礼服一式を片腕に掛けている。「ここで着替えられますか、それとも奥の私室のほうで？」

メレスはため息をついた。いま、もっとも避けたい事態だった。疲れてからだが冷えきっている。また別の危機に向き合う前にからだを温め、休息するためにすこしだけ時間が欲しかった。だが、これがただの社交的なくだらない集まりなら、ボース・ポーサスは、執務中のメレスの邪魔をするようなことはしなかっただろう。そう、何か深刻なことにちがいない。覚悟を決めて向き合ったほうがよさそうだ。

「ここでいいだろう」声もかけずにいきなりはいってくる者などいないだろうし、ポーサス――温和で、控えめで、信じられないほど有能なポーサス――は、必要なものはすべて持ってきているはずだ。この頭の禿げかかった、無表情な細長い顔をした小男は、能率という点では驚異的だったが、それも当然だった。ポーサスは、メレスが彼を引退させ、自分の従者にするまでに、もっと要求の厳しい相手に仕えた経験が山ほどあったからだ。実際、宮廷の高位の貴族のなかには、ポーサスの顔を見て、とても大切にしていたのに急な病《やまい》で退職せざるをえなかった自分の召使いと同一人物だと気づいた者が大勢いた……そのうち、かなりの者が驚きのあまり言葉を失い、数人はこのとりわけ忠実だった召使いの葬儀に花輪を届けさせたことを思い出して真っ青になったはずだ。

ポーサスは、少なくとも三度死に、そのほかに五回は寝たきりになった人間にしては、ずいぶん健康そうだった。実際、まったく歳を取っていないように見えた。ボース・ポーサスが、従者に求められるあらゆる仕事をきちんとこなせるだけでなく、いまでも剣術の試合で自分より若い相手と対決して相手を負かすことができるのに、メレスは気づいていた。ポーサスのほかの才能についていえば――メレスがある種の仕事を任せられるのは、自分自身を別にすれば彼しかいなかった。引き締まった肉体は、そこに宿る精神と同様、能率的かつ柔軟だった。

メレスはときどき考えるのだった。長年にわたってメレスの間者として仕えたあとで、ただの従者としての生活は退屈ではないのだろうか、と。だが、そうはいってもポーサスは決して〝ただの〟従者などではなかった。メレスが〝ただの〟廷臣ではないのと同様に。ポーサスは、メレスの間者すべてのまとめ役なのだ。帝都の内外はもちろん、もっとも重要なクラッグ城内も合わせたすべての。間者全員の本名と素性を知っているのは、ポーサスとメレスだけだった。めったにないことだが、正確に、そして絶対に人に知られぬように〝排除する〟必要が生じたとき、何らかの理由でメレスが自分で実行できない場合は、ポーサスに任せることにしていた。この種の仕事に関してメレスに匹敵するほどの腕を持った者は、ポーサス以外にいなかったからだ。それに、実際には、ポーサスは従者であることを楽しんでいるように見えた。たぶん、あれだけ別の仕事をしてきたあとで、従者として働くのは穏やかで心地よいことなのだろう。

ポーサスは手際よく、重くて着にくい宮廷用の礼服にメレスを着替えさせた。メレスはこの礼服が嫌いだった。服装に関することでは、メレスはポーサスの足元にもおよばなかった。ポーサスはメレスも認める着こなし上手で、その専門的知識には、メレスも喜んで膝を屈した。ポーサスが最後の折り目とひだを納得いくまで整え終わると、メレスは礼を述べた——大げさになることなく、だが、相手の奉仕に目を留め、高く評価していることが確実に伝わるように。ポーサスは満足げな笑みを浮かべ、脱ぎ捨てられた衣服を集めると、メレスの私室に下がった。

無言のまま常にそばを離れない帝国軍護衛兵を従え、クラッグ城の長い廊下を歩いていくあいだに、メレスのいらだちはいくらかおさまってきた。〈玉座の間〉に足を踏み入れたとき、メレスはどこか雰囲気がおかしいのに気づいた。自分がはいっていっても、不安そうに囁《ささや》き交わす声がやまない。たいていはすぐに静まるのだが。そして〈鉄《くろがね》の玉座〉は空だった。

メレスは玉座の足元の、〈宮廷の最上位者〉である自分の定位置まで進んだ。セイヤー将軍はすでに来ていたが、その渋面を見て、セイヤーもほかの者たちと同様、なぜ皇帝がこの特別な御前会議を招集したのか理解できずにいるのがわかった。将軍も正装に身を包んでいた。華やかさに欠ける帝国軍の正装用軍服の上に、儀式用の胸当てが輝き、紫色の馬の毛の洒落た房飾りがついた儀式用の兜を左脇に抱えている。左脇なら、もし何者かに襲われても、相手に邪魔な合金製の兜を投げつけ、その隙に右手であまり儀式向きではない剣を抜くことができるからだ。実際、かつてセイヤーは、襲撃者が剣の届くところまで来る前に、兜を投げつけて阻止したことがあった。

「何か聞いておられるか？」セイヤーは小声でメレスに訊いた。メレスが首を振ると、将軍は顔を曇らせながら痛烈な罵り言葉《あざけ》をいくつか口にした。「どうも気に入らない」将軍はいった。「以前なら、チャーリス皇帝は、何の前触れもなく御前会議を招集するなど、絶対にしなかった。皇帝は先ほどまで使者か密告者と部屋に閉じこもっていた——そしていま、こうして御前会議を招集している。もはや理性的に行動しているとはいえないし、皇帝がささいな噂を膨らませて、どんな話を思いつくのか、百の小さき神々のみぞ知る、だ。もし何か聞きつけたのなら——」

「われわれのことではないだろう」メレスはなめらかに答えた。「われわれは着実に前進しているし、法に従う帝国の市民たちは、われわれに何の不満も抱いていない。皇帝にもだ。報告書を見ろ——市内の様子を見てみろ！　それに皇帝は、われわれが制定したすべての法令と布告、それと手続きの変更に、ご自分の手で署名されたのだ。何を聞いたにせよ、それはほかの誰かの行動に関わる話であって、われわれのではないだろう」

ちょうどそのとき、チャーリス皇帝が姿をあらわした。儀式用の式服に身を包み、両脇にふたり、後ろにもう四人の護衛兵を従えて、ゆっくりと〈鉄の玉座〉に向かってくる。メレスはその姿を見てぎょっとした。もっとも、高度な訓練を受けた〈達人〉でなければ、チャーリスの防御と若返りの魔法がどれほど劣化しているか気づかないかもしれない。その兆候は　ちょっとしたところ――ひどく慎重な動作や、口元や目の周囲に見られる苦痛や病の兆《きざ》し――にしか表れていなかったが、皇帝が老化と魔法嵐との闘いに敗れつつあることがメレスには一目瞭然だった。そして、セイヤーがいったように、その劣化がチャーリスの精神にどんな影響を及ぼしているかは百の小さき神々のみぞ知る、だ。

　これまで、皇帝の思考力は、最後の最後まで保たれるものだった。〈達人〉である皇帝たちは皆、永遠に目を閉じる最期のときでさえ、明晰な頭脳のまま死んでいった。だが、それは以前の、まだ魔法がきちんと働いていたときの話だ。もしその逆が起きていたら？　つまり、チャーリスの精神が肉体より先に崩壊しつつあるのだとしたら？　老化による害毒が頭脳に流れこみ、知らないうちに麻薬のようにチャーリスの思考過程に影響を与えているのだとしたら？

　皇帝は冷ややかな目つきで廷臣たちを見渡し、氷のように冷たい〈鉄の玉座〉に腰を下ろすと、集められた面々をもう一度じっくりと眺めた。まるで謀反の兆しを探しているかのように。ようやく皇帝が合図すると、帝国軍兵士の軍服を着た日焼けした男がひとり、ずらりと並んだ護衛兵たちの後ろから進み出て、そのまま階段を下り、〈鉄の玉座〉の下に立った。

「余の間者のひとりが、西から戻った」皇帝はかすれた声でいった。「その一方で、さまざまな嘆願や提案がこの玉座の前に届いておる。そなたたちのなかには、余が次なる後継者を公に宣言したのは賢明ではないと考えている者もいるようだ。〝名なき者〟に関する噂はただの噂にすぎず、余は確たる証拠を手にするまで、行動を起こさずに待つべきであったといってな。余がそなたたちをここへ集めたのは、この報告を聞かせるためだ。さすれば、皇帝が支配するのは、そなたたちよりも賢明であるからだとわかるであろう」

軍服姿の男は進み出て、玉座の前に片膝をつき、冷静で平板な声で報告書を読みはじめた。男の報告はすでに知っていることとほぼ同じ内容だったので、メレスはたいして注意を払わなかった。確かに、トレメインがフォータランの帝国軍の補給所をあれほど徹底的に略奪していったとは知らなかった──あの男は、まさに補給所の壁まで根こそぎ持っていったのだ。大胆不敵としかいいようのないそのやり方は評価しないわけにはいかない──だが、それでも、それは新たな知らせとはとてもいえなかった。チャーリス皇帝自身、その件については、すでにすべて知っていた。メレスを新たな後継者と宣言したときに公言したのだ。その報告には、廷臣全員に聞かせるために正式な御前会議を招集しなければと皇帝に思わせるような点は何もないはずだった。

実際、皇帝が、宮廷内にいるトレメインの数少ない味方の嘆願や提案に対処する必要を感じたということからして、どこかおかしかった。これまでチャーリスは、こうした異議はいつも無視していた。こんな振る舞いはまったく皇帝らしくない。すでに何度も聞いた報告を座って聞いているというのが、皇帝にとって普通ではないのと同じように。それにもかかわらず、チャーリスは明らかに間者の報告を聞いて興奮していた。しかも間者がひと言話すたびに、どんどん興奮が増していく。

やがて、間者の報告はまったく新しい情報の部分に差しかかった――トレメインが自分の部隊に向けて行った演説だというのだが、その内容は、どう聞いても叛逆そのものだった。演説が報告どおりの内容だったのはほぼ間違いない、とメレスは思った。そう思ったのは、間者が絶えず自分が書いた覚書を参照していたからだ。覚書は、その男が腰の小袋から取り出した小さな帳面に書かれていた。

メレスは、チャーリスがこれほど興奮している原因がこの演説のせいだと気づくと、最大限に意識を集中して耳を傾けた。間者が話すにしたがって、皇帝は玉座の肘掛けを両手でぐっと握りしめ、目を細めて前に身を乗り出した。姿勢の隅々から冷たい怒りが感じられる。これは厄介だ。かつてのチャーリスなら、何かに腹を立てても、それを表に出すことは決してなかった。だが、ここにいるのはかつてのチャーリスではない。もし皇帝が人前で怒りを爆発させたら、皇帝の能力が疑問視されかねない。そうなれば、皇帝が選定した後継者も非難を浴びるかもしれない。メレスがいま一番避けたいのは、廷臣たちが皇帝を退位させ、もっと御しやすい新たな後継者を選ぼうとすることだった。

どうやらトレメインは、皇帝が帝国軍に対する神聖なる誓いを破ったと非難したようだった。常軌を逸した大量破壊兵器の実験として、魔法嵐を生じさせたとしてチャーリスを非難したのだ。そして兵士たちに、チャーリスは自分たちがどうなるかを確かめるためだけに、わざとこの新兵器の影響が及ぶ地域に置き去りにしたのだと話した。そして、チャーリスは自分たち全員を見捨てたのだと断言した。そのせいで自分たちは補給も報酬も増援部隊もないまま、自力で魔法嵐と敵軍と戦わなければならないのだと。最後にトレメインはこう宣言していた。なんとか道を切り開かねばならない、帝国はもはや自分たちがどうなろうと気にしていないのだから、と。

力強い演説だ。おそらく、トレメイン自身がそう信じているのだろう。もちろん、魔法嵐の発生源がはっきりしないのだから、それが取るに足りない小国のヴァルデマールからではなく、帝国から来たと主張することも考えられる。帝国には何世紀も魔法を使ってきた伝統があり、ヴァルデマールには魔法がないと考えられてきたことを思えば、帝国の魔法使い部隊が魔法嵐を創り出したと考えるほうがよほど論理的だ。実際、もしチャーリスが本当にそんな武器を持っていたら、トレメインの主張どおりの使い方をしたかもしれない。そういう無慈悲な命令を下したことはこれまで何度もあるのだから。今回、皇帝がこれほど腹を立てているのは、まったく身に覚えのないことで責められているせいなのかもしれない。

続いて間者は、ただ演説の内容を伝えるのではなく、実際の情報をもたらした。数人の魔法使いが力を合わせた結果、前回の魔法嵐が通過するまでに、水晶球でトレメインの裏切りをはっきりととらえることに成功したというのだ。そして演説以外にも、トレメインの裏切りを示す証拠を手に入れたのだった。トレメインは、ヴァルデマールやその同盟国と手を結んで帝国に反旗を翻《ひるがえ》した。同盟に加わり、さらに間《ま》もなくハードーンの新たな王として迎えられることになるだろう。チャーリスのために征服するはずだった国の王に。そしてハードーン人が強く求めた条件のひとつは、トレメインとその部下、つまり帝国軍兵士たちが、帝国のさらなる侵略や征服計画からハードーンを守ることだという。

ここでチャーリスは間者の報告を途中でさえぎり、怒りを爆発させた。

メレスとセイヤーは驚いて目を見交わした。ふたりとも、これほど自制を失った皇帝を見たことがなかったからだ。そして、皇帝が息を継ぐために口を閉じた瞬間——皇帝のからだが弱っていたおかげで、憤怒に満ちた言葉を十語ほどわめいただけですんだ——ふたりはすばやく玉座壇に上り、皇帝の両脇に立った。

「わたくしがトレメインを処理いたします、皇帝陛下」メレスは、チャーリスがふたたび口を開く前にいった。「陛下がわたくしを選んでくださったのは、そのためでございましょう。わたくしを信じてお任せください。あやつは自分の取った行動を後悔しながら死ぬことになるでしょう」

「そして、トレメインと運命を共にすることを選んだ叛逆者どもは、わ、わたくし、し、わたくしが処理いたします」セイヤーが重々しくいった。「彼らはわたくしの指揮下にある帝国軍兵士です。であれば、帝国によって処刑されるべきでしょう」チャーリスはふたりを見上げたが、その顔はまだ怒りにゆがんでいた。そして立ち上がろうとした。

メレスはふたたびセイヤーと目を見交わすと、皇帝の居室につながる玉座の横手の扉を顎で指し示した。セイヤーは同意のしるしにうなずき、ふたりはそれぞれチャーリスの片腕を取って立ち上がるのを助けた。

「皇帝陛下は、その叛逆者どもにふさわしい処罰について、われわれと協議なさりたいそうだ」メレスはセイヤーとふたりでチャーリスを立ち上がらせ、両側から支えながら、廷臣たちに向かってそういった。あまりいい口実ではないが、何もいわないよりはましだし、廷臣たちに勝手な話をでっちあげられるよりはずっといい。チャーリスが何もいわないうちに、ふたりはチャーリスを歩かせた。いったん目指す方向に歩きだすと、チャーリスは一度も足を止めずに、灰色の大理石張りで天井の高い、飾り気のない居室に戻った。賢明にも、護衛たちはふたりの邪魔をしようとはしなかった。おそらく、チャーリスが人前で泡を吹いて怒りだすようなことになれば、噂好きな輩《やから》は別として、誰のためにもならないとわかっているからだろう。

だが、メレスとセイヤーがチャーリスを椅子に座らせたとたん、人前ではふたりに押しとどめられた癇癪《かんしゃく》が、三人だけになって爆発した。

チャーリスはシューッと怒りの声をあげ、唾を吐き、白い革張りの椅子の肘掛けを激しく叩いた。立ち上がるだけの力があれば、その辺にある物を投げつけていただろう。しぼんだ唇に泡が点々とつき、瞳孔は大きく広がっている。護衛兵は扉のところでまっすぐ前を向いて立ち、何も聞こえないふりをしている。

チャーリスの口から出る言葉はほとんど支離滅裂で、そのすさまじい癇癪を抑えることも、ものを考えることもできなくなっているのはどう見ても明らかだった。怒りのあまり声を出すこともままならないのでなければ、その叫び声で、チャーリスがどれほど自制心を失っているかクラッグ城内の全員にわかってしまっただろう。

だが、あまりの怒りとからだが弱っているのとで、チャーリスの声はかすれたうなり声程度にしかならなかった。そして、メレスが安堵したことには、椅子から立ち上がって行ったり来たりすることも——あるいは、室内の物を壊すこともできなかった。そういうことも、この何十年かのあいだに一度か二度はあったのだ。チャーリスはただ、椅子の詰め物入りの肘掛けを力なく叩きながら、トレメインの名とその血筋を、初代皇帝の時代にまで遡って呪うことしかできなかった。

メレスとセイヤーはかわるがわる、個人的な復讐と帝国の正義による裁きを約束して皇帝をなだめようとしたが、そのような約束が果たされる可能性は低かった。あの間者は、トレメインの部隊には、もはや〝忠実な〟帝国臣民はひとりもいないと明言していた。どういうわけか、全員がトレメインに寝返ったのだ。いまトレメインに近づく方法があるとすれば、魔法で暗殺者を送りこむことだけだろう――そのためには魔法使い数人が力を合わせなければならない。いま、ほんのわずかでも使える魔法はすべて緊急に必要とされていることを考えると、魔法による暗殺など、まったく馬鹿げた時間とエネルギーの無駄遣いだ。

セイヤーが皇帝の気をそらしているあいだに、メレスは護衛のひとりに侍医を呼びに行かせ、皇帝の怒りを和らげる――でなければ、少なくとも感覚を麻痺《まひ》させるのに使えそうなものを探して室内を見回した。ここはかなり出入りの多い待合室のような部屋で、灰色か白の革張りの椅子があちこちに数脚ずつ置かれ、奥の一角には漂白した木材で作られた白い机がひとつあったが、ほとんど使われないのかきれいなままだった。白い大理石の床のあちこちには、漂白した羊の毛皮の敷物が敷かれている。メレスの右側には、金箔を施した灰色大理石の食器棚があった。メレスの部屋のものよりもずいぶんと立派なものだ。なかには酒のはいった切子硝子の卓上瓶がぎっしり並んでいる。中身が何かわかるものもあれば、わからないものもある。百の小さき神々の名にかけて、金鳳花《キンボウゲ》のように黄色い酒や漿果《ベリー》のように青い酒は、いったいどんな味がするのだろう？　あるいは、芽吹いたばかりの新緑のような緑色の酒は？

というより、そもそも本当に飲んでみたいか？

いや、違う。チャーリスが帝国に属する小国の王たちをこの部屋で歓待していたのだとすれば、毛皮を身につけた野蛮人たちが〝何か飲むもの〟と称して作ったぞっとするような混合物を、たぶんすべて残しておいたのだ。長年のあいだに、メレスはいくつか試飲したことがあったが、もう一度飲みたいものはひとつもなかった。世の中には人が知りたいと――いや、飲みたいと思わない代物もあるのだ。

メレスはそれらしき瓶をいくつか選ぶと、それぞれの口のあたりを慎重に嗅いで匂いを確かめ、御前会議が招集される直前まで自分が飲んでいたのと同じ、強い蒸留酒のはいった瓶を見つけ出した。そして、自分では飲んだことがないほどの量を杯に注ぐと皇帝に差し出した。

チャーリスは鉤爪《かぎづめ》のような手で杯をつかみ取ると、まばたきもせずにあっという間に飲み干し、杯を部屋の向こうへ投げつけた。杯は壁に当たって砕け、きらきら光る破片と血を思わせる深紅色の滴《しずく》が数滴、白い床の上に飛び散った。

メレスが片眉を上げてセイヤーを見ると、セイヤーは首を振った。どうやら将軍にはこの場をうまく収める成算があるらしく、いまはまだ、皇帝の相手をメレスと交替しなくてもよいと思っているようだ。メレスはうなずき、別のふたつの杯に葡萄酒を注ぐと、ひとつを自分に、もうひとつをセイヤーのところに持っていった。それから、セイヤーが助けを必要とするまで、後ろに控えて待った。

仕方なくただ待つことになったおかげで、あの皇帝の間者の報告をじっくり考える時間ができた。トレメインは、メレスがこれまで思ってもみなかったほどの知性の閃きと統率力を見せており、全体として、メレスは感心していた。自分たちを見捨てたのは皇帝のほうなのだという話を考えて説得しなければ、部隊の兵士たちが彼を支持することはなかっただろう。本国と部隊の両極を見事に利用したのだ。さらに、どういうわけか同盟と和睦し、ともあろうに敵として戦っていた相手を説得して、自分を新たな支配者として受け入れさせるとは――そう、まさに奇跡以外のなにものでもない。トレメインがいったいどうやってそんな離れ業をやってのけたのか、それを知るためなら、メレスはどんなことでもしただろう。

トレメインが時間をかけて四つ裂きにされるとしたら、ゆっくりと食事をしながら喜んで見物するだろうほど憎んでいるにもかかわらず、もし自分がトレメインと同じ立場なら、まったく同じことをしたはずだとメレスにはわかっていた。トレメインには多くの欠点があるが、そのなかに愚かさは含まれない。自分ほど頭脳明晰ではないが、愚かでもない。だが、やつは強運の持ち主だ。そして目の前にある事実を考え合わせて、いくつかの筋の通った結論を導き出したのだ。メレスは帝国政府のあらゆる記録を見ることができたので、軍の補給所が襲われる前の数ヶ月間、チャーリスがトレメインに何の援助も命令も与えていなかったことを知っていた。魔法が使えなくなりはじめるとすぐに、トレメインは不案内な土地で敵に囲まれ、何の援助もなく戦うはめになっていることに気づいたのだろう。魔法の助けなしでは、敵より優位に立つことはできなかったはずだ。冬の嵐が襲ってくるころには、長い道のりを帝国まで退却するのは不可能だった。では、その時点で皇帝は、トレメインがどうすることを期待していたのだろう？　昔の年代記に出てくる愚かな忠臣のように、その場にとどまって死ぬことか？　そんなやつらは、初代皇帝の時代にすでに絶滅している。おそらく、そういう馬鹿げた忠誠心を示す行動を取り続けて、みんな早死にしてしまったからだろう。チャーリスは、いくら考えても、トレメイン大公を始末するのにこれ以上いい方法を思いつかなかったのだ――もちろん、メレスにトレメインを始末するよう命じていれば、話は別だったが。

トレメインがそういう愚かな忠臣だったとしても、いっこうにかまわなかったのだが、実際にはトレメインは、大半の者と同じように、完全には忠実でなかったのだ。一線を越えてしまうと、裏切りに対してさらなる忠誠をもって報いる理由はなかった。それにしても、やつは驚くべき強運の持ち主にちがいない。敗北という苦い水しか湧き出さないと思われる井戸から、驚くべき勝利を汲み出すことができたのだから。

トレメインはいつもどういうわけか、不思議なほど運に恵まれていた。幸運はいつもあの男に微笑みかけ、そこそこでしかないやつの能力の働きを二倍にするのだ。それもまた、メレスがトレメインを憎む理由のひとつだった。

酒が効果を発揮したらしく、チャーリスは意味不明な言葉をわめき散らすのをやめた。まだ椅子の肘掛けを叩き続けてはいたが、いまはセイヤーの顔を見ながら、トレメインとその部下を死刑にする前に与えたい拷問について、事細かに指示していた。セイヤーは、トレメインとその部下たちは帝国法によるどんな処罰も及ばない場所にいるのだということを、あえて指摘しようとはしなかった。ただ重々しくうなずき、じっと聞いているふりをしているが、実のところは、チャーリスがふたたび支離滅裂なことをわめきだす前に、皇帝付きの〈治療者〉が到着するのを心待ちにしているのだろう。ようやく医師たちが到着した。そしてすぐにセイヤーから皇帝を引き継ぐと、皇帝のまわりに群がって薬を飲むよう勧め、口々に気を静めるようにといった。一杯の強い酒が効いて、チャーリスはすでにかなり勢いを失っていたので、最後には医師たちの助言を聞き入れて差し出された薬を飲むと、いわれるままに召使いたちに連れられて寝室に行き、寝床にはいった。セイヤーとメレスはすかさずその場を逃げ出した。

セイヤーはいろいろ話をする気分ではないようだった。「地方での部隊移動命令を書いているところを、引っぱり出されたのだ」セイヤーは、そっけなくメレスにいった。「あの命令を出さねばならん。チャーリス皇帝がわたしにさせたいと思っている任務がほかにあろうとなかろうと」

メレスはうなずいた。セイヤーは口にはしなかったが、何がいいたいのかちゃんとわかっていた。チャーリスがほかに気を取られているうちに、できるだけ多くの命令書を、急いで完成させておくほうが賢明だ。皇帝がもはやまともな精神状態でないことは明白だ。問題は、皇帝が衰えつつあることではない。たとえ今夜、皇帝が倒れて死んでも、メレスとセイヤーふたりで、いともたやすく政務を引き継ぐことができるだろう。真の問題は、皇帝の衰弱がそれほど速くないことだった。

チャーリスが退位するか死ぬかするまで、皇帝の親衛隊は何があろうとチャーリスを皇帝の座にとどまらせるだろう。それが親衛隊の任務であり、彼らはそのために訓練を受け、誓いを立てているばかりでなく、魔法によって条件付けされているのだ。人生の最後に数ヶ月間、正気を失った皇帝はチャーリスだけというわけではない。以前にもそういう支配者はいたが、それでも帝国は存続してきたのだし、実のところ、いま帝国が直面しているさまざまな難問に比べれば、支配者が正気を失っていることなど取るに足らない問題だった。いまのところ、チャーリスの妄想はまったく無害だ。チャーリスが、ヴァルデマールを滅ぼし、トレメインを処罰するというふたつの目標の達成にこだわっているかぎり、メレスはまったく何の不満もなかった。ときどき仕事を中断させられるだけですむなら、皇帝を当たり障りのないことで忙しくさせ、実際の政務から遠ざけておくための代償としては安いものだ。チャーリスは〈達人〉だし、自分の要求だけに応える魔法使い部隊をひとつ抱えている――魔法によって老化の進行を止めようとするのを完全にあきらめるなら、トレメインかヴァルデマール、あるいはその両方を滅ぼす方法を見いだせるかもしれない。確かに、それほど強力な魔法を使えば、チャーリスと魔法使いの大半が命を落とすことになるかもしれないが、それは予想できることだし、自分が困ることはまったくないだろう。トレメインの件のように、実際には手の届かない場所で起こっていることを気にしても仕方がない。ましてヴァルデマールは、トレメインよりももっと遠く離れているのだ。

メレスにとって、そしてメレスがやり遂げる必要のあるすべてにとって、本当に危険なのは、チャーリスが正気と優先権を取り戻し、メレスの計画に干渉しようとすることだった。それこそ、まさに最悪の事態だ。皇帝専属の間者組織はメレスが張り巡らした情報網に匹敵するものなので、メレスが公然と、あるいは陰に隠れてしていることが、すぐに皇帝にわかってしまうだろう。もちろん、その大部分はただの善意の計画なのだが、そのなかにごくわずか、チャーリスを悪者にし、メレスを英雄にする企みがはいっているのだ。おそらくチャーリスは、たいして気に留めないだろうが。

それに、チャーリスは自分でもさまざまな計画を持っているだろう——そのこと自体は悪いことではない。皇帝がまだ正気ならば。だが、実際はそうではない。しかも事態は、時間が経つにつれてどんどん悪化していくばかりだ。もし皇帝が干渉をはじめれば、メレスとセイヤーが苦労して築きあげたすべては、簡単にひっくり返されてしまう。

そんなことが起きないように、なんとかしなければならない。

ひどく寒い廊下にセイヤー将軍と並んで立ったまま、メレスはそれだけのことをすばやく思いめぐらした。そしてゆっくりとうなずいた。「われわれはふたりとも、やらねばならぬことがある」メレスはいった。「われわれの築きあげたものを強固にし、いかなる力をもってしても潰されることのないようにせねばならない」

それはまったく当たり障りのない言葉だったが、皇帝の居室の閉じた扉のほうにちらっと目をやると、それに応えるようにセイヤーの目に理解の色が閃いた。「ジャコナはわれらの支配下にある」セイヤーは答えた。「われわれがいま考えなくてはならないのは、それ以外の地方のことだ。許可してもらえるなら、わたしは自分の仕事に取りかかろうと思う」

メレスはセイヤーの肩をぽんと叩いた。「そしてわたしは、わたしのすべきことに。結局のところ、さまざまな階級の兵士と役人がいなければ、帝国は成り立たないのだからな」

将軍は同意のしるしにうなずき、ふたりは別れた。メレスは急ぎ足で自分の部屋に向かいながら、万全の備えをしようと決意した。チャーリスがどんなにとんでもない計画を思いつこうと、何の支障もないように。

部屋に戻ってみると、万事ぬかりのないポーサスが待っており、着心地の悪い宮廷用の礼服から、毛皮の裏打ち付きのゆったりとした部屋着と羊革の室内履きに着替える用意を整えていた。それを見たメレスが目を上げると、ポーサスは肩をすくめた。

「閣下は夜遅くまで仕事をなさるはずで、邪魔がはいるのはお望みでないと推察いたしましたので。食事はここにお持ちするよう手配いたしました。骨牌《かるた》遊びの会と音楽の夕べの会は、閣下に代わってお断りしておきました」ポーサスはそう話すあいだも、メレスがずっしりと重い長衣を脱ぐのを手伝っていた。

ポーサスが骨牌遊びの会と音楽の夕べのことを口にした瞬間――あとの者は、たぶん、どこかの愚か者の奥方とその未婚の姉妹、それにまだ婚約者のいない娘たちが、上手も下手も皆それぞれに、人気のある物語詩を歌うというものだろう――メレスは身震いした。骨牌遊びの会もそれよりましということはない。メレスは骨牌をするときは真剣だった。それでも独身の女性と組まされるのは絶対確実で、そういう女たちときたら、無謀な賭けに出るか、臆病すぎて賭けられないかのどちらかなのだ。

「おまえのいうとおりだ、ポーサス」メレスはいった。従者は、暖炉の前の棚に載せて温めた、着心地のよいゆったりした長衣をそっと着せかけてくれた。「すべき仕事が山のようにある」

今日のチャーリスの振る舞いを見て、かなり思い切った行動に出なければならないという思いがいっそう強まっていた。首都以外の地方の状況についての詳細な報告書を読んだ時点ですでに不安を感じていたが、いまや無駄にできる時間はまったくないことがはっきりした。まずは帝国の安定。次に宮廷だ。足場を固める作戦の第二幕には、セイヤーの出番はないだろう。

メレスは机の前に腰を下ろし、紙とペンを引き寄せた。すでに予想していたとおり、帝国じゅうの地方領主たちは、すでに可能なかぎり、自分の領地の周辺地域の守りを固めていた。情勢がまだはっきりしていない地域では、現在の取り決めを発展させるだけでよかったので、メレスは、まずそれらの命令を書き上げた。その草稿はまずセイヤーのところに持ちこまれ、それから写しを作るために書記官に渡されることになる。お互いの領分を侵すことのないようにするためだったが、これらの計画は、すでにジャコナ周辺で行われていることをそのまま拡大したものだった。

ポーサスが、香料と砂糖を入れて温めた葡萄酒の碗を、メレスの肘のところに置いた。香料の香りが鼻孔をくすぐる。メレスは半ば無意識のうちに手を伸ばして碗を取り、ひと口すすった。そして片手に碗を持ったまま別の命令書を書きはじめた。

本当に難しいのは、地方領主たちの扱い方だった。彼らは自分の小さな縄張りのなかで狼の王を気取っており、自分より大きくて強い狼の話を聞こうとしない。なんとかしてメレスには権威と力があると、それもできれば実際以上にあると思わせ、メレスの命令に従っていれば、もっとも自分たちのためになると信じさせなければならない。

それがうまくいかなければ、直接対決することなく相手を始末し、代わりにもっと権威に従順な者を送りこまなければならないだろう。

メレスは邪魔にならないところに碗を置き、どれを選択すべきか考えこんだ。

本当に技巧を要するのは、何も証拠が残らず、自分との関連が疑われないような方法で相手を始末することだ。人を始末するのは決して難しくはない。難しいのは、誰の仕業かわかるような証拠や痕跡を何ひとつ残さずに実行するという部分だ。真の犯人を突き止められるほど有能で、洞察力があり、熟練の技《わざ》を持った者はほとんどいないが、もしいれば破滅をもたらす。だから、確率はとても低くても、そういう人物に嗅ぎまわられることを前提に、すべての計画を練り上げなければならない。

(骨牌遊びや決闘や命がけの競技と同じで、賭け率を見ろ――だが、賭け金のことも考えろ、だ)

メレスはその報告書を取り上げてぱらぱらとめくり、そういう地方領主の一覧表と、彼らの簡単な身上調書にもう一度ざっと目を通した。メレスの間者は優秀だ。報告書に書かれた地方領主たちの人物像についての簡潔な記述から、誰が協力的で誰がそうでないかがわかる。メレスの手元には、こういう仕事のための暗殺者の短い名簿があった。偶然の事故か病気で死んだように見せかけて殺すのがうまい、〝特別な間者〟の一覧表だ。現在の状況を考えると、彼らを送りこむのは難しいが、不可能ではない。帝国軍の力を利用すれば、どんな人間でも、数週間のうちに、しかるべき場所へ送りこむことができるだろう。

暗殺目標になりそうな相手に、いますぐ最高の暗殺者を差し向けるというのは、自分の能力を過大評価している愚かな地方領主たちを説得しようとして、時間を無駄にするよりいい考えかもしれない。そうした愚か者に接触もしないうちに攻撃を仕掛ければ、それが自分と関連づけて考えられることは絶対にないだろう。その場合、暗殺者は自由の身のままでいられるから、生かしておく価値のある者の説得に失敗したときには、その人物を第二の標的として狙わせることができる。

メレスは、インクと紙を特別な色のものに換えた。両方とも、この間者たちに仕事があることを知らせるときに使うものだった。もちろん、送るのはごく普通の挨拶状だ。これはメレスにとっては暗殺者なら誰でも、書面で直接送られてきた指令など信用しない。腕利きの大きな賭けだった。こうした暗殺者の多くは自由契約で仕事をしているからだ。事情を聞けば、彼らは、たとえメレスの依頼であっても断るかもしれない。今回の標的を始末すれば、それまでのどの仕事よりも高額の報酬が得られるだろうが、いまのようなひどい状況のなかで標的に近づくのは本当に難しいことなのだ。そのうえ、仕事を断るのもこれら腕利きの暗殺者の特権だった。画家を画架の前に立たせ、殺すぞと脅しても、傑作を描かせることはできないのだ。並の暗殺者でも、地方領主のひとりやふたり、狙うことはできるかもしれない。暗殺者が必要なだけ集まらなければ、そうするしかない。

だが本当は、こういう腕利きの暗殺者たち全員が、思わず引き受けたくなるほど挑戦のしがいのある仕事だと思ってくれれば、そのほうがよかった。彼らは優秀だった。メレスは誰よりもそのことを知っていた。メレスは、ポーサスと同じく、かつては彼らの仲間だったのだ。何人かには技を教えこんだこともあった。

共に技を磨いた仲間に頼めれば、それに勝ることはない……

〝招待状〟を送る相手を一覧表に書き出しながら、メレスはふと思いついた。皇帝の要求を満たし、しかもトレメインに裁きを受けさせる方法が実際にはある。ただし、その〝裁き〟がすばやく確実な刃《やいば》のひと刺し、あるいは即効性の毒薬という形でもたらされるなら、だ。最上級の腕を持つ暗殺者は三人いる――ポーサスを勘定に入れれば四人だ。だがメレスは、あのすばらしい才能の持ち主なしにここで日々を送るつもりはなかった。彼ならたぶん、いやきっと、ハードーンまで行ってトレメインを始末するだろうが。魔法での暗殺は問題外だが、物理的な手段による暗殺なら、一年かそれ以上かかるかもしれないが実行可能だ。

それほどいい考えには思えなかったが、メレスは書く手を休めて考えこんだ。どうにかしてトレメインを殺すことができれば、自分としてはかなり満足できるだろう。あの男は、いったいどんな甘い言葉でハードーン人の心をつかんだのだろう？　宿敵が、普通なら死んでいるはずの状況を生き延び、あげくの果てに王になるとは不公平ではないか。確かに、やつは二度と故郷を見ることはないだろう。それに自分は、単なる王ではなく、皇帝になろうとしているのだ。にもかかわらず、そのことを考えると腹が立った。やつを完全に叩きつぶせたら満足できたろうに。

ポーサスが机の上の碗を片づけ、代わりに新たな碗と、薄く切った果物と麵麭《パン》と乾酪《チーズ》の載った皿を置いていった。つまり、何か食べろということだ。メレスはそうと悟って、ろくに味わいもせずに食べた。

メレスは考えたことすべてを比較検討した。派遣される間者が優秀で狡智《こうち》に富んだ者でなければならないことと、いま使えるすべての方策のことを考えれば、誰を派遣しようと、帝国からハードーンの中心部までたどり着ける見込みはほとんどない。任務を果たせる可能性はさらに低いだろう。なぜなら、魔法を使って標的の周囲の人々や状況について調べることができなければ、帝国の間者は異国の地で何も分からぬまま行動することになるからだ。きっと緑の魚の群れに一匹だけ交じった赤い魚のように目立つだろう。

ある意味では、皇帝の執着に共感できなくもない。いまこの時点で、トレメインは死んでいるべきなのだ。普段、メレスは自分の感情に溺れることはない。だが、胸の底には病的な怒りがあって、それがまるで毒蛇でも呑みこんだかのようにのたうち、うずくのだった。それが消えないかぎり、心の休まることはまずないだろう。メレスはトレメインの死を望んでいた。その望みを叶えるためなら、どんなことでもするだろう。

だがメレスは、かつて暗殺者だったときから、雇い主になんといわれようと、どんな報酬を提示されようと、それ以上標的を深追いするのは得策ではないという一線があるのを知っていた。いまもそういう場合のひとつだ。

メレスは立ち上がって机から離れ、温めた葡萄酒のはいった碗はとりあえずそのままにして、別の飲み物を自分で杯に注いだ。今度のは蒸留酒ではなく、糖蜜と胃腸の痛みを和らげる薬草を使って作られた、とろりとした飲み物だ。それから机の前に戻って椅子に腰かけ、背もたれに身を預けると、頭では事実だとわかっていることを、心にも納得させようとした。

(自分の住む世界で〝死んでいる〟なら、その敵は完全に死んでいるのと同じだ)

それは、かつてメレスの師が教えてくれたことだった。当時もいまも、真実だ。トレメインは死んだも同然だ。領地や財産は没収され、その名は記録から抹消され、二度とここには戻れない。野蛮人の住む土地のちっぽけな王国で満足しなければならないのだ。

トレメインを深追いするのは資源の無駄遣いだ。資源、なかでも腕利きの暗殺者は、まったく足りないのだから。ほかの場所でならもっと自分の役に立つ人物を無駄に働かせても意味がない。過去の確執は、トレメインの名とともに葬り去るべきときだ。

皇帝にならって狂気じみた振る舞いをしても意味はない。

※明朝体のタイトルは他社刊

ロアルドの治世	1315AF	
センダールの治世	1355AF	
		〈ヴァルデマールの絆〉
セレネイの治世	1376AF	追放者の矜持
		追放者の機略
		盗人の報復
		〈ヴァルデマールの使者〉
		女王の矢
		宿縁の矢
		天翔の矢
		〈ケロウィンの物語〉
		運命の剣
		〈ヴァルデマールの風〉三部作
		宿命の囁き
		失われし一族
		伝説の森
		〈ヴァルデマールの嵐〉三部作
		太陽神の司祭
		帝国の叛逆者
		魔法使いの塔
		THE OWL MAGE TRILOGY
		Owlflight
		Owlsight
		Owlknight

年表　ヴァルデマール国の歴史的変遷
（制作：マーセデス・ラッキー）

BF 建国紀元前
AF 建国紀元後

《前史》		〈魔法戦争〉三部作
魔法戦争	1000BF	黒き鷲獅子《グリフォン》
黒鷲獅子の時代		白き鷲獅子《グリフォン》
		The Silver Gryphon
ヴァルデマール国建国	0	
		〈最後の魔法使者〉三部作
エルスペスI世の治世	750AF	魔法の使徒
ランデイルの治世	798AF	魔法の誓約
		魔法の代償
		THE COLLEGIUM CHRONICLES
〈使者学院〉設立	850AF	*Foundation*
		Intrigues
		Changes
		Redoubt
		Bastion
セランの治世	1077AF	*Brightly Burning*
		〈タルマ&ケスリー〉
アーデンとリーサの	1270AF	女神の誓い
共同統治の時代		裁きの門
		誓いのとき

検　印
廃　止

訳者紹介　京都生まれ。同志社大学大学院修了。訳書に，ラッキー「女神の誓い」「裁きの門」「誓いのとき」「運命の剣」「宿命の囁き」「失われし一族」「伝説の森」，ソール「魔性の殺意」，アームストロング「わたしを愛した狼」他。

魔法使いの塔　上
〈ヴァルデマールの嵐〉第３部

2016年10月21日　初版

著　者　マーセデス・ラッキー

訳　者　山《やま》口《ぐち》緑《みどり》

発行所　（株）東京創元社
代表者　長谷川晋一

162-0814/東京都新宿区新小川町1-5
電　話　03・3268・8231-営業部
03・3268・8204-編集部
ＵＲＬ　http://www.tsogen.co.jp
振　替　00160―9―1565
フォレスト・本間製本

乱丁・落丁本は，ご面倒ですが小社までご送付ください。送料小社負担にてお取替えいたします。

©山口緑　2016　Printed in Japan

ISBN978-4-488-57722-3　C0197

ドイツで100万部突破。大人気の時間旅行《タイムトラベル》ファンタジー

Kerstin Gier

ケルスティン・ギア　遠山明子 訳

＊

〈時間旅行者《タイムトラベラー》の系譜〉三部作

紅玉《ルビー》は終わりにして始まり

青玉《サファイア》は光り輝く

比類なき翠玉《エメラルド》 上下

女子高生がタイムトラベル!?
相棒はめちゃくちゃハンサムだけど、自信過剰でイヤなやつ。
〈監視団〉創設者の伯爵の陰謀とは?　クロノグラフの秘密とは?
謎と冒険とロマンスに満ちた時間旅行へようこそ!

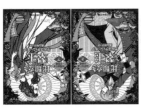

＊圧倒的なスケールの異世界ファンタジー＊

〈道化の使命〉三部作

ロビン・ホブ◎鍛治靖子 訳

カバーイラスト■鈴木康士

黄金の狩人 1 2 3

仮面の貴族 1 2 3

白の予言者 1 2 3 4

おしゃれでキュートな現代ファンタジー

(株)魔法製作所シリーズ

シャンナ・スウェンドソン◎今泉敦子 訳

ニューヨークっ子になるのも楽じゃない。現代のマンハッタンを舞台にした、
おしゃれでいきがよくて、チャーミングなファンタジー。

ニューヨークの魔法使い
赤い靴の誘惑
おせっかいなゴッドマザー
コブの怪しい魔法使い
スーパーヒーローの秘密
魔法無用のマジカルミッション
魔法使いにキスを

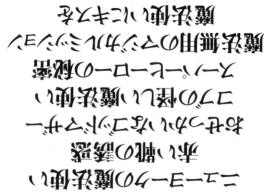

これを読まずして日本のファンタジーは語れない!

〈オーリエラントの魔道師〉シリーズ

乾石智子

*

自らのうちに闇を抱え人々の欲望の澱《おり》をひきうける
それが魔道師

夜の写本師

魔道師の月

太陽の石

オーリエラントの魔道師たち

以下続刊

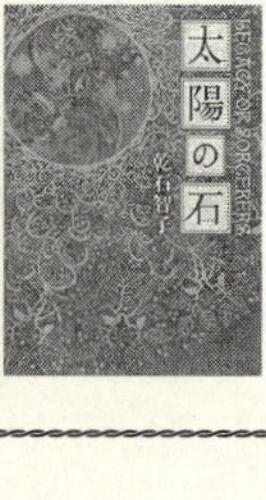

第1回創元ファンタジイ新人賞選考委員特別賞受賞

THE PARADISE OF DARKLORD◆Yo Hasumi

影王の都

羽角 曜

創元推理文庫

◆

村はずれに一人住む少女リアノ。両親が相次いで亡くなり、兄も夢を追って家を出て行ってしまった。

そんな孤独な彼女のもとにある日やってきたのは、口をきく髑髏。図々しいことにその髑髏はリアノに砂漠に連れて行って欲しいと求めた。

若く美しい娘としゃべる髑髏の奇妙な道行き。だが、砂漠で待っていたのは〈影王〉が統べる呪われた〈影の都〉。

不老不死を望んで神の怒りにふれ、永遠に砂漠を彷徨う運命となったという伝説の都だった。

捻れた運命の糸に絡め取られるリアノ。

〈影王〉とは何者か。


巧緻な物語、豊かなイマジネーション、これぞファンタジイ！

第1回創元ファンタジイ新人賞優秀賞受賞

SPIRIT STONE◆Megumi Masono

玉妖綺譚

真園めぐみ

創元推理文庫

◆

異界と現実世界との間にある“はざま”。

そこで産する竜卵石は妖力をもち、主の“気”を受けて玉妖と呼ばれる精霊を宿す。

中でもその美しさ、知性から伝説的な存在とされるのが、難波俊之が育てた“難波コレクション”の七つの玉妖たちだ。

そのひとつ〈くろがね〉を受け継いだ修行中の驅妖師・彩音は、玉妖に魅入られ眠り続ける姉を救おうとする……。

人々の目に見えない異界妖が跋扈《ばっこ》する皇国大和の首都・櫂《かい》都《と》を舞台に、少女驅妖師《くようし》・彩音と相棒の玉妖くろがねが、妖がらみの摩訶不思議な事件に挑む。


第1回創元ファンタジイ新人賞優秀賞受賞作。

第1回創元ファンタジイ新人賞優秀賞受賞

TRUTH WEAVERS◆Sakura Sato

魔導の系譜

佐藤さくら

創元推理文庫

◆

魔導士が差別され、虐げられている国ラバルタ。

田舎で私塾を開いている三流魔導士レオンは、首都にある魔導士の最高機関〈鉄の砦〉からひとりの少年を託される。幼くして家族をラバルタの騎士に殺され、桁違いの魔導の潜在能力がありながら、学ぶことを拒み人の手を払いのける少年ゼクス。

頑なだった少年は、レオンの辛抱強い指導の下で才能を開花させていく。やがてその力を認められ〈鉄の塔〉に再び召喚されたゼクスだったが、貴族の魔導士アスターとの出会いが彼の、そして王国の運命を大きく変えていく。

**第1回創元ファンタジイ新人賞優秀賞受賞の
本格異世界ファンタジイ。**